피에르, 혹은 모호함 1

세계문학의 숲 044

Pierre ; or, The Ambiguities

피에르, 혹은 모호함 1

허먼 멜빌 지음
이용학 옮김

시공사

일러두기

1. 이 책은 1852년 하퍼 앤드 브라더스에서 출간된 허먼 멜빌(Herman Melville)의 《피에르, 혹은 모호함(Pierre: or, The Ambiguities)》을 우리말로 옮긴 것이다.
2. 번역은 1996년 펭귄클래식스에서 출간된 《피에르, 혹은 모호함(Pierre: or, The Ambiguities)》을 대본으로 삼았다.
3. 본문의 주는 모두 옮긴이 주이다.

차례

1부
소년기에서
갓 벗어난
피에르

I

시골에서는, 도시에서 온 체류자에 불과한 사람이 아침 일찍 들녘으로 걸어 나갔다가 초록빛과 금빛이 어우러진 세계의 몽환 같은 모습에 불가사의하게 넋을 빼앗기는, 그런 이상한 여름날 아침들이 있다. 꽃 한 송이 하늘거리지 않고, 나무들은 나부끼는 것을 잊고 있고, 풀은 자라기를 멈춰버린 것처럼 보인다. 그리하여 모든 삼라만상이 마치 갑자기 그 자체의 심오한 신비를 의식하게 되어 침묵 외에는 달리 거기서 피할 방도를 모르겠다는 듯, 이 놀랍고 형언할 수 없는 평정 속으로 깊이 가라앉는다.

숙면을 하고 나서 이슬처럼 상쾌해지고 마음이 정화된 피에르가 조상 대대로 서 있는 나무들로 에워싸이고 드높은 박공지붕을 한 옛 저택에서 나와, 길고 넓게 뻗어 나간 느릅나무가 아치를 이룬 마을 도로에 즐거이 들어서서, 그 전망의 거의 끝 부분에서 시야에 들어오는 한 별장을 향해 거의 무의식적으로 발걸음을 옮긴 6월의 아침이 이러했다.

신록의 몽환적 전경이 멀리 넓게 펼쳐져 있었고, 그 풍경을 꿰뚫고 혈색 좋은 뺨을 한 맨발의 소년들이 몰고 간다기보다는 뒤따라가는, 꿈결인듯 목초지로 걸음을 옮기는 얼룩소들만이 시야에 들어올 뿐이었다.

이 침묵의 아름다움에 감동되고 홀린 듯이, 피에르는 그 별장에 가까이 와서 신속히 걸음을 멈추며, 눈을 들어 위층의 한 열린 창문에 시선을 못 박았다. 지금 이 열렬한 젊은이가 멈춘 것은 무엇 때문인가? 이 불붙은 듯한 뺨과 눈은 어찌 된 일인가? 그 창문 문틀 위에 눈처럼 하얗고 반들반들한 베개가 얹혀 있었고, 덩굴진 관목이 그 베개에 향기 짙은 진홍색 꽃 한 송이를 부드럽게 얹어 두고 있었다.

향기로운 꽃이여, 너 저 베개를 탐할 만하나니, 한 시간도 채 안 되는 시간 전에 그녀의 뺨이 거기에 얹혀 있었음이 틀림없기 때문이다, 하고 피에르는 속으로 생각했다. "루시!"

"피에르!"

마음이 마음을 향해 울리듯 그들의 목소리가 울렸고, 잠시 동안 아침의 눈부신 침묵 속에서 두 사람은 말없이 그러나 열렬하게 눈을 맞추며, 서로의 눈동자에 투영된 무한한 찬미와 사랑의 그림자를 바라보면서 서 있었다.

"피에르라고 부르고만 마는군." 마침내 청년이 웃었다. "그대는 나한테 아침 인사도 해주지 않았어."

"아침 인사만으론 부족하지요. 피에르, 그대에게 좋은 아침들, 좋은 저녁들, 날들, 주들, 달들, 그리고 해들을 빌겠어요. 빛나는 피에르! 피에르!"

진실로, 말로 다 할 수 없는 정겨움이 담긴 그윽한 시선이라고, 정말 하늘이 열리고 천사가 축원을 하며 내려다본다고 청년은 생각했다. "내 그대에게 그대의 그 무수한 아침 인사들을 돌려주겠어, 루시, 그대가 하룻밤을 무사히 넘길지도 생각 못했는데, 세상에 무한한 낮의 영역에 속하게 되었다니!"

"저런, 이봐요, 피에르, 어째서 당신네 청년들은 사랑할 때는 늘 혼언장담을 하는 거예요?"

"우리의 사랑은 불경스러운 것이니까. 그 사랑이 그대 안에 있는 천국을 향해 안간힘을 쓰며 닿으려 하기 때문이지."

"그것 봐요, 당신은 또 비약하고 있어요. 피에르, 당신은 항상 그렇게 나를 교묘히 피해 가요. 말해주세요, 어째서 당신들 청년들은 언제나 우리의 사소한 모든 것들을 당신들의 전리품으로 바꾸는 데 그렇게 달콤한 노련함을 보여주는 것일까요?"

"어찌 된 일인지는 모르지만, 그것이 언제나 우리가 하는 방식이었어." 그러더니 창틀의 관목을 흔들어 그 꽃을 떨어뜨려 눈에 잘 띄게 자기 가슴에 달았다. "이제 가야 해, 루시, 자 봐요! 이 깃발 아래 나는 행군하겠어."

"만세! 오, 나의 유일한 신병(新兵)이여!"

II

피에르는 부유하고 오만한 미망인의 외아들이었다. 그 미망인은 중용 문화의 섬세한 지성을 겸비하고, 어떠한 위로할 길 없는 슬픔으로도 속 썩지 않고 비참한 근심 걱정들로 심신이 결코 지치는 법이 없는 때에, 변동 없는 계급, 건강, 부유함이 갖는 늙지 않고 아름다움을 유지하는 힘의 두드러진 본보기라 할 수 있는 여인이었다. 원숙한 나이임에도 고운 장밋빛 혈색이 여전히 볼에 기적적으로 남아 있었고, 아직도 허리의 유연성이 완전히 사라지지 않았으며, 매끈한 이마에는 잔주름이 잡혀 있지 않았고, 금강석 같은 영롱한 빛이 눈동자에서 사라지지 않았다. 그래서 무도회장 불빛의 조명을 받을 때 글렌디닝 부인은 지금도 훨씬 더 젊은 여자의 아름다운 용모를 무색게 했고, 그녀가 빈틈을 보이기만 했더라면 아들인 피에르 못지않게 젊은 구혼자들이 홀딱 빠져 줄줄이 따랐을 것이다.

그러나 공손하고 충실한 아들이 이 화려한 미망인에게는 더할 나위 없이 만족스러운 연인이었다. 그뿐만 아니라 때때로 본의 아니게 덫에 걸려, 이 손에 넣기 어려운 존재와 결혼하겠다는 얼마간 정신 나간 희망을 품은 잘생긴 청년들이 너무나 열렬한 사모의 마음으로 애를 태우고 때로는 심지어 질투심으로 망연자실해졌을 때, 피에르는 여러 번 농담 섞인 적의를 품고, 자신의 어머니에게 감히 청혼하는 자는 희끗희끗한 턱수염이 난 자이든 턱수염도 나지 않은 풋내기이든 은밀하지만 단호한 어떤 힘에 의해 즉시 지상에서 사라지게 될 것이라고 공개적으로 선언했었다.

피에르의 이 낭만적인 효성은 아들의 또렷한 이목구비와 고상한 태도에서, 자신의 매력이 불가사의하게 남자에게 옮겨진 모습을 보는 미망인의 의기양양한 모성의 긍지를 통해 충분히 보답받는 것처럼 보였다. 그들 사이에는 신체적으로 눈에 띄게 닮은 데가 있었다. 그리고 어머니가 흐르는 세월을 잊은 채 오랫동안 아름다움 속에 정지해 있는 것처럼 보였듯이, 피에르도 어머니에게 맞추기라도 한 것처럼 더할 나위 없이 조숙한 체격과 용모로, 어머니가 조각상처럼 그토록 오랫동안 멈추어 서 있는 그 성숙한 시간의 좌표로 자신을 앞당겨놓았다. 그들의 명랑한 사랑의 익살스러움 속에서, 모든 점에서 완벽한 신뢰와 상호간의 이해가 두 사람 사이에 오랫동안 키워낸 그 기이한 방자함으로, 그들은 서로를 동생과 누이로 호칭하는 것이 버릇이었다. 공석에서나 사석에서나 모두 이것이 그들의 말버릇이었는데, 낯선 사람들과 있을 때도 글렌디닝 부인의 시들지 않은 젊음이 이처럼 젊은 체하는 행위를 충분히 받쳐주었으므로, 이러한 말버릇은 결코 외람된 희롱으로 의심받지 않았다. 이와 같이 모자에게는 자유롭고 경쾌하게, 합쳐진 인생의 순수한 강물이 흐름을 계속했다. 그러나 아름다운 그 강은, 아직까지는 저 측면의 저항하는 암초로 물살을 몰고 온 적이 없었으나, 그곳에서부터 두 줄기의 섞이지 않는 흐름으로 영원히 갈라질 운명이었다.

이 시절의 어느 훌륭한 영국 작가는 자기 고향의 가장 좋은 이점을 열거하면서, 자신이 맨 먼저 전원의 빛을 보았다는 것을 첫 번째로 꼽았다. 피에르의 경우도 그러했다. 미묘한 시적인 지성을 완벽하게 만드는 보기 드물게 아름다운 경치로 둘러싸인 시골에서 태어나 양육된 것은 피에르의 선택받은 운명이었다. 한편 그 경치 가운데 가장 아름다운 지형의 널리 알려진 이름들은 글렌디닝이라는 역사적 가계의 자랑스럽고, 애국적이며, 가문과 관련되는 묵시적 의미들을 일깨워주었다. 수목이 우거진 대저택의 배후로부터 멀리 굽이쳐 흐르는 강까지 비스듬히 경사진 목장에서 식민지 시대 초기에 인디언과의 전투가 벌어졌었다. 그리고 그 전투에서 치명적인 부상을 당한 피에르의 증조할아버지가 풀밭에서 낙마한 채 안장에 걸터앉아, 죽어가는 목소리로 여전히 교전 중인 부하들을 독려했는데, 이것이 대저택과 마을에 다 함께 붙여진 이름인 '새들 메도우스'*의 유래이다. 이 평원 너머로 멀리, 피에르의 걸음으로 한나절 거리에 역사적으로 유명한 언덕이 솟아 있었다. 그곳에서 그의 할아버지가 독립전쟁 중에 여러 달 동안 인디언, 왕당파, 그리고 영국 정규군의 반복된 연합 공격에 맞서, 날림으로 지었으나 아주 중요한 방어용 울타리로 둘러싼 요새를 방어했다. 그 요새 앞에서 신사다우나 몹시 잔인한 혼혈아인 브랜트가 패배하여 달아났지만, 살아남아 그 원한 깊은 전쟁이 끝난 후 평화

*'안장 목장'이라는 뜻.

로운 시기에 글렌디닝 장군과 만찬을 들었다. 새들 메도우스와 관련된 모든 연상은 피에르에게는 긍지로 가득 차 있었다. 글렌디닝 영지를 오랫동안 지켜온 가문의 증서에는, 이 거룩한 숲과 평원의 토착민으로서 유일한 양도권자인 세 명의 인디언 추장이 남긴 암호문이 적혀 있었다. 피에르는 제한된 청년기에 이와 같이 우쭐한 마음으로 가문의 배경을 되돌아보았고, 이런 것들에서 긍지에 찬 그의 영혼의 힘을 영원히 박탈하게 될, 더 성숙하고 더 큰 내적 발전에 대해서는 거의 마음을 쓰지 않았다.

그러나 청년기를 무작정 이 시골 무대에서 보냈더라면 피에르의 교육은 어리석게도 단축되었을 것이다. 아주 어릴 적에 그는 부모가 매년 도시를 방문할 때 그들을 따라다니다가 나중에는 어머니와 함께 다니기 시작했다. 그곳에서 자연스럽게 크고 세련된 사회에서 교제하면서, 무(武)를 숭상하는 가문에서 유래하고 시골의 명랑하게 울려 퍼지는 대기 속에서 길러진 활력을 약화시키지 않은 채, 보다 더 우아한 인생의 매력을 서서히 길러나갔다.

이와 같이 진보적으로 인격과 예절을 수련한 한편, 피에르는 한층 더 고급스러운 세련된 문화에도 뒤쳐지지 않았다. 스펜서*류의 요정들이 일찍이 그를 무수한 고혹적 아름다움의 미로로 인도했던, 아버지가 까다롭게 고른 장서를 모아놓은 단정한 서재의 깊숙한 곳에서, 그는 긴 여름 오후를 헛되이 보내

*장편 서사시 《요정 여왕(Fairy Queen)》을 쓴 영국의 시인 에드먼드 스펜서.

지 않았다. 이런 식으로, 팔과 다리에 우아한 빛을 띠고 마음에는 부드럽고 상상력이 풍부한 불꽃을 지피며, 이 모든 정교한 열정이 얼어붙은 듯이 보이고, 그가 더 열렬한 광휘를 미친 듯이 요구할 저 가차 없는 통찰의 시기를 생각지도 못한 채, 피에르는 어느덧 성숙기를 향해 성장해 나아갔다.

피에르의 청년 시절 교육에 아무런 부족함이 없도록 해준 긍지와 사랑은 모든 것의 밑바탕이 되는 요소에 대한 수양 또한 빠뜨리지 않았다. 종교의 원초적 친절과 훌륭한 인간성이 인격의 완전한 바탕에 철저하게 세공되어 신사를 자처하는 사람이 역시 당연하게 기독교도의 온순하지만 위풍당당한 품위를 취할 수 없다면, 모든 신사의 품격은 공허하며, 그것을 주장하는 모든 자격도 터무니없고 불합리하다는 것이 피에르의 아버지의 처세훈이었다. 열여섯 살의 나이에 피에르는 어머니와 함께 성찬식에 참가했다.

이러한 젊은이 특유의 서약들을 촉진한 절대적 동기를 정확하게 추적해내는 것은 불필요하고 어쩌면 오히려 어려운 일이리라. 피에르에게 조상들의 수많은 다른 숭고한 자질이 유전되었듯이, 그리고 그가 지금 조상들의 숲과 농장의 상속인이 되었듯이, 똑같은 눈에 띄지 않을 정도의 변화 과정을 통해 그는 최초의 글렌디닝이 영국의 어느 큰 교회당 그늘 밑에서부터 바다 건너 가져온 거룩한 신앙에 대한 조상들의 유순한 경의를 물려받은 것처럼 보였다. 이와 같이 피에르에게는 종교의 비단 장식 띠로 허리를 졸라맨 신사의 완전히 연마된 견고함이 있었다. 또한 증조할아버지의 군인다운 죽음은, 그 고결한 장식 띠가 최후의 혹독한 시련 속에서 그것을 걸친 사람에게 영광의 수의를 제공하고, 은총을 위해 평생 동안 두르던 것이 죽음 속에서도 그 사람을 무사히 보존하리라는 것을 가르쳐주었다. 그러나 이처럼 조상의 신앙의 아름다움과 시적 영감에 온통 신바람이 나 있는 동안, 피에르는 이 세계가 아름다움보다 더 깊은 비밀을 가지고 있고, 인생은 죽음보다 더 무거운 몇 가지 짐을 가지고 있다는 것을 거의 예견하지 못했다.

그때까지 피에르의 인생을 조명하는 일람표는 오랫동안 너무나 완벽해 보였기 때문에 그 감미롭게 서술된 원고에서 오직 하나의 누락만을 발견할 수 있을 뿐이었다. 누이가 그 원문에서 빠져 있었다. 형제애와 같은 향기로운 감정이 자신에게는 허락되지 않았다는 것을 그는 슬퍼했다. 그가 아주 자주 어머니에게 아낌없이 남발하는 그 허구적 칭호는 부재하는 실재를 조금도 보완할 수 없었다. 이러한 감정은 대단히 자연스러웠고, 그 원인과 이유를 피에르조차 그 당시에는 완전히 헤아리지 못했다. 확실히 유순한 누이는 남자에게는 두 번째로 좋은 선물이고, 발생 순서에서 아내는 나중에 생기니까 누이가 먼저이다. 누이가 없는 사람은 아내를 만나기 전의 독신 남자와 같다. 아내의 달콤함을 벌충하는 데 도움이 되는 대부분을 먼저 누이에게서 얻을 수 있기 때문이다.

"오, 아버지가 딸을 하나만 두었더라면!" 피에르는 절규했다. "내가 사랑하고, 보호하고, 필요하다면 싸워도 줄 수 있는 여인을 말이야. 아름다운 누이를 위해 목숨을 건 싸움에 참가하는 것은 영광스러운 일임이 틀림없어. 지금, 무엇보다 나는 누이가 있었으면 해!"

피에르는 이런 식으로 자주, 연인의 부드러운 인연을 맺게 되기 전에 누이를 갖게 해달라고 하늘에 축원하곤 했다. 하지만 남자가 간절히 빌며 반대할 만한 것이 있다면, 그것은 청년 시절의 진심에서 우러나는 몇몇 기도들에 응답해주는 것임을 그때 피에르는 몰랐었다.

누이를 바라는 피에르의 이 이상한 열망은, 한 가족의 외로운 가장일 뿐만 아니라 현존하는 유일한 글렌디닝 가문의 남자로서 그가 때때로 경험하는 바로 그 한층 더 야릇한 고독감에 부분적으로 뿌리를 두고 있었을지도 모른다. 한 강력하고 번족한 가문이 점차 여성 쪽 가계 속으로 흘러들어, 피에르는 수많은 친척 남녀에게 둘러싸여 있으면서도 거울 속에 비친 자신과 똑같은 모습을 한 이 외에는 글렌디닝 성(姓)을 가진 어느 남자와도 사귄 적이 없었다. 그의 일상적인 자연스러운 기분 속에서 이런 생각이 완전히 슬프기만 한 것은 아니었다. 왜냐하면 젊은 영혼의 발랄한 빛, 넘치는 힘, 강한 자부심으로 인해, 그는 분별없이 고귀한 조상들이 높이 쌓아 올린 명예의 기둥 꼭대기에 이르는 영광을 독점하길 희망했기 때문이다.

이 모든 것을 종합해볼 때, 우리의 피에르는 팔미라*의 폐허 못지않게 팔미라의 채석장이 가르치는 불길한 예언적 교훈이 주는 경고에 얼마나 무지했던가. 이 폐허 가운데 부스러진 미완의 기둥이 있다는 것을. 또한 거기서 몇 마일 떨어진 곳에 그 기둥에 얹힐 예정이었던 부스러진 기둥머리가 역시 미완인 상태로 그 옛날 채석장에 남겨진 그대로 버려져 있다는 것을. 시간이 이것들을 움켜잡고 망쳐놓았으며, 완성되기도 전에 부스러뜨렸고, 구름 속에 솟아 있었어야 했던 당당한 돌기둥을 흙 밑에 욕되이 남겨놓았다. 오, 이것이야말로 시간이 인간의 아들들과 벌이는, 억누를 수 없는 반목이 아닌가!

III

피에르를 둘러싼 아름다운 시골의 풍경이 대단히 자랑스러운 기억들을 떠올리게 한다는 것을 말한 바 있다. 그러나 단지 우연한 세상사를 통해 그 아름다운 고장이 조상들의 공적으로 고귀해졌을 뿐만 아니라, 피에르가 보기에는, 그곳의 모든 산과 습지를 자기 가족이 대단히 오랫동안 소유해왔기 때문에 그처럼 신성해진 듯했다.

　애정 어린 눈에는, 흘러간 옛 애인의 몸에서 한때 익히 보던 아주 사소한 장신구조차 성스럽게 만드는, 그 정에 치우친 이상 상태, 바로 그 신기한 힘을 지닌 부적이 피에르의 경우 주변

---

*기원전 10세기경 이스라엘 왕 솔로몬이 건설했다고 전해지는 시리아 사막의 옛 도시로, 웅장한 옛 건물들의 폐허로 유명하다.

의 지상 풍경 전체에 영향을 주었다. 훌륭한 조상들이 응시했던 그 언덕들 위에서, 많은 조모들이 소녀 적에 즐겁게 산책했던 저 숲을 지나, 이 잔디밭들 도처에, 이 뒤얽힌 소로들을 따라서, 그것을 기억하고, 생생하게 그 기억들을 상기하면서, 피에르는 그 부분 전체의 땅을 사랑의 정표로 여겼기에, 바로 그 지평면이 그에게는 추억의 원형 경기장이었다.

선동적인 미국에서는 신성한 과거가 부동의 조각상들을 세워놓지 못하고 모든 것이 영영 구체화되지 않는 현재의 천박한 냄비 속에서 불경스럽게 펄펄 끓고 있다고, 군주제 아래에서 살아가는 사람들은 일반적으로 상상한다. 이러한 독단은 특히 사회적 조건에 적용할 수 있는 것처럼 보일 것이다. 공식적으로 허가된 귀족 계급도 없고 한사(限嗣) 상속법도 없는데, 어떻게 미국에서 어느 가문이 당당하게 영속할 수 있단 말인가? 우리 사이에서 흔히 회자되는, 어느 가문이 제아무리 두드러지게 눈에 띈다 할지라도 단 반세기만 지나면 그 가문이 몰락한 것을 보게 될 것이라고 단언하는 바로 그 격언은 평민들에겐 틀림없이 들어맞는다. 우리의 도시에서 가문들은 통 속의 포말처럼 명멸한다. 왜냐하면 민주적 요소가 우리 사이에선 신비한 산화 작용을 하여, 마치 프랑스 남부에서 녹색 페인트 재료의 일종인 녹청이 동판 위에 포도 식초를 부어 만들어지듯이, 낡은 것들을 부식시킴으로써 새로운 것들을 끊임없이 생성하기 때문이다. 지금 일반적으로 부식 작용이라는 관념보다 쇠퇴를 더 잘 나타내는 것이 없지만, 다른 한편으로 색채로서 녹색의 개념보다 더 생생하게 인생의 풍요를 암시할 수 있는 것도 없다. 왜냐하면 녹색은 풍요로운 자연의 독특한 인장이기 때문이다. 이러한 점에서, 적절한 유추를 통해 우리는 주의를 끄는 미국의 변칙을 목도한다. 미국이 인간사의 모든 과거의 관념들을 얼마나 이상하게 부정하며, 그 자신에게도 놀랍게 죽음 자체도 삶으로 변화되는 것을 생각할 때, 미국의 성격이 널리 오해되고 있는 것에 놀랄 필요는 없다. 그래서 다른 나라에서는 지나치게 인위적인 것처럼 보이는 정치 제도가 미국의 경우엔 자연법의 신성한 미덕을 가지고 있는 것처럼 보인다. 자연의 법칙 중 가장 중대한 것은 바로 자연은 죽음에서 생명을 가져온다는 것이기 때문이다.

그럼에도 눈에 보이는 세계에는 무상한 자연이 그렇게 무한한 지배권을 행사하지 못하는 것들이 있다. 풀은 해마다 바뀌지만 떡갈나무 가지는 수년에 걸친 오랜 기간 동안 계절의 섭리를 무시한다. 미국의 무수한 가문이 풀잎과 같지만, 또 꽤 많은 가문이 떡갈나무처럼 서서 쇠퇴하지 않고 해마다 새로운 가지들을 내민다.

이 문제에 있어서 우리는 오만불손한 것이 아니라 공정한 정신으로, 언뜻 보기에는 이상해 보일지 모르지만 약간은 공평하다고 주장하며 영국과 족보를 비교하겠다. 아마도 이 사항에서 귀족록은 그 편찬자들이 누구의 후원에 가장 많이 의존하느냐는 것에 완전히 무관심할 리가 없으므로, 영국을 판단하는 좋은 통계적 기준일 것이고, 우리 국민의 보편적 지성은 우리를 판단하기에 족할 것이다. 그러나 이름의 장엄함이 우리를 오도하여 사물을 비하하게 해서는 안 된다. 왜냐하면 우리의 모든 허파 속의 숨결은 유전적이고, 지금 이 순간 현재의 내 호흡이 유대인들의 현 제사장의 육체보다, 그가 그것을 확실히 규명할 수 있는 한 훨씬 더 유전적이듯이, 역시 공허하기만 할 뿐인 단순한 이름들도 이 끝없는 대물림에 마찬가지로 빠져들기 때문이다. 그러나 리치먼드, 세인트 올번스, 그래프턴, 포틀랜드, 버클루는 거의 영국이라는 나라만큼이나 오래된 이름이지만, 그 이름을 물려받은 현재의 공작들로 말하자면 찰스 2세에서 가문의 참된 혈통은 끊긴 것이다.* 또한 우리가 흔히 이 세상에서 가장 영광스럽지 못하다고 간주하는 혈통은 구체적으로, 이를테면 사실상 같은 어머니인 것을 피할 수 없었지만, 우연히도 예비적인 의례를 생략했던 모계 조상을 가진 버클루의 혈통이므로 거기선 썩 좋은 근원을 찾지도 못한다. 그렇지만 왕이 그들의 시조이다. 그래서 그만큼 더 바람직하지 못할 따름이다. 거지한테 맞으면 하찮은 모욕이고 신사한테 맞으면 치명적 모욕이라면, 하필 왕들한테 맞는 우연한 매들은 현저히 싫은 일이기 때문이다. 영국에서 귀족의 작위는 끊임없는 복고와 창조를 통해 소멸하지 않고 유지된다. 조지 3세 한 사람이 522명의 귀족을 만들었다. 한 백작의 작위가 5세기 동안 귀속자 미정 상태로 있다가 갑자기 어떤 평민에게 맡겨졌는데, 그

---

*찰스 2세는 정부들이 낳은 자신의 서자들에게 위에 언급된 공작 작위들을 하사했다.

22

것은 그에게 전해진 것이라기보다 오히려 변호사들이 술책을 통해 융통성 있게 그쪽으로 돌린 것이었다. 템스 강도 자연적인 흐름에 그렇게 굴곡이 많지 않고, 브리지워터 운하도 저 부정하거나 날조된 귀족의 혈관 속에 흐르는 피보다 더 인위적으로 물길을 바꾸지 않는다. 그루터기처럼 썩기 쉽고 버섯처럼 덧없는, 저 접목된 명문들은 가문의 영원한 토양을 먹고 대대로 흘러내려가며 살다 죽는다. 오늘날 영국에서는 2500개의 귀족 작위가 단절되었지만, 가문의 이름은 살아남아 있다. 그러므로 이름의 공허한 외양이 사람보다, 또는 인간의 왕조들보다 더 지속적일 수 있다. 공기는 사람의 폐 속을 채우고 사람에게 생명을 불어넣지만, 인간은 대기를 채우지 못하고 대기 속에 생명을 주입하지 못한다.

가문의 이름들에 모든 경의를 표하고 문중의 사람들에게 아낌없는 정중한 인사를 드리는 바이지만, 만약 세인트 올번스 가문이 자신들은 아주 명예롭고 영원하다고 말한다면, 나는 마찬가지로 정중한 태도로 그들에게 넬 그윈을 떠올리라고 말하지 않을 수 없다.*

찰스 2세 이후로, 노르만족 도적 기사들의 직계인 순수한 혈통을 추적할 수 있는 작위를 가진 현재의 영국 가문들은 사실상 극소수이고, 거의 주목할 만한 가치도 없다. 찰스 2세 이후

---

*찰스 2세는 여배우 출신의 정부 넬 그윈이 낳은 아들을 세인트 올번스 공작으로 봉했다.

로 그들의 직계 혈통은 마치 머리 위에 차 항아리를 얹은 유대인 헌옷 장수가 카이사르의 생애가 시작되기 훨씬도 전에 죽은 사울 왕*의 피가 자신에게도 순수하게 흐르는지 알아내기 위해 〈마태오 복음서〉 첫 장을 넘기는 것처럼 공허해 보인다.

그러니 영국에서는 정부의 거대한 석조 건축물이 어떤 저택들의 세습적 존속을 지지하는 버팀목으로써 지탱하도록 되어 있는 반면에, 우리에게는 그런 종류의 것은 전혀 용인될 수 없다는 사실을 미리 설명할 필요는 없을 것이다. 칼날 왕 찰스** 이전의 시기로 그들의 연속된 영국 혈통을 역시 쉽게 추적할 수 있는 뉴잉글랜드 지방의 수백 개의 겸손한 가문들에 대한 모든 언급 또한 생략하겠다. 버지니아 주와 남부의 오래되고 동양적인 영국 개척 이민 가문들, 이를테면 조상 중 한 사람이 제임스 왕 시절에 인디언 왕녀 포카혼타스와 결혼한 덕분에 피속에 독자적인 토착 왕가의 혈통이 200년 넘게 흐르고 있던 랜돌프 가문은 말할 것도 없다. 북부에 있는 저 가장 오래되고 가장 위대한 네덜란드 사람들의 영지들을 고찰해보라. 그들은 수마일에 걸친 안전한 장소에 터를 잡고 있고 목장은 인접 지역들에 널리 퍼져 있다. 또한 증서치고 놀라울 정도로 긴 기간이 암시되어 있으며 변호사의 잉크를 바다처럼 마르지 않게 하는 듯 보이는 그들의 오만한 임대 증서를, 풀이 자라고 물이 흐르

---

*이스라엘의 초대 왕.
**찰스라는 이름의 영국 왕들 중 '칼날 왕'이라는 칭호를 가진 왕은 없지만, 추측건대 반역죄로 참수형을 당한 찰스 1세를 지칭하는 것으로 보인다.

는 한, 수많은 소작인들이 가지고 있을 것이다. 이러한 땅들 가운데 일부는 두 세기나 오래됐고, 그 땅들의 현 지주들은 자기네 땅에서 넬 그윈 공작부인이 태어나기도 전에 설치된 말뚝과 돌들을 보여줄 것이다. 또한 하이드 파크에 있는 S자 모양의 서펀타인 인공 연못보다 조금 더 멀리 더 똑바로 흐르는 그들의 허드슨 강 같은 혈통을 사람들에게 보여줄 것이다.

아득한 옛날부터 세습되어온 이 네덜란드 사람들의 목장들은 힌두교의 신비가 감도는 듯한 엷은 안개에 젖어 있다. 동방의 족장이 갖는 위세가 목초지들을 온화하게 지배하고, 그곳 소작인의 양 떼는 그들의 풀이 자라고 물이 흐르는 동안 거기서 풀을 뜯을 것이다. 이러한 토지들은 세월이 지나도 변하지 않고, 그들은 불멸의 대지를 장악하고 있다는 사정을 내세워 그들의 단순 봉토권을 영원한 것으로 간주하는 듯하다. 흙 속을 기어 다닐 따름인 벌레의 상상을 초월하는 뻔뻔스러움을 그토록 당당하게 그들은 주장하는구나!

영국 중부 지방에서는 플랜태저넷 왕가의 치세에 300명의 병사가 비 오는 오후 같은 때 훈련을 할 수 있는 오래된 떡갈나무 재목으로 건조한 대규모 식당을 자랑한다. 그러나 우리의 영주인 지주들은 과거는 거들떠보지 않고 현재를 지향한다. 그들은 당신에게 한 군의 주민에 대한 공적인 인구조사는 지주의 소작인 명부의 일부에 불과하다는 것을 보여줄 것이다. 벤네비스 산이나 스노든 산처럼 높은 봉우리들은 그들의 천연 성벽이고, 참모 장교들을 포함한 정규군은 대포와 함께 강을 건너며

원시림을 뚫고 행군하고, 광막한 바위투성이의 좁은 길들을 지나, 한 영주의 3천 명에 달하는 농부 소작인들의 재산을 일격에 압류하기 위해 파병된다. 하나의 사실이 두 가지 점을 가장 잘 연상시키는데, 둘 다 여기서 입에 담지는 않을 것이다.

그러나 공화국 심장부에 있는 이러한 거대한 영지의 존재에 대해 무슨 생각을 하든지 간에, 그리고 그것들이 인디언 둔덕들처럼 혁명의 홍수를 겪고 이렇게 살아남은 것을 아무리 의아하게 생각한다 할지라도, 그럼에도 그 영지들은 정말 살아남아 존재한다. 그리고 어떤 농부가 자기 아버지의 낡은 모자를, 또는 어떤 공작이 자기 종조할아버지의 작은 벼슬을 소유하는 것이나 마찬가지로 타당한 명의상의 소유권을 통해 현재의 지주가 그 영지들을 지금 소유하고 있다.

그럼에도 불구하고 혹시라도 우리 미국이 저 대수롭지 않은 방법으로 국가의 명예를 높이는 쪽을 택한다면, 대사유지와 긴 가계, 즉 아무 흠 없는 혈통이라는 이 멋있고 사소한 문제에 있어서 미국은 영국과 함께 하나의 좋은 전반적인 사례를 밝히게 될 것이라고 소박하게 이해해도 별로 크게 틀리지 않을 것이다.

IV

일반적인 표현으로 우리가 미국의 몇몇 가문의 위대한 가계와 토지의 권위를 내세우기로 결정한 것은, 그렇게 함으로써 우리가 꽤 특별하고 영예로운 가문임을 주장한 바 있는 피에르 글렌디닝 도련님의 부유하고 귀족적인 조건을 시적으로 확립하기 때문이다. 그리고 우리 주인공의 이례적으로 개발된 개성과 대단히 색다른 생애와 관련하여 생각하면, 이 환경이 얼마나 중요한지를 주의 깊은 독자는 사건의 추이를 통해 분명히 보게 될 것이다. 또한 누구도 마지막 장은 어리석은 허장성세를 위해 의도된 것일 뿐, 어떤 견고한 목적을 고려하고 있지 않다고는 생각하지 않을 것이다.

지금 피에르는 이 고귀한 토대 위에 서 있고, 앞으로 우리는 그가 그 좋은 기반을 유지할는지를 알게 될 것이다. 또한 운명의 여신은 이 세상에 고작 사소하고 하찮은 한두 마디밖에 할 말이 없는지도. 그러나 글렌디닝가가 파라오의 시대 이전으로, 또는 새들 메도우스의 공적들이 성경에 나오는 세 명의 동방박사의 시대로 거슬러 올라간다고 주장하는 것은 아니다. 전에 암시했듯이 그 공적들은 사실상 세 명의 추장, 즉 인디언 추장들의 시대로 거슬러 올라가고, 그 때문에 그만큼 더 훌륭할 따름이다.

그러나 피에르가 파라오의 시대로 거슬러 올라가지 않는다 할지라도, 그리고 영국의 농부 햄던가 사람들이 심지어 글렌디닝가의 시조보다 자못 더 선배들이라 할지라도, 몇몇 영지들이 피에르의 토지보다 몇 년 더 오래되고 몇 평방 마일 더 넓은 것을 자랑한다 할지라도, 열아홉 살의 젊은이가 단지 그 일을 시험 삼아 해보기 위해 조상 대대로 내려오는 부엌 벽난로 바닥돌에 줄기째로 밀 이삭을 흩어놓고, 그 모든 석조물 여기저기로 날아가도록 도리깨를 휘두르며 굴뚝 속에 서서 알곡을 털어내는 것이 가능하다고 생각하는가? 이러한 도리깨질을 하는 자가 가문의 긍지랄 수 있는 것에 대해 그야말로 약간의 아픔 한두 번을 느끼지 않고 조상 대대로 내려오는 부엌 굴뚝에서 밀을 타작하는 것은 불가능하지 않을까? 나는 그렇다고 말하겠다.

또는 그가 매일 아침 식사하러 내려오면서 복도의 아치형 창문에 걸린 낡고 누덕누덕한 영국의 기치들을 한두 개 발견한다면, 그것도 공명정대한 싸움에서 할아버지인 장군이 포획한 기치들이라면, 젊은 피에르의 감회가 어떠하리라 생각하는가? 또는 그가 마을 육군 보병 중대의 군악대 연주를 들을 때마다, 공명정대한 전투에서 할아버지가 포획했고 나중에 기념패에 적절한 말을 새겨 새들 메도우스 포병대에 기증한 영국 케틀드럼의 독특한 북소리를 뚜렷하게 인식한다면, 그 감회가 어떠하리라 생각하는가? 또는 시골에서 7월 4일*의 온화하고 명상적인 아침 같은 때에 때때로, 앞에서 여러 번 언급한 바로 그 할아버지가 과거에 투구의 깃털 장식이 나부끼고 머스킷 소총이 번쩍이는 열병식에서 사용했던, 육군 소장의 지휘봉인 끝을 은으로 장식한 위엄 있는 긴 권표(權標)를 의식용 지팡이 삼아 정원으로 들고 나간다면 그 감회가 어떠하리라 생각하는가? 여

*미국 독립 기념일.

러모로 보아 피에르는 아직은 매우 젊고 대단히 형이하학적이며, 게다가 얼마간 가문이 좋은 편이고, 때때로 독립전쟁의 역사를 읽었을 뿐 아니라 그에게는 아주 빈번하게 할아버지인 육군 소장의 견장에 대해 넌지시 말해준 어머니가 있었다는 것을 이야기해두겠다. 또한 이 모든 근거에 따라 틀림없이 그는 대단히 자존심이 강하고 의기양양한 태도를 지니고 있었으리라는 것을 이야기해두겠다. 만일 당신에게 피에르가 너무 분별없고 어리석은 것처럼 보인다면, 그리고 이런 태도가 그가 전혀 신뢰할 만한 민주주의자가 아님을 보여주는 것이라면서 진실로 고상한 사람은 자신의 것이 아닌 어떠한 힘도 결코 자랑해서는 안 된다고 당신이 말한다면, 나는 피에르가 아직은 청소년에 불과하다는 것을 고려해달라고 간청하겠다. 그리고 정말이지 당신은 조만간 피에르가 철저한 민주주의자라고, 어쩌면 대체적으로 당신의 뜻에 맞는 약간은 지나친 급진주의자라고 단언하게 될 것이다.

결론적으로 '시골에서 태어나 양육된 것은 피에르의 선택받은 운명이었다'고, 앞서 말한 것을 여기서 다시 그대로 인용한다 할지라도 나를 비난하지 말길 바란다. 왜냐하면 고귀한 미국 청년에게 이것은 다른 어떤 나라에서보다 정말로 대단히 귀하고 선택된 운명이기 때문이다. 그 까닭은 다른 나라의 훌륭한 가문들은 시골을 자신의 고향으로 자랑하는 반면에, 우리의 탁월한 가문들은 도시를 자신의 소재지로 내세우기 때문이다. 자수성가한 미국인이 가장 대도시다운 도시의 가장 대도시다운 거리에 근사한 대도시다운 저택을 짓는 것은 너무 흔한 일이다. 그런데 사실 같은 부류의 유럽인이라면 거기서 시골로 이주할 것이다. 이 사실로 유럽인이 우월하다는 것을 어느 시인도 철학자도 귀족도 부인하지 않을 것이다. 왜냐하면 시골은 가장 시적이고 철학적일 뿐만 아니라, 이 지구상에서 가장 귀족적인 지역이기 때문이다. 가장 예스러운 곳이며, 또한 무수한 시인들이 수많은 훌륭한 명칭을 붙여 그곳을 고귀하게 해주는 덕분이다. 도시는 좀 더 속된 지역인 데다 무엇보다 영구적으로 씻지 않은 더러운 얼굴을 명백히 드러내고 있는 데 비해, 시골은 마치 여왕처럼 성실한 하녀들에게 언제나 시중을 받고 때로는 스물네 시간 동안 스물네 번 옷을 갈아입는다. 시골은 여왕의 이마 위 금강석처럼 낮에는 태양을 달고, 밤에는 별들을 금 구슬 목걸이처럼 걸고 있다. 하지만 도시의 태양은 그을린 인조 보석이지 금강석이 아니며, 도시의 별들은 모조금이지 순금이 아니다.

자연은 피에르의 진귀하고 독창적인 성장을 의도했으므로 우리의 피에르를 시골에 자리 잡게 했다. 이로써 자연이 그에게 결국 모호한 것으로 판명된다 할지라도 괘념치 마시길. 그렇지만 자연은 처음에는 용감하게 처신했다. 자연은 푸른 언덕에서 바람 나팔로 연주를 했고, 피에르는 갑자기 울리는 트럼펫 소리에 군마가 발로 땅을 두드리다 비지땀의 서정시에 빠져들듯이 서정적 사념들을 노래했다. 자연은 저녁나절 그 깊은 숲을 통해 속삭였고, 피에르의 혈관 속에는 인간미의 부드러운 속삭임과 감미로운 사랑의 속삭임이 조약돌 위를 흐르는 물처럼 아름다운 가락이 되어 흘러갔다. 자연은 별들이 금속 조각처럼 총총히 빛나는 밤의 천장을 들어 올렸고, 그렇게 별들의 신성한 우두머리이자 지배자를 어렴풋이 감지하자 피에르의 영혼 속에는 수많은 완전무장한 영웅적 상념들이 떠올랐다. 그는 방어해야 할 어떤 모독당한 대의명분을 찾아 사방에 눈을 부릅떴다.

그러므로 시골은 젊은 피에르에게는 영광스러운 축복이었다. 그리고 신의 축복이 히브리 사람들에게서 소멸했듯이 그 축복이 그에게서 소멸할 것인지 우리는 알게 될 것이며, 운명의 여신은 이 세상에서 고작 사소하고 하찮은 한두 마디 말밖에 할 말이 없는지 역시 우리는 다시 한 번 알게 될 것이다. 또한 '신 자신 외에는 아무도 신에게 대항할 수 없다'라는 이 짧은 라틴어 몇 마디가 터무니없이 부적당한 말인지 아닌지를 알게 될 것이다.

V

"메리 누님." 피에르가 이른 아침 산책에서 돌아와 어머니의 방문을 두드리며 말했다. "메리 누님, 온밤을 지새운 나무들이 모두 오늘 아침 누님보다 일찍 밖에 나와 있는 걸 아세요? 커피 향이랑 비슷한 냄새가 나지 않아요, 누님?"

안에서 가벼운 발소리가 문 쪽으로 다가오더니 문이 열리고, 화려하고 밝은 실내복을 입고 화려한 넓은 장식 띠를 손에 든 글렌디닝 부인이 모습을 나타냈다.

"안녕히 주무셨습니까, 부인." 피에르가 앞서 보여준 장난기 어린 태도와는 웃음이 나올 만큼 재미있게 대조되는, 마음에서 우러나는 진정한 공경을 담은 절을 올리며 천천히 말했다. 애정에서 비롯된 허물없는 언행은 이처럼 상냥하고 경건하게 가장 깊은 마음에서 우러난 효성에 뿌리를 두고 있었다.

"좋은 오후가 되길 바란다, 피에르. 나는 지금이 오후라고 생각하니까. 하지만, 애야, 내 몸단장을 마무리해다오, 자, 동생." 그러고는 장식 띠를 내밀면서 덧붙였다. "즉시 용감하게 행동하렴." 그리고 거울에서 떨어져 앉으면서, 그녀는 피에르의 도움을 기다렸다.

"글렌디닝 공작 미망인을 섬기는 수석 시녀요." 어머니 앞에서 허리를 구부리며, 우아하게 장식 띠를 그녀의 목에 두르고 양끝을 앞에서 서로 엇갈리게 해놓고 피에르가 웃었다.

"그런데, 무엇으로 이 매듭을 고정시키지, 피에르?"

"키스로 고정시켜보려고요, 누님. 자! 오, 유감스럽게도 그런 식으로 걸어 매는 것이 매번 효력이 있는 것은 아니군요! 어젯밤에 제가 드린 새끼 사슴들을 새긴 카메오 장신구는 어디 있어요? 아! 선반 위에 있군. 그럼 그걸 하시겠어요? 감사합니다, 사려 깊고 더없이 현명하신 누님…… 자…… 하지만 잠깐만요…… 작은 고리 하나가 말썽을 부리는군요. 됐어요, 이제,

친애하는 누님, 머리를 아시리아인들처럼 뒤로 젖혀보세요."

오만하게 행복한 어머니가 벌떡 일어나서 아들이 장식한 것들에 흠이 없나 살피기 위해 거울 앞에 서 있는 동안, 피에르는 어머니의 슬리퍼 매듭이 흐트러진 것을 보고 무릎을 꿇고 앉아 그것을 단단히 매었다. "그럼 이제 차를 마시러 가시죠, 부인!" 그가 소리쳤다. 그리고 익살스러운 정중한 행동으로 어머니에게 팔을 내주고, 두 사람은 아침 식사를 하러 내려갔다.

글렌디닝 부인에게는 눈에 띄게 어울리지 않는 어떠한 실내복 차림으로도 아들 앞에 결코 모습을 드러내지 않는 것이, 여자들이 때때로 무의식적으로 따라 행동하는 자연스러운 처세법 중 하나였다. 독자적인 사물에 대한 관찰력을 통해, 흔히 남의 이야기를 듣고 감득하는 데서 효력이 죽게 되는 여러 가지 대단히 일반적인 처세훈들을 그녀는 깨닫고 있었다. 아주 밀접한 심정적 유대 속에서조차 그저 모습만 보아도 마음에 미치는 그 영향력이 얼마나 막대한지를 그녀는 생생히 알고 있었다. 지금 그녀 인생의 지고한 기쁨이 피에르의 감동적인 사랑과 우아한 헌신에 있듯이, 그녀는 그토록 감미롭고 즐거움을 유지시키는 데 기여할 수 있는 것이라면 아무리 하찮다 하더라도 절대 빠뜨리지 않았다.

이것 말고도 메리 글렌디닝은 여자였고, 그것을 허영심이라고 부를 수 있다면, 그녀에게는 보통이 넘는 여자의 허영심이 있었다. 그렇지만 그녀는 그 허영심 때문에 거의 50년에 걸친 인생에서 자신도 모르게 단 한 번도 남들에게 알려진 무례를 범한 적이 없었고, 혹은 남들에게 알려진 마음의 고통을 당한 적 또한 한 번도 없었다. 세인의 감탄을 갈망한 적은 더욱이 없었다. 왜냐하면 그것은 그녀가 늘 소유해왔던, 아름다움의 영원한 특권이 부여하는 그녀의 타고난 권리였기 때문이다. 또한 그것은 자연스럽게 언제나 그녀를 에워싸고 있었으므로, 그녀는 일부러 그것을 구하러 머리를 쓸 필요가 없었기 때문이다. 허영심은 꽤 많은 여자들에게 정신적 악에 가깝고 따라서 눈에 보이는 결점에 가깝지만, 그녀의 경우에는—실로 유별날 정도로 허영심에 빠져 있음에도—여전히 그녀가 더없이 건강하다는 것을 보여주는 증거였다. 또한 허영심을 만족시키고자 갈망하는 것이 무엇인지를 결코 알지 못한 탓에 그녀는 자신에게 허영심이 있다는 것을 거의 완전히 깨닫지 못하고 있었다. 많은 여자들이 이마 위에 타오르는 이 불꽃을 지니고 있지만, 메리 글렌디닝은 이를 의식하지 않은 채 자신의 것으로 심중에 품고 있었다. 내부에서 점등된 불꽃이 여성적 예술이라는 모든 무한한 장식무늬 창을 통해 밖으로 전혀 내비치지는 않지만, 대리석 꽃병이 그 자체가 지닌 대리석의 우아한 효능에 의해 빛나 보이는 것처럼 그녀는 한결같이 빛났다. 그러나 일부 무도장의 여인들이 만족하는 저 솔직한 형이하학적 찬양은 피에르의 어머니에게는 전혀 찬양이 아니었다. 그녀는 남자들이 바치는 일반적 경의가 아니라 가장 고상한 남자들이 바치는 선별된 경의야말로 자신의 고유한 권리라고 느꼈다. 그리고 모성 특유의 편파적인 애정으로 피에르의 아주 뛰어나고 절대적인 장점들을 미화하여, 아들의 애정 넘치는 영혼의 자발적 충의를, 그의 종족의 가장 정선된 단체를 대표하는 충성으로 생각했다. 그러므로 그녀는 모든 혈관이 가장 미묘한 허영심으로 재충전되어 있었지만, 오직 피에르만의 경의와 효성에 만족했다.

그러나 감각과 기질이 있는 여자에게는 아무리 고상하고 재능이 있는 남자의 찬양도 하찮은 것으로 여겨진다. 그녀가 그의 영혼을 지배하는 직접적인 영향력을 발휘하는 실제적인 마력을 전혀 가지고 있지 못한 것을 의식하고 있는 한은 말이다. 그리고 어머니보다 그가 모든 면에서 지적으로 우위에 있음에도, 경험과 넓은 견문이 없는 청년의 피할 수 없는 약점 때문에 피에르는 지금까지 어떻든 간에 그의 흥미를 끌었거나 그에게 영향을 준 거의 모든 일에서 어머니의 지도에 묘하게 순종하고 있었다. 따라서 메리 글렌디닝에게 피에르의 이 공경은, 가장 유혹을 잘하는 처녀가 느낄 수 있는 자기만족의 교만한 기쁨과 매력이 모두 섞여 있는 것이었다. 게다가 한층 더 좋은 것이 있었다. 모든 세련되고 고결한 사랑 속에서 구혼이 시작되면서 최종적인 결혼 예고와 예식에 앞서 오는, 형언키 어려운 상냥함과 정중함에서 비롯된 저 무어라 표현할 수 없는 한없이 섬세한 향기는, 그러나 값비싼 독일산 포도주의 향기처럼, 결혼 생활의 낮과 밤의 미몽에서 깨어나게 하는 술잔에 따르자마자 너무나 자주 증발되어 사라지곤 한다. 그런데 우리가 살면서 경험할 수 있는 것 가운데 가장 으뜸이고 가장 환상적인 이러한 향기가, 즉 자신의 가슴속에서 한층 더 영묘해진, 이 덧없이 사라졌던 절묘한 향기가 이제 대액년에 가까운 메리 글렌디닝에게 피에르의 예의 바른 연인 같은 헌신적인 사랑 속에서 기적적으로 되살아났다.

전체적으로 보아 지상에서 가장 행복하고 보기 드문 우연적 사실들의 놀랍지만 전적으로 운이 좋은 결합에서 생겨나고, 평범한 사랑에는 너무나 숙명적인 그 절정에 의해 지속 기간이 제한되지 않은 채, 동일한 환희의 궤도에 여전히 그 어머니와 아들을 싣고 나르는 이 완화된 마력은, 가장 감미로운 사랑의 계절에 일어나기 쉬운 가장 신성한 감정조차, 우리의 허다한 기복이 심한 인생의 많은 평범한 관계들로 무기한 전환될 수 있다는 눈부시게 아름다운 가능성을 어렴풋이 감지하는 것처럼 보였다. 공평하고 독특한 방법으로, 그것은, 인간의 가장 성스러운 정열이 모든 불순물과 얼룩들로부터 벗어나 영묘해져, 하나의 순수하고 손상할 수 없는 기쁨의 범위 안에 모든 혈족과 풍토를 통합시킬 때 올 낙원을 우리에게 그려주는, 저 종교적 광신자들의 감미로운 꿈을 이 지상에서 거의 실현한 것처럼 보였다.

VI

몇몇 사람들이 생각하기에, 피에르에게는 신사다운 그의 낭만적 장점을 손상할지도 모르는, 고상하다고는 말하지 못할 한

가지 작은 특성이 있었다. 그는 언제나 식욕이 왕성했고 특히 아침 식사에서 그랬다. 피에르는 손이 작고 솜털이 뽀얗지만 팔뚝은 결코 가냘프지 않았고, 살결은 갈색에 가까웠다. 그가 보통 아침 해와 함께 일어나고, 하루에 20마일을 승마하고, 12마일을 걷고, 숲 속에서 꽤 굵은 솔송나무를 베어 넘어뜨리거나, 복싱을 하고 펜싱을 하고 보트를 젓거나, 다른 운동의 재주를 부려보지 않고는 잠들지 못하는 것을 생각해보자. 또 그의 운동가다운 이러한 습관들과 그로 인해 그의 몸에 생긴 놀랄 만큼 넉넉한 체력과 근육, 즉 그 모든 남자다운 체력과 근육이 하루에 세 번 사람들의 이목을 현란하게 집중시키는 것을 생각해보자. 그러면 우리는 그의 식욕이 왕성한 것이 전혀 상스러운 수치가 아닐 뿐만 아니라 피에르에게는 대단히 당당한 매력이자 명예이고, 그가 사나이이자 신사임을 입증하는 것임을 대단히 빨리 눈치채게 될 것이다. 왜냐하면 철저하게 심신이 발달된 신사는 언제나 건장하고 건강하기 때문이다. 그리고 건장하고 건강한 사람들 자체가 대식가들이기 때문이다.

그래서 피에르와 그의 어머니가 아침 식사를 하러 내려왔을 때, 피에르는 어머니의 편의를 위한 세세한 기물이 모두 준비되었는지 용의주도하게 살펴보고, 바람이 어머니의 목을 상하게 하지 않도록 오랜 종복인 점잖은 데이츠에게 창틀을 거듭해서 조절하도록 두세 차례 명령했다. 매우 조용하고 눈에 띄지 않는 방식으로 이 모든 것을 살핀 후에, 침착한 데이츠에게 친밀감을 주는 플랑드르 미술 양식으로 그려진 아름답고 희열이 넘치는 그림을 수평으로 각별히 잘 보이게 돌려놓도록(그런 식으로 조정할 수 있게끔 벽에 걸린 그림이었다) 지시했다. 그런 다음 그가 앉아 있는 자리에서 강변의 목초지 너머로 더 멀리 푸른 산줄기들을 몇 번 상쾌한 시선으로 바라본 후에, 유능한 데이츠에게 우호적인 괴이한 몸짓을 보냈다. 그러자 데이츠는 그 몸짓에 자동적으로 복종하여, 고급스러워 보이는 작은 보조 탁자에서 눈에 띄는 식힌 고기파이를 가져왔다. 양각으로 장식된 접시에 담긴 풍미 있는 음식을 나이프로 조심해서 살펴보자, 곧 피에르가 사냥한 드물게 살이 부드러운 비둘기 몇 마리를 요리한 것임이 드러났다.

"메리 누님." 피에르는 큼직한 비둘기 살점 중 가장 정선해서 고른 것 하나를 삼지창으로 찍어 들면서 말했다. "메리 누님, 이 비둘기들을 사냥하면서 전 가슴 부분을 다치지 않게 쏘아 떨어뜨리려고 무척 조심했어요. 누님에게 줄 것이었으니까요! 자, 여기 있어요. 어서 데이츠 상사, 마님의 접시를 이리 대게. 안 되지, 프렌치롤 부스러기와 커피 몇 번 홀짝거리는 걸로 저쪽에 계신 용감한 장군님의 따님의 아침 식사가 되겠는가?" 맞은편 벽에 걸린 금 레이스 장식을 한 할아버지의 전신상을 가리키면서 그가 말했다. "이것 참, 두 사람 몫의 아침 식사를 해야 하는 내 사정이 비참하군. 데이츠!"

"네."

"저 구운 빵을 올려놓는 받침대를 치우시게, 데이츠. 이 혓바닥 고기 접시도. 그리고 롤 빵을 더 가까이 가져오고, 보조 탁자를 더 멀리 밀어놓으시게, 선량한 데이츠."

이렇게 피에르는 자신을 위해 넉넉한 공간을 만든 후 유쾌한 재담을 늘어놓느라 한 입 가득 음식을 퍼 넣는 일을 가끔씩 중단하면서 식사를 시작했다.

"오늘 아침 굉장히 기분이 좋은 것 같구나, 피에르 동생." 어머니가 말했다.

"네, 꽤 좋습니다. 적어도 기분이 저조하다고는 말할 수 없어요, 메리 누님. 데이츠, 훌륭한 동지여, 우유 세 사발을 가져와요."

"설마 한 사발이겠지요, 도련님." 데이츠가 차분하고 침착하게 말했다.

종복이 방에서 나가자 글렌디닝 부인이 말했다. "얘 피에르, 네가 하인들을 대하는 중에 들떠서 법석대다가 무심코 예의범절을 넘는 일이 없도록 하라고 몇 번이나 간청했잖니. 방금 데이츠의 표정은 너를 정중하게 책망하는 것이었어. 데이츠를 '훌륭한 동지'라고 불러서는 안 돼. 그는 정말 훌륭한 동지이고, 대단히 훌륭한 동지인 것이 사실이지만, 내가 있는 식탁에서 그렇게 부를 필요는 없단다. 하인들에게 일시적인 우정을 내보이지 않고도 친절하고 유쾌하게 대하는 건 별로 어렵지 않아."

"그래요, 누님, 분명 누님이 다 옳아요. 앞으로는 '훌륭한'이란 말을 빼고 동지라고만 부르겠습니다. 동지, 이리 오시게! 그러면 어느 정도 들어맞을까요?"

"천만에, 피에르. 그렇지만 너는 로미오 같은 청년이니 당분간은 네 실없는 소리를 관대히 보아 넘기마."

"로미오! 아, 안 돼요. 나는 결코 로미오가 아닌데……." 피에르가 탄식하며 말했다. "나는 웃지만, 그는 울었어요. 가엾은 로미오! 아 로미오! 아 슬프다, 로미오! 그는 아주 비참한 종말을 맞았어요, 정말로요, 메리 누님."

"하긴 그건 그의 잘못이었지."

"가엾은 로미오!"

"그는 부모 말을 듣지 않았어."

"슬프다, 로미오."

"부모의 각별한 소원을 거역하는 결혼을 했으니까."

"아 슬프다, 로미오!"

"그렇지만 피에르, 너는 머지않아 캐풀릿 가문 사람이 아니라 우리의 몬태규 가문 사람과 결혼하게 될 테니, 로미오의 불행한 운명은 네 운명이 될 수 없단다. 너는 행복할 거야."

"그만큼 더 비참한 로미오로다!"

"그렇게 엉터리없이 굴지 마, 피에르 동생. 그래 오늘 아침 구릉지대로 가는 그 장거리 마차 드라이브에 루시를 데려갈 거니? 루시는 상냥한 아가씨야. 아주 아름다운 아가씨지."

"네, 그건 도리어 제가 드리고 싶은 말입니다, 메리 누님. 분명히, 어머니, 이 세상에 그런 여자는 또 없습니다! 그녀 말입니다, 그래요, 제 입으로 말하기는 뭣지만. 데이츠! 그 우유 가져오는 데 참 오래 걸리는군!"

"그냥 두렴. 우유 보채는 아이처럼 나약한 사내는 되지 말아야지, 피에르!"

"아! 우리 누님이 오늘 아침 약간 비꼬아 말하시는군요. 알아듣는다고요."

"절대 야단치지 마라, 피에르. 그리고 절대 떠벌리지도 마. 네 아버지는 절대로 그러지 않으셨고, 소크라테스의 글에도 그런 말이 없어. 두 분 다 대단히 현명한 분들이셨지. 네 아버지는 마음으로부터 사랑하고 계셨지만—어느 정도 나는 네 아버지의 마음을 알고 있었단다—한 번도 그런 것에 대해 떠벌리시는 것을 들어본 적이 없어. 늘 지극히 신사다웠지. 신사들은 절대로 떠벌리지 않는단다. 나약하고 의지가 약한 사내들이나 떠벌리지 신사들은 절대로 그러지 않아."

"고마워요, 누님. 거기다 놓으시게, 데이츠, 말들은 준비가 되었나?"

"마차를 끌고 한 바퀴 돌고 있는 것으로 알고 있습니다, 도련님."

"아니, 피에르." 어머니가 창밖을 흘긋 내다보며 말했다. "저 거대한 구식 쌍두 사륜마차로 산타페데보고타*에라도 갈 거니? 저 큰 마차를 대체 무엇 때문에 가져가?"

"일시적인 기분내기예요, 누님, 기분이라고요. 저는 저 마차가 구식이고 좌석도 이런 소파 같은 좌석인 데다, 마지막으로 루시 타탄이라는 이름의 젊은 숙녀가 저 마차에 지대한 관심을

---

*콜롬비아의 수도.

갖고 있기 때문에 좋아하는 거예요. 맹세컨대, 루시는 저 마차를 타고 결혼하고 싶다고 말할 거예요."

"저런, 피에르. 난 크리스토퍼에게 마차용 망치와 못, 끈과 나사볼트를 상자에 담았는지 확인하라고 해야겠구나. 농장용 마차에 여분의 차축과 판자를 싣고 네 뒤를 따라오게 하는 게 좋을 것 같다."

"괜찮아요, 누님, 걱정하실 것 없어요. 전 저 낡은 쌍두 사륜 마차를 아주 조심해서 다룰 겁니다. 장식 판자에 있는 그 기이한 오래된 문장이 언제나 맨 처음 그걸 타신 분이 누구인지를 상기시키거든요."

"그 기억을 간직하고 있다니 기쁘구나, 피에르 동생."

"그리고 다음에 그걸 타신 분이 누구인지도."

"아, 가엾어라! 가엾어라, 사랑하는 아들! 그분을 생각하면 너는 결코 잘못을 저지를 리 없단다. 그래, 늘 너의 친애하는 완벽한 아버지를 생각해라, 피에르."

"네, 지금 바로 키스해주세요, 사랑하는 누님, 가야 하니까요."

"자, 이쪽은 내 뺨이고, 저쪽은 루시의 뺨이다. 역시 양쪽을 다 보니까 루시의 뺨이 점점 더 화사하게 피어나고 있다는 생각이 드는구나. 감미로운 이슬방울들이 저 뺨에 떨어질 것 같아."

피에르는 웃으면서 방에서 뛰어나갔다. 나이 많은 크리스토퍼가 조바심을 내고 있었기 때문이다. 어머니는 창가로 가서 섰다.

"고결한 아이, 그리고 유순한." 그녀가 중얼거렸다. "저 애는 청춘의 경박함이라곤 없이 그 쾌활함만을 송두리째 지니고 있어. 미숙한 지혜 속에서도 허영심이 강해지지 않았어. 나는 저 애를 대학에 보내지 않은 것을 하늘에 감사해. 고결한 아이, 그리고 유순한 아이. 세련되고, 의기양양하고, 애정이 넘치고, 발랄한 아이. 제발 하느님, 나를 대하는 저 애의 마음과 행동이 절대로 변하지 않게 해주소서. 저 애의 귀여운 아내가 될 그 아이는 저 애와 나 사이를 이간질하지 않을 거야. 그 아이 역시 유순하니까. 아름답고 공손하고 너무도 유순하니까. 그 아이처럼 푸른 눈을 가진 여자가 유순하지 않은 것을, 푸른 리본을 단 온순한 암양 두 마리가 용맹한 지도자를 따르듯이 대담한 검은 눈의 남자를 따르지 않는 것을 나는 아직까지 본 적이 없어. 피에르가 그 아이를 그토록 사랑하니 얼마나 기쁜 일인가. 내가 절대로 함께 평화롭게 살 수 없는, 초로의 미망인이 된 나의 상태보다 자기의 젊은 결혼생활을 언제나 더 상위에 두고 내 사랑하는 아들의 마음을 송두리째 갖겠다고 드는, 검은 눈동자의 도도한 여자가 아닌 것이 말이야. 세련되고, 의기양양하고, 애정이 있고, 유순하고, 원기 왕성한 아들! 고상한 지성을 갖추고, 가문이 좋은, 고결한 아들, 마음씨 고운 온순함을 지닌 아들! 최고 품종의 망아지들이 풍성한 털과 부풀어 오른 가슴과 상냥한 유순함을 지녀야 하는 것처럼, 품위 있는 여인을 닮은 고결한 청년도 그래야 한다는 제 아버지의 저 훌륭한 말씀이 저 아이에게서 그대로 구현되는구나. 그럼, 안녕, 피에르. 즐거운 아침이 되기를!"

그렇게 말하고 방을 가로지르다가 한 모퉁이에서 쉬던 참에, 그녀의 기쁨에 찬 오만한 눈에 노장군의 지휘봉이 들어왔다. 전날 피에르가 유쾌한 기분으로, 평소 그것이 있던 자리에서 그림과 기를 걸어놓은 복도로 가져다놓은 것이었다. 그녀는 그것을 들어 올려 생각에 잠긴 채 이리저리 흔들어보다가 동작을 멈추고, 지팡이처럼 손에 들고 조용히 있었다. 그녀의 품위 있는 아름다움에는 언제나 약간 호전적인 데가 있었는데, 지금 그녀는 실제 그대로 장군의 딸처럼 보였고, 그것은 피에르의 혈통이 이중으로 혁명가 집안의 혈통이었기 때문이다. 친가와 외가 양쪽에서 그는 영웅의 자손으로 태어났다.

"이것이 그 애의 상속 재산이야. 이 지휘의 상징이! 그걸 생각하니 가슴이 부푸는구나. 그럼에도 방금 나는 피에르가 그토록 싹싹하게 유순하다는 자부심에 빠져 있었다니! 분명히 대단히 이상한 모순이 여기 있어! 싹싹한 유순함이 장군의 식별 표지란 말인가? 그렇다면 이 지휘봉이 실톳대에 불과하단 말인가? 뭔가 크게 잘못된 게 있어. 자기 종족의 불굴의 영웅이고 지휘관이면서 집안의 어느 누구도 결코 이마를 찌푸리게 하지 않는 건 어려운 일이 틀림없으니, 지금 나는 그 애가 나에게 싹싹하고 유순한 것보다 달리 되기를 바랍니다. 제발 그 애가 성공할 가망이 없는 어떤 어두운 행동의 주인공, 즉 사람을 야만인으로 만드는, 어둡고 성공할 가망이 없는 행동의 주인공 역할에 부름 받지 않고, 순조로운 운명의 평온한 길에서 용맹스러움을 보여주길 하늘에 기원합니다. 오 하느님, 그 애에게 조심스러운 강풍을 주십시오! 확고한 번영을 누리게 하소서! 그리하여 그 애가 내게 여전히 아주 싹싹한 아들 그대로이면서, 세상 사람들에게는 오만한 영웅이 되게 하소서!"

2부
사랑, 기쁨,
그리고 경악

I

그 전날 저녁, 피에르는 루시와 함께 새들 메도우스의 넓은 들 남쪽으로 빙 둘러싸며 펼쳐진 산간지대를 누비는 긴 마차 여행을 계획했다.

마차는 60년 된 것이었지만 그 마차를 끄는 동물은 이제 6년 된 망아지들이었다. 그 구식 쌍두 사륜마차는 여러 세대에 걸쳐 그것을 끈 말들보다 연륜이 오래되었다.

피에르는 노도와 같이 마을의 느릅나무 그늘 속을 달려, 이윽고 하얀 별장 문 앞에 멈추어 섰다. 그는 고삐를 마당에 팽개치고 집 안으로 들어갔다.

두 망아지는 피에르의 각별하고 친밀한 친구들로 그와 같은 땅에서 태어났고, 피에르가 인디언 팬케이크 형태로 해서 종종 아침 식사로 먹는 것과 똑같은 옥수수를 먹고 자랐다. 똑같은 샘물의 한 지류가 외양간에 물을 댔고, 다른 한 지류는 피에르의 주전자에 물을 채웠다. 그 망아지들은 피에르에게는 일종의 친척이었고, 무성한 갈기와 큰 보폭이 남의 이목을 끌지만 조금도 허영심이 강하거나 젠체하지 않는 훌륭한 젊은 친척들이었다. 그들은 피에르를 글렌디닝가의 진정한 우두머리로 인정했다. 그들은 자기들이 그 가문의 우두머리 대표자에게 영원한 봉건적 충성을 바칠 의무가 있는, 글렌디닝가 밑으로 종속된 분가에 지나지 않는다는 것을 잘 알고 있었다. 따라서 이 젊은 친척들은 피에르에게서 달아나는 일은 절대 하지 않았고, 달리는 속도에서는 조바심을 냈지만 정지 중에는 대단히 참을성이 강했다. 또한 쾌활한 기분으로 충만했으며, 새끼 고양이들처럼 온순했다.

"어머, 어떻게 저들만 저런 식으로 서 있게 놔둘 수 있어요, 피에르." 숄, 양산, 손가방, 그리고 작은 바구니를 한 아름 든 피에르와 함께 별장 문을 걸어 나오며 루시가 말했다.

"잠시만 기다려." 손에 든 짐을 내리면서 피에르가 큰 소리로 말했다. "내 망아지들의 재능을 당신에게 보여주겠어."

그렇게 말하면서 그는 망아지들에게 부드럽게 말을 걸고, 가까이 다가가서 가볍게 다독거렸다. 망아지들이 울음소리를 냈고, 왼쪽 망아지가 마치 피에르가 공평하게 다독거려주지 않았다는 듯 약간 시기하는 울음소리를 냈다. 그러고 나서 피에르는 곧 낮고 긴, 거의 들리지 않는 휘파람과 함께 망아지들 사이의 마구 가운데로 끼어들었다. 그 모습을 보고 루시가 놀라며 가냘픈 목소리로 소리쳤지만, 피에르는 그녀에게 아무 소리도 내지 말고 조용히 있어달라고 말했다. 전혀 위험하지 않은 일이었기 때문이다. 그리고 루시는 정말로 조용히 있었다. 어찌 된 일인지 루시는 피에르가 아주 경미한 위험에라도 처한 것처럼 보일 때면 언제나 깜짝 놀랐지만, 그럼에도 내심 피에르가 마력의 보호를 받는 생명을 지녔고 그녀 자신이 천 리그 거리 이내에 있을 때는 세상에 무슨 일이 일어난다 해도 그가 결코 죽거나 어떠한 피해도 입을 리 없다는 생각을 품고 있었던 것이다.

피에르는 여전히 망아지들 사이에 끼여서, 방금 쌍두 사륜마차의 수레 앞에 달린 긴 나무막대 위를 걷는가 싶더니 곧 내려와 무한정 사라졌다가 다시 망아지들의 가느다란 광택이 있는 여덟 개 다리, 살아 있는 열주들 사이에 일부 몸을 숨기거나했다. 그는 한쪽으로 그 열주에 들어가 다양한 방식으로 그 사이를 누비고 다닌 후에 다른 쪽으로 나왔다. 그가 이런 묘기를 부리는 동안 두 필의 망아지는 계속 흥겨운 울음소리를 냈다. 머리를 위아래로 움직이며 때로는 마치 '우리는 젊은 도련님을 이해해요, 아가씨. 염려 마세요, 예쁜 아가씨. 아니, 정말 마음 놓으시라니까요. 우린 아가씨보다 더 일찍부터 피에르와 놀았답니다' 하고 말하려는 것처럼, 루시를 향해 연신 비스듬하게 고개를 돌렸다.

"지금 말들이 달아나지나 않을까 걱정하고 있어, 루시?" 피에르가 그녀에게 돌아오며 말했다.

"천만에요, 피에르. 아주 뛰어난 친구들이네요! 어머, 피에르, 저들이 당신을 장교로 만들었어요. 보세요!" 그러면서 그의 어깨 위에 장교의 견장처럼 박힌 두 개의 거품 박편을 가리켰다. "또 한 번 브라보! 당신이 오늘 아침 내 창가를 떠날 때 당신을 나의 신병이라고 불렀는데 벌써 계급이 올랐군요."

"아주 예쁘게 우쭐대는걸, 루시. 하지만 당신은 저 말들의 외피에 감탄하지 않는군. 그들은 최고로 섬세한 제노아 우단만 입어. 루시, 봐! 이렇게 잘 손질된 말들을 본 적 있어?"

"없어요!"

"저들을 내 신랑 들러리로 삼으면 어떻겠어, 루시? 정말 훌륭한 들러리가 될 거야. 갈기와 꼬리에 백 자나 이어지는 흰 리본들을 달 우리가 탄 마차를 교회로 끌고 가면서, 여기서 나에게 한 그대로 하얀 리본들을 계속 흩뿌리고 있을 테지. 저들을 꼭 내 신랑 들러리로 삼겠어, 루시. 우람한 수사슴들! 재롱부리는 개들! 신화의 반신반인들, 루시. 우린 혼례용 종을 쓰지 않을 거야. 저들이 우리를 위해 울음소릴 내게 하겠어, 루시. 우린 읍의 나팔수들의 군악에 맞춰 결혼하게 될 거야, 루시. 들어봐! 말들이 그걸 생각하고 지금 울음소리를 내고 있어."

"당신의 서정시를 듣고 울고 있네요, 피에르. 자, 출발해요. 여기, 숄, 양산, 바구니, 무엇 때문에 그렇게 바라만 보고 있어요?"

"내가 처한 슬픈 상태에 대해 생각하고 있었어. 6개월쯤 전에 내 옛 동료인 불쌍한 친구가 양쪽 팔 밑에 산더미 같은 꾸러미들을 들고 약혼녀와 무거운 발걸음을 옮기는 것을 봤어. 그

꼴을 보고 나는 혼잣말을 했지. 저기 역마가 간다, 지금, 불쌍한 녀석, 그의 이름은 연인이다. 그런데 지금 나를 봐! 그래, 인생은 무거운 짐이라고들 말하지. 명랑하게 짐을 지면 어떠냐고? 하지만 잘 들어, 루시. 나는 우리 문제가 더 진행되기 전에 정식 선언을 제기하고 항변하려고 해. 우리가 결혼했을 때, 실제로 필요한 경우가 아니면, 나는 어떤 꾸러미도 운반하지 않을 거야. 게다가, 누구든 당신 친구들이 보일 때, 그들에게 특별히 전할 말이 있으니 마차를 후진해서 태워달라는 부탁을 불필요하게 받아들이지 않을 작정이야."

"지금 당신한테 정말로 화가 나는군요, 피에르. 여태껏 당신한테 한 번도 들어본 적 없는 심술궂은 빈정거림이네요. 내 친구들이 누구든 지금 눈앞에 있는지 알고 싶은데요?"

"바로 길 건너편에 여섯 명이 있어." 피에르가 말했다. "그렇지만 커튼 뒤에 틀어박혀 있지. 나는 인적이 드물다는 마을 거리를 절대 신뢰하지 않아, 루시. 모든 미늘벽 판자 뒤에는 저격병들이 숨어 있다고."

"제발요, 사랑하는 피에르, 이제 정말 출발하자고요."

II

피에르와 루시가 지금 느릅나무들 아래로 마차를 달리는 동안, 루시 타탄이 누구인지를 말하겠다. 밤색 머리카락에 화사한 뺨을 한 피에르 글렌디닝과 같은 청년들 미녀가 아니면 좀처럼 사랑에 빠지지 않기에 그녀가 미인이라는 것은 말할 필요도 없다. 현재와 지나간 과거에서처럼 다가올 미래에도 멋있는 남자들과 아름다운 여자들은 틀림없이 존재할 텐데, 시대를 막론하고 언제나 도처에서 잘생긴 청년이 어여쁜 처녀와 결혼하지 않으면, 그들이 도대체 어떻게 존재할 수 있겠는가.

그러나 위에서 말한 대자연의 안배 덕택에 언제나 세상에는 미녀들이 존재할 테지만 그래도 세상 사람들은 또 하나의 루시타탄을 보긴 어려울 것이다. 그녀의 두 뺨은 가장 아름다운 하얀색과 빨간색으로 물들어 있는데, 하얀색이 한층 더 두드러져 보인다. 두 눈은 어떤 신이 하늘에서 가져다준 것이었고, 머리카락은 제우스의 소나기가 흩뿌려진 다나에의 머리카락 같았으며, 치아는 페르시아 바다에서 캐낸 진주 같았다.

초라한 인생의 행로를 무거운 발걸음으로 걸으면서 공정치 못한 노역과 가난 때문에 보기 싫은 모습이 된 사람들을 보는 것에 오랫동안 익숙해진 사람이, 멋지고 풍요로운 미지의 땅에서 균형미와 광휘로 가득 찬 모습으로 시야에 표류하여 들어오는 어떤 아름답고 우아한 신들의 딸을 우연히 보게 된다면, 우리의 세상만큼이나 악과 불행으로 가득 찬 세상에서 천국의 주민들과 비슷하다는 것을 한눈에 알아볼 수 있는 이 얼굴이 여전히 눈부신 빛을 발하다니 하고, 그 사람은 얼마나 황홀해할 것인가. 왜냐하면 아름다운 여인은 완전히 속세에 속하지는 않기 때문이다. 그녀와 같은 여자들이 그녀를 그렇게 보지 않는다. 많은 여자들이 방 안에 들어오는 발군의 미녀를, 마치 아라비아에서 온 새가 창틀에 내려앉은 것처럼, 눈여겨본다. 당신이 무슨 말을 한다 할지라도, 그들의 질투심은―가령 있다 할지라도―솔직한 감탄 뒤에 생기는 산물일 뿐이다. 인간이 신들을 시샘하는가? 그리고 여자들이 여신들을 시샘할 것인가? 아름다운 여인은, 메리 스튜어트가 남녀를 불문하는 스코틀랜드인들의 여왕으로 태어났듯이, 남녀 모두의 여왕으로 태어난다. 모든 인류가 그녀의 스코틀랜드인들이고, 그녀의 충성스러운 씨족들은 국가의 수와 동일하다. 켄터키 주의 진정한 신사라면 인도의 미녀를 위해, 그녀를 결코 본 적이 없다 할지라도 기꺼이 죽을 것이다. 그렇다, 그녀를 위한 죽음의 낙하에서 심장의 박동을 역으로 세며, 그녀가 낙원에 갈 수 있도록 저승의 왕 플루톤에게 갈 것이다. 그는 모든 신사들의 대장인 아담이 처음 이브에게 무릎을 꿇은 순간부터 그들 모두에게 세습되는 미녀에 대한 충성심을 포기하느니 차라리 회교도가 될 것이다. 못생긴 스페인 여왕은 모자 파는 아름다운 여인이 누리는 영광의 절반도 누리지 못한다. 여왕의 병사들은 머리를 다칠 수는 있지만, 여왕 폐하는 어느 마음도 아프게 할 수 없다. 모자 파는 아름다운 여인은 목걸이를 만들기 위해 남자들의 마음을 실에 꿸지도 모른다. 미인이 최초의 여왕이 된 것은 의심할 여지도 없다. 언젠가 다시 독일 제국의 제위 계승 다툼이 시작되어, 아무리 가난하고 서투른 변호사가 우연히 처음 보게 된 뛰어나게 아름다운 여인의 제위 계승권을 주장한다 할지라도, 그녀는 거기서 만장일치로 신성 로마 제국 독일의 여제로 선출될 것이다. 말하자면, 모든 독일인이 적어도 그토록 막대한 명예를 바르게 평가할 수 있는, 진실하고 솔직하고 도량이 큰 신사들이라면 말이다.

프랑스를 모든 교양의 중심지라고 하는 것은 말이 되지 않는다. 저들 프랑스 이교도들은 '살리카 법전'*을 따르지 않았던가? 가장 사람을 매혹한 인물 셋, 즉 발루아 왕가의 불멸의 꽃들이 저 악랄한 규정 때문에 프랑스 왕좌에서 배제되었다. 프랑스, 흥! 그 나라의 가톨릭교도 수백만 명은 아직도 성모 마리아를 숭배하면서, 10세대 동안이나 프랑스 정통의 여왕들인 많은 천사 같은 마리아들에게는 모자를 벗고 무릎을 굽히기를 거부했다. 여기에 전 세계의 전쟁의 원인이 있다. 남자들은 물론 국가들이 얼마나 비열하게 공훈도 없이 최상의 칭호들을 차지하는지 보라. 프랑스인이 아니라 미국인이 전 세계 기사도의 표본이다. 우리의 '살리카 법전'은 모든 미녀에게 보편적인 충성을 바칠 것을 규정한다. 남자의 가장 확고한 어떤 권리도 미녀의 변덕을, 그것이 아무리 경박하다 할지라도, 압박하지 못한다. 생사가 달린 문제로 의사에게 가기 위해 역마차의 제일 좋은 좌석을 샀다 할지라도, 여행 중 예쁜 여자가 역마차 휴게소 문간에서 깃털 장식 하나를 흔들면, 누구나 선선히 그 제일

---

*프랑크 부족에 속하는 살리족의 법으로 여자의 토지 상속권이나 왕위 계승권을 부인하는데, 프랑스 왕가는 이 법을 따랐다.

좋은 좌석을 포기하고 절뚝거리며 걸어서 갈 것이다.

어떤 젊은이와 함께 마차를 타고 나간 젊은 숙녀에 관해 이야기를 시작했음에도, 우리는 이리저리 끌려 다니다가 역마차 휴게소 창가에 가까이 와 있다. 그러므로 이것은 자못 불규칙한 종류의 글쓰기처럼 보일지도 모른다. 그러나 사실 루시 타탄이 우리를 인도한 곳은 뜻밖에도 위대한 여왕들과 다른 모든 신분 높은 인물들 사이였고, 결국 넓은 세계가 그토록 훌륭한 경이의 대상과 어울릴 수 있는지 보도록 우리를 헤매게 한 것이다. 태고의 관례에 따라 내가 루시 타탄을 찬양해서는 안 되는가? 누가 나를 막을 것인가? 그녀는 바로 내 주인공의 약혼녀가 아닌가? 무엇을 부정할 수 있는가? 밤의 장막 밑 어느 곳에 이러한 사람이 또 잠자고 있는가?

그럼에도 루시 타탄은 이 모든 소음과 시끄러운 말들에 얼마나 움츠러들 것인가! 그녀는 자랑할 만하지만 뽐내지 않는다. 지금까지 그녀는 엉겅퀴 홀씨가 목장 너머로 부유하듯이 인생을 조용히 흘러왔다. 그녀는 피에르와 함께 있지 않으면 소리 없이 조용하고, 그와 함께라도 숨 가쁜 정적을 겪는다. 오, 그들이 아는 저 사랑의 휴지기들. 그것은 그들의 장래에 대한 얼마나 나쁜 징조인가. 왜냐하면 지진과 모든 다른 무서운 동요에는 앞서 잠깐의 휴지가 있기 때문이다! 그러나 잠시 동안 그들의 하늘은 푸르고, 그들의 모든 담소는 쾌활하고, 그들의 농담은 흥겨울지어다.

결코 나는 값어치 없는 품목 일람표를 적어두지는 않을 것이다! 종이와 연필을 들고 천국의 목록을 정리하기 위해 별이 빛나는 밤에 밖으로 나간다면, 어떻게 그럴 것인가? 누가 종이 위에 루시 타탄의 매력들을 적을 것인가?

그리고 그 외의 것은, 즉 루시의 신원, 그녀가 얼마의 재산을 갖게 될 것인지, 옷장 속에 얼마나 많은 의상이 있는지, 그리고 손가락에 낄 반지들이 얼마나 많은지에 대해서는, 흔쾌히 족보 학자들과 징세 관리들과 가구 상인들에게 맡기겠다. 내 본래의 분야는 루시의 천사 같은 역할에 관련된다. 그러나 몇몇 사람들에게, 단지 천사일 뿐 그 이상의 무엇도 아닌 천사에 대한 일종의 편견이 우세하므로, 나 자신이 괴롭더라도 이러한 신사 숙녀들에게 루시 타탄의 내력 가운데 몇몇 세부 사항을 알려줄 것이다.

루시는 피에르 아버지의 젊은 시절 가장 절친한 친구의 딸이었다. 하지만 루시의 아버지는 지금은 세상을 떠났고, 그녀는 시내의 아주 훌륭한 집에서 고명딸로 어머니와 함께 지내고 있었다. 그러나 집은 시내에 있어도 마음은 1년에 두 번 시골에 있었다. 그녀는 도시와 그곳의 공허하고 무정하고 형식적인 면에 조금도 정이 가지 않았다. 항구 도시의 벽돌과 모르타르 사이에서 태어났으면서도 지금껏 살아 있는 흙과 내륙의 초지를 애타게 그리워하는 것은 아주 이상하지만, 그것은 곧 타고난 천사 같은 성질을 가장 웅변적으로 나타내는 것이었다. 그래서 예쁜 홍방울새는 바닷가의 숙녀 방에 있는 철망 새장 안에서 태어나지만, 그래도 봄이 오면 흥분과 막연한 조바심에 사로잡히고, 이 미친 듯한 갈망 때문에 먹거나 마실 수가 없다. 어떤 경험을 통해 배운 것은 아니지만, 그럼에도 그 영감을 받은 홍방울새는 내륙으로 이주하는 시기가 왔다는 것을 귀신같이 안다. 푸른 초목을 향한 최초의 동경에 사로잡힌 루시의 경우가 꼭 그랬다. 매년 봄 저 미친 것 같은 홍분이 그녀의 마음을 흔들어놓았고, 매년 봄 이 예쁜 홍방울새 아가씨는 내륙으로 이주했다.

사색적이고 자손이 없는 백발의 미망인인 래닐린 고모가 새들 메도우스 마을에 예쁘장한 별장을 소유하고 살고 있는 것은 루시에게 행운이었다. 또한 이 뛰어난 노(老)고모가 그녀를 좋아하고, 언제나 루시를 곁에 가까이 두는 것에서 조용한 기쁨을 느끼는 것은 한층 더 다행한 일이었다. 래닐린 고모의 별장은 결국 루시의 것이었다. 이제 지난 몇 년 동안 그녀는 해마다 새들 메도우스에서 여러 달을 지냈고, 피에르가 루시를 향해 지금 그를 완전히 그녀의 것으로 만든 간절한 연정을 최초로 느낀 것은 그 고장의 순수하고 부드러운 자극들 사이에서였다. 루시에게는 남자 형제가 둘 있었는데, 하나는 세 살 많은 오빠였고 다른 하나는 두 살 어린 동생이었다. 그러나 이 젊은이들은 해군 장교인지라 루시와 어머니와 늘 함께 살지는 않았다.

타탄 부인은 넉넉한 재산을 가진 여주인이었다. 더욱이 그녀는 자신이 부자라는 것을 완벽하게 잘 알고 있었고, 그 문제에 관심이 없는 다른 사람들에게 그것을 과시하는 경향이 얼마간 있었다. 바꾸어 말하면, 타탄 부인은 딸 자랑을 무한히 할 만했는데도 그것은 하지 않았다. 대신 페르시아 국왕과 로스차일드 남작, 그리고 수많은 다른 백만장자들은 물론 무굴 제국의 황제도 필시 그녀보다 더 큰 재산을 소유했다는 점에서 보면 재산을 자랑할 이유가 조금도 없는데 늘 그러는 경향이 있었다. 반면에 터키 황제와 덤으로 덧붙여 유럽, 아시아, 아프리카의 다른 모든 황제들은 그들의 영토를 통틀어 뒤져봐도 루시만큼 예쁜 아가씨를 자랑할 수 없었다. 그럼에도 타탄 부인은 흔히들 하는 말을 빌리면 뛰어난 부류의 여성이었다. 그녀는 자선 기관에 기부를 했고, 다섯 군데 교회에 가족 전용석을 가지고 있었고, 자기가 아는 모든 잘생긴 젊은이들을 결혼시킴으로써 세상의 일반적인 행복을 장려하려고 애쓰며 다녔다. 바꿔 말하면 그녀는 중매쟁이였고 오만한 중매쟁이는 아니었지만, 다소 진실을 말하자면 그녀의 각별한 후원 아래, 그리고 그녀의 특별한 조언에 따라 결혼한 어떤 불만스러운 신사들의 가슴에 결혼의 우울증을 북돋우었을지도 모르겠다. 소문에 따르면—소문이란 늘 사소한 거짓말을 하곤 하지만—모든 미혼의 낯선 젊은이들에게 타탄 부인의 방심할 수 없는 접근을 조심하라는 주의가 담긴 전단을 은밀하게 배포하는 수고를 마다하지 않으며 거기에 참고가 될 수 있도록 자신들의 이름을 암호로 기명하는 불만에 찬 젊은 남편들의 비밀 결사가 있다고 한다. 그러나 이 소문이 사실일 리는 없을 터인데, 왜냐하면 무수한 중매에 신바람이 나서—성사가 되건 안 되건 간에—타탄 부인은, 자기에게 모든 중간 돛을 내리게 하고, 모두에게 세상에서 가장 훌륭한 남편감이라는 항구를 찾아주어야 하는, 젊은 숙녀들로 구성된 소함대를 끌고 가며 상류사회의 바다를 항해했기 때문이다.

그러나 중매는 자선 행위처럼 자신의 집에서 시작하는 것이 아닌가? 친딸인 루시는 왜 짝이 없는가? 그러나 속단하지 마시길. 타탄 부인은 몇 년 전에 피에르와 루시에 관한 예의 달콤한 계획을 세웠지만, 이 경우에 그녀의 계획은 우연히도 하늘이 짠 사전 계획과 어느 정도 일치했고, 단지 그 까닭에 피에르 글렌디닝은 루시 타탄이 자랑스럽게 선택한 남자가 된 것이었다. 게다가 이것은 그녀에게 너무나 깊은 감명을 준 일이었으므로 타탄 부인은 피에르와 루시와 관련하여 꾸민 모든 일에서 대부분 자못 신중하고 조심스러웠다. 플라토닉한 사랑의 두 입자가 사투르누스와 옵스*의 시대부터 지금까지 서로를 찾아 정처 없이 방랑한 끝에 타탄 부인의 눈앞에 동시에 온 것이었으니, 타탄 부인이 그들을 영원히 하나이고 나눌 수 없게 만드는 일에 무엇을 더 할 수 있었겠는가? 한 번, 딱 한 번, 타탄 부인이 야바위꾼 같은 면을 지녔고, 교활하게 주사위를 굴린다는 어렴풋한 의혹이 피에르의 마음을 관통한 적이 있었다.

그들의 교제가 아직 덜 무르익었을 때 피에르는 시내에서 루시와 그녀의 어머니와 함께 아침 식사를 한 적이 있었다. 타

*사투르누스는 고대 로마의 농경의 신이고 옵스는 풍요의 여신으로 사투르누스의 아내이다.

탄 부인은 첫 커피 잔을 채우고는, 집 안 어딘가에서 성냥 타는 냄새가 난다며 불이 꺼졌는지 확인을 해봐야겠다고 말했다. 그러면서 누구도 따라오는 것을 금한 채 두 남녀가 커피를 마시며 정중한 대화를 나누도록 내버려두고 자신은 타고 있는 성냥 불씨를 찾으려고 일어섰다. 그러고는 결국 성냥불인지 다른 무엇인지가 두통을 일으켜서 그날 아침은 자기 방에서 들어야겠으니 약간의 토스트와 차를 올려 보내달라고 루시에게 부탁하는 전갈을 보내왔다.

이 말에 피에르는 시선을 루시에게서 자신의 부츠로 돌렸다가 다시 눈을 들었다. 그리고 한쪽 편 소파 위에 놓인 아나크레온*의 시집을 보았고, 다른 쪽 편에서 무어**의 시집《아일랜드 가요》와 탁자 위에 놓인 약간의 꿀과 마루 위에 깔린 하얀 공단과 샹들리에에 걸린 신부의 면사포 같은 것들을 보았다.

달리 신경 쓸 것이 없었다. 미끼가 낙원에 놓여 있었고 그 미끼가 이러한 천사 같은 여인인 까닭에 피에르는 루시를 빤히 보면서 '아주 기꺼이 미끼를 물겠어' 하고 생각했다. 다시금 그는 루시를 흘긋거렸는데, 한없이 억제된 짜증스러운 표정과 예사롭지 않은 약간의 창백함이 그녀의 뺨에 어리는 것을 보았다. 그때 그는 기꺼이 올가미에 걸려 그토록 상냥하게 언짢아하는 맛좋은 미끼에게 키스했을지도 모른다. 그러나 다시 사방

---

*술과 사랑에 관한 시들로 이름 높은 고대 그리스의 서정시인.
**"술과 연애의 시인"이라 불렸던 아일랜드 시인 토머스 무어.

을 얼른 둘러보고, 타탄 부인이 조율한다는 구실로 피아노 건반 위에 올려두었던 악보가, 맨 꼭대기에 있는 눈에 띄는 박판에 "사랑의 신은 한때 어린 소년이었다"라는 어구가 적힌, 벽에 걸린 수직의 벽걸이 직물 안에 지금 놓여 있는 것을 알아차렸다. 이것은 그 상황에서 놀랄 만한 우연의 일치라고 생각하면서, 피에르는 매우 점잖지만 익살스러운 웃음을 참을 수가 없었다. 그는 곧바로 그 일을 후회했다. 왜냐하면 그가 웃는 모습을 보고 그 의미를 알아챈 루시가 분개하여 묘하고 천사 같고 사랑스러우며 썩 설득력 있는 모습으로 "글렌디닝 씨"라는 말을 내뱉으며 즉각 일어선 서슬에, 그녀의 어머니가 한 짓으로 추정된 책략에 루시가 공모했는지 여부에 관한 경미한 의혹의 싹조차 꺾여버렸기 때문이다.

사실 타탄 부인이 피에르와 루시의 애정 문제에 개입해서 행동하거나 술책을 쓰는 일을 조금이라도 했다면 그건 엄청나게 엉뚱하고 신성모독과 같은 죄를 범하는 것이었다. 타탄 부인이 바람에 흩날리는 나리꽃들을 손볼 수 있단 말인가? 타탄 부인이 강철과 자석의 중매에 착수할 수 있단 말인가? 터무니없는 타탄 부인! 그러나 이 세상 전체가 터무니없는 세상이고, 그 안에 많은 터무니없는 사람들이 있었으니, 그중의 으뜸이 국민의 중매쟁이 타탄 부인이었다.

타탄 부인의 이런 행위는, 글렌디닝 부인의 바람 또한 그렇다는 것을 그녀가 모를 리 없는 것을 생각하면, 더욱 불합리하다. 그리고 루시는 부유하지 않은가? 즉 그녀의 어머니가 죽으면 대단히 부유해질 것이고(타탄 부인에겐 매우 슬픈 생각이었다), 부인의 남편은 최고의 가문인 데다 피에르의 아버지와 죽마고우가 아니던가? 그리고 루시는 어떤 한 남자와 결혼할 것이지만, 과연 여자들 가운데 루시의 경쟁자가 있기나 하단 말인가? 엄청나게 터무니없는 타탄 부인! 그러나 타탄 부인과 같은 여자는 명백하고 유용한 할 일이 없을 때, 바로 그녀가 한 것과 같은 그런 터무니없는 일들을 하는 법이다.

자, 이제 시간이 흘러, 마침내 젊은 해군 장교인 그녀의 두 형제들이 첫 순항이었던 3년간의 지중해 항해에서 돌아와 타탄 부인의 응접실에 마침 돌아와 있을 때, 피에르는 루시를, 루시는 피에르를 사랑하고 있었다. 그들은 피에르와 루시가 소파에 가까이 앉아 있는 것을 발견하고 피에르를 뚫어지게 바라보았다.

"바라건대, 자리에 앉으십시오, 신사분들." 피에르가 말했다. "자리가 넉넉합니다."

"사랑하는 형제들!" 루시가 큰 소리로 말하며 그들을 얼싸안았다.

"사랑하는 형제들과 누이!" 피에르가 소리치며 그들을 양팔에 함께 안았다.

"제발, 물러나시오, 선생." 지난 두 주 동안 해군 소위 후보생으로 근무한 형이 말했다. 동생은 약간 뒤로 물러서며, 단검에 손을 얹으면서 말했다. "선생, 우린 지중해에서 왔소. 죄송한 말씀입니다만, 이건 분명히 부적절하오! 누구시오?"

"나는 기뻐서 설명할 수가 없군요." 피에르는 유쾌하게 그들 모두를 다시 얼싸안으면서 소리쳤다.

"참으로 이상하도다!" 형이 소리치며, 피에르의 포옹에서 자신의 셔츠 깃을 격렬하게 잡아 뺐다.

"칼을 빼시오!" 동생이 용맹하게 소리쳤다.

"진정하세요, 싱거운 양반들." 루시가 소리쳤다. "이분은 여러분의 옛날 놀이 친구, 피에르 글렌디닝이에요."

"피에르? 아니, 피에르라고?" 젊은이들이 소리쳤다. "다시 모두들 얼싸안아보세! 자넨 한 길이나 컸군! 누가 자넬 알아보겠나? 하지만, 그렇다면…… 루시? 루시는? 네가 여기 이…… 뭐야? 뭐야? 굳이 명칭을 붙여야 한다면, 이 껴안기 시합에 무슨 용건이 있는 거냐?"

"아! 루시는 별 뜻 없이 그런 거예요." 피에르가 소리쳤다. "자, 빙 둘러서요."

그들은 모두 다시 포옹했고, 그날 저녁 피에르가 루시와 결혼할 예정이라는 것이 공표되었다.

그래서 젊은 장교들은, 결코 감히 그 생각을 발설하진 않았지만, 지금 약혼한 연인들이 전에 놓여 있었던 모호하고 지극히 바람직하지 않은 상태를 자신들이 간접적이지만 위압적으로 촉진시켰다고 여기기로 했다.

III

피에르의 할아버지가 건장하던 시절, 상당한 인품과 재산을 가진 미국의 신사는 오늘날 온실 체질의 신사와는 다소 다른 방식으로 시간을 보냈다. 피에르의 할아버지는 키가 6피트 4인치에 달했다. 옛 장원 저택에 불이 났을 때는 발길질 한 번으로 떡갈나무 재목으로 된 문을 박살 내어, 흑인 노예들이 물통을 들고 들어갈 수 있게 했다. 피에르는 새들 메도우스에 아직도 가보로 남아 있는 할아버지의 군복을 입어보고는, 주머니가 무릎 아래로 내려오고 단추를 채운 허리띠 안쪽에 1쿼터들이 통이 들어갈 만큼 충분한 여유가 있는 것을 알았다. 독립전쟁 전에 황야에서 벌어진 야간 난투에서 할아버지는 인디언 야만인 두 명의 머리통을 서로 맞부딪쳐 박살 냈다. 그리고 이 모든 것을 행한 이는 더없이 온화한 마음과 세상에서 가장 푸른 눈을 지녔으며, 그 시절 가부장이 지배하는 인습적 관습에 따라 가정의 모든 수호신을 숭배한 점잖은 백발 신사였다. 가장 관대한 남편이며 가장 자애로운 아버지, 노예들에게 가장 친절한 주인, 놀라울 정도로 침착한 기질을 가졌고, 식사 후 파이프 담배를 조용히 즐기는 애연가, 많은 피해들을 용서하는 사람, 상냥한 마음을 가진 자비로운 기독교인이었다. 요컨대, 부드러우면서도 위엄이 있는 영혼 속에 사자와 양이 서로 얼싸안은, 순수하고 명랑하고 어린이 같고, 푸른 눈을 가진, 초인적인 노인의 이미지, 하느님의 적합한 이미지였다.

피에르는 할아버지의 훌륭한 군인다운 초상화를 바라볼 때
마다 실제 생활에서 할아버지와 꼭 닮은 사람을 만나보고 싶은
무한하고 애석한 갈망을 느끼지 않을 수 없었다. 이 초상화의
위엄 있는 아름다움은, 민감하고 너그러운 마음을 지닌 젊은
관찰자에게 진실로 놀라운 영향을 미쳤다. 이런 까닭에 그 초
상화는, 산상수훈*처럼, 인간은 가장 정선된 체액으로 가득 차
고 힘과 아름다움으로 이루어진 숭고한 신적 존재라고 모든 사
람들에게 선언하는, 액자로 만들어져 벽에 걸린 장엄한 복음,
그 고결한 말씀이 갖는 거룩한 설득력을 가지고 있었다.

피에르의 할아버지인 피에르 글렌디닝 노인은 대단한 말 애
호가였는데, 하지만 현대적인 의미로 그런 것은 아니었다. 왜
냐하면 그가 경마 기수는 아니었기 때문이다. 그의 가장 친밀
한 수컷 친구들 중 하나는 그의 승용마인, 놀라운 자제력을 지
닌 거대하고 당당한 회색 말이었다. 그는 말들의 구유를 견고
한 단풍나무 통나무를 써 직사각형의 옛날 나무 접시 모양으로
만들게 했다. 사료 상자의 열쇠는 그의 서재에 걸려 있었고, 그
가 집에서 출타하여 청렴결백하고 가장 시간을 잘 엄수하는 늙
은 흑인 모이야가 그 명예로운 직무를 대행하는 경우가 아니면
자신 말고는 아무도 자기 준마들에게 사료를 주지 못하게 했
다. 누구든 제 손으로 자기 말들에게 사료를 주지 않는 이는 그
들을 사랑하지 않는 것이라고 말했던 것이다. 매년 크리스마스

*〈마태오 복음서〉 5~7장에 나오는 예수의 훈화.

에는 말들에게 넘치도록 사료를 주었다. "나는 내 말들과 함께 크리스마스를 축하한다"라고 피에르 노인은 말했다. 피에르 노인은 언제나 동틀 녘에 일어나 야외에서 얼굴과 가슴을 씻은 다음 사실(私室)로 돌아와 마침내 완전하게 옷을 차려입고 외양간을 정식 방문하러 걸어 나갔고, 그곳에 있는 그의 대단히 훌륭한 친구들에게 매우 유쾌하고 즐거운 아침 인사를 했다. 만일 한 필의 말이라도 담요가 덮여 있지 않다거나 시렁을 가득 채운 건초 가운데서 잡초 하나라도 발견되는 날에는, 크란츠, 킷, 다우 혹은 다른 외양간지기 노예 가운데 누구에게든 크게 화가 미치리라! 크란츠, 킷, 다우, 혹은 그중 누구든 가부장제가 득세하던 시기의 고장에선 알려지지 않은 일, 즉 채찍질을 당했기 때문이 아니라 여느 때와 같은 상냥한 말을 건네려고 하지 않기 때문이었는데, 그것은 그들에겐 대단히 비참한 일이었다. 크란츠, 킷, 다우, 그리고 그들 모두가, 아브라함 노인을 그의 양들이 사랑했듯이, 피에르 노인을 사랑했기 때문이다.

이것은 어느 품위 있고 당당한 회색 털을 가진 준마인가? 어느 노년의 칼데아인*이 말을 타고 외출하는가? 그것은 매일 아침 식사 전에 승용마와 함께 산책하러 나가는 피에르 노인인데, 먼저 허락을 청하지 않고는 말에 올라타지 않는다. 그러나 시간은 흘러 피에르 노인도 늙어갔다. 그의 인생의 빛나는 포

---

*티그리스 강과 유프라테스 강 유역에서 일어난 바빌로니아를 지배하게 된 고대 셈 인종.

도는 이제 비만으로 부풀어, 거리낌 없이 자신의 당당한 말에 사나이다운 강력한 짐을 지우지 못한다. 게다가 그 고상한 짐 승도 늙어가고, 커다랗고 조심성 있는 눈에는 묵상에 잠긴 듯 한 측은한 표정이 서려 있다. '인간의 다리는 내 준마에 더 이 상 걸터앉지 못하게 하고, 더 이상 마구가 내 말을 괴롭히지 못 하게 하겠다!' 피에르 노인은 맹세했다. 그러고 나서 매년 봄 그는 자신의 준마를 위해 밭에 클로버 씨를 뿌렸고, 하지 무렵 에는 겨울 동안 말에게 먹일 가장 좋은 건초를 얻기 위해 목장 의 풀들을 선별했으며, 자신이 미리 골라둔 곡식을 도리깨로 탈곡하게 했다. 그런데 과거에 바로 이 늙은 준마가 피에르 노 인과 함께, 물결치는 말갈기와 휘두르는 검이 혼연 일체가 된 채 뛰어들었던 발랄한 전투에서, 그 도리깨의 손잡이에는 깃발 이 달린 적이 있었다.

이제 피에르 노인은 아침 산책을 할 때 더 이상 늙은 회색 준마를 타지 않는다. 대신 그는 거구의 장군에게 적합한 사륜 마차를 만들게 했는데, 그 창틀 안에 보통 남자 셋은 숨을 만했 다. 큰 S자 모양의 가죽 스프링들은 두 겹 세 겹이었고, 바퀴들 은 어느 방앗간에서 훔쳐 온 것처럼 보였으며, 차양을 친 좌석 은 닫집으로 가린 침대 같았다. 오래된 아치 문 아래에서 이제 한 필이 아닌 두 필의 말이 매일 아침, 중국인들이 매년 한 번 씩 뚱뚱한 우상 신을 신당 밖으로 끌고 나가듯, 피에르 노인을 태운 마차를 끌고 나아간다.

그러나 시간은 흘러가고, 아침이 되었으나 사륜마차는 나오지 않았다. 칼끝이 현관의 돌층계에 부딪히고, 머스킷 총이 계단에서 울리고, 슬픔에 잠긴 군가가 모든 복도에서 들려왔다. 피에르 노인이 죽었다. 그리고 옛 전투의 영웅답게, 그는 또 하나의 전쟁 전야에 사망했다. 그가 지휘했던 소대들은 적에게 발포하러 달려가기 전에 옛 사령관의 무덤 위로 조포를 발사했다. 1812년에 피에르 노인은 사망했다. 금관악기 속에서 그를 위해 연주되는 장송 행진곡의 박자를 맞춘 북은, 과거 저 허풍쟁이 사내 버고인*이 피할 수 없는 포로 신세로 이끈 3만 명의 예비 포로들을 위해 지극히 헛된 행진곡의 박자를 맞추는 것을 도왔던 영국의 케틀드럼이었다.

이튿날 늙은 회색 준마는 구유에서 고개를 돌렸고, 마구간에서 맴돌며 헛되이 칭얼거렸다. 상냥한 모이야의 손이 쓰다듬어주는 것도 거부하고, 말이 할 수 있는 한 분명한 표현으로 그 늙은 회색 준마는 말한다. '평소에 맡던 손 냄새가 나지 않아. 존엄하신 피에르 노인은 어디 계시는가? 나에게 먹이를 주지 말고 나를 손질하지 마라. 존엄하신 피에르 노인은 어디 계신가?'

그는 지금 자기 주인에게서 멀지 않은 곳에 잠들어 있다. 그가 수확하던 밭 밑에 그를 부드럽게 안장했고, 이보다 오래전에 존엄한 피에르 노인과 준마는 그 풀밭을 통과하여 천국으로

---

*영국의 장군이자 극작가. 미국 독립전쟁 때 새러토가에서 항복을 결정, 수하의 군인들과 함께 포로가 되었다.

갔다.

그러나 그의 사륜마차는, 깃털로 꾸민 그의 영구차처럼, 그것이 태우고 간 고귀한 몸보다 오래 남아 있다. 그리고 존엄한 피에르 노인을 생전에 태우고 다녔고 유언에 따라 죽은 그를 운구하여, 선도하는 회색 말을 뒤따른 그 짙은 적갈색 준마들은, 그들 자신이나 새끼들이 아니라 혈통의 두 세대를 건너뛴 종마들로 아직도 존재한다. 새들 메도우스의 땅에서 사람과 말은 둘 다 세습이기 때문이다. 이 빛나는 아침에 존엄한 피에르 노인의 손자인 피에르 글렌디닝이 선조가 앉았던 자리에 앉아, 존엄한 피에르 노인이 전에 그들의 고조할아버지뻘 되는 말들을 고삐로 다룬 적이 있는 준마들의 고삐를 쥐고 루시 타탄과 함께 마차를 타고 나간다.

피에르는 대단히 자랑스러움을 느꼈고, 마음의 눈으로 그는 말의 유령들이 선두에서 앞뒤 일렬로 가는 것을 보았다. "저 망아지들은 마차를 뒤에서 끄는 것에 불과해." 젊은 피에르가 소리쳤다. "이끄는 말들은 그 조상들이야."

IV

그러나 사랑은 과거 한때 살아 있었지만 지금은 존재하지 않는 조상들보다, 살아 있고 유망한 후손들과 더 많은 관계가 있다. 그래서 루시가 사랑의 깃발을 향해 피에르의 뺨에서 붉게 펼쳐

71

지라고 말했을 때, 가문의 긍지에 젖어 있는 그의 만족감은 더 짙은 색조를 띠었다.

그날 아침은 시간이 그의 꽃병 속에 담아놓은 가장 정선된 소량의 물방울이었다. 형언할 수 없는 증류액 같은 부드러운 환희가 들과 언덕에서 풍겨왔다. 그 운명의 아침에 그것은 혼약을 맺지 않은 모든 연인들을 향해 "그대들의 고해실로 오라" 하고 소리쳤다. 새들은 나무에서 "우리의 유쾌한 연인들을 보라" 하고 지저귀었다.

아, 이 대지의 아름다움을, 그 아름다움과 꽃과 환희를 찬양할지어다! 맨 처음 만들어진 세계는 겨울의 세계였고, 두 번째로 만들어진 세계는 봄의 세계였고, 세 번째로 만들어진 맨 마지막 가장 완벽한 세계는 우리의 이 여름 세계였다. 추운 하계(下界)에서 전도사들은 우리가 천상의 낙원에 대해 하듯이 대지에 대해 설교한다. 오, 그곳에는, 친구들이여, 그들의 언어로 여름이라고 알려진 계절이 있다고 하오. 그때 그들의 들판은 녹색 양탄자로 물들고, 모든 대지에서 눈과 얼음은 찾아볼 수 없다오. 그때엔 무수히 많은 이상하고, 빛나고, 향기로운 것들이 저 초지에 향수를 뿌린다오. 그때엔 높고, 장엄하고, 말없는, 위대한 존재들이 팔들을 쭉 뻗고 일어서서, 그들의 눈에 보이는 신과 여신, 즉 명랑한 마음을 지닌 태양과 생각에 잠긴 달의 만족스러운 시선 아래 사랑하고 결혼하고 잠자고 꿈꾸는 즐거운 천사들, 즉 선남선녀들 위에 녹색의 천막을 펼친다오.

아, 이 대지의 아름다움을, 그 아름다움과 꽃과 환희를 찬양

할지어다! 우리는 과거에 살았고, 미래에 다시 살게 될 것이다. 또한 이보다 더 아름다운 세계가 오기를 희망하는 만큼이나 우리는 더 아름답지 않은 세계에서 왔다. 각각의 연속되는 세계에서, 악마의 '교리'는 점점 더 축출당하고, 악마는 혼돈으로부터 저주받은 족쇄이고, 모든 새로운 전환을 통해 우리는 악마를 더욱더 멀리멀리 혼돈으로 다시 몰아낸다. 이 세상을 향한 주님을 찬양하는 소리들이여! 그 자체가 그토록 아름답고, 더 많은 것으로 통하는 현관이다. 과거의 어떤 이집트 땅에서 이 새로운 약속의 땅 가나안으로 왔고, 이 새로운 약속의 땅에서 우리는 시르카시아*와 같은 복된 땅으로 몰려든다. 아직도 가난과 비애라는 악한들이 이집트에서 우리를 따라와 지금 가나안 땅의 거리에서 구걸하지만, 시르카시아의 문은 그들을 들이지 않을 것이고, 그들은 조상인 악마의 '교리'와 함께 그들이 떠나온 혼돈의 땅으로 돌아가야 한다.

'사랑'의 신은 세계가 젊었을 때, 에덴동산에서 '환희'와 '평화'에 의해 맨 처음 탄생했다. 근심거리로 짓눌린 남자는 사랑을 할 수 없고, 우울증에 걸린 사람은 사랑의 신을 발견하지 못한다. 젊은이들은 대부분 근심거리가 없고 우울함을 모르기에, 시간이 시작된 이후로, 그들은 사랑할 자격이 있다. 사랑은 슬픔과 노령, 고통과 궁핍, 그리고 다른 모든 형태의 인간의 비애로 끝날 수 있지만, 시작은 기쁨 속에서 한다. 사랑의 신이 웃

*흑해의 동북 연안 지역으로, 여자들이 아름답기로 유명했다.

고 난 후에야 비로소 사랑의 최초의 탄식이 속삭인다. 사랑의 신은 먼저 웃고 난 다음에 한숨짓는다. 사랑의 신은 손은 없지만 심벌즈를 가지고 있고, 입은 군용 나팔 모양으로 되어 있으며, 사랑의 신이 내쉬는 본능적 숨결은 즐거운 축제의 선율을 노래한다.

그날 아침, 적갈색 말 두 필이 새들 메도우스에서 구릉지로 통하는 도로를 따라서 웃음꽃이 핀 두 남녀가 탄 마차를 끌었다. 말들은 루시 타탄의 처녀다운 소프라노 목소리와 피에르 글렌디닝의 젊고 사내다운 테너 목소리에 적절한 박자를 맞추었다.

놀랄 만큼 아름다운 얼굴에 푸른 눈동자와 눈부신 금발을 한 아가씨 루시는 하늘과 잘 조화된 색깔의 옷을 입고 있었다. 루시, 하늘색이 너의 영원한 색깔이 되길 바란다. 넌 하늘색이 가장 잘 어울린단다. 루시 타탄의 어머니의 반복되는 하늘색 권유가 이러했다. 길 양쪽 편 산울타리에서 새들 메도우스의 클로버 꽃향기가 피에르에게 풍겨왔고, 루시의 입과 볼에선 보랏빛 젊은 생명의 신선한 향기가 풍겨왔다.

"내가 지금 꽃내음을 맡는 것인지, 그대의 향기를 맡는 것인지?" 피에르가 소리쳤다.

"내가 지금 보는 게 호수인가요, 눈동자인가요?" 루시가 소리치며, 두 개의 별이 산속의 작은 호수를 내려다보듯이, 눈으로 그의 영혼을 들여다보았다.

콘월 지방의 어떤 광부도, 사랑이 들떠 있는 눈동자 밑으로 가라앉는 만큼, 깊은 수직굴을 바다 밑에 판 적이 결코 없었다. 사랑은, 바다에 깔린 진주들로 눈이 부실 때까지 천만 길 밑을 본다. 눈은, 이 세상 것이 아닌 모든 것이 초자연적 빛 속으로 미끄러지듯이 움직이는, 사랑의 마술 거울이다. 연인들의 눈동자 속에 있는 아름다운 이미지들만큼 많은 수의 물고기들이 바다에는 없다. 때때로 환희에 넘쳐 뛰어오르는 이상한 안어(眼漁)들이 유영하는 이 불가사의하고 반투명한 상태 속에서, 축축한 물고기 지느러미들이 연인의 뺨을 적신다. 사랑의 눈은 신성한 것이고, 그 속에 인생의 신비가 머물고, 연인들은 서로의 눈을 들여다보면서 세계의 궁극적인 비밀을 보고, 영원히 설명할 수 없는 전율과 함께 사랑이 모든 것의 신이라는 것을 느낀다. 사랑을 해본 적이 없고, 한 번도 자기 연인의 눈동자 속을 깊이 들여다본 적이 없는 남자나 여자는 이 지구상에서 가장 감미롭고 가장 고상한 종교를 모른다. 사랑은 창조주와 구세주 두 분의 인류에 대한 복음이고, 장미꽃잎 표지에 제비꽃으로 제본되고, 노래하는 새들의 부리로 백합꽃잎 위에 복숭아 즙으로 쓴 책이다.

사랑의 이야기는 끝이 없다. 시간과 공간은 사랑의 이야기를 담을 수 없다. 보고, 맛보고, 느끼고, 듣기에 달콤한 모든 것, 이 모든 것은 사랑으로 만들어지고, 그 밖에 다른 무엇도 사랑으로 만들어지지 않는다. 사랑은 북극대를 만들지 않았지만 늘 그곳을 개간하고 있다. 이를테면 이 땅의 사나운 것들이 나날이, 시시때때로 소멸하고 있지 않은가? 지금 너희 영국의 늑대들은 어디 있는가? 지금 버지니아 어디에서 퓨마와 표범을 발견하는가? 아, 사랑은 도처에서 바쁘다. 사랑은 도처에 모라비아 교단*의 전도사들을 두고 있다. 사랑만 한 전도사는 없다. 남풍은 야만적인 북쪽에게 사랑을 구하고, 많은 먼 바닷가에서 더 온화한 서풍이 불모의 동쪽을 설득한다.

이 모든 대지는 사랑의 약혼자인데, 악마의 '교리'는 헛되이 그 결혼 예고를 제지하려고 설친다. 이 세계가 결혼식을 위해 차려입고 있는 것이 아니라면, 왜 그 허리에 그토록 풍요로운, 작열하는 푸른 삼림대를 두르고 있는가? 그리고 이 세계가 모든 처녀 총각들이 사랑하고 결혼하기를 바라지 않는다면 어째서 계곡에 오렌지꽃과 백합들을 마련하는가? 그것은 진실한 연인들이 결혼하는 모든 결혼식이 보편적 사랑의 행진에 도움이 되기 때문이다. 신부들치고 누가, 다가올 결혼 세계에서 사랑의 신의 신부 들러리로만 남으려 하겠는가? 그렇게 사방에서 사랑이 유혹하는데, 아름다운 여성이라는 세계의 불가사의들을 바라보는 어떤 젊은이가 자제할 수 있는가? 아름다운 여인이 있는 곳에 모든 아시아와 동양의 상점가들이 있다. 이탈리아도 양키 소녀의 아름다움 앞에서는 볼 만한 것이 못 되고, 천국에는 그녀의 세속적 사랑을 뛰어넘는 축복이 없다. 천상의 색마들이 이승의 여인의 사랑과 아름다움을 맛보기 위해 지상에 내려오지 않았던가? 그녀의 어리석은 형제들이 그들이 떠

*기독교의 한 교파로 성경을 신앙과 실천의 유일한 규범이라고 생각한다.

나온 바로 그 낙원을 애타게 그리워하는 동안에조차 그러지 않았던가? 그렇다, 그 시샘하는 천사들이 내려왔고 이주했는데, 더 잘 지내기 위해서가 아니면 누가 이주하는가?

사랑은 이 세계의 위대한 구제자이며 개혁가이고, 모든 아름다운 여인들이 사랑의 정선된 특사이듯이, 사랑은 그녀들에게 아마도 어떤 젊은이도 뿌리칠 수 없는 매력 있는 설득력을 부여했다. 모든 젊은이가 자신의 마음으로 선택한 사람은, 그에게는 늘 신비로운 마녀처럼 보이는데, 만 가지 동심(同心)의 주술과 에워싸는 마법을 부려, 그가 도는 대로, 그의 둘레를 미끄러지듯 맴돌며 초자연적인 중요성을 가진 의미들을 읊는다. 그리고 그에게 모든 지하의 요정과 땅의 신들을 불러 모으고, 물의 요정들이 그의 주위에서 수영하도록 모든 바다를 무인지경으로 만들어, 신비한 것들이, 사랑의 신이 내쉬는 숨결 속에서처럼 일깨워진다. 그렇다면 사랑의 신은 영원한 신비주의자라고 한들 무엇이 이상할까?

V

그리고 바로 이날 아침 피에르는 대단히 신비주의적이 되었는데, 지속적인 것은 아니었지만 한순간 아주 신비주의적이었다가 그다음 순간 광적이고 분방한 환락으로 넘쳐흘렀다. 그는 젊은 마술사인 동시에 거의 야바위꾼처럼 보였다. 신비로운 즉

홍시가 익살스러운 대꾸와 재치 있는 응답에 바로 이어서 신속한 황금의 운문으로 그에게서 터져 나왔다. 루시의 빛나는 눈짓이 그에게는 더욱 특별하게 황홀했다. 이제 그는 망아지들을 개의치 않고, 루시를 두 팔로 포옹하고, 시칠리아 섬의 잠수부처럼 그녀 눈동자의 아드리아 해 속으로 깊이 잠수하여, 어떤 국왕의 환희의 컵을 들고 나온다. 루시 눈동자 속의 모든 파도가 그에게는 무한한 기쁨의 파도처럼 보였다. 그리고 마치 진짜 바다처럼 루시의 눈동자가 저 투명한 푸른빛 아침의 반사된 빛을 정말로 받는 것처럼, 루시의 눈에서는 일반적인 나날의 모든 푸른빛 영광과 하늘의 모든 심원한 향기가 빛나는 것처럼 보였다. 그리고 확실히 여인의 푸른 눈은 바다처럼 대기의 영향을 받는다. 가장 신성한 어느 여름날의 야외에서만, 누구나 그 군청빛, 즉 그 유려한 청금석의 빛깔을 보게 될 것이다. 따라서 피에르는 갑자기 약간 날카로운 기쁨의 환성을 지르기 시작했고, 줄무늬 호랑이 같은 그의 밤색 눈동자가 격렬한 기쁨으로 속눈썹 우리 안에서 도약했다. 루시는 지극한 사랑 속에서 움츠러들었는데, 왜냐하면 사랑의 궁극의 절정은 두려움과 놀라움이기 때문이다.

곧 그 빠른 말들이 아름다운 신과 여신을 숲이 우거진 고원지대 가까이로 이끌었고, 그곳의 먼 푸른빛은 이제 다양하게 음영이 진 녹색으로 바뀌어, 초록빛 초목으로 우거진 옛 바빌로니아의 성벽처럼 그들 앞에 우뚝 서 있었다. 한편 여기저기 규칙적인 간격을 두고 흩어져 있는 봉우리들은 깎아지른 듯한 탑처럼 보였고, 그 봉우리들 위에 있는 울창한 소나무들은 우뚝 서 있는 궁사들 같았으며, 영광스러운 바빌로니아의 축제일에 도시를 경비하는 거구의 파수꾼 같았다. 말들은 고원지대의 바람을 가르고 달리며 힝힝거렸고, 기뻐 날뛰며 발굽으로 땅을 울리며 재미있어했다. 과다한 기쁨에 열광한 말들은 그날 즐겁고 유쾌한 질주의 쾌감을 느꼈다. 하늘 높이 태양을 끄는 말들의 울음소리가 들렸고, 말들이 콧구멍으로 내뿜는 거품이 고원지대에서 피어나는 무수한 하얀 연무 속에 방울져 떨어졌다.

평원에서는, 안개가 그토록 아름다운 초원을 떠나길 주저하며 서서히 피어올랐다. 녹색 경사지에서 피에르는 준마들을 세웠고, 이내 두 남녀는 둑 위에 앉아 많은 작은 숲과 호수, 옥수수가 굽이치는 고지대와 가축의 무리가 풀을 뜯는 초지의 저지대, 대지의 짙푸른 관대함이 구불구불 나아가는 물길을 좇고 있음을 나타내는, 길게 뻗은 생생한 녹색의 저습지 너머를 멀리멀리 조망했다. 언제나처럼, 가장 신성한 관대함이 최대한 낮은 곳들로 향하고, 많은 소박한 사람의 가슴을 신선하고 기쁘게 하고, 그 사람의 외롭고 메마른 마음에 정상에 선 군주의 위엄을 남겨놓는다.

그러나 기쁨이 아닌 슬픔은 도학자(道學者)이니, 작은 교화적 지혜가 그 장면에서 피에르의 마음을 사로잡았다. 루시의 손을 잡고 부드럽게 간지러운 느낌을 느끼면서, 그는 여름 번개와 공명하고 연신 감미로운 충격으로 지상의 가장 영묘한 희열의 암시적 전조를 받고 있는 사람처럼 보였다.

이제 그는 조심성 있는 시선을 위로 향해 루시의 눈동자에 고정한 채 풀밭에 엎드린다. "그대는 내 하늘이야, 루시. 여기에 나는 그대의 양치기 왕으로 누워 있으며, 새로운 눈동자인 별들이 그대에게서 떠오르는 것을 지켜보고 있어. 하! 금성이 지나가는 것이 보이고, 봐! 저기에 새로운 행성이, 그리고 모든 것 배후에, 마치 어떤 번쩍거리는 신비의 장막이 그대의 존재의 배경을 이루는 것처럼, 무한한 별이 총총히 박힌 성운이 보이는군."

루시는 그의 서정적 사랑에서 우러난 이 모든 찬사에 귀를 기울이고 있지 않은가? 왜 그녀는 고개를 숙이고, 그렇게 가슴 두근거리고 있는가? 어째서 지금 눈물이 가득 고인 그녀의 눈꺼풀에서 이처럼 격한 눈물이 떨어지는가? 지금 루시의 눈에는 기쁨이 없고, 입술은 떨리는 것처럼 보였다.

"아! 그대 너무 격렬하고 충동적인 피에르!"

"오히려, 그대가 너무 비가 많고 변화가 많은 4월 아가씨로군! 비가 많고 변화가 많은 4월 다음엔 마음이 설레고, 확실하고, 소나기가 없는 6월의 기쁨이 따르는 것을 모르는 건가? 그리고 오늘, 루시, 오늘은 비록 대지의 6월 그대로라 할지라도, 그대의 6월이어야 하지."

"아, 피에르! 나에게는 아직 6월이 아니에요. 하지만 저, 6월의 달콤한 향기는 4월의 눈물로 달콤해지지 않나요?"

"그래요, 그대! 하지만 여기 눈물이 더 떨어지는군. 점점 더, 이 소나기 같은 눈물은 4월답지 않게 더 오래 끌고, 6월과는 관계가 없어."

"6월! 6월! 너 여름 신부의 달아, 봄철 대지의 감미로운 구애에 뒤이어 오는, 나의 6월, 나의 6월은 아직 오지 않았구나!"

"오! 아직 오지 않았지만, 확고히 결정되어 있고, 오는 것이나 마찬가지이고, 그 이상이야."

"그러면 봉오리 때에, 4월의 소나기가 길러낸 어떤 꽃도, 이러한 꽃은 6월이 그것을 피워내기 전엔, 불시에 사라질 리 없나요? 그대는 그걸 장담 못 해요, 피에르?"

"가장 신성한 사랑의 용맹한 불멸성을 내가 품고 있고, 나는 지금 그대에게 대지라는 이 꿈의 집에서 여인이라면 누구나 꿈꾼 적이 있는, 변함없이 영원한 행복을 맹세해. 신은 그대에게는 영원한 복락을 누리라고 명하고, 나에게는 양도할 수 없는 영지로 그대와 그것들의 이의 없는 소유를 명하지. 내가 정신없이 이야기하는 건가? 나를 봐, 루시. 나를 생각해요, 아가씨."

"그대는 젊고 아름답고 강해요. 또 흔쾌한 남자다움이 그대를 감싸고 있어요, 피에르. 그리고 그대의 용맹한 가슴은 아직 두려움을 조금도 느껴본 적이 없어요, 하지만……."

"하지만?"

"아, 나의 소중한 피에르!"

"키스로 당신의 볼에서 당신의 비밀을 핥아내겠어! 하지만 뭐?"

"집으로 서둘러 가요, 피에르. 이상하게도 어떤 말로 표현할 수 없는 슬픔, 현기증이 엄습해와요. 끝없는 서글픔에 대한 부

질없는 걱정이 들어요. 한 번만 더 그 얼굴에 대한 이야기를 해
줘요, 피에르. 당신이 전에 내게 말해준, 세 번이나 멀리하려고
했지만 허사였다는, 자주 마음에 떠오른다는 그 불가사의한 얼
굴 말예요. 하늘은 푸르고, 오, 대기는 상쾌하네요, 피에르. 하
지만 그 얼굴 이야기를 해줘요. 당신의 얼굴 앞에서 그토록 불
가사의하게 창백해지고 움츠러든 검은 눈동자를 한, 매력적이
면서도 슬픔에 잠긴 애원하는 얼굴 말예요. 아, 피에르, 때때로
나는 생각하곤 했어요. 그 얼굴의 수수께끼가 풀리기 전에는
나의 애인 피에르와 결코 결혼하지 않겠노라고. 말해줘요, 말
해줘요, 피에르. 시선을 고정시킨 바실리스크*처럼, 확고하고,
열정적인 슬픔에 잠긴 눈으로, 그 얼굴이 이 순간 나를 단단히
묶어놓고 있어요."

　"홀렸군! 홀렸어! 사랑에는 숨김이 없다는 생각에 따라 행
동한 시간은 저주받을지어다. 내가 그 얼굴 이야기를 해주지
말았어야 했는데, 루시. 나는 그대에게 내 속내를 너무 많이 털
어놓았어. 오, 절대로 사랑은 모든 것을 다 알아서는 안 돼!"

　"모든 것을 알지 못하면, 모든 것을 사랑하지 않는 거예요,
피에르. 절대로 다시는 그렇게 말하지 마세요. 그리고 피에르,
내가 하는 말을 들어줘요. 지금…… 지금, 내가 느끼는 이 설
명할 수 없는 마음의 동요 속에서, 나는 당신이 지금까지 해왔

---

*그리스 신화에 나오는, 입김이나 안광으로 사람을 죽였다고 전해지는 도마뱀 비
슷한 전설의 동물.

던 대로, 언제나 계속해서 그렇게 행동해주기를 간청해요. 당신의 마음을 불안하게 하는 모든 것, 인류를 에워싸고 있는 넓은 환경의 모든 것들로부터 줄곧 당신을 엄습할 가장 공허하고 가장 덧없는 생각조 언제나 계속해서 알 수 있도록 말예요. 내가 여기서 당신을 의심한다면, 당신 가슴에 아직도 내가 모르는 은밀한 구석이 있다고 줄곧 생각하게 된다면, 그거야말피에르, 나에게는 환상을 깨는 치명적인 날이 될 거예요. 정말이에요, 피에르. 그리고 지금 나를 통해서 말하는 것은 바로 사랑 그 자체예요. 오직 무한한 신뢰와 가장 미묘한 모든 비밀들의 상호 교환을 통해서만 아마도 사랑은 지속될 수 있을 거예요. 사랑 그 자체는 비밀이고, 그래서 비밀을 먹고살아요, 피에르. 내가 당신에 대해 단지 모든 세상 사람들이 알 수 있는 것만을 안다면, 그러면 피에르는 내게 무엇인가요? 당신은 나에게는 완전히 노출된 비밀이어야 해요. 사랑은 자기도취적이고 교만하여, 내가 길을 걷다가 당신의 친구들을 만날 때, 나는 여전히 웃으면서 '저들은 그이를 몰라, 나만이 나의 피에르를 알고 있어, 저 태양의 순환 아래 다른 아무도 몰라'라는 생각을 혼자서 품고 있어야 해요. 그러니, 사랑하는 피에르, 당신은 결코 내게 비밀을 간직하지 않겠다고 맹세해요. 그래요, 절대로, 절대로 안 하겠다고, 맹세하세요!"

"무언가 갑자기 나를 엄습해. 당신의 알 수 없는 눈물이 내 가슴에 계속 떨어져 이제 그것은 돌이 되었어. 얼음처럼 차고 괴로운 느낌이야. 나는 맹세하지 않을 거야!"

"피에르! 피에르!"

"당신에게 하느님의 가호가 있기를, 그리고 나에게도 하느님의 가호가 있기를, 루시. 이 가장 온화하고 상쾌한 공기 속에서 보이지 않는 힘들이 우리의 사랑에 대해 배신으로 가득 찬 음모를 꾸미고 있다고 생각할 수는 없어. 오! 너희가, 내겐 이름 모를 것들인 너희가 지금 우리 가까이 있다면, 그렇다면 영험이 있음이 틀림없는 이름으로, 즉 그리스도의 신성한 이름으로, 그녀와 내게서 물러가라고 너희에게 통고한다. 그녀를 건드리지 마라, 너희 경박한 악마들아, 너희의 자리로 지정된 지옥으로 썩 꺼져버려라! 왜 너희가 이 천국 같은 땅에서 어슬렁거리는가? 전지전능한 사랑의 사슬이 너희 악마들을 묶지 못할까?"

"이 사람이 피에르인가? 그이의 눈이 무섭게 번득이고, 지금 한층 더 깊이 그이의 내면이 보여. 마치 대기의 위협을 받는 것처럼, 그이는 빙빙 돌며 대기를 위협하고 그것에게 말을 걸어요. 오오 슬프다, 저 우아한 사랑의 신이 이런 악마의 마력을 일으키다니! 피에르?"

"하지만 지금 나는, 오 루시, 그대에게서 한없이 멀리 떨어져, 질식할 것 같은 밤중에 당황하여 헤매고 있었어. 비록 내가 보레아스*의 영역으로 떠돌았지만, 그대의 목소리가 나에게 닿았지, 루시. 여기에 나는 당신 곁에 앉아 그대에게서 위안을 얻

*그리스 신화에 나오는 북풍의 신.

고 있어."

"사랑하는 피에르! 피에르, 지금 내가 당신을 위해 억만 개의 조각들로 찢기고, 북극의 부빙 위에 앉아 얼어붙는다 해도, 나는 당신을 내 가슴속에 숨기고 거기에 당신을 따뜻하게 품겠어요. 나의 사랑하는, 더할 나위 없는, 신의 은총을 입은 피에르! 지금, 나의 우매한 증세가 이렇게 그대의 마음을 움직이고 이렇게 그대를 아프게 할 힘이 있다니, 단검을 내 몸에 꽂고 싶어요. 용서해줘요, 피에르. 당신의 변한 얼굴은 내게서 다른 얼굴들을 몰아냈고, 당신의 경악은 다른 모든 경악을 능가해요. 그것은 지금 나를 괴롭히지 않아요. 그 마지막 흔적이 사라져버리도록, 내 손을 꼭 쥐고, 나를 똑바로 보세요, 내 사랑. 이제 나는 다시 거의 온전한 기분이고, 이제 그건 없어졌어요. 일어나요, 나의 피에르, 일어서요. 그리고 너무나 광활한 조망이 우리의 눈에 들어오는 것이 겁나는, 이 구릉지에서 달아나요. 평원으로 도망쳐요. 봐요, 당신의 준마들이 당신을 위해 울고 있어요. 그들이 당신을 불러요. 봐요, 구름들이 평원을 향해 달려가요. 자, 이 구릉지가 이제 온통 황폐해 보이고, 골짜기는 생기에 가득 차 있는 것 같아요. 당신에게 감사해요, 피에르. 봐요, 자, 나는 구릉지에서 벗어나며, 눈물이 말랐어요. 모든 눈물을 이 상록수들이 빨아들이도록 뒤에 남겨두고 가고, 변하지 않는 사랑의 표상과 만나고, 내 슬픔은 내 마음속에서 강화되어요. 불운할지어다, 저 사랑의 신의 가장 아름다운 신록이 이렇게 눈물을 먹이로 삼다니."

이제 그들은 산비탈을 쏜살같이 내려갔고, 고지대의 위험을 무릅쓰지는 않았지만 평원을 향해 빠르게 질주했다. 이제 구름은 루시의 시야에서 걷혔고, 비스듬히 비쳐드는 창백한 빛은 그녀의 연인의 얼굴을 더 이상 찌푸리게 하지 않았다. 평원에서 그들은 평화와 사랑, 그리고 기쁨을 다시 찾았다.

"그건 가장 단순하고, 안일하고, 변덕스러운 망상에 불과했어, 루시!"

"슬픈 음향의 공허한 메아리는, 피에르, 사라진 지 오래예요. 신의 가호가 있기를, 나의 피에르!"

"그대에게 언제나 위대한 신의 보호가 있기를, 루시. 그래, 이제, 집에 다 왔소."

VI

피에르는 루시를 자기 고모의 상쾌하기 그지없는 거실로 바래다주고, 거실 창문에 반쯤 기어오른 인동덩굴 옆에 그녀를 앉혔다. 창문 가까이에 크레용 스케치를 하기 위한 그녀의 이젤이 놓여 있고, 창틀 일부에는 루시가 교묘하게 끌어다놓은 가느다란 덩굴이 두 가닥 뻗어 있었는데, 그 덩굴을 심은 흙이 가득 찬 화분들에 이젤의 세 다리 중 두 개가 꽂혀 있었다. 피에르도 그녀 옆에 자리 잡고 앉아 유쾌하고 가벼운 잡담으로 그녀에게서 슬픔의 마지막 그림자를 쫓아내려고 애쓴 후에, 목적이 충분히 달성된 것처럼 보이고 나서야, 루시의 착한 고모를 루시에게로 오게 하여 저녁때까지 작별을 고하려고 일어섰다. 그때 루시가 그를 다시 불러, 먼저 자기 방에서 푸른색 서류가 방을 가져다달라고 간청했다. 새들 메도우스와 그 주변의 구릉지 풍경들과는 다른 경치를 그린 연필 스케치를 보고 생각을 다른 데로 돌림으로써, 마지막으로 남아 있는 우울을—정말로 조금이라도 남아 있다면—일소하고 싶었기 때문이다.

그래서 피에르는 위층으로 올라갔지만 열린 문의 입구에서 멈추었다. 그 방에 들어갈 때면 그는 언제나 놀라운 경건한 감정을 품었다. 양탄자는 성스러운 마당처럼 보였고, 모든 의자 오래전에 거기에 앉은 적이 있는 어떤 과거의 성자가 축성한 것처럼 보였다.

이제 마법의 침묵에 싸인 빈 방을 가로질러 가면서 그는 화장대 거울 속에 비친 눈처럼 하얀 침대를 얼핏 보았다. 이것이 그를 못 박힌 듯 그 자리에 서게 했다. 찰나의 순간 동안, 그는 그 짧은 일별에서 두 개의 침대—진짜 침대와 거울 속 침대—를 본 것 같았고, 거기서 저절로 떠오른 대단히 비참한 예감이 슬며시 찾아들었다. 그러나 그것은 금방 왔다 가버렸다. 그래서 그는 앞으로 나아갔고, 마음은 다정하고 온화한 즐거움으로 가득 찼다. 시선은 이제 흠잡을 데 없이 깨끗한 침대 자체에 쏠렸고, 베개 옆에 놓인 눈처럼 하얀 두루마리에 집중되었다. 그때 그는 깜짝 놀랐다. 루시가 그에게 다가오는 것 같았다. 그러나 아니었다. 그것은 침대의 좁은 아래 커튼 밑에서 삐죽 나온,

그녀의 작은 슬리퍼 한 짝의 발끝 부분에 지나지 않았다. 그래서 다시 그는 시선을 작고 눈처럼 하얀, 주름 장식이 달린 두루마리에 고정한 채, 홀린 사람처럼 서 있었다. 그리스인의 귀중한 양피지 문서도 결코 그의 눈에는 그 두루마리 절반만큼도 귀중해 보이지 않았을 것이다. 어떤 마음 졸이는 학자가 그 신비의 양피지를 해독하기를 갈망하는 것 이상으로 피에르는 그 눈처럼 하얗고 주름 장식이 달린 두루마리를 풀어보기를 갈망했다. 그러나 그는 가지러 간 것 외에는 그 방 안에 있는 어떤 물건에도 손을 대지 않았다.

"푸른색 서류가방 여기 있소, 루시. 봐요, 열쇠가 그 은 자물쇠에 걸려 있지. 내가 그걸 열어보지나 않을까 염려하지 않았소? 그러고 싶은 유혹을 느꼈다고 고백하지."

"열어봐요!" 루시가 말했다. "뭐 그까짓 것. 그래요, 피에르, 그래요. 내가 당신에게 감출 비밀스러운 물건이 있나요? 나를 샅샅이 알아내세요. 나는 모조리 당신 거예요. 보세요!" 그리고 그 서류가방을 내던지며 열어젖히자, 온갖 종류의 장미향이 나는 물건들이 튀어나왔고, 분간할 수 없는 향수의 대단히 미묘한 향기가 동시에 퍼졌다.

"아! 그대 거룩한 천사, 루시!"

"어머, 피에르, 당신 변했어요. 당신은 지금…… 뭔가 다른 사람처럼 보여요. 왜 그래요, 피에르?"

"낙원을 방금 들여다본 사람처럼, 루시? 그리고……."

"다시 마음속에서 헤매고 있군요, 피에르. 이제 그만, 자 이제 가보세요. 나는 이제 피로가 다 풀렸어요. 어서, 고모님을 불러주시고, 가보세요. 잠깐, 오늘 저녁 우린 시내에서 보내온 판화집을 훑어보기로 되어 있으니. 늦지 마세요. 이제 가요, 피에르."

"그래요, 모든 기쁨의 극치인 그대, 저녁때까지, 안녕."

VII

피에르가 마차를 몰고 대낮의 가로수들이 수직으로 드리운 그늘 밑으로 조용한 마을을 통과할 때, 그의 뇌리에서는 달콤한 루시의 방 장면이 사라지고 그 신비한 얼굴이 되살아나 떠나지 않았다. 마침내 집에 도착해보니 어머니는 부재중이었다. 그래서 그는 곧장 대저택의 중앙 복도를 통과하여 반대편에 있는 회랑을 따라 공상에 잠겨 강둑으로 막연히 걸어 내려갔다.

여기에 태곳적 소나무 한 그루가 다행히도, 옛날 그 목초지를 벌채한 현명하고 후한 벌목꾼 덕분에 남겨져 있었다. 솔송나무와 소나무는 성장 속도와 크기가 같은 나무들이고 일반적인 모양이 너무 비슷하여 삼림에 익숙하지 않은 사람들은 때때로 혼동하곤 한다. 두 나무 다 슬픔의 나무들이라고 정평이 나있다. 그렇지만 음울한 솔송나무는 생각에 잠긴 나뭇가지들에 음악이 없고 우아한 소나무는 음악적인 애처로움을 자아낸다는 그 의미심장한 사실을 피에르가 맨 처음 알아차린 것은, 전에 멀리 강 건너에 있는 솔송나무 숲에서 이 고상한 소나무를 향해 건너오는 도중이었다.

피에르는 반쯤 드러난 슬픔의 뿌리에 앉아서, 둑 아래로 뻗어 나가 수년 전 비바람에 씻겨 땅 위에 드러난 두드러진 뿌리 하나의 굵기와 멀리 뻗어 나간 길이를 눈여겨보았다.

"얼마나 넓고 얼마나 튼튼하게 이 뿌리들은 뻗어야 하나! 그래, 이 소나무는 이 아름다운 대지를 강력하게 부여잡고 있구나! 저쪽의 눈부신 꽃도 그토록 깊은 뿌리를 가지고 있지 않아. 이 나무는 한 세기에 걸친 저 화려한 꽃의 세대들보다 오래 살았고, 앞으로 다가올 한 세기에 걸친 세대들보다 더 오래 살 거야. 이것은 대단히 슬픈 일이로구나. 들어보라, 지금 나는 소나무의 원뿔형 불꽃 같은, 아이올로스*의 무수한 푸념을 듣고 있다. 바람이 지금 거기에 일고 있다. 바람, 그것은 신의 숨결이다! 그는 그토록 슬픈가? 오, 나무여, 그토록 거대한 그대, 그토록 우뚝 솟아 있으면서도 그렇게 슬픔에 잠겨 있다니! 이건 아주 이상하구나! 들어보라! 내가 고개를 들어 네 고상한 비밀을 살피는 동안, 오, 나무여, 그 얼굴, 그 얼굴이 '당신이 피에르예요? 제게로 오세요' 하며 나를 몰래 내려다보는구나! 오, 그대 불가사의한 아가씨여, 내 마음속에서 떨어지지 않는 그대의 얼굴은 처음으로 내 마음속에서 떨어지지 않았던 루시의 저 상냥한 얼굴과는 얼마나 어울리지 않는 짝인가! 슬픔이 그러면

*그리스 신화에 나오는 바람의 신.

90

기쁨과 짝인가? 슬픔은 들어오겠다고 고집부리는 방자한 손님인가? 아직 나는 너, 슬픔을 몰랐고, 너는 나에게는 전설이다. 나는 영예로운 열광에서 비롯된 맹렬한 싸움들에 대해 얼마간 안다. 또한 나는 자주 환상을 맛보았는데, 거기서 수심이 생기고, 거기서 슬픔이 생기고, 거기서 모든 즐거운 시적 예감들이 생기지만, 그러나 슬픔이여! 너는 아직도 나에게는 귀신 이야기이다. 나는 너를 모르고, 너를 절반도 신뢰하지 않는다. 내가 이따금 너무나 사소하게 여기는 일시적 슬픔도 없이 지내고자 해서가 아니라, 하느님이 너, 한층 더 심오한 어둠의 다른 형태인 너로부터 나를 지켜주기 때문이다! 나는 너한테 몸서리친다. 그 얼굴! 그 얼굴! 오 나무여! 너의 고상한 비밀로부터 다시 나와서, 그 얼굴이 나를 몰래 내려다보는구나. 불가사의한 아가씨! 그대는 누군가? 무슨 권리로 그대는 이렇게 나의 가장 깊은 생각들을 채어 가는가? 그대의 가느다란 손가락들을 내게서 치워라. 나는 약혼한 몸인데, 그대와 한 것이 아니다. 나를 내버려두라! 그대가 나와 무슨 상관이 있는가? 설마 그대가 나를 사랑하는 것은 아니겠지? 그렇다면 그대와 나와 루시에게 가장 비참한 일이 될 것이다. 그럴 리가 없다. 이봐, 그대는 누군가? 오! 분명하지 않으니 비참하군. 너무나 친숙하면서도 설명할 수 없는…… 모른다, 전혀 모른다! 이 혼란 속에 침몰할 것만 같구나. 그대는 나에 대해 다소 아는 것 같은데, 나는 나 자신에 대해 모르니, 그러니 그게 뭔가? 슬픈 신비를 담은 그대의 눈 속에 비밀이 있다면 그것을 공개하라. 피에르가 그것을 요구하노라. 그대가 그렇게 허술하게 속에 감추고 있는 바로 그것은 무엇인가? 그 움직임은 보이지만 형체는 보이지 않는 것 같구나. 감춘 장막 뒤에서 그것은 부산하게 움직이는구나. 그런데 결코 전에는 피에르의 영혼 속에 이처럼 꽁꽁 감싸인 것이 몰래 숨어 들어온 적이 없었어. 무엇이든 실제로 그 속에 숨어 있는 것이 있다면, 나의 모든 충실한 경배를 요구하는 최고의 신들이여, 나는 당신들에게 그 베일을 거둬주시길 기원하나이다. 나는 그것을 직접 마주 보아야 합니다. 내가 지뢰를 밟을라치면 나에게 경고하고 내가 낭떠러지로 나가면 나를 붙잡아야 하지만, 나를 미지의 불행 속에 버려두어 그것이 갑자기 나를 사로잡아 완전히 장악하게 하는 일을 당신들은 결코 허용치 않을 것입니다. 그렇지 않으면 당신들에 대한 깨끗하고 온전한, 맹목적인 믿음이 완전히 사라져 피에르는 불평하는 무신론자가 될지도 모릅니다. 아, 이제 그 얼굴이 떠난다. 제발, 그 얼굴이 몰래 되돌아와, 오, 나무여, 너의 높은 은밀한 가지들 속에 다시 숨지 않았으면! 그러나 그 얼굴은 사라졌고, 사라졌고, 완전히 사라졌다. 나는 하느님에게 감사하고, 다시 기쁨을, 나 또한 인간으로서 나의 권리라고 여기는 기쁨을 느낀다. 그리고 기쁨을 박탈당하면, 보이지 않는 것들과의 뿌리깊은 반목의 원인을 찾아야 한다고 느낀다. 하! 쇠사슬 갑옷이 자라며 지금 나를 두껍게 감싸는 것 같구나. 옥수수에 껍질이 두껍게 생길수록 가장 혹독한 겨울을 예고한다고 들었는데, 우리의 옛 농부들이 그렇게 말했지. 그러나 그건 어두운 비유이다. 웅변가의 입에서는 달콤하고, 사상가의 배 속에선 씁쓸한, 당신들의 유추를 집어치우시오. 자, 그러면, 나는 나의 흔쾌한 의지와 기쁨에 찬 얼굴을 무기 삼아 치켜들고 모든 망령들을 겁주어 쫓아버릴 것이다. 정말, 그것들은 물러가고, 피에르는 다시 기쁨과 생명의 것이다. 그대 소나무여! 지금부터 나는 그 대의 너무나 신뢰할 수 없는 설득에 저항할 것이다. 너는 그렇게 자주 나를 졸라 그대의 바람이 잘 통하는 천막으로 오게 하여, 그것을 잡아매는 뿌리 깊은 침울한 나뭇가지들에 대해 곰곰이 생각하게 만들지 못하리라. 그러므로 이제 나는 간다. 그리고 그대 소나무에게 평화가 있기를 빈다! 슬픔, 단순한 슬픔의 한가운데 언제나 숨어 있고, 나머지 모든 것이 가버렸을 때 남아 있는 저 신성한 평정, 저 감미로운 느낌이 이제 내 것인데, 애쓰지 않고도 내 것이 되었다. 내가 슬펐던 것이 유감스럽지 않고, 나는 지금 이토록 행복하다. 친애하는 루시! 그래요, 그래. 오늘 저녁 우리는 즐거운 시간을 보낼 거요. 우리가 먼저 대충 훑어보아야 할 플랑드르 미술의 판화집이 있고, 그 다음에 두 번째로 볼 것은 플랙스먼*이 삽화를 그린 호메로스 전집인데, 윤곽이 뚜렷하면서도 간소한 야만적 기품으로 가득 차 있지. 다음은 플랙스먼이 삽화를 그린 단테 전집. 단테! 그는 밤과 지옥의 시인이지. 아냐, 단테 전집은 펴보지 말자. 지금 그 얼굴, 그 얼굴이 살짝 수심에 잠긴 아름다운 프란체스

*영국 고전주의를 대표하는 영국의 조각가, 데생화가.

카*의 얼굴을 떠올리게 하는데―아니 오히려 그 얼굴은 프란체스카 딸의 얼굴이었으므로―슬프고 음산한 바람에 실려 관찰력이 날카로운 베르길리우와 혹평받은 피렌체 사람**에게 이르렀다는 생각이 드는군. 아냐 우린 플랙스먼의 단테 전집은 펴보지 않을 거야. 프란체스카의 슬픔에 잠긴 얼굴이 지금 내겐 이상적으로 보여. 플랙스먼이 넋을 잃게 하는 힘으로 그 얼굴을 완전히 되살려놓아 불행한 운명 속에 재현시켰을지도 몰라. 아냐! 나는 플랙스먼의 단테 전집을 펴보지 않을 거야. 내가 단테를 읽는 시간은 저주받을지어다! 파올로와 프란체스카가 불행을 초래한 랜슬롯을 읽은 시간보다 더 저주받을지어다!

*단테의 《신곡》 중 〈지옥편〉에 등장하는 인물이다. 라벤나 백작의 딸로, 정치적 이유에서 기형인 조반니 말라테스타와 결혼했다. 그녀는 잘생긴 시동생 파올로와 아서 왕의 충신인 기사 랜슬롯과 왕비 기네비어의 사랑 이야기를 읽는 동안 실제로 사랑에 빠졌다. 관계가 발각되어 두 남녀는 격분한 남편에게 살해되었다.
**단테는 피렌체 사람이었다.

3부
예감과 확인

I

피에르와 루시가 그토록 기묘하고 근심스럽게 암시한 그 얼굴
은 마력을 지닌 외양이 아니라 슬픔에 잠긴 인간의 모습을 하
고 있었다는 것을 피에르는 뚜렷이 목격했었다. 그 얼굴은 그
에게 은밀히 다가와 말을 건 것이 아니었다. 인적이 드문 샛길
이나 초승달의 하얀 달빛 아래서도 아니었다. 촛불로 환하게
밝혀지고 여인 마흔 명의 명랑한 목소리가 울리는 유쾌한 방
안에서, 떠들썩한 웃음판 한가운데에서 이 검은 그림자는 그에
게 다가왔다. 무수한 양초 불빛에 에워싸여 그 얼굴은 모호하
게 역사적이고 예언적이 되어, 과거에 어떤 돌이킬 수 없는 죄
가 저질러졌음을 암시하고 미래에 어떤 죄악을 저지르는 것을
피할 수 없으리라는 것을 예고하며 조용히 그에게 미소를 보냈
다. 이따금 인간에게 나타나 말 한마디 없이 조용히 어떤 두려
운 복음을 어렴풋이 알리는 얼굴들 중 하나였다. 이런 얼굴들

은 꾸밈없는 모습을 하고 있지만 초자연적인 빛을 받고, 감각에는 뚜렷하지만 영혼에는 불가해하고, 우리에게 가장 완벽한 인상을 심으며 지옥의 불행과 천국의 아름다움 사이에서 맴돈다. 그처럼 지옥과 천국이 뒤섞인 이런 얼굴들은 우리 내부에서 모든 과거의 신념들을 뒤집어엎고, 다시금 이 세계에서 우리를 호기심 많은 어린이로 만든다.

그 얼굴은 피에르가 루시와 함께 새들 메도우스 목장 너머 구릉지로 드라이브를 나가기 몇 주 전에, 그리고 루시가 마을에서 여름을 보내기 위해 도착하기 전에, 그에게 다가와 말을 걸었다. 게다가 그 얼굴은 대단히 평범하고 흔한 장면에서 다가와서 말을 걸었기에 그 놀라움은 더 강해졌다.

피에르가 어느 소작인과 함께 먼 곳에 볼일을 보러 가는 바람에 하루 종일 저택을 비웠다가, 달빛이 좋은 초저녁에 막 집에 돌아왔을 때였다. 데이츠가 그에게 그날 밤 7시 반경에 래닐린 부인의 집으로 자기를 데리러 와달라고 요청하는 어머니의 전갈을 전했다. 거기서 페니즈 자매의 집으로 함께 가고자 한다고 했다. 페니즈 자매의 이름이 언급된 것을 보고 피에르는 자기가 무엇을 예상해야 하는지를 알았다. 저들 진실로 독실한 초로의 노처녀들은 세상에서 가장 인정 많은 마음씨를 타고났는데, 중년에 시기심 강한 자연의 여신에게 청각을 빼앗기고 하느님이 그리스도의 복음 설교를 들을 수 있는 힘을 더 이상 주시지 않았으므로, 그때부터 복음을 실천하는 방향으로 그들이 할 수 있는 일을 하겠다는 것을, 그들의 자비로운 인생의 금과옥조로 삼은 것처럼 보였다. 그런 까닭에 이제 그들은 자기들에게 중대하지 않은 일인 것처럼 예배에 참석하는 일을 중단했고, 폴즈그레이브 목사의 신도들이 손에 기도서를 들고 신의 명령에 따라 하느님을 경배하는 데 종사하는 동안, 두 페니즈 자매는 실과 바늘을 들고 교구의 가난한 사람들을 위해 셔츠와 가운을 수선하며 하느님을 섬기고 열심히 봉사했다. 페니즈 자매가, 최근 강 상류에 많은 식솔이 사는 오두막집들을 세운, 궁핍한 이민자들의 여러 마을을 위해 다 함께 바느질할 목적으로 집(페니즈 자매의 집)에서 인근 농부들의 아내와 딸들끼리 한 달에 두 번 만나는 정규 모임을 꾸려왔다는 얘기는 피에르도 들은 바 있었다. 사실 글렌디닝 부인은 독실한 신앙심을 가진 노처녀 자매의 많은 사랑과 존경을 받았고, 그들은 저 우아한 장원의 귀부인에게 견실한 지원을 기대했으므로 이 사업을 부인에게 미리 알려주고 시작했지만, 피에르는 어머니가 그 월 2회의 모임을 주재한다거나, 또는 어쨌든 거기에 참석하도록 공식적으로 초청받았다는 말을 들은 바는 없었다. 하긴 그는 어머니가 그렇게 하는 것을 꺼리기는커녕, 그런 식으로 마을의 착한 사람들과 어울리는 것을 대단히 기뻐할 거라는 생각을 했었다.

"자, 피에르 동생." 글렌디닝 부인이 래닐린 부인의 큰 쿠션을 댄 의자에서 일어서며 말했다. "나에게 숄을 둘러주고, 루시의 고모님께 작별인사를 드려라. 저런, 우리 늦겠다."

함께 걸어가면서 그녀가 덧붙였다. "그런데, 피에르, 네가 이 바느질 현장을 약간 못 견뎌할 것 같다는 걸 안다만, 기운 내려무나. 나는 그들이 실제로 뭘 하는지 어렴풋이나마 알고 싶어서 들여다보려는 것뿐이야. 그러면 내가 약속한 기증품을 더 잘 고를 수 있거든. 게다가, 피에르, 나는 데이츠와 함께 갈 수도 있었지만, 네가 섞여 사는 사람들이 누구이고, 네가 언젠가는 얼마나 많은 정말 예쁘고 꾸밈없이 세련된 부인들과 아가씨들의 영주가 될 것인지를 알았으면 해서 너를 택한 거란다. 시골 냄새 나는 빨간색과 하얀색의 진기한 구경거리가 기대되지."

이러한 유쾌한 기대들로 기분이 좋아진 피에르는 많은 얼굴들로 가득 찬 방 안으로 어머니를 인도했다. 그들이 나타난 순간, 문 옆에 뜨개질 감을 들고 앉아 있던, 무료로 봉사 중이던 한 노파가 날카롭게 소리를 질렀다. "아! 여러분, 여러분, 글렌디닝 부인이세요! 피에르 글렌디닝 도련님이세요!"

이 말이 끝나자마자 긴 이중 방의 더 먼 쪽 구석에서 갑작스럽게 소녀의 소름 끼치는 비명이 길게 들려왔다. 인간의 목소리가 이토록 피에르의 마음에 강한 자극을 준 적은 없었다. 비명을 지른 이를 보지 못했고 그 목소리 역시 완전히 생소했지만, 그 갑작스러운 비명은 그의 가슴을 찢고 오롯이 관통하여, 거기에 벌어진 틈을 남긴 듯했다. 잠시 동안 어리둥절해하며 서 있던 피에르는 아직 그가 팔을 부축하고 있는 어머니의 목소리에 깜짝 놀랐다. "왜 그렇게 내 팔을 꽉 잡니, 피에르? 아프구나. 쳇! 누군가 기절했어. 그뿐이야."

즉시 피에르는 정신을 차리고 자기 마음의 동요를 비웃는 척하면서, 필요한 경우에는 도와주기 위해 서둘러 방을 가로질러 건너갔다. 그러나 부인들과 처녀들이 모두 그보다 앞서 손을 썼다. 비명이 들려온 곳 가까이 있는 창문을 활짝 열어젖힘으로써 들어온 바람에 촛불들이 꺼질 듯이 깜박이고 있었다. 그러나 그 소동의 절정은 곧 지나갔고, 얼마 안 있어 창문을 닫자 거의 완전히 진정되었다. 노처녀 페니즈 자매 가운데 언니가 글렌디닝 부인에게 다가가, 추가된 무리의 근로 소녀들 가운데 하나가 분명치 않은 체질성 질환에서 비롯된 것으로 여겨지는 돌발적이지만 일시적인 발작을 일으켰다는 것을 알렸다. 그 소녀는 이제 완전히 회복되었다. 그래서 그 자리에 있는 사람들은 모두 속으로는 그 모든 호기심을 억누르려고 애쓰면서, 겉으로는 오직 사려 깊고 너그러운 마음씨에서 그들 본래의 훌륭한 예의범절을 좇아 행동했다. 그리하여 그 아가씨로 하여금 그 일을 다시 떠올리지 않게 했으며, 거의 조금도 그녀를 주목하지 않았다. 모든 바늘들은 전처럼 계속해 분주히 움직였다.

어머니를 마음에 드는 사람과 대화하게 놔두고 그 모임과 관련된 어머니의 일에 스스로 열중하게 내버려둔 후 피에르는, 이제 이처럼 활발한 군중 속에서, 어떤 지나간 불쾌한 사건도 잊은 채―사용하지 않을 때는 그 노처녀들이 허리띠에 뿔로 만든 화약통처럼 매달아두는, 긴 고리 모양의 보청기를 통해 넌지시―몇 마디 정중한 말을 페니즈 자매에게 건넸다. 그러고 나서 또, 그가 더 각별히 알고 지내는 안경 쓴 노부인이 마지막 마무리를 하고 있던 털실로 짠 커다란 양말의 신비한 구조에 대해 마음속 가장 깊은 곳에서 우러난 가장 이성적인 관심을 표했다. 그런 다음 이 모든 것과, 너무나 지겨워서 상세히 말할 수 없지만 거의 반시간이 걸린 일을 끝마친 후에, 피에르는 살짝 얼굴을 붉힌 채 정서적으로 불안정한 상태로 추가된 무리의 처녀들 쪽으로 나아갔다. 심지를 잘 다듬은 많은 양초들의 불빛 주위로, 화원 튤립들의 조밀한 화단처럼 화사하고 눈에 확 띄는 뺨들이 한데 모여 있었다. 수줍고 예쁜 마리, 마사, 수잔, 베티, 제니, 넬리, 그리고 새들 메도우스의 유지 농장에서 유지를 걷어내고 버터를 만드는 일을 하는 아름다운 요정 같은 처녀들이 마흔 명이나 더 있었다.

침착함은 안정된 사람들이 있는 곳에 있다. 당황함이 압도하는 곳에선, 당황함은 가장 안정된 사람들에게 영향을 미친다. 그렇다면, 이처럼 빽빽하게 둘러앉아 화환을 꾸민 듯한, 장난기가 서려 있으면서도 반쯤 시선을 피하며 빨개진—당황한 와중에도 여전히 대담한—얼굴들을 응시하면서 피에르 역시 살짝 얼굴을 붉혔는데, 그의 태도가 조금 어색하다고 한들 무엇이 이상하랴? 청춘의 사랑과 정중함이 가슴속에 있었고 가장 친절한 말들이 혀끝에 있었지만, 그는 매복한 궁사들 같은 눈을 하고 꿰뚫어 보는 시선들의 과녁이 되어 거기에 서 있었다.

그러나 그의 당황이 너무 오래 지속되고 다홍빛으로 물들었던 뺨이 창백하게 변했다. 피에르 글렌디닝이 무슨 이상한 것을 보기라도 한 것일까? 제일 가까이에 있는 젊은 아가씨들의 분주한 작업대 뒤쪽에는 아주 작은 작업대 여러 개, 즉 둥근 탁자들이 있었다. 그리고 거기에서 두세 명으로 이루어진 작은 무리들이, 말하자면 비교적 작은 외돌토리들 모양으로 바느질을 하며 앉아 있었다. 그들은 이 시골 사람들 중에서 일솜씨가 미숙한 사람들처럼 보였는데, 그렇지 않은 것이라면 모종의 이유로 이러한 겸손한 유배 상태를 자청하여 물러나 있는 것이리라. 이 작은 탁자들 중에서 가장 먼 자리에 있고 가장 눈에 잘 안 띄는 탁자에, 그리고 창 가까이 앉아 일하는 사람들 중 하나에게 피에르의 시선이 창백하게 고정되었다.

그 아가씨는 앉아서 꾸준히 바느질을 하고 있었는데, 그녀도 두 동료도 말을 하지 않았다. 그녀의 두 눈은 대부분 바느질거리에 쏠려 있었지만, 아주 가까에서 보았다면 그녀가 겁에 질린 채 은밀하게 눈을 들어 곁눈질로 피에르를 본 다음, 더 멀리 떨어져 있는 그의 어머니를 향해 한층 더 은밀하게, 두려워하며 눈을 움직이는 것을 알아챘을 것이다. 그러는 내내, 그녀의 불가사의한 침착성은 때때로 오직 가슴속의 극렬한 갈등을 은폐하려고 꾸민 것처럼 보였다. 그녀의 간소하고 수수한 옷은 검은색이었는데, 목까지 바짝 올라온 검소한 벨벳 테두리가 목을 죄고 있었다. 마치 어떤 억제된 강렬한 것이 마음속에서 그녀 가슴의 충만한 부위로부터 솟아오르는 것처럼 그 벨벳 테두리가 신축성 있게 조였다 부풀었다 하는 것이 피에르의 민감한 지각력에 포착되었다. 그러나 그녀의 거무스름한 올리브빛 뺨에는 홍조나 어떤 동요의 표시도 없었다. 이 아가씨가 일반적 외관에 의존하여 있는 한, 말로 표현할 수 없는 평정이 그녀를 감싸고 있었다. 그럼에도 그녀는 곁눈질로 은밀하게 흠칫흠칫 훔쳐보고 있었다. 이내, 그것이 무엇이든 숨겨둔 감정이 더 이상 저항할 수 없을 정도로 절정으로 고조되어 거기에 굴복한 것처럼, 그녀는 눈부신 촛불의 빛 속에 자신의 경이로운 얼굴 전체를 들어 올려 눈 깜짝할 사이 동안 그 불가사의한 얼굴로 거리낌 없이 피에르의 얼굴을 마주 보았다. 이제, 놀라운 아름다움과 한층 더 놀라운 외로움이 이해할 수 없는 애원의 표정과 함께, 지금부터는 아득한 태고의 얼굴로 그를 쳐다보았다. 거기서 또한 고뇌가 아름다움과 적대하여 싸우는데, 어느 쪽도 정복자가 되지 못하고, 양쪽 다 싸움터에 쓰러져 누운 공정한 경기장을 보는 것 같았다.

마침내 너무나도 속이 환히 들여다보이는 감정으로부터 원래의 상태를 회복하면서 피에르는 의식적으로 자제심을 회복하기 위해 등을 돌려 한층 더 멀어졌다. 그 얼굴의 무언가 뚜렷한 것을 알고 싶은, 거세고 당혹스럽고 이해할 수 없는 호기심이 그를 사로잡았다. 그는 이 호기심과 싸울 수 없고 그것을 조금도 조리 있게 생각할 수 없었으므로 당장은 그것에 완전히 굴복했다. 표면적 평정이 되돌아온 것을 느끼자마자 그는 생기 있는 눈동자와 뺨을 한 처녀들의 작업대 뒤로 가서 농담을 주고받으며, 그토록 드러나지 않게 그의 마음을 움직인 묵묵한 표정의 주인공에게, 어떤 점잖은 구실을 붙여, 가능하다면 말 한마디를 귀로 직접 들어보려고 했다. 그러나 마침내 이 목적을 마음속에 담고 다시 방을 건너가고 있을 때 유쾌하게 그를 불러내는 어머니의 목소리가 들렸고, 돌아서면서 그는 그녀가 이미 숄을 걸치고 보닛을 쓴 것을 보았다. 그는 이제 그럴싸한 핑계를 대어 지체할 수 없었다. 그래서 마음속 동요를 억누르면서 그 자리에 있는 사람들 전체에게 머리 숙여 황급하게 작별인사를 하고 어머니와 함께 밖으로 나왔다.

그들이 완전한 침묵 속에서 집을 향해 어느 정도 갔을 때 어머니가 말했다.

"아니, 피에르, 도대체 무슨 일이니?"

"이걸 어쩌지, 어머니, 그러면 그녀를 보신 건가요?"

"애야!" 글렌디닝 부인이 몹시 놀라 즉시 걸음을 멈추고 피에르에게서 팔을 빼면서 소리쳤다. "도대체…… 왜 그러니? 아주 이상하구나! 난 그저 네가 무엇을 그렇게 골똘히 생각하는지 농담으로 물었을 뿐인데. 보렴, 너는 증조할아버지 무덤 밑에서 들려오는 듯한 목소리로, 이상하기 짝이 없는 질문으로 내게 응답하는구나! 도대체 무슨 뜻이니, 피에르? 왜 그렇게 말이 없었고, 지금 말하는 것은 어째서 그렇게 적절치 못한 것이야? 대답해라. 이 모든 것을 설명해. 그녀, 그녀라니, 루시 타탄 말고 어떤 '그녀'를 생각하고 있단 말이니? 피에르, 조심해라, 조심해! 나는 이런 이상한 행동이 암시하는 듯한 것보다, 네가 네 여자와 한 서약을 훨씬 더 확고부동하게 지킬 거라 생각했는데 말이다. 대답해라, 피에르, 이게 대체 무슨 의미니? 애야, 난 애매모호한 것은 질색이야. 말해라, 아들아."

다행히도 어머니가 장황하게 늘어놓은 의구심 덕분에 피에르는, 처음엔 어머니 또한 그 이상한 얼굴에서 강한 인상을 받은 것이 아닌가 하는 의심을 품다가 그다음엔 자신은 전혀 알 수 없는 생각에 골몰해 있는 그를 보고 진심으로 놀라는 것이 분명한 어머니의 모습에 그 의심을 거세게 일축당함으로써 야기된, 이중의 심화된 충격에서 회복할 시간을 가질 수 있었다.

"아무 일도…… 아무 일도 아닙니다, 메리 누님. 그냥 아무 일도 아니에요. 그냥 꿈을 꾼 것 같아요. 몽유병이나 뭐 그런 것 말예요. 오늘 저녁 그곳에 있던 아가씨들 참 예뻤죠, 메리 누님? 자, 계속 갑시다. 어서 갑시다. 누님."

"피에르, 피에르! 네 팔을 다시 잡으마. 그런데 정말로 더 할 말 없니? 정말로 헤매고 있었니, 피에르?"

"맹세해요, 어머니, 제 평생 맹세코 바로 그 순간처럼 그렇게 완전히 갈피를 못 잡게 된 적이 없어요. 하지만 이제 다 끝났어요." 그러고는 좀 가볍고 다소 장난스러운 어조로 덧붙였다. "그리고 누님, 당신께서 건강과 위생에 관한 저술가들을 조금 아신다면, 이러한 무해한 일시적 정신 이상 환자에 대한 유일한 치료법은 모든 사람들이 대화에서 그것을 모르는 체하는 것이라는 걸 알고 계셔야 합니다. 그러니 이 어리석은 말씀은 이제 그만하세요. 그것에 대해 말하는 건 제가 스스로 대단히 바보 같다는 불쾌한 느낌만 갖게 만들 뿐이고, 그런다고 해서 그것이 더 이상 생각나지 않을지는 알 수 없어요."

"그렇다면 맹세코, 사랑하는 아들아, 그것에 대해서는 더 이상 한마디도 않으마. 하지만 참 이상하구나. 정말 아주, 아주 이상해. 자 이제, 오늘 오전의 업무에 대한 얘기를 하마. 어떻게 했니? 그것에 대해 말해다오."

II

피에르는 이 반가운 대화의 흐름에 기꺼이 뛰어듦으로써 어머니의 관심이나 놀람에 더 이상 빌미를 주지 않고 그녀를 수행하여 집에 올 수 있었다. 그러나 결코 자신의 관심과 놀람은 쉽사리 가라앉힐 수 없었다. 어머니의 물음에, 평생 동안 그토록 마음 깊이 동요되어본 적이 없었다고 단언한 그 진지한 대답은, 그때에는 아무리 회피하려는 의도로 한 말이었다 할지라도 본질적으로는 너무나 진실했다. 애원하는 듯한, 그리고 아름답고 열정적이고 이상적인 성모 마리아의 얼굴이, 병적으로 갈망하고 열광적이지만 언제나 좌절을 겪는 화가의 머리에서 떠나지 않듯이, 그 얼굴은 그를 괴롭혔다. 그리고 언제나 그 신비에 싸인 얼굴이 이렇게 공상의 시계(視界)에 떠오를 때면, 그의 또 하나의 감각이 영향을 받았다. 길게 이어진 소름 끼치는 소녀의 비명이 그의 영혼을 뚫고 울려 퍼지는 것이다. 왜냐하면 그 비명의 진원지가 그 얼굴이라는 것을, 그런 수수께끼 같은 비명은 그런 근원에서만 생길 수 있다는 것을 이제 그는 알고 있었기 때문이다. 그런데 그 비명은 무슨 이유에서였을까? 피에르는 생각했다. 그것은 그 얼굴에게 또는 나에게, 아니면 양쪽 모두에게 나쁜 징조인가? 어떤 장면에 내가 등장하는 것이 이러한 비통함을 일으킬 힘을 갖다니, 내 모습이 어떻게 변하기라도 했단 말인가? 하지만 그의 감정을 움직인 것은 주로 그 얼굴, 바로 그 얼굴이었다. 비명은 그 얼굴에 부수적으로 포함된 것처럼 보였다.

그가 경험한 감정들은 그의 존재의 가장 깊은 뿌리들과 가장 미묘한 조직들을 장악한 것처럼 보였다. 그리고 그것이 그에게서 그토록 은밀하게 숨어 있으면 있을수록 더욱더 그는 불가사의한 신비를 느꼈다. 슬픈 눈을 한, 비명을 지르는 한 소녀가 그와 무슨 상관이 있는가? 이 세상 어딘가에는 슬픈 눈을 한 미지의 소녀들이 분명히 있고, 그 소녀는 그중 하나일 뿐이었다. 그리고 가장 아름다운 슬픈 눈을 한 소녀가 그와 무슨 상관이 있는가? 기쁨은 물론 슬픔도 아름다울 수 있을 것이다. 그는 이 얽힌 상태를 끝까지 풀려고 노력하는 데 몰두했다. "나는 더 이상 이런 이성을 잃는 짓을 하지 않겠다" 하고 소리치곤 했지만, 밝은 대기의 영역으로부터 그 얼굴의 신성한 아름다움과 애원하는 듯한 고통이 슬며시 그의 시야에 들어왔다.

피에르는 지금까지 자신은 늘 인간 내면의 영적이고 신비주의적인 이야기들을 모두 가볍게만 여겼고, 이 세계에 대한 자신의 신조에 따라 아무리 감미롭고 향기롭다 할지라도 눈에 보이는 아름다운 육신과 귀에 들리는 속삭임을 신뢰해왔다고, 지금까지는 오직 눈에 보이는 육신과 귀에 들리는 속삭임만을 신뢰해왔다고 생각했다. 그러나 이제! 이제! 다시 그는 자기 마음의 모든 내성적 잔꾀를 교묘히 피하는, 가장 놀랍고 초자연적인 생각들에 몰두하곤 했다. 그 자신이 그 자신에게 너무 벅찼다. 그가 과거에 언제나 진정한 현실의 견고한 땅이라고 생각해왔던 것이, 유령선의 작은 선단들로부터 그의 영혼에 상륙한, 깃발을 단 군단의 두건 쓴 유령들에게 이제는 거리낌 없이 잠식당하고 있다고 그는 느꼈다.

그 얼굴이 자아내는 공포는 고르곤*이 자아내는 공포가 아니었으며, 그 얼굴이 혐오스러운 흉함으로 그를 강타한 것이 아니라 형언하기 힘든 아름다움과 그 얼굴에 서린 오랜 고통에 시달린 이의 절망적 고뇌로, 갈피를 못 잡게 그를 유혹했다.

그러나 그는 자신에게 나타난 이 전반적인 영향이 또한 특별하고, 그 얼굴이 어쩐지 신비적으로 그의 사사롭고 개인적인 애정에 호소하고 있다는 것을 감지하고 있었다. 무언의 억압적 요구를 통해 그 얼굴이 그의 가장 깊은 도덕적 본질에 도전하고, 진실, 사랑, 동정, 양심을 증인으로 불러내고 있다는 것을 잘 알고 있었다. 신비의 극치로군! 그 얼굴은 정말 그 경이로움으로 나를 거의 무기력하게 만들고 있다고 피에르는 생각했다. 침대 시트를 얼굴에 덮어 썼지만 그래 봤자 가릴 수 없었다. 양지쪽으로 목장을 따라 그 얼굴을 피해 달아났지만 허사이긴 마찬가지였다.

*그리스 신화에 나오는, 머리카락이 뱀이어서 보는 사람을 돌로 만들어버렸다는 세 자매 중의 하나. 특히 페르세우스에게 살해된 메두사를 가리킨다.

피에르에게 무엇보다 가장 놀라운 것은, 그가 전에 어디선가 그 얼굴과 비슷한 생김새를 본 적이 있다는 막연한 느낌이었다. 하지만 어디서였는지를 말할 수 없었고 전혀 상상할 수도 없었다. 때때로 거리에서 지나가면서 본 사람의 얼굴이, 전혀 모르는 사람인데도, 그의 인생에 지극히 중대하기도 한, 어떤 가공의 시간에 만난 적이 있는 어떤 모호한 얼굴을 이상하게 상기시키며, 잠시 동안 저항할 수 없이 매력적으로 그를 감동시킬 수 있다는 것을—한두 번 그 사실을 경험한 적이 있기 때문에—그가 모르는 바는 아니었다. 하지만 지금 피에르의 상황은 그렇지 않았다. 그 얼굴은 그의 옆에 가까이 머물러 있었고, 언제나 그런 것은 아니지만, 오직 그의 결의와 고집을 다써야만 쫓아버릴 수 있었다. 게다가, 말하자면 그 특정한 감정이 그의 생각들을 사로잡고, 지나간 시절의 무수한 형상과, 지금 몇몇은 고인이 된 나이 많은 친척들한테 전해 들은, 가문의 옛 전설에 나오는 많은 특정 장면을 그의 시야에 불러들일 때마다 묘한 느낌 속에 숨어 있는 대체로 매혹적인 것이, 한 점에 모이듯이 응결되고 예리해져 설명할 수 없는 격렬한 고통과 함께 심장을 꿰어 찌르는 창끝이 되는 것 같았다.

어머니와 집안의 다른 모든 사람이 알아채지 못하도록 가능한 한 자신의 거친 환상을 감추면서, 이틀 동안 피에르는 망상에 사로잡힌 자신의 정신과 씨름했다. 마침내 모든 수상한 것들을 아주 효과적으로 정신에서 일소하고 자신에 대한 전반적인 통제력을 매우 효과적으로 되찾아, 마치 그토록 이상하게 흔들린 적이 없었던 것처럼 얼마 동안 그의 인생은 흘러갔다. 다시 루시에 대한 달콤한 무조건적 생각이 오로지 그의 영혼 속으로 살그머니 들어와 이런 모든 허황한 점유자들을 몰아냈다. 다시 그는 말을 달렸고, 산책을 했고, 수영을 했고, 뜀뛰기를 했고, 그가 그토록 진정으로 좋아한, 그 모든 사내다운 운동들의 맹렬한 연습에 새로운 열정으로 매진했다. 루시를 영원히 사랑하는 것은 물론이고 영원히 보호할 것을 약속하기 전에, 그가 모든 물질세계에 대해 루시의 전사로 활동할 수 있도록 먼저 완벽하게 자신을 강화하고 단련하여 이러한 고상하고 강건한 사내다움을 갖추어야 한다는 생각을 한 것 같았다.

그럼에도—그에게 그 얼굴이 이따금 나타나기 전에도— 실내에서든 실외에서든, 또는 책으로든 칼로든, 운동과 다른 오락들에서 발휘된 그의 고집 센 모든 열정에도 불구하고, 여전히 피에르는 난생처음으로 자신의 인생에서 경험한 이상야릇한 상황을 어머니에게 감추게 했을 뿐만 아니라(왜냐하면 그는 이 일을 단지 용서받을 만한 것으로 느꼈고, 게다가 결국 알게 되듯, 과거의 경험에서 그것에 대한 한 특별한 전례를 찾을 수 있었기 때문이다) 한 술 더 떠 어머니가 던진 명백한 질문을 회피하다가, 아니 기피하다가, 결국 놀랄 만큼 악의 없는 거짓말 같은 대답을 어쩔 수 없이 하게 만든 동기에 대해 남몰래 괴로워하고 적지 않게 당황하지 않을 수 없었다. 그는 또한 그 회피적 대답이 순간적으로 자제력을 잃은 사이 자신에게서 범신론적으로 터져 나온 게 아니라는 것을 생각했다. 아니다, 어머니는 상당히 길게 이야기했고, 그동안에 어머니의 불시에 작동하는 달갑지 않은 직감으로부터 어머니의 주의를 어떻게 하면 가장 잘 돌려놓을 수 있을지를, 당황하면서도 마음속으로 주의 깊게 궁리했던 것을 그는 잘 기억했다. 왜 이랬을까? 이것이 그의 버릇이었나? 무슨 수수께끼 같은 일이기에 그렇게 갑자기 그를 사로잡아 그가 극진히 사랑하고 신뢰하는 어머니에게 그를 거짓말쟁이, 아, 틀림없는 거짓말쟁이로 만들었단 말인가? 이 점이 그에겐 참으로 이상한 일이었고, 그의 가장 큰 윤리적 고찰의 대상이었다. 그럼에도 불구하고, 엄격히 자기반성을 하고선, 그는 그 일을 자진해서 달리 하지는 않겠다고, 절대로 자진해서 지금 어머니에게 이 문제의 진실을 밝히지는 않겠다고 생각했다. 이것 또한 왜였나? 이것이 그의 버릇이었나? 여기에 다시 이해하기 어려운 점이 있었다. 불완전한 암시, 흥분, 예감 속에서 피에르는 조로아스터교의 사제들 같은, 모든 현명한 사람들이 언젠가는 대개 확실하게 깨닫게 되는 것, 즉 우리의 행위들에서 반드시 우리가 우리 자신의 대리인인 것은 아니라고 느끼기 시작했다. 그러나 이러한 생각은 피에르에게 대단히 희미했고, 희미함은 우리에게 언제나 수상쩍고 비위에 맞지 않으므로, 피에르는 이 태아 단계의 공상이 손짓하여 그를 끌고 들어가는, 생각의 지하 무덤을 소름 끼쳐하며 움츠러들었다. 그는 오직 이것만을, 남몰래 오직 이것만을, 즉 절대로 어머니를 한때의 신비적 심리 상태의 동조자로 삼지는 않겠다는 맹세를 마음속에 고이 간직하고 다짐했다.

그러나 그 얼굴이 그의 마음을 이처럼 이루 말할 수 없이 홀리고, 무엇보다 먼저 완전히 그를 독점한 그 이틀 동안, 당황한 피에르가 모든 것 중에서 분명하게 가장 자연스러운 수단을, 즉 대담하게 뚜렷한 원인을 찾아내고, 거슬러 올라가 생각하고, 그 신비한 아가씨를 표정이나 목소리 또는 둘 다를 통해 심문하는 일을 자제했던가? 아니, 피에르는 이 점에서 완전히 자제한 것은 아니었다. 하지만 이 문제에 대한 그의 깊은 호기심과 관심은—이상하게 보일지 모르지만—그 올리브빛 아가씨의 슬픔에 잠긴 용모와 자태에서 구체화되었다기보다는, 그녀가 뿜어내는 어떤 방사(放射) 작용에 의해, 그의 영혼을 뒤흔드는 막연한 상상 속에서 구체화된 듯했다. 거기에 더 미묘한 비밀이 숨어 있었고, 바로 그것을 피에르는 떨쳐버리려고 노력했다. 내부에서 반응하는 어떤 놀라움이 그것과 교차하지 않으면, 외부로부터는, 아무런 놀랄 만한 영향도, 우리 내부에 생기지 않는다. 별이 반짝이는 하늘이 황홀한 경이감으로 가슴을 가득 채우는 것은, 오직 우리 자신이 우주 공간에 있는 모든 별들보다 더 위대한 기적이고 더 눈부신 트로피이기 때문이다. 놀라움이 놀라움과 결합하고, 그래서 혼란을 가중시키는 느낌이 생긴다. 말, 개, 닭이 저 하늘의 장엄한 무게 밑에 늘 오금을 못 쓰고 있다고 우리가 상상할 아무런 이유가 없다. 하지만 우리 영혼의 아치가 그 밑에 맞추어져 있어, 더 위에 있는 아치가 지탱할 수 없는 무량함으로 우리 위에 떨어지는 것을 막는다. "너희는 나의 깊은 신비를 설명하라. 그러면 나의 모든 놀라움을 너희에게 말해주마, 너희 장엄한 별들이여!" 하고 양 치는 칼데아 왕이 벌판에 드러누워 가슴을 치며 말했다. 어느 정도, 피에르도 그러했다. 그대는 내 마음속에 있는 이 이상한 긴요한 느낌을 설명하라. 그러면 다른 모든 경이로운 것들을 포기하고, 놀란 듯이 그대를 바라볼 것이다, 하고 그는—그 상상의 얼굴에 갑자기 대들듯이 하면서—생각했다. 하지만 그대는 무당보다 내게서 더 심오한 마력을 일깨웠다, 그대 얼굴이여! 그대는 내게 가시적 시간과 공간의 모든 표층 밑에 있는, 무한하고 말없고 애원하는 듯한 신비의 얼굴을 드러냈다.

그러나 괴이한 감정에 빠진 최초의 미친 듯한 예속 상태가 지속된 이틀 동안에, 피에르는 전혀 이해할 수 없는 것은 아닌 충동에 빠지곤 했다. 그가 우선 그것을 그렇게 부르곤 했듯이, 이 모든 어리석은 생각에 대한 어떤 가능한 소박한 해명과 관련하여 바람직한 절차로 이루어진 두세 가지 명백하고 실제적인 계획을 세우는 일이, 그의 반쯤은 광기 어린 심리의 확산을 때때로 적당하게 중단시켰다. 한번은 그가 손에 익은 장갑과 지팡이를 개의치 않은 채 모자를 움켜쥐고 페니즈 자매의 집을 향해 아주 빨리 걸어가고 있는 것을 길에서 깨달았다. 하지만 지금 어디로 가고 있지? 하고 그는 환상에서 깨어나듯이 자신에게 질문했다. 너 어디로 갈 것인가? 틀림없이 저 귀먹은 노처녀들은 네가 간절히 알고 싶어 하는 것을 네게 아무것도 말해줄 리가 없다. 귀머거리 노처녀들은 이러한 신비한 비밀의 보관인으로 이용되지 않는다. 그래도, 그들은 그녀의 이름과 그녀가 사는 곳과, 단편적이고 만족스럽지 못하다 할지라도, 그녀가 누구이고 어디서 왔는지를 다소 알려줄지 모른다. 아, 그러나 그 경우, 네가 그들을 떠난 뒤 10분이면, 새들 메도우스 대농장 안의 모든 집들이 루시 타탄과 결혼하기로 약속했으면서도 이상한 젊은 여자들을 아리송하게 쫓아다니고 있는 피에르 글렌디닝의 소문을 속닥거리고 있을 것이다. 그건 절대 안돼. 엄청난 뜬소문 이야기를 넌지시 알려주는 데 여념 없는 두 명의 우체부처럼 페니즈 자매가 모자도 쓰지 않고 숄도 걸치지 않은 채 온 마을을 허둥지둥 싸다니는 것을 얼마나 자주 보았는지 너도 기억하지? 피에르, 네가 지금 그들을 방문한다면 그들에게 얼마나 맛있는 음식을 갖고 가는 셈인가. 진실로 그들의 트럼펫은 효용과 중요성 둘 다를 목적으로 한다. 페니즈 자매는 심하게 귀가 먹었지만 결코 벙어리는 아니다. 그들은 대단히 널리 소문을 퍼뜨린다.

"그러면 그 소식을 전하고 간 것이 페니즈 자매라는 것을 꼭 말해주세요. 꼭요. 우리―페니즈 자매―를 잊지 마세요. 그게 우리라는 것을 글렌디닝 부인에게 전해주세요." 이것은 어느 날 저녁 그 노처녀 자매들이 피에르에게 털어놓았던 그대로, 지금 그에게 다소 익살스럽게 문득 떠오르는 전언이었다. 그때 그들은 그의 어머니를 위해 아주 고생해서 찾아낸 어떤 풍문을 정선한 선물처럼 챙겨 가지고 방문했지만, 대농원의 안주인이 외출 중인 것을 알고 나자 그것을 그녀의 아들에게 떠맡기고, 소문을 퍼뜨리는 일에 있어 어느 곳에서든 누구한테 앞지름을 당하지 않기 위해, 모든 하층민들의 집들로 부리나케 가버렸다.

그게 페니즈 자매가 아닌 다른 사람의 집이라면 좋을 텐데, 그들이 아닌 어떤 다른 사람의 집이라면, 맹세코 난 갈 거야. 하지만 그들에게는…… 그래, 난 갈 수 없어. 그 얘긴 틀림없이 어머니의 귀에 들어갈 것이고, 그러면 어머니는 이것저것을 종합하여 약간 뒤섞고 지글지글 끓이고 나서, 나의 흠 없는 고결함에 대한 어머니의 모든 오만한 관념들에 영원히 작별을 고할 테지. 참아라, 피에르, 이 지역 인구는 그리 많지 않아. 새들메도우스 대농장에는 모든 개인의 신원을 혼동하는 니네베*의 밀집된 군중이 없어. 참아라, 곧 다시 그 얼굴을 보게 될 테고, 저녁 무렵의 몽상을 위한, 어느 녹색 오솔길에서 그 얼굴이 네 곁을 지나가면 그때 잡아라. 그 얼굴의 여인은 먼 곳에 살 리가 없어. 참아라, 피에르. 언제나 이러한 신비는 언젠가는 일어나기 마련인 자체 해명을 통해 가장 잘, 그리고 가장 빨리 풀리는 법이지. 혹은 네가 하고자 한다면, 돌아가서 장갑과 특히 지팡이를 챙겨서 그 얼굴을 좇아 네 자신의 은밀한 발견의 항해를 시작해라. 지팡이를 챙기라고 한 것은 아마도 대단히 멀고 피곤한 노정이 될 것이기 때문이다. 하지만 방금 암시했듯이 그 얼굴의 주인공이 아주 먼 곳에 살 리 없다는 건 사실이지만 얼마나 가까이 있는지도 확실하지는 않다. 그러니 집으로 돌아가

*고대 아시리아 제국의 가장 큰 도시.

모자를 벗고 지팡이를 그대로 놔두어라, 착한 피에르. 그 수수 께끼를 그렇게 신비화하지 않도록 노력해라.

이리하여 피에르는 심히 고통스러운 그 슬픈 이틀 동안 이따금씩 자신을 설득하고 타이르면서 서성이고, 이러한 명상적 치료법을 통해 무의식적 충동을 달래곤 했다. 의심할 여지없이 그렇게 한 것은 현명하고 옳았으며 확실했지만, 이처럼 모든 의심스러운 일들로 가득 찬 세상에서, 사람은 누구나 다른 사람이, 아무리 조심스럽고 용의주도할 정도로 신중하다 할지라도, 상상할 수 있는 모든 점에서 최선의 행동을 했는지를 결코 완전히 확신할 수는 없다.

그러나 그 이틀이 지나가고 피에르가 그 신비적 유랑을 통해 되찾은 이전의 자아를 인식하기 시작했을 때는, 사전 준비를 위해 노처녀 자매를 방문하거나, 전반적으로 관찰력이 예민한 스라소니 눈을 하고 그 지역을 도보로 여행하며 교활한 조사자처럼 조사 이유를 숨기는 방식을 취해 그 미지의 사람을 몸소 노골적으로 찾아낸다는 생각과 그 비슷한 모든 의향은 완전히 사라지고 없었다.

그는 이제 모든 정신력을 다해 자신에게서 그 망령을 영원히 몰아내려고 부지런히 분투했다. 그는 타고난 익숙한 자아와 모든 면에서 맞지 않는 더없이 고통스러운, 존재의 어떤 질환이 자신의 내부에서 싹트기 시작한 것을 느끼는 듯했다. 그것은, 말하자면 그가 알 수 없는 종류의 건강하지 못한 기미를 내포하고 있었다. 무지로 인해 그 당시에는 그보다 더 적절한 말을 발견할 수 없었는데, 그것은 빨리 근절되지 않으면 그의 모든 인생, 즉 희생이면서 기쁨이기도 한, 그가 순수하고 종합적인 선물로 루시에게 약속한 가슴 설레게 즐거운 최고의 인생을 손쓸 새도 없이 못쓰게 만들고 비참하게 할지도 모르는 모종의 싹을 속에 지닌 것처럼 보였다.

이러한 노력에서 그가 완전히 실패한 것은 아니었다. 이제 대부분은 그 얼굴의 등장과 퇴장을 제압하는 힘이 자신에게 있다고 느꼈지만, 모든 경우에 그런 것은 아니었다. 때때로 그 교활한, 최초의 신비로운 폭군이 부지불식간에 그를 덮치고, 길고 검은 애처로운 머리 타래들이 영혼을 습격하여 놀랄 만한 침울한 생각을 함께 질질 끌어가고, 크고 침착하며 아름다움과 고통이 넘쳐흐르는 두 눈동자가 마법의 빛살들을 한 점에 모아, 마침내 그것들이 겨냥하는 심장에 무엇인지 모를 신비로운 불꽃들을 불붙이는 것을 그는 느끼곤 했다.

일단 이러한 느낌이 피에르를 사로잡으면, 그때는 위험한 시간이었다. 그 느낌은 초자연적이었고, 초현실적인 모든 것이 그의 영혼에 호소하고 있었지만, 그럼에도 기분 좋은 슬픔이었기 때문이다. 어떤 몽롱한 요정이 그의 머리 위 하늘의 영기 속에서 유영했고, 가장 기분 좋은 우수에 젖은 진주들을 머리 위에 소나기로 퍼부었다. 그러면 그는 이 세상의 어떤 다른 한 개인에게 그 비밀을 폭로하고 싶은 이상야릇한 충동에 사로잡히곤 했다. 단 한 사람, 더 이상은 아니었다. 그는 이 모든 이상한 충만감을 자신의 마음속에 혼자 간직할 수 없었다. 그것은 나누어 가져야 했다. 루시(누구보다 그가 신뢰하여 애모하는 그녀)와 우연히 만나 그 얼굴 이야기를 한 것은 바로 이런 시간이었다. 그날 밤 그녀는 조금도 잠을 이루지 못했고, 그녀의 베갯머리는 모호한 요정들이 황야에서 춤추는 것 같은, 멀리서 들리는 왈츠 선율의 거친 베토벤에게서 오래도록 완전히 벗어나지 못했다.

III

이 이야기는 경우에 따라 앞뒤로 왔다 갔다 한다. 중심은 빈틈없고, 주변은 유연해야 한다. 이제 우리는 소나무 밑에서 꾼 백일몽에서 깨어나 집으로 가고 있는 피에르에게로 되돌아간다.

그 숭고한 이탈리아인에 대한 피에르의 조바심이 폭발한 것은 단테가, 전율을 느끼는 피에르의 두 눈에 인간의 신비와 불행의 무한한 벼랑과 심연을 과거에 처음으로 열어준—비록 여전히 감각적인 예감이나 경험보다는 한층 더 경험적 시각에 기초한 방식을 통해서이긴 했지만—시인이라는 데서 비롯되었다(그것은 아직은 그가 단테만큼 멀리, 깊게 보지 못했고, 그러므로 그 엄격한 시인을 자신의 고유한 분야에서 공명정대하게 대항할 능력이 전혀 없었기 때문이다). 피에르의 젊은 조바심의 이 무지한 폭발은 또한 본래 미약하거나 미개발된 지성들이, 자신들의 열광적이거나 신중한 청춘의 섬세하고 천박한 꿈들을 영원히 반대하는 더욱 고매한 시인들의 그 어두운 노호를 대하는, 반은 경멸적인 증오와 때로는 이기적인 혐오에서 비롯되었다. 피에르의 젊은 조바심의 이 분별없고 투박한 폭발은, 다른 모든 형태의 우울을—그것이 우울이었다면—함께 채간 것 같았고, 그를 다시 청명한 상태로 돌려, 신들이 마련해두었을지도 모르는 조용한 즐거움을 어떤 것이든 향유하도록 준비시켜놓은 것 같았다. 왜냐하면 그는 정말로 슬픔은 간결하게 마무리하고 즐거움에는 재빨리 반응하여, 일단 그 즐거움이 충분히 가까이 왔을 때엔 그것을 오래 끌고 붙들어두는, 진짜 청년의 기질을 지니고 있었기 때문이다.

식당에 들어가면서 그는 데이츠가 쟁반을 들고 또 다른 문을 통해 물러가는 것을 보았다. 치워진 식탁의 반질반질한 쪽에는 홀로 생각에 잠긴 어머니가 앉아 디저트를 들고 있는 중이었다. 어머니 앞에는 과일 바구니와 포도주 병이 있었다. 같은 식탁의 다른 보조판 위에는 식탁보가 젖혀진 채 아직 놓이지 않은 음식 한 접시와 그것에 딸려 나오는 요리들이 차려져 있었다.

"앉으렴, 피에르. 집에 와서 마차가 그렇게 일찍 돌아왔다는 걸 알고 깜짝 놀랐단다. 여기서 네가 점심을 먹으러 오길 기다렸는데 더는 기다릴 수가 없었어. 하지만 이제 주방에 가서 데이츠가 방금 너를 위해 따로 보관해둔 것을 가져오렴. 아! 새들메도우스에서 젊은 주인이 결혼하기 전까지 더 이상 규칙적인 점심 시간, 차 마시는 시간, 저녁 식사 시간은 없다는 걸 나는 너무나 잘 알고 있단다. 그리고 피에르, 뭔가 중요한 것이 떠올랐지만, 네가 식사를 할 때까지 미뤄두마. 만일 네가 이 불규칙한 식사를 계속하며, 내가 너와 함께 보내는 시간을 그렇게 거의 완전하게 박탈하여, 내가 소름 끼치는 술고래가 되는 무시무시한 위험을 무릅쓰게 되면 말이다. 그러면 말이다, 피에르, 너는 내가 어떤 늙은 유모처럼 마지막 친구에게 버림받고, 그래서 외롭고 쓸쓸하게 술병을 껴안아야 하는 것처럼 이 포도주병과 함께 여기에 완전히 홀로 앉아 있는 것을 볼 수도 있다는 것을 아느냐?"

"아뇨, 전 별로 크게 위급함을 느끼지 못했어요, 누님." 피에르가 미소 지으면서 말했다. "그 포도주 병이 아직도 마개까지 가득 차 있는 것을 보고 말았으니까요."

"그건 단지 새 포도주 병일지도 모르지, 피에르." 그러고는 갑자기 어조를 바꾸면서 말했다. "하지만 자, 잘 들으세요. 피에르 글렌디닝 씨!"

"좋아요, 메리 글렌디닝 부인!"

"귀하는 곧 결혼하게 된다는 것을 아시나요, 정말로 날짜도 거의 정해졌다는 것을?"

"어찌 된 일인지!" 피에르는 그 소식의 성격과 그것을 전하는 진지한 어조 모두에 정말 기분 좋게 깜짝 놀라며 소리쳤다. "어머니, 어머니, 이상하게 마음을 바꾸셨군요. 그럼, 친애하는 어머니."

"바로 그렇다네, 동생님. 다음 달 오늘이 되기 전에 나는 귀여운 올케 타탄을 맞이하기를 바란다네."

"참 이상하게 말씀하시네요, 어머니." 피에르가 재빨리 대꾸했다. "저는 그러면 그 문제에서 할 말이 아무것도 없군요?"

"아무것도 없다니, 피에르! 정말 네가 적절하게 무슨 말을 할 수 있을까? 네가 그것과 도대체 무슨 상관이 있는지 알고 싶구나? 사람들이 자기 결혼을 스스로 성사시킨다고 생각하는 것이니? 바보. '나란히 세우기'가 사람들을 결혼시키는 거야. 피에르, 세상에는 단 하나의 중매쟁이가 있는데, 그것이 바로 가장 악명 높은 여자, '나란히 세우기' 여사란다!"

"이런 상황에서는 참으로 기묘하고 환상을 깨는 이야기로군요, 이건, 메리 누님." 피에르는 포크를 내려놓았다. "'나란히 세우기' 여사라, 아! 그러면 어머니 생각으로는, 이 더할 나위 없이 영예로운 열렬한 연애가 고작 그것에 불과합니까?"

"그렇단다, 피에르, 하지만 잘 생각하렴. 내 신조에 따르면—이 부분은 약간 어렴풋하지만—'나란히 세우기' 여사는 영적으로 그럴 마음이 내킬 때만 자기 말을 움직인단다."

"아! 그러니 모든 것이 다시 정리되는군요." 피에르가 포크를 다시 잡으면서 말했다. "입맛이 돌아오네요. 하지만 제가 그렇게 빨리 결혼하게 될 거라는 말씀은 뭐였나요?" 그가 괜스레 무관심한 척하면서 덧붙였다. "농담하고 계셨던 거죠. 제가 보기에, 누님, 누님이 아니면 제가 조금 전에 그 문제에 대해 마음속으로 산만해져 있었던 것 같습니다. 정말로 이런 일을 생각하고 계셨어요? 그리고 제가 그토록 오랫동안 헛되이 노력했던 것을, 누님의 현명한 망설임을 혼자 힘으로 극복하셨다고요? 자 이제, 전 백만 배나 기뻐요. 빨리 말씀해주세요."

"그래, 피에르. 너도 잘 알다시피, 맨 처음 네가 나한테 알려준 때부터, 아니 오히려 그보다 더 먼저 직관을 통해 네가 루시를 사랑한다는 걸 알게 된 순간부터 나는 언제나 찬성해왔단다. 루시는 가문도 명예롭고, 재산도 있고, 예의 바른 상큼한 아가씨이고, 내가 보기에 열일곱 난 아가씨가 지닐 수 있는 모든 붙임성과 매력의 귀감이니까."

"좋아, 좋아, 좋아요." 피에르가 빠르고 성급하게 큰 소리로 말했다. "우린 둘 다 그걸 알고 있었어요."

"좋아, 좋아, 좋아요, 피에르." 어머니가 흉내 내며 놀리듯이 대꾸했다.

"저를 그렇게 괴롭히는 것은 좋아, 좋아, 좋아요가 아니라, 나빠, 나빠, 나빠입니다, 어머니, 말씀 계속하세요, 어서요!"

"하지만 네 선택에 감탄하고 찬성하면서도, 피에르 너도 알다시피 나는 겨우 열일곱의 아가씨와 겨우 스무 살의 청년이 그렇게 서두를 필요가 없다고 생각했어. 또 두 사람 다 유익하게 사용할 수 있는 많은 시간이 있다고 생각했기에 그렇게 서둘러 결혼하는 걸 승낙해달라는 네 간청을 거절했었지."

"여기서 잠시 말씀을 끊는 것을 용서해주세요, 어머니. 어머니가 제게서 본 것이 무엇이라 할지라도, 그녀는—루시 말예요—추호도 결혼을 서두른 적이 없었어요. 그게 전부예요. 그러니 전 그것을 어머니의 실언으로 간주할 겁니다."

"틀림없이 실수다. 하지만 내 말을 귀담아들으렴. 나는 최근에 너와 루시를 모두 주의 깊게 관찰했는데, 그 때문에 그 문제를 더 생각하게 되었어. 그런데, 피에르, 만일 네가 조금이라도 어떤 직업이나 사업에 종사한다면, 아니, 내가 농부의 아낙이고 내 아이인 네가 내 밭에서 일한다면, 뻔하지 않겠니. 그러면 너와 루시는 아직은 얼마 동안 기다려야 할 테지. 하지만 너는 낮에는 루시를 생각하고, 밤에는 그녀를 꿈꾸는 것 말고는 할 일이 없지. 그리고 루시도, 추측하건대, 너에 관해서는 똑같은 상태에 있을 거야. 나는 이 모든 것의 결과를, 말하자면, 해가 되지 않을 만큼만 그저 살짝 알아챌 수 있는 정도로 수척해진 뺨을 보고, 그에 비해 대단히 뚜렷하고 위험한 열기로 가득 찬 눈을 보고 알아차리기 시작했어. 그러니 나는 두 가지 악 중에서 더 작은 쪽을 선택하여, 이제 당면 문제가 적당히 처리되는 즉시 네가 결혼하는 것을 허락하마. 이달이 여름 첫 달이니까, 크리스마스 전에 결혼식 하는 것을 너도 반대하지 않을 테지."

피에르는 아무 말도 하지 않았지만, 벌떡 일어서서 두 팔로 어머니를 얼싸안고 몇 번이나 키스를 했다.

"대단히 달콤하고 웅변적인 대답이구나, 피에르. 하지만 다시 앉아라. 지금 이 일과 관련된, 흥미는 덜하지만 꼭 필요한 것들에 대해 조금 말하고 싶구나. 알다시피 네 아버지의 유언에 따라 이 토지들과……."

"루시 양입니다, 주인마님." 데이츠가 문을 휙 열어젖히면서 말했다.

피에르가 벌떡 일어섰다. 그는 문을 향해 다가가면서 마치 어머니의 면전임을 갑자기 염두에 둔 것처럼 마음을 가다듬었다.

루시가 작은 딸기 바구니를 들고 들어왔다.

"어머, 어서 오너라, 애야." 글렌디닝 부인이 다정하게 말했다. "이건 뜻밖의 기쁨이구나."

"네, 그리고 피에르는 오늘 저녁 저를 방문하기로 되어 있고, 해 지기 전에 제가 저이를 만나러 오기로 하지 않았으니 저이도 약간 놀랐을 거예요. 하지만 홀로 산책하고 싶은 생각이 문득 들었어요. 무척 상쾌한 오후여서요. 그리고 우연히, 단지 우연히 이쪽으로 통하는 아카시아 길을 지나가다가 이 바구니를 손에 든 이상한 어린아이를 만났어요. '네, 이걸 사주세요, 아가씨.' 그 아이가 말했어요. '한데 내가 그걸 사고 싶은지 네가 어찌 아니?' 하고 제가 물었지요. '난 그걸 사고 싶지 않구나.' '아니에요, 아가씬 사고 싶어 해요. 26센트짜리지만 전 16센트만 받겠어요, 그게 저한테는 1실링이니까요. 전 언제나 절반 값만 받아요, 정말로요. 자, 이제 전 더 기다릴 수 없어요, 아주 오랫동안 아가씨를 기다리고 있었거든요'라고 하더군요."

"대단히 약삭빠른 꼬마로구나." 글렌디닝 부인이 웃었다.

"무례한 꼬마 녀석 같으니라고." 피에르가 큰 소리로 말했다.

"그런데 지금 두 분에게 제가 겪은 진기한 경험을 이렇게 아주 솔직하게 털어놓고 있으니, 저야말로 최고로 어리석은 여자가 아닐까요." 루시가 미소를 지었다.

"아니, 모든 순진한 사람들 중에서 가장 천사 같은 사람." 피에르가 매혹적인 서사시의 한 구절을 인용하며 큰 소리로 말했다. "거리낌 없이 피어난 꽃이여, 순수 외에는 보여줄 것이 없는."

"자, 사랑하는 귀염둥이 루시." 글렌디닝 부인이 말했다. "피에르에게 네 숄을 벗겨달라고 하고, 잠깐 기다렸다가 우리와 함께 차를 마시자. 피에르가 점심 식탁을 물렸으니, 이제 곧 차 마실 시간이 될 거야."

"고맙습니다. 하지만 이번에는 머무를 수 없어요. 이것 보세요, 제 볼일을 잊고 있었어요. 글렌디닝 부인에게 드리려고 이 딸기를 가져왔어요. 그리고 피에르에게도. 저이가 딸기를 굉장히 좋아해요."

"아주 뻔뻔스럽게 저도 그렇게 생각했어요." 피에르가 큰 소리로 말했다. "보세요, 어머니와 저를 위해서예요. 어머니, 당신과 저를 위해서입니다, 그걸 이해해주시기 바랍니다."

"이해하고말고, 사랑하는 동생."

루시가 얼굴을 붉혔다.

"날씨가 참 따뜻해요, 글렌디닝 부인."

"참 따뜻하구나, 루시. 그러니 남아서 차를 마시지 않겠니?"

"안 돼요, 지금 가야 해요. 그저 짧은 산책을 한 것, 그게 다예요. 안녕히 계세요! 따라 나오지 마세요, 피에르. 글렌디닝 부인, 피에르를 붙잡아주시겠어요? 부인께서 저이에게 볼일이 있다는 걸 알아요. 두 분은 제가 들어왔을 때 어떤 사적인 일로 대화를 하고 계셨어요. 두 분 다 아주 사사로운 이야기를 터놓고 애기하는 것처럼 보였어요."

"그래, 제대로 잘 봤단다, 루시." 글렌디닝 부인은 루시가 떠나는 것을 막으려는 기색을 전혀 보이지 않고 말했다.

"맞아, 대단히 중요한 일이지." 피에르가 의미심장하게 루시를 빤히 쳐다보면서 말했다.

이 순간, 루시는 막 떠나려던 참에 문 언저리에서 머뭇거렸는데, 지는 햇살이 창문을 통해 흘러 들어와 그녀의 온몸을 사랑스러운 황금빛 빛무리로 감쌌다. 그리하여 저 신비롭고 눈부실 정도로 투명하기 그지없는 그녀의 웨일스 사람다운 맑은 낯빛은 지금 장밋빛으로 물든 눈처럼 아름답게 달아올랐다. 흐르는 듯한, 푸른색 리본이 달린 하얀 드레스는 양털같이 그녀를 감싸고 있었다. 피에르는 그녀가 실제로 문에서 걸음을 옮기지 않고, 단지 열린 창문 밖으로 날아올라 집을 떠날 수 있다고 생각할 뻔했다. 그에게 그녀의 모든 모습은 그 순간 형언할 수 없는 흥겨움, 쾌활함, 섬약함, 그리고 초자연적인 덧없음으로 물들어 있었다.

청년은 결코 철학자가 아니다. 장미의 영광이 단 하루 동안만 지속되듯이, 만개한 소녀의 경쾌함과 매력도 저 간소한 요소들에 의해 빈틈없이 흡수되고 그 요소들은 다시 변형된 소녀의 신선미를 혼합하여 처음 피어나는 꽃봉오리로 만들듯이, 곧 지상에서 사라진다는 생각이 거기서 그때 젊은 피에르의 가슴속으로 들어오진 않았다. 인생의 가장 달콤한 것들을 언제나

게걸스러운 잡식성의 우수를 위한 유일한 먹이로 만드는, 모든 지상의 아름다움이 불가피하게 사라진다는 것을 신중히 숙고하는, 저 더없이 슬픈 생각이 그때 거기서 젊은 피에르의 마음속에 슬며시 엄습하진 않았다. 피에르의 생각은 이것과는 달랐지만 그럼에도 어쩐지 유사한 구석이 있었다.

이 여자가 내 아내가 될 것인가? 지난번에 쟀을 때 150파운드의 견고한 체중이 나가는 내가, 이 천국의 양털 같은 여자와 결혼하게 될 것인가? 남편의 포옹 한 번이 그녀의 공기 같은 몸을 부숴버리고, 인간의 시야에 응결되어, 그녀가 떠나온 천국으로 증발하여 올라갈 것만 같아. 그럴 리가 없지, 나는 무거운 흙으로 이루어져 있고, 그녀는 공기 같은 빛으로 이루어져 있다. 맹세코, 결혼은 불경한 것이다!

이런 생각이 그의 영혼 속을 관류하는 동안 글렌디닝 부인 또한 나름의 생각을 하고 있었다.

"대단히 아름다운 그림이야." 그녀가 마침내 화사한 머리를 약간 비스듬히 우아하게 돌리면서 큰 소리로 말했다. "대단히 아름다워, 정말로, 이것은 모두 나를 흡족하게 하기 위해 미리 계획된 것일 거야. 오르페우스가 에우리디케를 찾는 것*, 아니면 하데스가 페르세포네를 훔치는 것**.감탄할 만해! 둘 중 어

---

*그리스 신화에 나오는 오르페우스는 죽은 아내 에우리디케를 살리기 위해 지하 세계로 내려왔으나, 뒤돌아보지 말라는 약속을 마지막 순간에 어겨 영원히 아내를 잃게 되었다.
**제우스의 딸 페르세포네는 저승의 신 하데스(플루톤)에게 유괴되어 저승의 여왕이 되었는데, 한 해의 일정 기간 지상으로 돌아가는 것이 허용되었다.

느 쪽이든 될 수 있어."

"아니에요." 피에르가 심각하게 말했다. "그건 후자예요. 지금, 우선 저는 거기서 어떤 의미를 깨달았습니다." 그렇다, 그는 마음속으로 덧붙였다. 나는 페르세포네를 훔치는 하데스이고, 모든 용인된 애인은 그러하다.

"그런데 피에르 동생, 거기서 중요한 것을 보지 못하면, 너는 대단히 아둔한 사람이 되는 거야." 어머니가 아직도 그런 식으로 자신의 상이한 생각의 흐름을 좇으면서 말했다. "그 의미는 이런 거야. 루시가 나한테 너를 따라 나오지 못하게 해달라고 말은 했지만, 실제로는 네가 따라 나오길 원할걸. 그래, 너는 현관까지 배웅해도 좋지만, 그다음엔 돌아와야 해. 알다시피 우리는 아직 우리의 작은 일을 결론짓지 못했으니까. 잘 가요, 귀여운 아가씨!"

젊은 루시의 가냘프고 움츠러드는 소녀 같은 모습을 대하는 눈부시고 무르익은 글렌디닝 부인의 태도에는 언제나 경미한 정도로 자애롭게 선심 쓰는 체하는 거만함이 있었다. 그녀는 마치 빼어나게 아름답고 조숙한 어린아이를 대하듯 루시를 대했는데, 그것은 정확히 루시의 실제 모습이기도 했다. 현재를 넘어 미래를 내다보면서 글렌디닝 부인은 어떤 지적인 정신력에 있어서, 말하자면 동정적 지성과 인격이 둘 다 하나의 놀랍게 섬세한 틀 속에서 형성된, 루시와는 본질적으로 정반대의 사람이라는 것을 우쭐해져서 느꼈기 때문에, 루시가 여성적으로 성숙해도 자기에겐 여전히 어린아이일 것이라고 인식하지 않을 수 없었다. 그러나 이 점에서 글렌디닝 부인은 옳기도 하고 틀리기도 했다. 그녀가 앞서 말한 것처럼 자신과 루시 타탄 사이의 차이를 보는 한에서, 그녀는 잘못 생각하지 않았다. 그렇지만 그녀가 존재의 절대적 등급에서 루시보다 자신이 타고난 우월성이 보인다고 생각하는 한에서는—그리고 그것은 대단히 진실과 동떨어진 생각이었는데—헤아릴 수 없을 정도로 잘못 생각하고 있었다. 왜냐하면 예술적으로 재단된 청순함은, 창조된 존재와 양립할 수 있는 최고의 본질이고, 청순함에는 천박한 기운이 전혀 없기 때문이다. 그리고 종종 어떤 기운이든 과시하도록 부추기는 바로 그 특성은—남자나 여자에게나 그것은 사실 야심일 뿐인데—순전히 세속적인 것이지 천사에게 어울리는 것은 아니다. 어떤 천사들이건 야심 때문에 타락했다는 것은 거짓이다. 천사들은 결코 타락하지 않고 결코 야심을 느끼지 않는다. 그러므로 인자하고 다정하게, 그리고 진지하게, 오 글렌디닝 부인! 지금 그대의 마음은 양털같이 부드러운 루시에게 감동하고 있으면서도, 그대가 그토록 친절하게 그럼에도 그토록 드러내어 선심 쓰듯 '귀여운 루시'라고 부르는 이에 대한 은밀한 승리감과 함께, 그대 가슴에 걸친 빛나는 흉갑 밑에서 오만한 두 개의 만곡부가 부풀어 오를 때, 그대는 대단히 슬프게도 진실을 오해하고 있는 것이다.

그러나 이 최상으로 보이는 귀부인은 이러한 한층 더 나아간 통찰은 모른 채 지금 피에르가 현관문에서 돌아오기를 기다리며 대단히 마나님다운 상념에 빠져, 눈으로는 앞에 놓인 호박(琥珀) 빛깔의 포도주가 담긴 유리병을 응시하고 앉아 있었다. 그녀가 여하튼 도수가 약한 황금빛 포도주가 가득히 담긴, 저 현저하게 가늘고 우아하게 빚어진 작은 한 파인트들이 유리병을 통해 어떤 숨어 있는 유추적 유사점을 보고 있었는지 여부는 지금 확실히 알 수 없다. 그러나 실제로, 그녀가 희색이 만면하고 인자한 얼굴에 띤 그 기이하고 회고적인 동시에 미래를 내다보는 듯한 흡족한 표정은, 다음과 같은 생각과 아주 흡사한 어떤 자부심을 폭로하는 것처럼 보였다. 그래, 그 애는 아주 예쁜, 작은 한 파인트들이 유리병 같은 소녀, 아주 예쁜 작은 백포도주 병 같은 소녀이지. 그렇지만 나는 — 한 쿼트들이 적포도주 — 독한 적포도주 병이라고! 자, 백포도주는 소년들이 마시는 것이고, 적포도주는 어른들이 마시는 것이야. 전에 어른들이 그렇게 말하는 것을 들었어. 그리고 피에르는 소년에 불과하지만, 그 애 아버지가 나와 결혼했을 때엔, 어머, 서른다섯이 넘었었지.

좀 더 그를 기다린 후에 글렌디닝 부인은 "그래, 적어도 8시 전에, 루시. 염려 마"라고 말하는 피에르의 목소리를 들었다. 그러고 나서 복도 문이 소리 내어 닫혔고 피에르가 돌아왔다.

그러나 지금 그녀는 이 예기치 않은 루시의 방문이 쾌활한 아들한테서 모든 실무 능력을 완전히 물러가게 하고, 뭔지 모를 유쾌한 명상의 바다 속으로 그를 다시 완전히 뒤집어 넣은 것을 알았다.

"아 이런! 나중에 해요, 메리 누님."

"지금이 아니라는 건 아주 확실하구나, 피에르. 이거 참, 내가 루시를 납치해서 당분간 국외로 내보내고 너를 책상에 수갑 채워두든지 해야지, 그러지 않으면 변호사의 도움을 청하기 전에 너와 함께 예비지식을 갖추기란 불가능할 것 같구나. 글쎄, 내가 조만간 어떻게든지 해서 너를 잘 다루도록 하마. 안녕, 피에르, 네가 지금 나를 원하지 않는다는 걸 안단다. 내일 아침에야 비로소 너를 보게 되겠지. 다행히도 나한텐 아주 재미있는 읽을 책이 있구나. 안녕!"

그러나 피에르는 의자에 남아 있었고, 그의 시선은 목장 너머로 조용한 저녁놀이 진 하늘과, 멀리 지금은 황금빛이 된 얕은 산들을 뚫어지게 바라보고 있었다. 눈부신, 부드럽게 눈부신, 그리고 아주 은혜가 넘쳐흐르는 저녁은, 명백히 모든 인간에게 이렇게 말하는 것 같았다. 나는 아름다움 속에 지고 기쁨 속에 떠오르며, 사랑의 신은 저녁놀이 방문하는 온 세상을 지배하고, 그건 어리석은 유령 이야기이고, 불행 같은 것은 없다. 전지전능한 사랑의 신이, 자신의 영역 안에 불행을 두겠는가? 햇빛의 신이 어둠을 선포하겠는가? 모두 완벽하고, 결함 없고, 아름다운 세계이다. 지금도 기쁨이고, 영원히 기쁨이다!

그때 눈부시게 빛나는 저녁놀의 중심에서 전에 그를 애처롭게 나무라는 듯이 내다보는 것 같았던 그 얼굴, 그 얼굴은 그에게서 미끄러지듯 물러갔다. 바로 그날 밤 결혼이라는 마법의 낱말을 루시에게 말하겠다고 생각하면서, 영혼의 희열과 함께 거기에 홀로 남겨져, 그날의 태양이 지는 것을 지켜보며 앉아 있던 피에르 글렌디닝보다 더 행복한 젊은이는 없었다.

IV

즐거운 오전, 비극적 정오, 그리고 그토록 가지각색의 시름으로 가득 찬 그날 저녁이 지나간 후에, 피에르는 이제, 보다 심약한 마음의 소유자들에게서 아주 흔히 사랑의 신의 귀여운 새를 둥우리에서 몰아내기도 하 기대에 찬 환희의 그 거친 고뇌를 전혀 느끼지 않고, 유쾌한 온화함과 확고함 가운데 자신의 영혼을 굳게 지키고 있었다.

초저녁은 따뜻했지만 아직 달이 뜨지 않아 어두웠고, 피에르가 마을의 느릅나무들이 가지를 길게 드리운 차양 밑을 지나는 동안 거의 칠흑 같은 어둠이 그를 에워쌌지만, 부드럽게 빛이 밝혀진 그의 마음속 공간에는 침투하지 못했다. 얼마 가지 않았을 때 그는 저쪽 멀리서 등불 하나가 도로의 맞은편 쪽을 따라 움직이며 천천히 다가오는 것이 보였다. 나이가 좀 든 아마도 겁 많은 몇몇 마을 주민들이 몹시 어두운 밤에 외출할 때면 손에 작은 등을 들고 가곤 했으므로, 이 물체는 피에르에게 전혀 신기한 인상을 주지 않았다. 그럼에도 그의 앞쪽에서 눈에 띄는 유일한 그것이 점점 더 가까이 다가오자 그는 어쩐지 그 등불이 자기를 찾아오고 있음이 틀림없다는 알 수 없는 예감을 느꼈다. 루시의 집 문에 거의 다다랐을 때 그 등이 그를

향해 길을 건너왔다. 그리고 피에르가 이제 아주 많은 즐거움
으로 자신을 영접할 것이라 여겨지는 작은 쪽문에 마침내 민첩
한 손을 대었을 때, 한 육중한 손이 그에게 와 닿았다. 그와 동
시에 얼굴을 반쯤 돌려 뚜렷하게 분간할 수 없는, 두건을 쓰고
모습을 뚜렷이 알아보기 힘든 인물이 그의 얼굴을 향해 등을
들어 올렸다. 상대방은 불빛에 노출된 피에르의 모습을 재빨리
세밀히 관찰한 것 같았다.

"피에르 글렌디닝 님에게 전달할 편지가 있습니다." 그 낯
선 사내가 말했다. "그리고 귀하가 그분이라고 믿습니다." 그
러면서 편지를 꺼내 피에르의 손에 들이밀었다.

"나한테라고!" 피에르가 소심하게, 그 이상한 마주침에 놀
라면서 소리쳤다. "편지를 전달하기에는 시간과 장소가 묘한
것 같소. 댁은 뉘시오? 멈추시오!"

그러나 그 전달자는 대답을 기다리지도 않고 이미 돌아서서
길을 다시 건너고 있었다. 그 순간 맨 처음 든 충동을 따랐다면
피에르는 앞으로 나아가 그를 뒤쫓았을 테지만, 자신의 이유
없는 호기심과 동요를 웃어넘기며 다시 멈춰 서서 손에 든 편
지를 살펴보았다. 이건 참 이상한 발신자로군, 하고 생각하며
그는 봉인 위를 엄지손가락으로 둥글게 문대었다. 외국에서 말
고는 나한테 서신을 보내는 사람이 아무도 없는데. 또 그들의
편지는 사무실을 경유해서 오고, 루시에 관한 한…… 쳇! 그
녀는 집 안에 있는데, 자기 집 문 앞에서 편지를 전달시킬 리는
없을 테지. 이상하군! 하지만 들어가서 이 편지를 읽어보자. 아

냐, 그건 안 돼. 나는 루시의 달콤한 가슴속에서, 하늘에서 나에게 보낸 저 소중한 편지를 읽으러 왔어. 그런데 이 무례한 편지는 내 마음을 빼앗을 거다. 집에 갈 때까지 기다리자.

그는 출입문으로 들어가서 시골집 문고리에 손을 얹었다. 그러자 손에 닿은 쇠고리의 갑작스러운 차가움이 그의 손에 경미하지만 다른 때는 설명할 수 없는 교감을 일으켰다. 그 쇠고리가 그의 예사롭지 않은 심적 상태에 말하는 것 같았다. '들어가지 마세요! 돌아가서, 먼저 당신의 편지를 읽어요.'

그는 이제 조금 놀라고 조금 자신을 야유하며, 이 두려운 내면의 충고에 굴복했다. 거의 무의식적으로 문에서 물러난 그는 출입문을 다시 나와 잠시 후 자기 집으로 향하는 길로 되돌아가고 있었다.

그는 더 이상 자신에게 닥친 것을 회피하지 않았다. 하늘의 어둠이 이제 갑자기 그의 가슴속으로 밀려들어 그 빛을 꺼버렸고, 그때 평생 처음으로 피에르는 운명의 거역할 수 없는 충고와 직관을 느꼈다.

그는 남의 눈에 띄지 않게 홀로 들어와서, 자기 방으로 올라가 어둠 속에서 재빨리 문을 잠그고 등불을 밝혔다. 돋우어진 불꽃이 방 안을 환하게 밝혔을 때, 피에르는 여전히 심지를 조절하는 청동 고리에 손을 댄 채 등이 놓인 원탁 앞에 서서 맞은편에 걸려 있는 거울 속 자신의 모습을 보고 움찔했다. 그것은 피에르의 외양을 지니고 있었지만, 지금 이상하게도 낯설게 보이는 변형된 용모를 하고, 초조한 열망, 두려움, 그리고 형언할 수 없는 불길한 예감으로 가득 차 있었다! 그는 의자에 털썩 주저앉아 잠시 동안 자신을 사로잡고 있는 이해할 수 없는 힘과 싸웠으나 허사였다. 그때 그는 품에서 그 편지를 기피하듯 꺼내며 자신에게 속삭였다. 바보 같은 놈, 피에르! 이 무서운 편지가 내일 밤 만찬 초대장으로 판명되면 이제 얼마나 부끄러워질 것인가, 빨리, 바보야, 상투적인 답장을 써라. 피에르 글렌디닝은 모모 양의 정중한 초대를 받아서 대단히 기쁩니다.

잠시 동안 그는 여전히 눈을 돌린 채 그 편지를 들고 있었다. 전달자가 너무 다급하게 다가와서 임무를 수행했기 때문에 피에르는 아직도 그 편지의 겉봉에 쓰인 것을 보지 못했다. 문득 편지를 보낸 사람을 확인도 하지 않고 일부러 찢어버린다면 어떻게 될까 하는 엉뚱한 생각이 그의 마음을 스치고 지나갔다. 이 반미치광이 같은 기발한 생각이 영혼 속에서 완전히 해석된 것과 동시에 그는 자신의 두 손이 찢어진 편지의 가운데 부분에서 마주친 것을 알아차렸다. 그는 의자에서 벌떡 일어나 개인적으로 부끄럽게 여기는 행동을, 평생 처음으로, 말하자면 무의식적으로 하게 만든 감정의 강렬함에 말할 수 없이 충격을 받고, 맹세코! 하고 중얼거렸다. 이 감정은 그가 계획적으로 추구한 것이 전혀 아니었지만, 지금 그는 사람의 마음이 아무리 강할지라도, 신기하면서도 신비로운 어떤 감정에 대해 때때로 느끼는 어떤 이상하고 경망한 심취를 통해, 자신이 아마도 약간은 그것을 조장했으리라는 것을 재빨리 깨달았다. 이런 때에 우리는—우리가 아무리 두려워하게 될지라도 개의치 않고—

영적 세계의 희미한 입구로 깜짝 놀라 있는 우리를 들여보내는 것 같은 주문을 풀려고, 결코 기꺼이 애쓰지 않는다.

피에르는 이제 자신의 내부에서 두 개의 상반되는 힘을 뚜렷하게 느끼는 듯했다. 그중 하나는 그의 의식 속으로 확실히 비집고 들어오고 있었고, 그 힘들은 각기 지배권을 잡으려고 다투었다. 그리고 그는 비록 희미하게이지만 그 힘들이 최종적 지배권을 쟁취하고자 다투는 싸움에서 자신이 유일한 심판관이라는 것을 감지한 듯했다. 하나는 그에게 그 편지의 이기적 파괴를 완수하라고 명령했는데, 왜냐하면 모종의 어두운 방법으로 그 편지를 읽는 것은 그의 운명을 돌이킬 수 없이 뒤엉키게 할 터였기 때문이다. 다른 하나는 그에게 모든 불안을 떨쳐버리라고 명령했는데, 그 명령에 대한 상당한 근거가 있어서가 아니라 무슨 일이 일어나더라도 불안을 떨쳐버리는 것이 더 사내다운 일이기 때문이었다. 착한 천사가 상냥하게 말하는 것 같았다. 읽어라, 피에르, 읽음으로써 네가 너 자신을 엉키게 할지는 모르지만 그로 인해 다른 것들을 풀어낼지도 모른다. 읽어라, 그리고 모든 임무를 완수한 기분과 함께, 행복은 치우치지 않는다고 생각하는 저 최고의 축복을 느껴라. 나쁜 천사가 간사하게 속삭였다. 사랑하는 피에르, 그걸 읽지 말고, 찢어버리고 편히 지내라. 얼마 후 피에르의 숭고한 마음의 격렬한 공격을 받아 나쁜 천사는 움츠러들어 사라지고, 착한 천사가 점점 더 선명하게 자신을 드러내면서 슬프지만 인자한 미소를 띤 채 점점 더 가까이 다가왔다. 한편 한없이 먼 거리에서 놀라운 화음이 가슴속으로 몰래 스며들어, 그의 몸속의 모든 혈관이 고동치며 절묘하게 고조되었다.

V

이 편지 말미에 적힌 이름은 당신에게 완전히 생소할 것입니다. 지금까지 나의 존재는 당신에게 전혀 알려지지 않았으니까요. 이 편지는 당신의 급소를 찌르고 당신을 마음 아프게 할 것입니다. 이 글이 당신에게 줄 고통이, 지금까지 내가 겪은 고통과 조금이라도 비교가 될 거라고 생각한다면, 나는 영원히 이 글을 전하지 않을 것이라고, 내 가슴이 증언합니다.

피에르 글렌디닝, 당신은 당신 아버지의 유일한 자식이 아니고, 밝은 태양빛 아래 이 글을 쓰는 손은 당신 누이의 손입니다. 그래요, 피에르, 이사벨은 당신을 동생이라고 부릅니다. 동생! 이 말은 아, 내가 그토록 자주 혼자서 생각했고, 나 같은 폐물이 말하거나 생각하는 것을 거의 불경하다고 여겨온, 가장 사랑스러운 말입니다. 친애하는 피에르, 내 동생, 내 친아버지의 아들! 오랫동안 억눌러온, 이제는 마침내 더는 억누를 수 없어 터지려는 내 가슴의 열망에 응답하고 싶은 마음을 오로지 당신에게 일으킬 수 있는 저 신성한 충동에 당신이 굴복한다면, 당신을 바보, 바보, 바보!라고 부르고 당신을 저주할, 단결된 세계의 모든 냉혹한 관습과 격식을 뛰어넘을 수 있을 만큼,

당신은 천사인가요? 오, 나의 남동생!

그러나 피에르 글렌디닝, 나는 당신과 함께 자랑으로 여길 것입니다. 나의 불운한 조건이 내가 당신과 동등하게 물려받은 고결함을 내게서 소멸시키지 않게 해주세요. 당신이 내 눈물과 고뇌에 속아 당신의 가장 냉정한 시간에 후회하게 될 어떤 일도 하지 마세요. 더 이상 읽지 마세요. 그게 당신에게 좋다면, 이 편지를 태워버리세요. 당신이 지금 냉정하고 이기적이라면, 차후에 어떤 더 신중하고, 뉘우치고, 속수무책인 시간에, 당신에게 마음 아픈 비난을 초래할지도 모르는, 저 확실한 인식을 그렇게 회피하게 될 거예요. 그래요, 나는 당신에게 애원하지 않을 것이고, 그러지 않겠어요. 오 나의 동생, 나의 친애하는, 소중한 피에르, 나를 도와주세요, 나에게 달려오세요. 보세요, 나는 당신이 없으면 죽어요. 가엾어라, 가엾어라. 여기 넓고 넓은 세상에서 나는 얼어 죽어요. 나를 귀엽게 여기는 아버지도 어머니도 형제도, 그럴듯한 사람의 모습을 한 살아 있는 어떤 존재도 없어요. 더 이상, 아, 더 이상, 친애하는 피에르, 경애하는 구세주께서 대신 속죄하고 죽은, 세상 사람들 속에서 버림받은 자가 되는 것을 견딜 수 없어요. 나에게 달려오세요, 피에르. 아녜요, 내가 지금 쓰는 것을 찢어버릴 수 있을 거예요. 모두 당신에게 보여주기 위해 썼지만, 마음의 혼란 속에서 내가 당신에게 어떻게 써야 할지도, 당신에게 무엇을 말해야 할지도 몰랐기에 당신에게 전하지 못한, 그토록 많은 다른 편지들을 찢었듯이 말예요. 그러니 내가 어떻게 지껄이는지를 다시 보세요.

더 이상 아무것도, 아무것도 쓰지 않겠어요. 침묵이 이 무덤 같은 곳에 어울립니다. 슬그머니 의기소침해져요, 피에르, 나의 동생.

내가 뭐라고 썼는지 난 잘 모르겠어요. 그럼에도 나는 당신에게 운명의 편지를 썼고, 나머지 모든 것을 당신, 피에르, 나의 형제에게 맡기겠어요. 이사벨 밴포드라고 하는 여자는 마을에서 3마일 떨어진 곳에, 호수를 향하고 비탈진 곳에 있는, 작은 붉은색 농가에 살고 있습니다. 내일 해 질 녘에 오세요. 그전엔 안 됩니다. 낮엔, 낮엔 안 됩니다, 피에르.

당신의 누이, 이사벨

VI

여자 글씨지만 삐뚤삐뚤하고, 어떤 대목에서는 거의 알아볼 수 없는, 분명히 그것을 구술한 마음의 상태를 증명하는 필체로 쓰여 있고, 또 잉크가 번져 화학 작용을 일으켜 마치 눈물이 아닌 피가 종이 위에 떨어진 것처럼 이상하고 불그스레한 빛을 띤 눈물 자국으로 여기저기 얼룩져 있는—피에르의 손에 완전히 두 조각으로 찢긴 바람에 정말로 피를 흘릴 뿐만 아니라 찢어진 심장에 딱 어울리는 무늬처럼 보이는—이 놀랄 만한 편지는 한동안 피에르에게서 모든 명쾌하고 명확한 생각이나 느낌을 박탈했다.

거의 맥없이 안락의자에 늘어진 피에르는 손으로는 그 편지를 움켜쥔 채 어떤 암살자가 그를 찌르고 도주해버려 지금 피의 분출을 막기 위해 상처에 박힌 단검을 부여잡고 있는 것처럼 가슴을 억누르고 있었다.

아아, 피에르, 이제 정말로 그대는 천국 외에서는 결코 완치될 수 없는 부상을 입었고, 그대에게 한 점 의혹도 없던 세상의 도덕적 아름다움은 영원히 사라졌다. 그대에게 그대의 신성한 아버지는 이제 성인이 아니며, 모든 광명은 그대의 언덕에서 사라졌고, 모든 평화는 그대의 들에서 사라졌다. 그리고 이제, 이제 처음으로 피에르, 진실은 그대의 영혼에 검은 물결을 세차게 관류시키는구나! 아, 불행한 그대에게 진실은 그 최초의 조수에, 파멸만을 가져다주는구나!

인지할 수 있는 사물의 모습들, 사유의 형태, 삶의 맥박이, 서서히 피에르에게 되돌아왔다. 그리고 난파당하여 바닷가에 밀려온 선원이 그를 그곳으로 세차게 밀어붙인 파도에 쓸려 나가지 않기 위해 사투를 벌이듯이, 피에르는 그를 졸도시켜 해변에 내동댕이쳐놓은 그 고뇌의 파도에 휩쓸려 나가지 않기 위해 오랫동안 고심에 고심을 거듭했다.

하지만 인간은 '비애'라는 악한에게 굴복당하기 위해 만들어지지 않았다. 청춘이 젊은 씨름꾼인 건 공연한 것이 아니다. 피에르는 크게 뜬 두 눈을 고정하고, 온몸을 떨면서 비틀비틀 일어섰다.

"적어도, 나 자신이 남았다." 그는 천천히 목이 메는 듯이 중얼거렸다. "나 자신으로 나는 너에게 맞선다! 모든 두려움에서 손을 떼고, 나에게 모든 마법을 풀어놓아라! 앞으로 나는, 기쁜 진실이든 슬픈 진실이든 진실만을 알 것이고, 무엇이 존재하는지를 알 것이고, 나의 가장 심오한 천사가 명령하는 것을 하겠다. 그 편지! 이사벨, 누이, 남동생, 나, '나', 나의 성스러운 아버지! 이것은 더없이 멋진 저주받은 꿈이구나! 글쎄, 하지만 이 문건은 날조된 것이다. 비열하고 악의적인 위조문서이다, 맹세코! 이 근거 없는 비애의 영장을 들고 기쁨의 문간에서 나에게 다가온, 너 등불을 든 비열한 배달부, 너는 내게 네 얼굴을 감추었구나! 진실은 어둠 속에서 와서, 살며시 우리에게 다가와 그렇게 우리를 강탈하고, 그러고 나서는 모든 계속되는 애원에 귀를 막고 떠나느냐? 만일 지금 내 영혼을 감싸는 이 어둠이, 지금 이 세계의 절반을 감싸고 있는 밤처럼 순수하다면, 그렇다면 운명이여, 나는 그대와 신랄하게 싸울 까닭이 있다. 그대는 거짓말쟁이이고 사기꾼이며, 나를 꾀어 즐거운 정원에서 심연으로 끌어들였다. 오! 거짓으로 환희의 날들로 인도되어, 나 지금 이 슬픔의 밤으로 정말로 끌려들고 있는가? 나는 난봉꾼이 될 것이고 아무도 나를 막지 못할 것이다! 분노 속에서 내 손을 쳐들 것이다, 나는 일격을 당하지 않았던가? 나는 숨쉬기가 고통스러워지리라, 이것은 쓸개즙의 잔이 아니던가? 면갑을 내리고, 이렇게 맞서서 나를 조롱하는 너 검은 기사여, 자, 나는 그대의 투구를 꿰뚫고, 그것이 고르곤이라 할지라도 그대의 얼굴을 보겠다! 나를 놓아다오, 너희 맹신적인 애정들아, 모든 효심은 나를 놓아다오. 나는 불효할 것이다. 왜냐하면 효심이 나를 속였고, 내가 경멸해야 할 곳에서 내게 존경하라고 가르쳤기 때문이다. 모든 우상들에게서 나는 모든 베일을 벗길 것이다. 이제부터는 숨겨진 것들을 볼 것이고, 나의 숨겨진 인생에서 바르게 생명을 지탱하겠다! 이제 오로지 진실만이 그렇게 나를 감동시킬 수 있다고 느낀다. 이 편지는 위조가 아니다. 아! 이사벨, 그대는 내 누이이고, 나는 그대를 사랑하고, 보호하고, 아아, 그리고 모든 것을 통해 그대를 인정하겠다. 아! 하늘이여, 나의 무지한 성냄을 용서하시고, 이 나의 맹세를 받아주시오. 여기서 나는 내가 이사벨의 편임을 맹세합니다. 아! 내가 기쁨을 위해 들이마시기만 했던 바로 그 똑같은 공기를 오랫동안 고독과 고뇌 속에서 숨 쉬었음이 틀림없는 그대 불쌍한 버림받은 아가씨. 하늘이 내 두 손 안에 놓아둔 그대의 운명에 관해 불확실성의 바다 속으로 내던져져 지금도 울고 있을 게 틀림없는 그대, 귀여운 이사벨! 만일 내가 그대의 주장에 냉담해진다면, 나는 놋쇠보다 더 저질이고 얼음보다 더 딱딱하고 차갑지 않을까? 그대는 내 앞에서, 그대의 눈물로 이루어진 무지개들 속에서 움직이는구나! 나는 그대가 오랫동안 운 것을 알고 있고, 하느님은 내게 그대의 위로자가 되라고 명하신다. 그대의 아버지가 피에르라고 이름을 지어준, 재빨리 달려들어 사실을 인정하는 그대의 형제가, 그대를 위로하고 그대를 돕고 그대를 위해 싸울 것이다."

그는 방 안에 있을 수 없었다. 집은 그를 둘러싼 견과 껍질로 축소되었고, 벽들은 그의 이마에 부딪쳤다. 모자도 쓰지 않은 채 그는 그곳에서 뛰쳐나갔고, 오직 무한한 대기 속에서만 자신의 인생을 끝없이 확장시킬 배출구를 발견했다.

4부
회고

I

정확한 결정과 미묘한 인과관계에서, 인생의 가장 강하고 열렬한 감정들은 모든 분석적 통찰을 거부한다. 우리는 구름을 보고 벼락을 느끼지만, 기상학은 그저 한가하게 어떻게 그 구름이 충전되고 어떻게 벼락이 그렇게 귀를 먹먹하게 하는지에 관해 비판적인 정밀 조사를 시도한다. 형이상학적 작가들은 가장 정밀한 사건뿐만 아니라 가장 감동적이고 돌연하고 압도적인 사건 역시 먼저 일어난 한없이 복잡하고 추적할 수 없는 사건들의 무한한 연쇄에서 비롯된 산물일 뿐이라고 고백한다. 마음의 모든 움직임도 바로 그러하다. 왜 이 뺨은 고상한 열광으로 뜨거워지는가? 왜 저 입술은 비웃음 속에 비틀리는가? 이러한 일들을 사슬의 한 고리에 불과한 직접적이고 분명한 원인의 탓으로 전부 돌릴 수는 없지만, 감지할 수 없는 대기의 중간 지점에서 더 이상 이어지지 않는, 긴 선의 종속물들의 탓으로 돌릴 수는 있다.

그러므로 사물의 자연스러운 행로에서, 젊든 늙었든 많은 마음씨 고운 신사들이 처음에는 순간적인 놀란 감정으로, 그다음엔 더 알고 싶은 약간의 호기심으로 결국에는 전적인 무관심으로 하나의 소식을 받아들이는 것이 무엇 때문인지 가르쳐주려는 일만큼이나, 피에르의 마음과 기억과 내면의 생활과 성격을 우회적으로 간파하려고 시도하는 일은 무의미할 것이다. 피에르에게 그 소식은 용암처럼 영혼에 흘러내려 너무나 깊은 슬픔의 퇴적물을 남겨놓았기 때문에, 그 후 그의 모든 노력이 결코 본래의 신전들을 땅에 복원시키지 못했고, 그의 모든 수양이 그 매몰된 꽃을 완전히 소생시키지 못한 경위를 보여주려고 하는 것도 무의미한 일일 것이다.

그러나 약간의 임의적 힌트들이 그렇게 작은 편지로 인해 그가 빠져버린 그 산란한 기분에서 약간의 이상한 점을 불식시키기에 충분할지도 모른다.

신록이 우거진 피에르의 마음속에는 오랫동안 하나의 성소가 있어 그는 거기까지 많은 장식판을 붙인 기억의 계단을 밟고 올라갔고, 그 둘레에 매년 향기롭고 신성한 애정 어린 화환들을 걸었다. 그의 연속적인 봉헌을 통해 이 성소는 마침내 하나의 녹색 나무 그늘로 만들어져, 어떤 우울한 의식보다는 오히려 정화된 기쁨을 축하하기 위한 장소처럼 보였고, 실제로 그랬다. 그러나 이렇게 화환들로 덮이고 휘감긴 이 성소는 대리석 기둥으로 된 것이었다. 즉 견고하고 영구적인 것으로 간주되고, 어떤 아름다운 고딕 양식 기도실에서 중앙의 기둥 하나가 지붕을 떠받치듯이, 기둥 하나로 이루어진 그의 도덕 생활의 신전 전체를 지탱하는, 저 무수히 조각된 소용돌이 장식과 나뭇가지들이 그 꼭대기에서 사방으로 뻗어 나간, 벽감이 있는 기둥으로 된 것이었다. 이 성소에, 이 기둥의 벽감 안에, 피에르가 맹신하는 완벽한 인간의 선과 미덕의 화신인, 흠 없고 밝고 눈처럼 하얗고 조용한, 돌아가신 아버지의 완벽한 대리석 석상이 서 있었다. 이 성소 앞에서 피에르는 젊은 인생의 가장 경건한 생각과 믿음들을 한껏 토로해냈다. 저 성소의 계단을 오르고, 그래서 그곳을 그의 가장 추상적인 종교의 현관 복도로 만드는 방식으로가 아니면, 피에르는 결코 마음속에서 신에게 다가간 적이 없었다.

명예롭고 순수한 인생의 행로를 걸은 후에 죽어서, 정선한 샘물처럼 다정하고 지적으로 감사할 줄 아는 자식의 가슴속에 묻힌, 이승의 아버지는 마우솔로스 왕자* 이상으로 무덤 속에서 축복받고 실제 이상으로 미화된다. 그 시기에는 솔로몬의 통찰력이 그 탁한 물을 어린이 같은 생활의 순수함이 넘치는 우물에 흘려 넣지 않았기 때문이다. 이 신성한 광천수는 드문 보존의 효능도 있어, 그 샘에 던져 넣으면 모든 즐거운 추억들이 석화되고 그리하여 본래 덧없는 것들이 변치 않는 영구적인

---

*기원전 350년경 소아시아의 카리아 왕. 그가 죽자 아내인 아르테미시아가 세계 7대 불가사의로 꼽히는 장려한 무덤 마우솔레움을 건설했다.

것이 되었다. 그렇게 더비셔 지방의 일부 진귀한 광천수가 새 둥지들을 석화하곤 한다. 그러나 만일 운명이 아버지를 만년의 시기까지 보존하면, 아주 흔히 자식이 치르는 장례식이 마음에서 우러나오는 것이 못 되고, 시성식의 영묘함이 감해진다. 눈을 크게 뜬 소년은 그가 한때 그렇게 오롯이 존경했던 인물에게서 경미한 오점과 결함들을 감지하거나 막연히 감지한다고 생각한다.

피에르가 열두 살 때 아버지가 죽었는데, 세상 사람들이 일반적으로 평하는 대로 그는 신사와 기독교인으로서 훌륭한 명성을 남겼다. 또한 아내의 가슴에는 많은 건강한 날들로 이루어진 청명하고 즐거운 결혼생활의 생생한 기억을 남겼다. 그리고 피에르의 마음속 가장 깊은 곳에 자리한 영혼에는 그의 고결한 마음을 빚어낸 가상의 완벽한 소조(塑造)만이 필적하는, 보기 드문 사내다운 아름다움과 인자함이 묻어나는 체형을 깊게 새겨두었다. 사색에 잠기는 저녁 같은 때에 화구가 넓게 열린 겨울 난롯가에서, 또는 여름에 남향의 베란다에서, 시골 특유의 신비로운 밤의 적막이 피에르와 그의 어머니의 마음속에 과거의 영상을 긴 행렬로 떠오르게 할 때면, 고인이 된 남편이자 아버지의 존경스러운 모습이 그 모든 영적 행렬을 인도하며 장엄하고 신성하게 걸어갔다. 그때 그들이 나눈 대화는 회고적이고 진지했으나 즐거웠다. 또한 지상에서 그토록 아름다웠던 고결한 아버지가 이제는 천국에서 불후하게 성인으로 숭배받는다는, 고이 간직된 자부심이 피에르의 영혼에 거듭거듭 깊고 더 깊게 각인되었다. 그토록 고상하게, 그리고 어느 정도 세상에서 격리되어 자랐기 때문에, 피에르는 이제 열아홉의 나이에 이르렀지만, 태어났을 때부터 도시에서만 살아온, 피에르와 같은 나이의, 예리하게 지켜보는 사려 깊은 어떤 청년의 마음에 거의 필연적으로 새겨진, 더 진실하지만 더 어두운 사물의 양상에 대해 아직은 결코 그렇게 철저하게 계도받은 적이 없었다. 그래서 이 시기까지 그의 가슴속에는 모든 것이 과거에 있던 그대로 남아 있었고, 피에르에게는 아버지의 성소가 아리마대*에 있는 그분의 무덤 대리석처럼 흠 없고 아직도 새것인 것처럼 보였다.

그러면 피에르의 입장에서 하룻밤 사이에 그의 가장 거룩한 성소에 뒤덮인 꽃을 모두 없애버리고 영혼의 사원의 무너진 잔해 밑에 그 성인의 온후한 상을 매몰시킨 그 일진광풍이 얼마나 모든 것을 황폐화하고 고사시키는 것이었는지 판단해보시라.

II

포격당한 에렌브라이트슈타인**의 성벽과 포구 가까이에서 포

*고대 유대의 도시. 예수의 제자인 요셉이 자기 소유의 무덤에 예수의 시체를 안치했다.
**독일 라인 강가의 가파른 암산 위에 서 있는 거대한 성체.

도 넝쿨이 무성하게 자라고 포도가 자줏빛으로 익듯이, 인생의 가장 즐거운 기쁨은 위험의 턱밑에서 자란다.

그러나 인생은 이단자의 모든 경거망동을 위한 것이고, 그것의 잘못 판단된 수혜자인 우리는 완전히 바보들이고 얼이 빠졌으니, 우리의 가장 튼튼한 환희의 탑이라고 우리가 여기는 것은 아주 하찮은 사건—나뭇잎의 떨어짐, 어떤 목소리의 들림, 또는 날카로운 깃털 펜으로 짧게 갈겨쓴 작은 쪽지의 수취 등—이 빚는 뜻밖의 급변에 좌우되어 서 있을 뿐인가? 우리는 너무나 완전히 불안전하기에, 우리의 가장 신성하고 가장 궁극적인 기쁨을 그 안에 넣고 한없이 정교한 자물쇠로 채워놓은 저 작은 상자를 열 수 있도록 선택된 유일한 열쇠를 자신만이 쥐고 있다고 생각하는데, 그 상자를 이를 데 없이 낯선 자가 손을 대고 훼손할 수 있는 것인가?

피에르! 너는 어리석다. 재건해라. 아니, 그게 아냐. 너의 성소는 아직 서 있으니까. 그건 서 있다. 피에르, 굳건히 서 있어. 너는 아직 죽지 않고, 그곳을 둘러싸고 있는 꽃향기를 맡지 않느냐? 네가 받은 편지 같은 것은 아주 쉽게 쓸 수 있다, 피에르. 협잡꾼들은 이 캐묻기 좋아하는 세상 곳곳에 숨겨져 있고, 민첩한 소설가는 이런 편지들을 50통이나 써 보내 독자의 두 눈에서 눈물을 펑펑 쏟게 할 수 있지. 바로 네가 받은 편지가 네 사내다운 두 눈을 그토록 메마르게, 그토록 생기 없게 만든 그대로 말이다, 피에르, 어리석은 피에르!

오! 단검에 가슴이 찔린 이를 조롱하지 마라. 찔린 사람은

칼을 안다. 그에게 그것이 간질이는 깃털에 불과하다고 재잘거
리지 마라. 그는 내부의 깊은 상처를 느끼고 있지 않은가? 무엇
이 내 옷에 이 피를 적시는가? 무엇이 내 영혼에 이 고통을 주는
가?

그리고 여기서 다시 우리는 분별 있게 생명의 베틀을 관리
하는, 저 운명의 세 여신*에게 기원할 수 있을 것이다. 그리고
다시 한 번 그들에게 물을 수 있을 것이다. 오 그대 운명의 여
신들이여, 그대들이 예전에 여러 해에 걸쳐 자아낸 것들이 대
체 무슨 실이기에 지금 피에르에게, 그의 비애는 비애이고 그
의 아버지는 이제 성인이 아니고 이사벨은 정말로 누이라는,
충격적인 예감을 그렇게 정확히 전달하는가?

아, 아버지와 어머니들이여! 온 세상 사람들이여, 조심하라,
주의하라! 자식의 순진한 면전에서 당신이 불길한 것을 암시하
며 그 뜻을 숨기려고 쓰는 말들과 신호들의 의미를 당신의 어
린 자식이 지금은 이해하지 못할지도 모른다. 지금은 그가 모
르고, 자기가 의식적으로 주목한 외부적인 것들에 대해서조차
별로 이해하지 못한다 해도 만일 이후의 인생에서 운명의 신이
그의 손에 암호를 푸는 연금술 열쇠를 쥐여준다면, 그는 자신
의 기억 속에서 가장 불명료하고 가장 많이 지워진 모든 비문
을 찾아내서 읽을 뿐만 아니라 여전히 숨겨져 있는 읽어야 할

---

*그리스 신화에 나오는, 인간의 운명과 생명을 지배하는 세 여신들. 클로토는 생명
의 실을 잣고, 라케시스는 생명의 실의 길이를 정하고, 아트로포스는 생명의 실을
끊는다.

기록들을 자신의 전부를 뒤져서 찾아낸다. 아, 인생의 가장 어두운 교훈이 이렇게 해독되었고, 미덕에 대한 모든 신념이 참살당했고, 젊은이들은 이단자의 조롱에 굴복한다.

지금 피에르가 전적으로 이렇지는 않지만 그럼에도 몇 가지 점은 너무나 비슷해, 위에서 말한 진실한 경고가 완전히 잘못 놓여진 것은 아닐 것이다.

그의 아버지는 열병으로 죽었는데, 이러한 병에 드물지 않은 일이듯이, 임종에 임박하여 그는 때때로 살짝 정신착란에 빠졌다. 이런 때에는 집 안에서 시중드는 헌신적인 사람들이 눈에 띄지는 않지만 치밀한 계략으로 그의 아내가 그 옆에 있는 것을 막았다. 그러나 어린 피에르, 그의 다정한 효심은 언제나 그를 아버지의 침대 맡으로 이끌었고, 사람들은 그의 아버지가 정신착란에 빠졌을 때 순진한 어린 피에르를 주의하지 않았다. 그리하여 어느 날 저녁 어둠이 커튼에 스며들고, 방 전체가 조용해지며, 피에르에게는 아버지의 얼굴이 단지 희미하게만 보이고, 난로의 불꽃이 붕괴된 사원 같은 신기한 석탄 더미에 피어나고 있을 때였다. 바로 그때 이상하고 애처로우며 한없이 가련한 낮은 목소리가, 닫집으로 가린 침대에서 살며시 새어 나왔고, 피에르에게는 "내 딸! 내 딸!"이라고 하는 소리가 들렸다.

"어른께서 다시 헛소리를 하시는군요." 간호사가 말했다.

"아버지, 아버지!" 피에르가 흐느꼈다. "아버지에게는 딸이 없지만, 여기 당신의 어린 아들 피에르가 있어요!"

그러나 다시 침대에서 방심한 목소리가 들렸는데, 이제는 돌연한, 울리는 울부짖음이었다. "내 딸! 하느님! 하느님! 내 딸!"

　아이는 죽어가는 사람의 손을 와락 붙잡았고 그 손은 가냘프게 힘을 더했으나, 아버지는 침대 저쪽의 다른 손을 공허하게 들어 올려, 마치 어떤 다른 아이의 손가락들을 잡으려는 듯이 허공을 허우적댔다. 그러더니 두 손이 모두 시트 위에 늘어졌다. 저녁의 어른거리는 어둠 속에서 어린 피에르는 자신이 붙잡은 손이 희미하게 열띤 홍조를 띠고 있고, 다른 빈손은 나환자의 손처럼 창백해진 것을 본 것 같았다.

　"끝났어요." 간호사가 속삭였다. "이제 한밤중까지는 더 이상 헛소리를 하지 않으실 거예요. 그게 저분의 버릇이에요." 그러고 나서 그녀는 마음속으로 그토록 훌륭한 신사이고 그토록 완벽하게 선량한 분이 그렇게 애매모호하게 정신이 산란해지는 것은 대체 어찌 된 일인가 하고 의아하게 생각했다. 또한 어떠한 인간의 관할권도 인정하지 않는 것처럼 보이지만, 그 개인의 순결한 자아에도 불구하고 여전히 무서운 꿈을 꾸고 입에 담을 수 없는 생각들을 중얼거리곤 하는, 그 영혼 속에 있는 불가사의한 것을 생각하니 몹시 걱정이 되었다. 그리고 공포에 압도당한 피에르의 어린 영혼 속으로, 한층 더 불명료하지만, 동질적인 상념이 파고들었다. 그러나 그것은 실체가 없는 영기의 영역에 속하는 것이었고, 어린 그는 곧 그것에 다른 더 즐거운 기억들을 얹어 완전히 덮어버렸다. 마침내 그것은 모든 다른 희미한 것들과 어렴풋한 환상들과 혼합되었고, 그래서 피에

155

르에게 전혀 실제로 있었던 일로는 남지 않은 것 같았다. 무수히 긴 세월 동안 그 사리풀은 그의 영혼 속에 이파리 하나 내밀지 않았지만 그 씨앗은 거기에 파묻혀 있다가, 이사벨의 편지를 처음 읽자마자 마법에 걸린 것처럼 싹터 나왔다. 그때 다시, 그 오랫동안 잠잠해져 있던, 애처롭고 한없이 가련한 목소리가 들렸다. "하느님! 하느님!" 그리고 피에르를 향해 그 빈손은 다시 들어 올려졌다가, 또다시 잿빛 손으로 떨어졌다.

III

정의의 냉정한 법정에서 우둔한 머리는 맹세와 성경의 증거들을 요구하지만, 마음의 따뜻한 홀에서는 단 하나의 입증되지 않은 기억의 불꽃이, 사방에 붉은 불티들을 소용돌이치게 하는 불타는 건물이 심야의 도시를 밝히는 만큼, 확신의 모든 구석을 불현듯 밝히는 정도로 증거의 불꽃을 타오르게 하기에 충분할 것이다.

영혼이 영혼에게 '쌍둥이 형제여, 나와 함께 고독 속으로 들어오라, 떨어져 오라, 내겐 비밀이 있다. 그것을 따로 그대에게 속삭여주마' 하고 소리치는 그 달콤하면서도 무서운 시간에, 피에르는 자기 방과 연결된, 자물쇠가 채워져 있고 둥근 창이 달린 작은 방에 늘 가곤 했다. 이따금 고독한 피에르가 자기만의 팔미라에서 은거하고 휴식하기 위해 머무는 이 작은 방 안에, 피에르가 여러 번 그 앞에서 넋을 읽고 서 있던 작은 유화 초상화가 벽 돌림띠로부터 긴 줄에 매달려 있었다. 이 그림이 어떤 연례적 공공 전시회에 걸려 있어, 대강 훑어보고마는 비평가들이 인쇄물에 평을 썼다면 그들은 아마도 이렇게 솔직하게 평했을 것이다. "잘생기고 쾌활한 마음을 가진 젊은 신사의 즉흥적 초상화. 그는 구식 말라카 의자에 경쾌하게, 말하자면 쾌활하지만 격식을 차리지 않는 태도로, 앉아 있다기보다는 오히려 적절히 의자를 차지하고 있다. 모자와 지팡이를 들고 있는 한쪽 팔은 의자의 등 너머로 늘어뜨리고, 다른 쪽 손의 손가락들은 금시계의 뚜껑과 태엽 감개를 만지작거리고 있다. 모자를 쓰지 않은 얼굴은 특히 밝고, 태평스러운 아침에 짓는 표정을 띠고 있으며, 비스듬히 돌려져 있다. 마치 친한 친구를 방문하러 방금 들른 것처럼 보인다. 대체적으로 그 그림은 건강하고 허세 부림 없는 표현법과 함께 대단히 독창적이고 마음을 밝게 한다. 의심할 여지없이 한 점의 초상화이고, 최상의 작품은 아니며, 감히 막연한 추측을 하자면, 어느 아마추어의 솜씨다."

표정이 매우 밝은 데다 아주 명랑하고, 무척 말끔하고 젊고, 아주 보기 드물게 건강하고 잘생겼는데, 무슨 불가사의한 요인이 이 초상화 전체에 그토록 깊이 스며들어 있기에 그 주인공의 아내에게 입에 담기도 끔찍한 불쾌함과 혐오감을 주었을까? 피에르의 어머니는 그녀가 늘 자기 남편과 뚜렷이 일치하지 않는다고 주장해온 이 그림을 결코 참고 견디지 못했다. 고인에 대한 그녀의 정다운 기억들은 그 둘레에 단 하나의 화환도 걸어놓기를 거부했다. 고인의 거의 모든 지인 및 친척들과 그토록 불합리한 의견 차이를 보이는 것에 대해 이유를 밝혀달라고 더욱 간절히 간청했을 때, 그건 그이가 아니라고, 어머니는 단호히, 거의 화를 내듯이 크게 소리치곤 했다. 남편을 실물 그대로 나타내고, 상세한 이목구비와, 더욱 유별나게 가장 진실하고 아름답고 고상함이 겸비된 표정을 정확하게 전달한다고 어머니가 생각하는 초상화, 그 초상화는 훨씬 더 큰 것이었고, 아래층의 큰 응접실 벽에 가장 눈에 띄는 명예로운 자리를 차지하고 있었다.

피에르에게조차 이 두 그림은 늘 이상하게 비슷하지 않아 보였다. 그리고 더 큰 그림이 다른 것보다 여러 해가 지난 후에 그려졌고, 따라서 그 주인공을 그의 어린 시절의 기억 속에 있는 모습과 아주 가깝게 근접시켰으므로, 그는 그 그림을 아버지를 꼭 닮은 훨씬 더 진실한 재현이라고 간주하지 않을 수 없었다. 그래서 어머니의 단순한 선호가 아무리 강력하다 할지라도 그에게는 조금도 놀라운 것이 아니었고, 오히려 그의 생각과 일치했다. 그럼에도 이 때문에 다른 초상화가 그렇게 단호하게 거부되어서는 안 되었다. 첫째로 시간상의 차이가 있었고, 약간의 의상 차이를 고려해야 했으며, 화가들의 표현법에서 큰 차이가 있었고, 또한 각각의 화가가 얼마간 반영해놓은—영혼이 있는 화가라면, 그 주인공을 면전에 두고 있다 해도, 또 그 얼굴이 아무리 멋지고 잘생겼다 해도, 생 얼굴 그대로 그리기보다는 그 얼굴에서 끌어내어 그리고 싶은―이상적인 얼굴에 큰 차이가 있었기 때문이다. 게다가 큰 초상화는 중년에 이른 기혼 남자의 모습이었고, 복 많은 사람일 때 그 신분에 따르는, 뭐라고 말할 수 없는 약간 풍채가 당당한 평온함을 모두 지닌 것처럼 보였다. 그에 비해 작은 초상화는, 흥겹게 세상을 주유하는, 근심 걱정 없고, 아마도 아주 약간은 으스대는, 인생 최초의 물리지 않는 아침의 충만함과 싱그러움이 몸에 배어 있는, 활기차고 거리낄 것 없는 젊은 총각을 그린 것이었다. 이 점에서, 확실히, 이 초상화들에 대한 주의 깊고 솔직한 어떤 평가에 많은 참작을 해야 했다. 피에르 자신의 초상화 두 점, 그가 아주 어렸을 적 어린이용 실내복을 입고 벨트를 맨 네 살 난 소년 그림과, 열여섯 살의 장성한 청소년 시절 그림을 나란히 놓았을 때, 그는 이 결론을 거의 물리칠 수가 없었다. 눈과 관자놀이에 남아 있는 확고한 뭔가를 제외하고는, 피에르는 그 키 크고 생각에 잠겨 미소 짓는 청년에게서 큰 소리로 웃는 소년을 거의 알아차릴 수 없었다. 만일 수년의 세월 동안 나에게 이 모든 차이가 생길 수 있다면, 그렇다면 내 아버지에겐 왜 안 된단 말인가? 피에르는 생각했다.

이 모든 것 외에도 피에르는 그 작은 그림의 역사, 말하자면 집안의 전설을 생각했다. 그것은 그가 열다섯 살 때 도시에 살던 노처녀 고모가 준 선물이었는데, 그녀는, 이제 죽어서 돌아올 길 없이 가버린 사랑하던 남동생을 생각하며 나이 많은 처녀 누이가 언제나 느끼는 그 놀랄 만한 시들지 않는 모든 헌신적 사랑으로, 피에르의 아버지에 대한 추억을 고이 간직하고 있었다. 그런 동생의 유일한 자식으로서 피에르는, 그가 물려받은 고운 이마에서 다시 한 번 청년으로 환생한 동생의 모습과 바로 그 영혼을 보는 것 같은, 이 외로운 고모에게 가장 따뜻하고 가장 각별한 애착의 대상이었다. 우리가 언급하는 그 초상화를 그녀는 지나치게 높이 평가했지만, 그럼에도 결국 피에르가 동생의 유일한 자식일 뿐만 아니라 그의 이름을 받은 사람이기 때문에 그가 그토록 신성하고 더할 나위 없이 귀한 보물을 바르게 평가할 만한 나이가 되자마자, 그녀의 낭만적이고 상상적인 사랑의 엄격한 기준은 그 초상화가 피에르의 것이 되어야 한다고 주장했다. 따라서 그녀는 그것을 세 겹으로 포장해 상자에 담고 마지막으로 방수포로 싸서 그에게 보냈다. 그것은 한때 그녀에게 청혼했다 거절당했기 때문에 버림받은 남자였지만 지금은 그녀의 만족스럽고 허물없는 이웃이자 한가한 노신사인, 빠르고 신뢰할 수 있는 심부름꾼을 통해 새들 메도우스에 배달되었다. 그 후로 우애의 선물인, 금테를 두르고 금빛 덮개가 있는 상아판에 그려진 초상화 앞에서, 도러시아 고모는 이제 형제들 중에서 가장 고상하고 잘생겼던 동생을 추모하여 아침과 저녁에 제례를 올렸다. 그럼에도 멀리 있는 피에르의 작은 방으로 해마다 하는 방문은, 이제 아주 연로하고 모든 면에서 허약한 분에게 만만치 않은 일이었지만, 그녀로 하여금 자발적으로 그 귀중한 기념물을 내놓게 한 그 강한 의무감, 그 괴로운 자기포기의 진정성을 입증했다.

160

IV

"말씀해주세요, 고모." 그 초상화가 그의 것이 되기 오래전에 피에르가 일찍이 말한 적이 있었다. "고모님께서 이 초상화에 대한 말씀을 꺼내셨으니, 이 의자 초상화가 어떻게 그려졌는지 말씀해주세요. 누가 그걸 그렸어요? 이건 누구의 의자였어요? 지금도 그 의자를 가지고 계세요? 여기 고모 방 안에서는 안 보이는데, 아버지는 무엇을 그렇게 이상하게 바라보고 계신 거죠? 그때 아버지는 무엇을 생각하고 계셨는지 전 알고 싶어요. 제발, 지금, 사랑하는 고모님, 제게 약속하셨듯이 이 그림이 제 것이 될 때 제가 그림에 대한 모든 내력을 알 수 있도록 이 그림에 관해서 모두 말씀해주세요."

"그러면, 앉아보거라. 그리고 조용히 잘 들어라, 애야." 도러시아 고모가 말했다. 그러면서 약간 고개를 돌리고, 떨면서 아무렇게나 주머니를 뒤졌는데, 급기야 어린 피에르가 소리쳤다. "아니, 고모, 그림에 관한 이야기가 작은 수첩 속에 적혀 있어서 그걸 꺼내 저한테 읽어주려고 하시는 건 아니죠?"

"애야, 내 손수건."

"이런, 고모, 여기 있어요, 팔 닿는 곳에요. 여기, 탁자 위요. 자, 고모, 받으세요, 어서요. 아, 지금은 이 그림에 대해 아무것도 말씀해주지 마세요. 전 안 듣겠어요."

"가만히 있어라, 내 아가 피에르." 고모가 손수건을 집으면서 말했다. "커튼을 약간 쳐렴, 눈이 부시구나. 작은 방에 가서 내 검은색 숄을 가져다주겠니. 서두를 건 없단다. 오냐, 고맙구나, 피에르, 이제 다시 앉아라, 시작하마. 그 그림은 옛날 옛적에 그린 것이란다. 아가, 너는 그때 태어나지도 않았었지."

"태어나지도 않았었다고요?" 어린 피에르가 소리쳤다.

"그렇단다." 고모가 말했다.

"이런, 계속하세요. 하지만 옛날 옛적에 저는 아기 피에르도 아니었고, 그 당시 아직 제 아버지가 생존해 계셨다는 건 다시 말씀하지 마세요. 계속하세요, 고모. 어서, 어서요!"

"어머나, 신경이 몹시 날카로워져 있구나. 아가, 성미 급하게 굴지 마라. 난 많이 늙었단다, 피에르. 그리고 늙은이들은 서두르는 것을 아주 싫어해."

"그러시다면, 사랑하는 도러시아 고모님, 이번 한 번만 저를 용서하시고 이야기를 계속해주세요."

"돌아가신 네 아버지가 아주 젊은 청년이었을 적에 이 도시에 사는 자기 친구들을 긴 가을 동안 방문했었지. 그때 네 아버지는 얼추 그 애와 비슷한 또래였던 사촌 랠프 윈우드와 가끔씩 상당히 친밀하게 어울렸는데, 그 사촌도 역시 멋진 청년이었단다, 피에르."

"전 그분을 뵌 적이 없어요, 고모. 글쎄, 지금 그분은 어디 계세요?" 피에르가 말을 가로막았다. "지금 어머니와 저처럼 시골에 살고 계시나요?"

"그래, 아가, 하지만 머나먼, 아름다운 나라일 거야. 그는 꼭 천당에 갔을 거라고 나는 믿는단다."

"돌아가시다니." 어린 피에르가 한숨지었다. "계속하세요, 고모."

"한데, 랠프 사촌은 대단한 미술 애호가였단다, 아가. 그림과 초상화들이 사방에 걸린 방 안에서 많은 시간을 보냈고, 거기에 이젤과 화필들을 두고 자기 친구들을 그린 초상화를 벽에 걸어놓는 걸 무척 좋아했지. 그래서 완전히 혼자일 때에도 그에게는 많은 친구들이 있었고, 그들은 언제나 그에게 최선의 표정을 지었단다. 절대로 심술궂거나 시무룩해져서 그를 기분 상하게 한 적이 없었지, 귀여운 피에르. 랠프는 네 아버지가 그들과 합류할 때까지는 자기의 말없는 친구 모임이 결코 완전하지 못하다고 자주 말하면서, 네 아버지에게 초상화를 그릴 수 있도록 포즈를 취해달라고 간청했단다. 하지만 그 무렵에, 아가, 네 아버지는 언제나 가만있질 못했어. 내가 넥타이를 매주는 동안에도 가만히 서 있게 하기가 힘들었지, 나 말고는 어느 누구한테도 와서 그걸 해달라고 한 적이 없었어. 그래서 네 아버지는 랠프한테 늘 미루고 미루곤 했단다. '나중에. 사촌, 오늘 말고…… 내일, 어쩌면…… 아니면 다음 주.' 결국 랠프는 단념하기 시작했지. 하지만 내가 언젠가는 그를 붙잡을 거야, 하고 음흉한 랠프는 큰 소리로 말했단다. 이제 그는 초상화를 그리는 문제에 관해서는 네 아버지에게 더 이상 아무 말도 하지 않았지만, 상쾌한 아침마다 이젤과 화필과 모든 것을 준비해두었단다. 네 아버지가 오랫동안 떠돌아다니다가 우연히 그에게 들르는 순간에 대비하려고 말이야. 이따금 네 아버지는 화실에 있는 랠프를 잠깐 동안 방문하는 버릇이 있었거든. 그런데, 아가, 이젠 커튼을 젖혀주겠니. 여기가 점점 침침해지는 것 같구나."

"아, 저도 내내 그렇게 생각했어요. 고모." 어린 피에르가 순종하면서 말했다. "하지만 빛 때문에 눈이 부시다고 말씀하시지 않았어요?"

"그런데 지금은 괜찮구나, 아가."

"그래서요, 그래서요, 계속하세요, 계속요. 제가 얼마나 재미있어하는지 고모님은 모르실 거예요." 어린 피에르가 마음씨 좋은 도러시아 고모의 누빈 공단 옷자락에 의자를 바짝 끌어당기면서 말했다.

"그러마, 아가. 하지만 먼저 이 무렵에, 선실을 꽉 채운 프랑스 상류사회의 이주민들이 항구에 도착했다는 얘기를 해야겠구나. 잔인한 유혈의 시대였기에 고국에서 망명해야 했던 가엾은 사람들이었지, 피에르. 꽤 오래전에 내가 너한테 준 적 있는 작은 역사책에서 아마 읽었을 거야."

"잘 알고 있어요. 프랑스 대혁명이죠." 어린 피에르가 말했다.

"얼마나 고명한 어린 학자님인지, 귀여운 것." 도러시아 고모가 엷은 미소를 지으면서 말했다. "그 귀족 출신 이주민 중에 가엾지만 아름다운 젊은 아가씨가 있었단다. 그 아가씨의 슬픈 운명은 나중에 도시 안에 크게 소문이 났고, 많은 사람들의 눈에서 눈물이 나게 했지만, 다 헛된 일이었지. 더 이상 그녀의 소식을 들을 수 없었으니까."

"어째서요? 어째서요? 고모. 이해가 안 돼요. 그러면, 그분이 사라졌어요?"

"이야기보다 내가 조금 앞서 갔구나, 아가. 그래, 그 아가씨는 정말 사라졌고, 다시는 소식을 듣지 못했지만, 그건 그 후에, 얼마간 지난 후에 일어난 일이란다. 아주 확실해, 맹세할 수도 있다. 피에르."

"아, 고모." 어린 피에르가 말했다. "너무 심각하게 말씀하세요. 무슨 일 다음에요? 목소리가 이상해지셨어요. 계속해주세요. 그런 식으로 말씀하시진 마시고요. 아주 섬뜩했어요, 고모."

"아마 오늘 걸린 이 몹쓸 감기 탓일 게다. 목소리가 약간 쉴 것 같아 걱정이구나, 피에르. 다신 그렇게 쉰 목소리로 말하지 않도록 하마. 그런데, 아가, 이 아름다운 젊은 아가씨가 사라지기 얼마 전에, 그건 그 가엾은 이주민들이 상륙한 직후였는데, 네 아버지가 그 아가씨와 아는 사이가 되어서 그 도시의 다른 많은 인정 있는 신사들과 함께 그 이방인들의 생필품들을 조달했단다. 그리 오래갈 리 없는, 하찮은 보석류 약간 말고는 모든 것을 빼앗겨서 그들은 참으로 가난하기 짝이 없었으니까. 하지만 네 아버지의 친구들은 네 아버지가 이 사람들을 너무 자주 방문하지 않도록 만류하려고 애썼단다. 그 젊은 아가씨가 너무 아름답고, 약간은 호기심을 자극하는 경향이 있으니—몇몇은 그렇게 말했단다 — 네 아버지가 그녀와 결혼하고 싶어 할지도 모른다고 염려한 거지. 그건 그 애에게 현명한 일이 될 수 없었단다. 그 아가씨가 대단히 아름답고 근본이 착했을지 몰라도, 대서양 이편에는 아무도 그녀의 이력을 확실히 아는 사람이 없는 데다 외국인이었으니까. 그리고 나중에 네 어머니만큼 네 아버지에게 적절하고 훌륭한 배우자가 되지 못했을 테니까, 아가. 하지만 나 자신으로 말하면, 나는—네 아버지가 의도하는 모든 일에서 그 애를 아주 잘 알고 있었고, 또한 그 애는 나와 속내를 터놓는 사이였는데—그 애가 그 낯선 젊은 여인과 결혼할 만큼 그렇게 지각없는 일을 할 것이라고는 결코 믿지 않았어. 여하간, 그 애는 마침내 그 이주민들을 방문하는 걸 그만두었는데, 그 젊은 여인이 사라진 것은 그 일이 있은 후였단다. 몇몇은 그녀가 자발적이지만 비밀리에 고국으로 돌아간 게 틀림없다고 말했고, 또 몇몇은 프랑스 간첩들에게 납치당한 게 틀림없다고 단언했지. 왜냐하면 그녀가 사라진 후에 그 아가씨가 귀족 출신이고 여러 가지 점에서 보아 왕족과 인척 관계라는 소문이 돌기 시작했거든. 또 한편으로는 음울하게 고개를 흔들며, 익사했을 거라는 둥 다른 불길한 일들이 일어났을 거라는 둥 중얼대는 사람들도 몇몇 있었는데, 그런 말들은 누군가 사라지고 아무도 그를 발견하지 못할 때면 늘 넌지시 소문으로 도는 것들이었지. 네 아버지와 다른 많은 신사들이 그 아가씨의 흔적을 찾으려고 있는 힘을 다했는데도, 먼저 말했듯이, 그녀는 결코 다시 나타나지 않았단다."

"가엾은 프랑스 여인이군요!" 어린 피에르가 한숨지었다. "고모, 그 아가씨는 살해당한 것 같아요."

"가엾은 여인이지, 말할 수 없이." 고모가 말했다. "하지만 잘 들어라, 다시 초상화 얘기로 돌아오니까. 한데 네 아버지가 몹시 자주 그 이주민들을 방문하곤 할 즈음에, 아가, 랠프는 네 아버지가 그녀에게 구애하고 있다고 생각했단다. 랠프는 조용한 청년이었고, 넓은 세상에서 무엇이 현명하고 어리석은지를 잘 알지 못하는 학자였으니까 네 아버지가 젊은 피난민 여인과 실제로 결혼한다 해도 아마 조금도 굴욕감을 느끼지 않았을 거야. 네 아버지가 그녀에게 구애하고 있다고 그렇게 헛된 생각을 하면서 랠프는 구애자로서의 네 아버지의 초상화를 그릴 수 있다면, 즉 네 아버지가 매일 이주민들을 방문하고 돌아온 직후에 그 애를 그릴 수 있다면 아주 좋을 거라고 생각했지. 그래서 기회를 노렸는데, 얘기했듯이 랠프의 화실에는 만반의 준비가 되어 있었단다. 그리고 어느 날 아침 네 아버지가 산책을 하고 오다 들렀지. 그러나 네 아버지가 방으로 들어오기 전에 랠프는 창문에서 그 애를 염탐했어. 그래서 네 아버지가 들어왔을 때엔 의자를 끌어내 준비해두고, 이젤 뒤에서, 그렇지만 여전히 그 애를 마주 보면서, 그림을 그리느라 무척 바쁜 척을 했지. 랠프가 네 아버지에게 말했어. '반가워, 피에르, 여기서 막 뭔가 하던 중이었어. 어서 거기 앉아서 새 소식을 말해줘. 나도 곧 함께 외출할 테니. 그리고 그 이주민들에 대해 좀 얘기해줘, 피에르.' 그러고는 있잖니, 네가 본 것과 일치하는 어떤 표정을 포착하기 위해 네 아버지의 생각들을 바로 그 구애하고 있다고 추정되는 방향으로 몰아가면서 음흉하게 덧붙였단다, 귀여운 피에르."

"제가 정확히 이해하고 있다고는 자신 못 하지만요, 고모, 계속해주세요, 아주 흥미로워요. 정말 계속하세요, 고모님."

"글쎄, 여러 가지 우스꽝스러운 잔꾀와 계략들을 써서 랠프는 네 아버지를 계속 거기에 앉혀놓았단다. 그러고는 의자에 앉아 연신 지껄여대면서, 또한 완전히 몰두한 채 정말 최대한 빠른 속도로 그림을 그려나갔어. 네 아버지는 기지 넘치는 자신의 이야기에 랠프가 짐짓 웃는 척하고 있다는 걸 전혀 눈치채지 못했지. 간단히 말해, 랠프는 네 아버지의 초상화를 훔치고 있던 거란다. 아가."

"'훔친 것'은 아니라고 봐요." 피에르가 말했다. "그건 너무 악의에 찬 말이잖아요."

"그래, 확신컨대 랠프는 네 아버지와 거리를 두고 있었을 테니, 사실상 그가, 말하자면 교활하게 네 아버지의 초상화를 절도한 것이긴 하지만, 그 애의 주머니를 훔칠 수는 없을 테니 그걸 절도라고 말하지는 말자꾸나. 그리고 설령 그것이 절도라든가 그 비슷한 종류의 것이라 해도 그 초상화는 내게 대단히 큰 위안이 되어왔고, 바라건대 피에르, 네게도 여전히 대단히 큰 위안이 될 테니, 랠프가 그때 한 일에 대해 우리는 진심으로 그를 용서해야 한다고 생각한단다."

"네, 정말 그래야 한다고 생각해요." 어린 피에르가 벽난로 위에 걸려 있는 문제의 초상화를 이제야 간절히 눈여겨보면서 동의했다.

"그래, 그런 식으로 네 아버지를 두세 번 더 붙잡아둬서 랠프는 그 그림을 마침내 완성했지. 그림을 완전히 액자에 끼우고 다 마무리가 되었을 때, 네 아버지가 어느 날 아침 불쑥 그를 찾아왔단다. 아마 그런 일이 없었다면 랠프는 그 그림을 자기 화실에 있는 다른 그림들 사이에 대담하게 걸어놓아 네 아버지를 놀라게 했을 거야. 한데 랠프가 그 그림을 테이블 위에 엎어놓고 거기에 끈을 다는 바로 그 순간에 네 아버지가 찾아온 거란다. 네 아버지는, 생각해보니 자네가 나한테 속임수를 쓴 것 같은데 나는 그게 아니기를 바란다고 조용히 말함으로써 랠프를 소스라치게 놀라게 했단다. '무슨 뜻이야?' 하고 랠프 사촌이 약간 당황하며 말했지. '여기에 내 초상화를 걸고 있는 건 아니었지, 랠프?' 네 아버지가 사방 벽들을 대강 훑어보면서 말했어. '그게 안 보이니 다행이군. 아주 주책없는 생각일지도 모르지만 그냥 이런 생각이 들었어, 랠프. 하지만 최근에 내 초상화를 그리고 있었다면 그걸 파기해주길 바라네. 여하튼 어느 누구에게도 보여주지 말고 안 보이는 데 두어줘. 거기 갖고 있는 게 뭔가, 랠프?'

랠프는 네 아버지의 이상한 태도를 어떻게 생각해야 할지 몰라―그건 정말 지금까지 나도 완전히는 모르는 것이란다―점점 더 안절부절못하게 되었지. 그러나 그는 정신을 수습하고 말했어. '이건 내가 여기에 두고 있는 극비의 초상화라네, 피에르. 우리 초상화가들은 때때로 이런 것을 그려달라는 요청도 받는다는 것을 알아야 해. 그러니 나는 이 그림을 보여줄 수 없고, 이 그림에 대해 아무것도 말해줄 수 없어.'

'내 초상화를 그리고 있었던 거 아니야, 랠프?' 네 아버지가 갑자기 예리하게 말했지.

'난 자네와 비슷해 보이는 어떤 것도 그린 적이 없네.' 랠프가 네 아버지의 얼굴에서 전에 본 적이 없는 사나운 표정을 목격하고 얼버무리듯 말했단다. 그리고 그 이상, 네 아버지는 그에게서 아무것도 알아낼 수 없었지."

"그래서 어떻게 되었어요?" 어린 피에르가 말했다.

"글쎄 별거 없었다, 아가. 다만 네 아버지는 그 그림에 대해 어렴풋이도 알지 못했어. 정말로 이 세상에 그런 그림이 있다는 걸 결코 몰랐단다. 랠프는 내가 네 아버지를 끔찍이 사랑하는 것을 알고 있었어. 그래서 그 그림이 네 아버지 눈에 띄거나 혹은 어떻게든 소문을 들을 수 있는 곳에는 절대 내놓지 말라고 단단히 약속시키면서 남몰래 그것을 내게 주었단다. 이 약속을 나는 충실히 지켰어. 그 그림을 내 방에 걸어놓은 건 오직 네 아버지가 죽은 후였어. 자, 피에르, 이제 의자 초상화 이야기를 다 했구나."

"참 이상한 이야기로군요." 피에르가 말했다. "그리고 무척 재미있어서 절대 잊지 못할 것 같아요, 고모."

"그러길 바란다, 아가. 이제 벨을 울려라, 프루트케이크를 좀 먹자꾸나. 그리고 포도주도 한 잔 마셔야겠다. 피에르, 들었니, 아가? 벨, 벨을 울려야지. 어머, 너 거기 서서 뭘 하느냐, 피에르?"

"왜 아버지는 랠프 아저씨가 자기 초상화를 그리는 걸 원하지 않았나요, 고모?"

"애들 마음은 정말 알 수가 없다니까!" 늙은 도로시아 고모가 놀라서 어린 피에르를 빤히 쳐다보며 큰 소리로 말했다. "그건 정말 내가 말해줄 수 있는 게 아니란다, 귀여운 피에르. 그러나 랠프는 그것에 대해 엉뚱한 상상을 했지. 앞에서 말한 마지막 장면이 있고 나서 며칠 뒤에 그는 네 아버지의 방 안에서, 사람들의 얼굴을 관찰하여 그들의 내면 가장 깊숙한 곳에 있는 비밀을 탐지해내는 데 필요한 가장 기이하고 환상적인 원칙들을 규정해놓은, 이른바 관상술에 관한 아주 놀라운 서적을 봤다고 나에게 말했어. 그래서 엉뚱한 랠프는 네 아버지가 자기 초상화를 남이 그리는 것을 원하지 않은 이유는, 은밀하게 그 젊은 프랑스 여인을 사랑하게 된 그 애가 관상술에 관한 그 놀라운 서적을 통해 비밀이 탄로 날 위험을 무릅쓰지 말라고 간접적으로 경고를 받았으므로, 초상화로 인해 그 애의 비밀이 퍼뜨려지는 것을 원하지 않았기 때문이라고 늘 자만했지. 하지만 랠프는 몹시 비사교적이고 고독한 유형의 청년이라서, 언제나 사물에 대해 이처럼 묘하고 기발한 생각을 가졌단다. 나로서는, 네 아버지가 일찍이 그 문제에 대해 조금이라도 그런 생각들을 가지고 있었다고는 믿지 않아. 그 애가 왜 자기 초상화를 그리길 원하지 않았는지 알 순 없지만, 확실히 나만큼 나이를 먹으면, 피에르, 모든 사람이, 심지어 우리 중 제일 잘나가는 사람조차 때때로 괴상하고 까닭 모르게 행동하는 경향이 있다는 것을 알게 된단다. 우리가 하는 어떤 일들은 때때로 그 이유를 우리 자신에게조차 완전히 설명할 수 없을 때가 있어. 너도 머지않아 이 이상한 일들에 대해 모두 알게 될 거란다."

"그러길 바랍니다, 고모." 어린 피에르가 말했다. "한데 고모님, 마튼이 프루트케이크를 조금 가져올까요?"

"그럼 벨을 울려서 그를 불러라, 아가."

"아! 제가 깜박했어요." 어린 피에르가 고모의 분부대로 하면서 말했다.

이윽고 고모는 포도주를 홀짝이고 소년은 케이크를 먹으면서 두 사람의 눈이 모두 문제의 초상화에 집중된 사이, 어린 피에르가 의자를 그 초상화에 더 가까이 밀면서 큰 소리로 말했다. "그런데, 고모, 아버지가 실제로 정확히 저렇게 생겼어요? 저 담황색 가죽조끼와 저렇게 큰 무늬가 있는 목도리를 한 것을 보셨어요? 시계 뚜껑과 태엽 감개는 기억해요, 아주 잘. 그리고 어머니가 자물쇠를 채운 옷장의 작은 서랍에서 그것들을 꺼내는 걸 본 게 겨우 일주일 전이에요. 하지만 저 괴상한 구레나룻도, 담황색 가죽조끼도, 커다란 흰색 무늬가 있는 목도리도 기억 안 나는데…… 아버지가 저 목도리 한 걸 본 적 있으세요, 고모?"

"아가, 저 목도리 천을 고르고 그 가장자리를 감침질한 후 한 귀퉁이에 P. G.라고 수놓은 사람이 바로 나였단다. 하지만 그건 이 그림에는 없구나. 아주 꼭 닮은 그림이야, 아가, 목도리며 모두가 다. 전부 그 당시 그 애 모습 그대로야. 글쎄, 작은 피에르야, 가끔 나는 오롯이 혼자 여기 앉아 저 그림을 뚫어지게 보고 또 보고 또 보다가, 마침내 네 아버지가 나를 바라보고, 나를 보고 웃고, 나한테 인사하며, 도러시아! 도러시아! 하고 말하고 있다는 생각이 들 때까지 있곤 한단다."

"참 이상해요." 작은 피에르가 말했다. "저 얼굴이 지금 저를 바라보기 시작한 것 같아요. 들어봐요! 고모, 이 구석의 방 안이 너무나 조용해서, 마치 시계 뚜껑이 태엽 감개에 부딪히는 것처럼, 저 그림에서 짤랑거리는 소리가 들려오는 것 같아요. 들어봐요! 고모."

"원 저런, 그렇게 이상하게 말하지 마라, 아가."

"어머니가 전에―저한테 직접 그렇게 말한 것은 아니지만―자기는 도러시아 고모의 그림을 좋아하지 않는다고 말하는 것을 들은 적이 있어요. 그건 꼭 닮은 초상화가 아니라고, 그렇게 말씀하셨어요. 왜 어머니는 그 그림을 좋아하지 않나요, 고모?"

"아가, 아주 이상한 질문을 하는구나. 네 엄마가 그 그림을 좋아하지 않는다면, 그건 아주 명백한 이유 때문이야. 네 엄마는 자신이 소장하기 위해 그린 훨씬 더 크고 더 훌륭한 초상화를 집에 가지고 있잖니. 그래, 그리고 몇백 달러인지 나도 모르는 금액을 대가로 지불했지. 게다가 아주 꼭 닮은 그림이잖니, 바로 그게 이유인 게 틀림없단다, 작은 피에르야."

이리하여 늙은 고모와 어린아이는 각기 상대방을 아주 이상하다고 생각하면서, 그리고 두 사람 다 그 그림이 한층 더 이상하다고 생각하면서 계속 대화를 나누었다. 그리고 그 그림 속 얼굴은 마치 숨겨둔 것이 아무것도 없는 것처럼, 솔직하고 명랑하게, 그러면서도 또 한편으로는, 마치 어떤 다른 그림에게 장난스럽게 눈짓하면서, 참으로 엉뚱한 늙은 누이와 참으로 지각없는 어린 아들이, 큰 흰색 무늬가 있는 목도리, 담황색 가죽 조끼, 그리고 대단히 신사답고 상냥한 용모에 대해 그렇게 터무니없이 심각하고 사색적으로 되어가는 것을 주목하려는 것처럼, 약간 애매모호하고 조롱하듯이, 아직도 그들을 향하고 있었다.

이 장면이 있은 후 여느 때처럼 한 해 한 해 무상한 세월은 계속 흘렀고, 마침내 그 어린 피에르는 다 자라서 키 큰 피에르 도련님이 되었다. 이제 그는 그 초상화를 자기 것이라고 말할 수 있었고, 이제는 자신의 작은 방에서 누리는 사적 자유 속에서 내키면 하루 온종일 그 초상화 앞에 서 있거나 기대거나 앉아 있을 수 있었다. 이윽고 모든 생각이 무감각해져, 결국 전혀 아무 생각도 들지 않을 때까지 계속 생각하고, 생각하고, 생각하고, 생각할 수 있었다.

피에르가 열다섯 살이 되던 해 그 그림이 그에게 보내지기 전에, 어머니가 그 그림을 탐탁해하지 않는다는 것을 그가 알게 된 것은, 그저 어머니의 실수, 아니 오히려 피에르가 우연히 응접실에 들어간 결과였다. 왜냐하면 그때 피에르는 아직 어렸고, 그 그림은 아버지의 초상화인 데다, 아주 훌륭한, 동생을 끔찍이 사랑하는 자애로운 고모가 고이 간직한 소유물이었으므로, 어머니는 직관적으로 신중하게 어린 피에르의 면전에서 색다른 견해를 표현하는 것을 삼가왔던 것이다. 그리고 그 어머니가 보여준 거의 무의식적이지만 현명한 신중함은, 그 어린아이가 보여준 그와 비슷한 섬세한 감정을 통해 어쩌면 다소 유별나게 보답받았다. 천성적으로 품위를 타고난, 좋은 집안에서 자라난 어린이들은 때때로 어른들과 자칭 선배들조차 미묘하다고 평가하는 문제들에서 놀라울 정도로 전혀 예상치 못한 섬세한 교양과 배려와 관용을 보이기 때문이다. 어린 피에르는 다른 사람을 통해, 도러시아 고모가 가진 초상화에 대한 어머니의 생각을 알게 되었다는 것을 어머니에게 절대 밝히지 않았다. 그는 아버지와 맺은 그들의 관계의 차이로 인해, 그리고 다른 사소한 이유들로 인해, 어떤 일들에서는 더욱 예의를 갖추고, 특히 그 의자 초상화 문제와 관련해서는 어머니보다 고모한테 듣는 것이 낫다는 상황에 대한 직관적 인식을 가진 것처럼 보였다. 그리고 어머니의 혐오감을 설명하는 도러시아 고모의 해명은 오랫동안 계속해서 만족스러웠거나 적어도 충분하게 설득력이 있었다.

그 초상화가 새들 메도우스에 도착했을 때 우연히도 어머니는 출타 중이었다. 그래서 피에르는 조용히 자신의 작은 방에 그것을 걸어놓았다. 하루인가 이틀이 지나 어머니가 돌아왔을 때 그는 그 그림이 도착한 것을 알리지 않았는데, 왜냐하면 그랬다가 도러시아 고모의 선물에 대해 어머니와 토론을 벌이게 될까봐 염려해서였다. 즉 그 그림에 대해 어머니가 사적으로 따로 간직해둔 견해가 무엇에서 비롯되었는지 멋대로 버

룻없이 알고 싶어 함으로써, 그 그림이 지닌 어떤 온화한 신비
로움, 신성함을 훼손하게 될까봐 여전히 이상할 정도로 예민해
있는 상태였기 때문이다. 하지만 어머니가 그의 작은 방에 들
어왔다 간 것을 처음 알았을 때는 ― 그 초상화가 도착한 후 얼
마 되지 않아서였는데 ―, 이후 어머니가 최근 그 방에 추가된
장식물에 대해 자발적으로 말하는 것을 마땅히 들을 각오가 되
어 있었다. 그러나 어머니는 그런 종류의 것에 대해 어떠한 언
급도 생략했으므로, 그는 조심스럽게 어머니의 안색을 자세히
살피면서 적으나마 어떤 수심 어린 감정이라도 보이는지를 주
목했다. 하지만 그는 아무것도 발견할 수 없었다. 그리고 모든
진정한 신중함은 본래 누적되어가는 것이므로 모자간의 이 겸
허하고 상호적인, 그렇지만 암묵적인 자제는 이후로도 계속 침
해받지 않았다. 그것은 그들 사이의 기분 좋은, 신성화되고, 신
성하게 하는 유대였다. 때로 연인들이 그리 말하는 일이 있다
하더라도, 자연이 공백이 싫다 하는 것과 마찬가지로 연인들이
비밀을 싫어한다는 말이 언제나 진실인 것은 아니다. 사랑스러
운 베네치아가 바다 안의 보이지 않고 썩지 않는 퇴적물 위에
세워져 있듯이, 사랑은 비밀들 위에 세워진다. 사랑의 비밀들
은 신비한 것인지라 언제나 초월적이고 무한한 공간에 속한다.
그래서 그것들은, 진주가 무지개로부터 떨어져 나오듯이, 모든
시적이고 아름다운 생각들이 생겨나서 우리에게 떨어져 오는
황금빛 안개와 증기의 영역으로 우리의 더 확장된 그림자들이
건너 들어가게 하는 공상의 다리들이다.

시간이 지남에 따라서, 이처럼 서로 삼가는 데서 비롯된 품위와 순결은, 한층 더 신비롭기 때문에 더 감미로운 매력들로 그 초상화를 치장하고, 존경하는 아버지의 추억 주변에, 말하자면, 신선한 회향과 로즈마리를 뿌리는 데 도움이 될 뿐이었다. 앞서 이야기했듯이 정말로 피에르는, 어머니의 혐오와 관련되어 있는 한에서, 그 초상화의 마지막에서 두 번째 비밀을 풀 기발한 해법을 궁리하는 것을 즐겼다. 그렇지만 그러한 궁리 과정에서 그를 집어삼킨 교묘한 분석은, 어머니의 별난 반감이 그 초상화 주인공의 성격과 젊은 시절과 관련된 어떤 미지의 일들과 연관되어 있을지도 모른다는, 확실치 않은 생각으로 번져가지 않도록 그 신성한 한계를 결코 임의로 벗어난 적이 없었다. 멋대로의 공상이 이러한 추측의 들판에서 헤매는 것을 그가 전적으로 금한 것은 아니지만, 이러한 모든 상상은, 아버지에 대한 그 순수하고, 고양된 관념에 기여하고 있음이 틀림없었는데, 그것은 그의 영혼 속에서 아버지의 인생에 대해 이미 알고 있는 검증된 사실들에 근거하고 있었다.

·

V

마음이 늘 늘어났다 줄었다 하는 덧없는 허구의 영역에서 왔다 갔다 배회할 때, 만일 어떤 일정한 형태나 특징이 그것 자체의 앞선 창조물들의 끊임없는 소멸로부터 그것이 만들어내는 무수한 형상들에 할당될 수 있다면, 피에르가 그 초상화에 대한 어머니의 두드러진 혐오를 설명하려고 애쓸 때마다, 지금 우리가 다루는 사춘기 무렵의 그에게 더욱 빈번하게 떠오르던 그 이유들 중에서 가장 공허하지 않은 것을 붙잡아 명백히 보여주려고 여기서 시도할 수 있을지도 모른다. 그러니 하나의 스케치를 과감히 그려보기로 한다.

그렇다, 때로 피에르는 막연히 이렇게 생각했다. 랠프 사촌이 한때 내 아버지가 아름다운 젊은 프랑스 여인에게 정말로 어떤 일시적인 감정을 품었다고 짐작했을 때, 어쩌면 그가 결국 가장 진실에 가까웠을지도 모른다. 그리고 이 초상화는 정확히 그때, 그리고 실제로 그 주인공의 얼굴에서 그 사실의 어떤 흔적을 나타내는 증거를 영존시키려는 정확한 목적 아래 그려졌으므로, 그 표정은 어머니의 마음에 들지 않고 낯익지도 않고 조금도 탐탁지 않은 것이다. 아버지의 용모가 어머니에게 결코 그렇게 보이지 않았을 뿐만 아니라(어머니가 처음 아버지와 알게 된 것은 그 후였으므로), 또한 여자들의 그 어떤 여성다움, 즉 내가 다른 여자에 대해서라면 어쩌면 민감한 질투, 까다로운 허영심이라고 불러야 할 바로 그것이 어머니로 하여금 그 초상화 속 얼굴의 눈짓이, 뭔지 모르게 어떻게든, 어머니 자신이 아니라 다른 미지의 대상에게 바쳐진 것을 알아차릴 수 있게 하기 때문이다. 따라서 어머니는 그 그림을 아주 싫어하고, 그 그림은 어머니에게 혐오감을 주는 것이다. 왜냐하면 어떤 면에서 아버지에 대한 어머니의 기억과 연결되지 않는, 어머니를 배제시키는 추억은 당연히 어머니에겐 참을 수 없는 것이 틀림없기 때문이다.

그러나, 대응접실에 걸려 있는 더 크고 더 넓은 초상화는, 인생의 절정기에, 부모님이 결혼하여 부부의 연을 맺은 가장 행복했던 장밋빛 시절에, 어머니의 특별한 바람에 따라, 그리고 어머니가 고른 저명한 화가가, 어머니 취향에 따른 의상을 입은 아버지를 그린 것이다. 지인들은 모든 점에서 그 시기에 유별나게 행복했던 모습이 그려진 초상화라고 간주하는데, 그 확신은 내 유년 시절의 희미한 기억을 통해 정신적으로 보강된다. 이 모든 이유로 응접실에 걸린 초상화는 어머니에게 헤아릴 수 없는 매력을 지니고 있고, 어머니는 정말 남편이 실제로 그녀에게 보였던 모습 그대로 그를 바라보는 것이지, 총각 시절의 먼, 그리고 어머니에겐 거의 전설적인 시절로부터 불러낸 낯선 망령을 공허하게 응시하는 것이 아니다. 하지만 이 초상화에서 어머니는 남편의 헌신적인 부부애로 가득 찬 인생 후반의 이야기와 전설들이 그녀의 다정한 눈앞에 되살아나는 것을 본다. 그렇다, 나는 지금 틀림없이 그렇다는 것이 명백히 보인다고 생각한다. 그런데도, 내가 그 이상한 의자 초상화를 바라보는 동안, 늘 새로운 기발한 착상이 내 안에서 증기처럼 피어오른다. 즉 그 초상화는, 아마도 어머니에게 생소한 것 이상으로 내게도 그러하지만, 그럼에도 불구하고 때때로 이렇게 말하는 것처럼 보인다. 피에르, 응접실 그림을 믿지 마라. 저건 네 아버지가 아니다. 아니, 적어도, 네 아버지의 '전부'는 아니다. 피에르, 우리가 두 개의 그림을 단 한 개의 그림으로 만들 수 있는지 없는지를 마음속으로 잘 생각해라. 정숙한 아내들은 남편의 어떤 가상의 모습을 늘 너무 좋아하고, 정숙한 과부들은 바로 그 가상의 모습에서 비롯된 가상의 유령을 늘 지나치게 좋아한다. 피에르. 보아라, 또 나는 지금 그가 과거에 더욱 진실하게 그랬듯이 네 아버지다. 성숙한 인생에서, 세상은 우리를 덧씌우고 덧칠한다. 피에르. 수많은 예의범절과 세련된 섬세함과 찌푸림이 개입한다. 피에르. 게다가 우리는, 말하자면, 우리 자신을 버리고 또 하나의 자아를 맞아들인다. 피에르. 젊은 날에 우리는 실재하지만, 노년에 우리는 허울뿐이다. 다시 주목해라. 네가 나를 인정하지 못한다고 생각하는 만큼 더욱더 진실하게, 나는 네 진짜 아버지다, 피에르. 아버지들은 늘 어린 자식들에게 자기 자신을 완전히 털어놓지는 않는다, 피에르. 자식들에게 차라리 누설하지 않는 것이 낫다고 생각하는 젊은 시절의 수많은 사소한 과오들이 있다, 피에르. 이 이상한, 애매모호한 미소를 잘 생각해라, 피에르. 더 주의 깊게 이 입을 보아라. 보아라, 이 두 눈에 서린 너무나 강렬하고, 말하자면, 세련되지 않은 이 빛은 무엇이냐, 피에르? 나는 네 아버지다, 애야. 과거에 어떤, 아, 더할 나위 없이 사랑스러운 젊은 프랑스 여인이 있었다, 피에르. 청춘은 뜨겁고 유혹은 강하다, 피에르. 그리고 아주 사소한 순간에 중대한 일들이 돌이킬 수 없이 저질러진다, 피에르. 그리고 시간이 휩쓸고 지나가지만, 그 일은 시간의 흐름에 반드시 휩쓸려가는 것은 아니어서, 시간의 강둑에, 멀리 저 너머 청춘의 초록빛 나라에 좌초되어 남아 있을 수도 있다, 피에르. 다시 주목해라. 네 어머니가 부질없이 나를 싫어하느냐? 잘 생각해라. 네 어머니는 늘 모든 자발적이고 정다운 생각들을 통해 남편의 기억을 확대하고 정화하고 신성시하려고 애쓰지 않느냐, 피에르? 그런데 왜 그녀가 내게 무례를 범하고, 나에 대해 네게 절대 말하지 않으며, 너는 왜 그녀 앞에서 침묵을 지키느냐, 피에르? 잘 생각해라. 여기에 적지 않은 수수께끼가 있지 않느냐? 조금 엄밀히 조사해보아라, 피에르. 절대 두려워 마라, 두려워 마라. 지금 네 아버지에게는 아무 문제 될 게 없다. 보아라, 내가 웃고 있지 않느냐? 그래, 변하지 않는 미소를 지으면서 말이다. 이처럼 나는 지나간 무수히 긴 세월 동안 변함없이 미소 지었다, 피에르. 아, 이것은 영원한 미소다! 이렇게 나는 랠프 사촌에게 미소 지었고, 너의 친애하는 도러시아 노고모의 응접실에서도 이렇게 미소 지었다. 피에르, 그리고 바로 이렇게, 나는 여기서 네게 미소 짓고 있다. 또한 나는, 예를 들면 네 아버지의 인생 말년에, 그의 육신이 슬픔에 젖어 있었을지도 모르는 때조차, 여전히—도러시아 고모의 책상 속에 치워져 숨겨진 채—이렇게 전과 마찬가지로 미소 지었다. 그리고 내가 지금 스페인 종교 재판소의 가장 깊은 지하 감옥에 걸려 있다 할지라도 바로 이렇게 미소 지을 것이다, 피에르. 멀리 떨어진 암흑 속에 매달려 있지만, 게다가 사람이라곤 그림자도 가까이 없을 테지만, 여전히 나는 이 미소를 지을 것이다. 잘 생각해라. 왜냐하면 미소는 모든 애매모호함을 위해 선택된 수단이기 때문이다, 피에르. 우리가 속이려 할 때, 우리는 미소 짓는다. 우리가 작으나마 어떤 멋진 술책을 꾸밀 때, 피에르, 우리의 달콤한 작은 욕망을 그저 단지 약간 충족시키고 있을 때, 피에르, 그때 우리를 지켜보면, 그 묘한 작은 미소를 짓고 있을 것이다. 옛날에 사랑스러운 젊은 프랑스 여인이 있었다, 피에르. 그녀의 가족과 환경, 그리고 모든 부수적인 것들을 신중히 분석적으로, 심리학적으로, 형이상학적으로 고려했느냐, 피에르? 아, 네 친애하는 도러시아 노고모가 전에 얘기해준 이상한 종류의 이야기 말이다, 피에르. 나는 한때 남의 말을 잘 믿는 노인네를 알고 있었지. 철저히 조사해라, 약간 엄밀히 조사해라. 살펴봐라. 저기에 작은 틈이 하나 있는 것처럼 보이는구나, 피에르. 실마리, 실마리다. 더없이 끈덕진 탐구에서 언제나 중요한 것이 생긴다. 우리가 부질없이 그렇게 계속적으로 캐기를 좋아하는 건 아니다, 피에르. 까닭없이, 그렇게 술책을 쓰고 약삭빠른 흥정꾼이 되고, 우리 자신의 마음에 아첨꾼이 되지 않으며, 널따란 벌판에서 어두운 덤불숲으로 인디언 산길을 따라가길 부질없이 두려워하진 않는다, 피에르. 그러나 이젠 됐다. 현자에게 주는 한마디다.

고요한 대저택이 두껍게 쌓인 12월의 눈에 둘러싸였을 때나 8월의 교교한 흰 달빛에 둘러싸였을 때, 긴 시골 밤의 신비롭고 궁벽한 정적 속에 이렇게 때때로, 그는 혼자 사용하는 넓은 층에서 생각에 사로잡힌 채 휴식을 취하곤 했다. 그럴 때면 작은 방을 지키면서, 그 그림의, 말하자면, 신비로운 천막 앞에서 보초를 섰다. 그림 속에서 매우 알쏭달쏭하게 이리저리 움직이는 이상하게 감추어진 의미를 지닌 빛들을 늘 지켜보면서 말이다. 또한 부드럽고 꾸준한 눈보라 속에서 눈송이들이 하늘을 채우는 만큼 두껍게, 이따금 영혼의 대기를 채우는, 그 모든 말로 표현할 수 없는 암시와 모호한 표현들과 정의되지 않는 희미한 암시들에 무의식적으로 자신을 활짝 개방하면서, 이렇게 때때로 피에르는 아버지의 초상화 앞에 서 있곤 했다. 그럼에도 자주 그러듯이 이러한 몽상과 몽환으로부터 깜짝 놀라면서, 피에르는 의식적으로 명하여 스스로 일어난 생각의 확실한 요소를 회복하곤 했다. 그러고 나면 순식간에 하늘은 활짝 개고 눈송이는 하나도 내리지 않고, 피에르는 제멋대로 심취한 것에 대해 자신을 신랄하게 비판하면서, 아버지의 초상화 앞에서 한밤중의 몽상에 결코 다시는 빠지지 않겠다고 다짐하고는 했다. 그리고 이 몽상의 흐름들은 그의 마음속에 아무런 의식적 앙금을 남기지 않는 것 같았다. 그 흐름들은 너무나 가볍고 너무나 빨랐으므로 그 자체의 충적토를 계속 쓸어냈고, 마치 어떤 충적토의 흐름도 조금도 흘러내린 적이 없는 것처럼 피에르의 모든 사고의 통로들을 깨끗하고 건조한 상태로 남겨두는 것 같았다.

그래서 아직도 그가 맑은 정신으로 소중히 간직한 기억 속에서, 아버지의 시복*은 본디대로 남아 있었고, 그 초상화가 자아내는 생소한 느낌은 모두 그의 생각에 멋진, 전설적 낭만을

*가톨릭 용어로 죽은 뒤 천복 받은 사람의 반열에 오르는 일.

부여하는 데 도움이 되었는데, 그 낭만의 본질은 평소에는 아주 미묘하고 사악하게 의미심장해 보이는 바로 그 신비였다.

그러나 지금, '지금'! 이사벨의 편지를 읽고, 태양으로부터 활주해 내려오는 최초의 빛처럼, 피에르는 앞선 모든 모호함, 모든 신비가 마치 예리한 칼을 쓴 것처럼 찢겨져 개봉되는 것을 보았고, 무한한 어둠으로부터 점점 더 많은 유령들이 떼 지어 몰려오는 것을 보았다. 이제 아주 먼 유년기의 추억들, 즉 아버지의 종잡을 수 없는 마음, 핏기 없는 빈손, 도러시아 고모가 해준 이상한 이야기, 초상화 자체의 신비한 한밤중의 암시들, 그리고 무엇보다 어머니의 직관적 혐오, 모든 것, 모든 것이 서로에 대해 증언하며 그를 압도했다.

그리고 이제, 억제할 수 없는 직관을 통해 살펴보자, 그 초상화 속에서 그에게 불가사의하게 신비했던 모든 것과 그 얼굴 속에서 불가해하게 낯익었던 모든 것이 대단히 신기하게도 일치했다. 전자의 명랑함이 후자의 애처로움과 조화되지 않는 것은 아니지만, 말로 표현할 수 없는 어떤 상관관계를 통해 그것들은 상호적으로 서로를 확인하고, 말하자면 서로에게 녹아들어 상호침투하며 일체가 되어, 추가된 초자연적 현상의 외형을 드러냈다.

견고한 물체들로 이루어진 물질계가 이제 미끄러지듯이 그의 주위에서 추방되고, 그는 환각의 창공으로 떠올랐다. 그는 두 주먹을 움켜쥐고 허공에 고정된 얼굴을 부릅뜬 눈으로 노려보며 벌떡 일어서 〈지옥편〉에서 서로를 흡수하고 있는 두 개의

형상을 묘사한, 단테의 그 놀라운 시구를 갑자기 큰 소리로 외
쳤다.

아! 너는 어떻게 변하느냐,
아그넬로! 보아라! 너는 지금 두 사람도 아니고,
단 한 사람도 아니다!

5부
두려움,
그리고 준비

I

피에르가 집에 돌아온 것은 자정이 지나고 한참 후였다. 몹시 열렬한 격한 기질에, 어떤 돌연하고 참으로 지독한 고통의 첫 단계에 수반되는, 영혼의 저 완전한 포기 상태에서 돌진해 나갔지만, 이제 그는 창백한 평정 속에서 돌아왔다. 왜냐하면 밤의 차분한 영혼과 그때 떠오른 달과 늦게 나타난 별들, 그 모든 것이 처음에는 그에게 무시당하고 멸시당했지만, 마침내 차츰 그의 가슴 굽이굽이로 몰래 들어가, 마음속에 그것들이 지닌 평정을 널리 퍼뜨리며 낯설지만 고통을 달래주는 선율처럼 울려 퍼졌기 때문이다. 캐나다의 벌목공이 숲의 큰 화재로부터 어쩔 수 없이 피해야만 했다가 불길이 약해졌을 때 다시 돌아와, 넓게 퍼진 연기에 뒤덮여 여기저기 빛나며 불타는 나뭇조각들이 널려 있는 광대한 벌판을 눈 하나 깜짝 않고 훑어보듯이, 이제 평정의 절정에서 그는 마음속의 까맣게 탄 풍경을 단

189

호한 표정으로 두루두루 응시했다.

피에르가 은신처가 필요하거나 벽으로 둘러싸인 고립된 공간 속에서 고독을 찾을 때면 그의 방과 연결된 작은 방에 자주 가곤 했다고 말한 바 있다. 그렇게 그는 자기 방으로 가면서, 거기에 놔두었던 이제 희미하게 빛나는 램프를 집어 들고, 그 은신처에 본능적으로 들어가 팔짱을 끼고 고개를 숙이고, 용의 발 모양 받침이 달린 오래된 의자에 앉았다. 나른한 발과, 이제 냉담에서 이상한 무관심으로 변하고 있는 마음과, 온몸에 엄습하는 망연자실한 느낌과 함께 그는 잠시 동안 거기에 앉아 있었다. 그러다가 마침내 눈 더미 속에서 쉬던 나그네처럼, 그는 가장 위험하고 치명적인 징후 같은 이 무력증에 저항하여 몸부림치기 시작했다. 그가 고개를 쳐들자, 이제 완전히 수수께끼 같지는 않지만, 그래도 여전히 애매모호하게 미소 짓는 아버지의 그림과 정면으로 마주쳤다. 즉시 그의 모든 의식과 고뇌가 되살아났지만, 그래도 그를 사로잡고 있는 엄연한 평정을 흔들어놓을 힘은 없었다. 그럼에도 그는 그 미소 짓는 초상화를 견뎌낼 수 없었고, 억제할 수 없는 무어라 말할 수 없는, 충동에 따라 자리에서 일어나 그 그림을 벽에서 떼어내지는 않았지만 뒤집어놓았다.

그러자 약간의 구겨지고 찢어진 종이가, 접착이 풀려 벌어진 이음매들 위를 덮고 있는, 더럽고 먼지 낀 뒷면이 시야에 들어왔다. "오, 내 영혼 속에서 당신의 전도된 관념의 상징이여." 피에르가 신음했다. "그러므로 당신을 걸어놓지 않겠습니다.

당신에게 눈에 띄게 그렇게 무례한 짓을 할 바엔, 차라리 당신을 완전히 추방하겠습니다. 이제 나에게 아버지는 없습니다."

그는 그 그림을 벽과 그 작은 방에서 완전히 치우고, 푸른 사라사 무명으로 덮은 큰 궤 속에 감추고, 거기에 자물쇠를 채워 넣어두었다. 그러나 그래도 역시, 약간 빛깔이 바랜 벽의 네모진 공간에, 그 그림은 여전히 흐릿하지만, 공허하고 황폐한 흔적을 남겼다. 그는 이제 변화된 아버지의 아주 작은 흔적도 추방하려고 애썼다. 왜냐하면 현재 아버지에 대한 모든 생각이 공허하기 짝이 없는 것은 물론이고, 그러한 것들이 지독한 슬픔을 참고 있을 뿐만 아니라 즉시 그것에 변화를 가져오도록 지금 큰 소리로 요구받고 있는 그의 마음을 결정적으로 혼란하고 무력하게 만들까봐 염려했기 때문이다. 사납고 잔인한 사례를 청년은 항상 생각하지만, 틀린 생각이다. 왜냐하면 영구적으로 고통을 덜기 위해 우리는 어떤 가중된 아픔들을 우선 밀어내야 하지만, 행동이 고통을 악화시키는 것처럼 보일지라도 그것은 실제로 고통 완화제인 것을 경험은 잘 알기 때문이다.

또한 지금, 그는 예전에 자신이 믿고 있던 모든 도덕적 본질이 뒤집혔고, 세계의 올바른 구조를 당장은 알 수 없는 어떤 방법으로 가장 낮은 초석으로부터 위로 완전히 다시 재건해야 한다는 것을 잘 알고 있었다. 그렇지만 또한 지금, 피에르는 바로 요전번에 겪은 황량한 상태에 대한 생각과, 어떻게 그 황폐한 곳을 다시 번성하게 만들어야 할 것인지에 대한 생각으로 자신을 괴롭히진 않았다. 그는 모든 세습적 믿음과 정황적 확신들의 공위 기간에 지배할 수 있는, 막연하지만 잠재력 있는 신념이 가장 깊은 영혼 속에 숨어 있다고 느꼈고, 자신의 영혼이 완전히 무정부 상태에 있지는 않다고 느꼈다. 일정하지 않은 섭정이 왕홀을 그 권리로서 쥐고 있었고, 피에르는 슬픔의 전적인 약탈과 노략질에 완전히 자신을 내주고 있진 않았다.

피에르의 마음보다 덜 의욕적인 마음을 지닌 이에게, 이사벨에 관해 맨 처음 떠올랐을 의문은 '내가 무엇을 해야 하나?'였을 것이다. 그러나 이러한 의문은 피에르에게는 떠오르지 않았고, 그의 무의식적 반응에 그가 겨냥해야 하는 직접적인 목적에 관하여 아무런 모호한 마음의 그늘도 남겨져 있지 않았다. 그러나 목적이 명백하다 해도, 거기에 이르는 길도 그렇지는 않다. '어떻게 나는 그것을 해야 하나?'는 처음에는 아무런 해결 가망성이 없는 문제였다. 그러나 피에르는, 그 스스로는 그걸 완전히 알아차리지 못하면서도 사건들 자체가 주는 거룩한 명령을 충동적으로 따라 ─ 사소한 찬반론에 관한 결정적이고 인색한 정밀 조사를 통해서가 아니라 ─ 마침내 난국의 가장 확실한 해결책과 가장 투명한 명령권을 찾는 기질을 지닌 사람들 중 한 사람이었다. 그리고 그에 관한 한, '내가 무엇을 해야 하나?'는 그 어려움 자체에서 비롯된 영감으로 인해 이미 대답이 나온 질문이었다. 그래서 지금 그는, 다가오는 이사벨과의 만남이 그 자리에서 그에게 정확하게 영감을 주지 않을 수 없다는 것을 확신하며, 그가 '어떻게' 그것을 해야 할 것인지에 관한 미칠 것 같은 모든 고려 사항을 당분간 마음에서, 말하자면 무의식적으로 비웠다. 그럼에도 불구하고, 지금까지 피에르를 지배해온 영감이 그가 뛰어든 넓은 고통의 바다에서 예견한 대단히 씁쓸한 많은 일들에 관해 완전히 침묵하고 누설하지 않는 것은 아니었다.

그들 두 사람이 모두 영혼 속에서 방탕한 마음의 과오들을 깨끗이 씻어내고 거기에 수심 띤 진실을 다시 채우는 것은 신성한 임무이다. 현명한 자들은 그것을 더 무거운 비애들에 대한 더할 나위 없이 귀한 보상으로 간주할 것이다. 그렇다 해도 그 신성한 임무는 특별한 고통에서 얻은 본래의 동기를 가진, 암암리에 진행되는 어떤 귀납적인 추리 과정을 통해 완수되지 않는다. 오히려 그것은 어느 후텁지근한 암흑의 대기 속으로 갑자기 수용된 전기처럼, 정화하는 빛의 민첩한 빛살이 되어 사방으로 퍼져 나가면서 모든 대기에서 나태함을 제거하고 거기에 계몽적 특성을 채우는, 전에 체험한 적 없고 완전히 설명할 수 없는 성분을 인간의 마음 깊은 곳에 받아들일 때 발휘되는 신비한 효과를 통해 완수된다. 그리하여 전에 암흑의 불확실성 속에서 어둡고 괴기한 윤곽을 띠었던 물체들은 이제 그 참다운 실체들 속에서 밝게 드러나고, 슬픔의 놀라운 불꽃의 번쩍이는 이 계시들 속에서 우리는 모든 사물을 있는 그대로 보게 된다. 설령 전기 성분이 사라져 그림자들이 또다시 내려오고 물체의 거짓 윤곽들이 다시 돌아온다 할지라도, 그것들은 과거에 가졌던 기만하는 힘을 지니지 못한다. 왜냐하면 이제, 우리는 가장 허위적 양상들 앞에서조차 여전히 그것들의 확고한 진실한 양상을, 실제로 그것들이 다시 한 번 숨겨진다 할지라도 간직하기 때문이다.

피에르의 경우가 이러하다. 커다란 슬픔이 닥치기 전 즐거웠던 젊은 시절에는, 그를 둘러싼 모든 객체가 숨기듯 기만적이었다. 오랫동안 품어온 아버지의 이미지는 이제 푸른 잎이 무성한 나무에서 벼락 맞은 나무로 그 앞에서 변모했으며, 또한 그의 마음속에 있는 다른 모든 이미지는 그의 영혼 속으로 쏜살같이 날아 들어온 바로 그 번갯불의 보편성을 증명했다. 아름답고 순결한 어머니조차 그 충격으로 인해 전혀 변하지 않고 손상되지 않은 채로 남아 있지 못했다. 그녀의 변화된 모습이 맨 처음 드러났을 때, 피에르는 공포에 싸여 그 모습을 응시했고, 이제 심한 뇌우가 지나가고 나자 그렇게 돌연히 드러난 이미지를 무한한 슬픔과 함께 마음속에 간직했다. 화려함은 덜하지만 그녀의 더 세련되고 더 정신적인 부분에서, 언제나 피에르에게는 매일 기도를 앞에 바쳐야 할 아름다운 성인(聖人)일 뿐만 아니라, 점잖고 부드러운 여자 상담자 겸 고해 신부이며, 부드러운 공단이 걸린 사실(私室) 겸 고해실로 보였던 방을 가진 경외의 대상인 그녀─그의 어머니는 이제는 이 모든 매력을 지닌 존재가 아니었다. 그리고 그는 더 이상, 그와 완전히 교감하는 사람에게처럼, 그가 그 앞에서 거의 스스럼없이 속을 털어놓을 수 있는 사람에게처럼, 그가 가장 괴로울 것 같은 곳에서 그에게 진실한 길을 알려줄 수 있는 사람에게처럼, 어머니에게 갈 수 없다는 것을 너무나 강렬하게 느꼈다. 운명이 어머니의 생생한 성격을 꿰뚫어 보도록 그에게 준 선명한 통찰력은 참으로 놀라웠다. 어머니가 모든 평범한 시험은 통과했을지 모르지만, 피에르는 자신이 처한 엄청난 곤경을 시험하는 시금석을 어머니의 정신에 적용해보고, 그것 앞에서 어머니는 산산이 부서져버릴 것이라고 아주 확신했다.

어머니는 고상한 사람이었지만, 주로 인생의 황금빛 번영을 위해 형성되고, 지금까지 대부분 파문이 일지 않은 인생의 평온에 익숙해져 있었고, 모든 발달 단계에서 조상 대대로 내려온 형식들과 세상 관행의 유일한 영향하에 양육되고 성장했다. 세련되고 기품 있고 정답고 조용한 어머니는, 천국의 여주인공처럼 스스럼없이 그가 처한 특별한 비상사태의 충격과 마주하여, 그 실행이 세상 사람들의 경악과 조롱을 불러일으킬 숭고한 결심에 대해 그의 가슴에 메아리칠 정도로 박수를 보낼 리가 없다고 피에르는 느꼈다.

어머님! 경애하는 어머님! 하느님이 제게는 누이를, 당신에겐 딸을 주시고, 세상 사람들로 하여금 그녀에게 극단적인 오명과 경멸을 뒤집어씌우도록 하셨나이다. 그러니 나와 당신이 멋지게 그녀를 인정하고, 그녀의 존재를 인지하면 좋으련만, '그대', 나의 어머니시여. 그리고…… 아냐, 아냐, 이런 말을 어머니는 한순간도 절대로, 절대로 용서할 리가 없어. 피에르가 신음하듯 중얼거렸다. 그때, 피에르 앞에 아주 높고, 당당하고, 가까이 하기 어렵게, 어머니의 거대한 오만이라는 뜻밖의 놀라운 건물이 솟아올랐다. 즉 그녀의 출생에서 비롯된 오만, 그녀의 부에서 비롯된 오만, 그녀의 순수에서 비롯된 오만, 그리고 고귀한 태생의 세련되고 부유한 인생에서 비롯된 모든 오만, 그리고 여성의 모든 세미라미스*적 오만이었다. 그러자 피에르는 비틀거리며 뒤로 물러섰고, 의지할 것은 자기 자신뿐임을 깨달았다. 그때 피에르는 이 세상의 어떤 일가친척도 인정하지 못하는, 정체를 알 수 없는 감정이 자신의 몸속에 깊이 잠재해 있는 것을 느꼈다. 그럼에도 이러한 감정은 전적으로 외롭고, 고아 같은 느낌이었다. 그래서 그는 다시 한 번 자기 자신이, 동행하며 위로해줄 어머니 하갈도 없는 어린 이스마엘 신세로** 사막으로 쫓겨나는 심정을 느끼지 않도록, 인생의 진실을 대가로 치르고 얻게 된다 할지라도, 인생의 무수한 감미로운 환상들을 잠시나마 기꺼이 생각해내고 싶었다.

그래도 이 감정들에는 어머니에 대한 그의 사랑을 훼손시키는 게 없었고, 그녀에 대한 쓸쓸한 적의라곤 전혀 없었으며, 무엇보다 뛰어난 미덕을 가진 그녀에 대한 천박한 경멸 역시 전혀 없었다. 그는 또한 어머니가 어머니를 만들지는 않았지만, 무한한 오만이 처음에 그녀의 성격을 형성했고, 그런 다음에 오만한 세계가 그녀의 성격 형성에 더 큰 영향을 미쳤고, 오만한 의식이 그녀를 완성하는 것을 빠뜨리지 않았음을 분명히 알

---

*기원전 800년경 아시리아의 신화적 여왕으로, 아름다운 외모와 지혜와 성적 방종으로 유명했으며, 바빌론의 전설적 창건자였다.
**아브라함의 아내 사라의 종이었던 하갈은 아브라함의 첩이 되어 이스마엘을 낳았으나 사라의 질투심과 분노로 아들 이스마엘과 함께 황야로 도망쳤다.

았다.

　정말, 거듭 말하지만, 피에르가 지금 가진 어머니의 성격에 대한 선명한 통찰은 놀랄 만했는데, 그 까닭은 어머니가 그에게 베푼 아낌없는 사랑의 생생한 기억조차 그의 돌연한 확신을 부정하기에 충분하지 않았기 때문이다. 어머니는 정말 나를 사랑한다, 하고 피에르는 생각했다. 그러나 어떻게? 어머니는 전혀 이해할 수 없는 사랑으로 나를 사랑하는가? 가장 사랑하는 사람을 위해, 여전히 침착하게 모든 증오에 맞설 그런 사랑? 그 사랑의 가장 의기양양한 찬가는, 맞서는 모든 조롱과 무례함을 오직 소리 높여 압도함으로써만 개가를 올리는가? 사랑하는 어머니, 여기에 소중하지만 천하에 수치스러운, 저와의 혈연을 인정해야 할 누이가 있습니다. 그리고 당신이 저를 사랑하신다면, 어머니, 당신의 사랑은 그녀도 역시 사랑하고, 자랑으로 여기는 응접실에서 그녀의 손을 그만큼 훨씬 더 자랑스럽게 잡을 것입니다. 그리고 피에르가 이렇게 공상 속에서 이사벨을 어머니 앞에 데리고 가고, 공상 속에서 그녀를 데리고 나왔을 때, 그는 의심 많고 경멸에 찬 공포가 담긴 어머니의 꿰뚫는 눈빛에 혀가 입천장에 달라붙는 것을 느끼는 동시에 인습적인 생활의 쓸쓸한 공허감을 처음으로 몹시 가슴 아프게 느꼈다. 그로 인해 그의 열광적 마음은 점점 가라앉았고, 마침내 완전히 함몰하여 사라졌다. 오 무정하고, 오만하고, 얼음으로 덮인 세계여, 나는 너를 정말로 증오한다. 너의 포학하고 탐욕스러운 손아귀가, 이렇게 지금 내가 지독하게 어려운 때에……

이렇게 내게서 어머니마저 빼앗고, 이렇게 정말 나를 이제 눈물로 적실 푸른 무덤도 없는, 이중의 고아로 만드는구나 하고 그는 생각했다. 내 눈물은—내가 눈물을 흘릴 수 있다면—황량한 장소에서 흘려야 한다. 마치 양친 모두 먼 항해를 떠났다가 돌아오면서 미지의 바다에서 죽은 것처럼, 나에겐 지금이 그렇다.

어머니는 나를 사랑한다, 그렇다. 하지만 왜? 내가 절름발이 몰골을 하고 있었다면, 그땐 어땠을까? 한데, 나를 꽉 껴안는 어머니의 사랑 속에 비늘 모양을 한 반짝이는 오만의 주름들이 언제나 번득였던 것을 나는 기억한다. 어머니는 나를 오만한 사랑으로 사랑한다. 나에게서 어머니 자신의 곱슬곱슬한 머리카락 모양의 거만한 아름다움이 보인다고 그녀는 생각한다. 내 거울 앞에 어머니, 오만의 여사제는 선다. 그리고 나에게가 아니라 거울에 비친 그녀의 모습에 키스라는 제물을 바친다. 오, 호의를 보이는 여신이여, 나에게서 한 남자의 모든 진실을 감추기 위해, 이 형상에 한 남자의 모든 아름다움을 입혀준 그대에게 나는 별로 감사할 게 없다. 지금 나는 한 남자가 그의 아름다움의 덫에 걸려 있고, 고치 속 번데기처럼 완전히 장님이 된 것을 본다. 그래서 추함과 가난과 불명예를 환영하며, 그리고 걸인의 두건과 넝마 밑에 지금 제왕의 벨트와 왕관을 숨기고 있는, 너희 다른 모든 진리의 교활한 앞잡이들을 환영할지어다. 그리고 흙을 인정해야 하는 모든 아름다움은 희미해지고, 모든 부와 모든 기쁨과 해마다 들어오는 지상의 모든 재물은 미덥지 않게 될 것이니, 그것들은 거짓말의 연동장치에 도금하고, 거짓말의 대못과 사슬들에 온통 금강석을 박을 뿐이다. 아, 이제 어째서 그 옛날 진리의 구도자들이 맨발로 밧줄을 허리에 두르고, 차일에 가린 것처럼 언제나 슬픔에 잠겨 돌아다녔는지를 조금은 알 것 같다. 나는 지금 우리의 구세주 예수께서 인간에게 해준 최초의 연설 중 맨 처음 말씀하신 것을 기억한다. "마음이 가난한 자들은 복이 있고, 슬퍼하는 자들은 복이 있도다." 아 지금까지 나는 말들을 쌓아놓기만 했고, 책들을 사고, 약간의 작은 경험들을 돈 주고 사기만 했고, 도서관 안에서 지식을 쌓기만 했다. 이제 나는 앉아서 읽는다. 아, 이제 나는 밤을 알고, 달의 요술과, 폭풍과 바람 속에서 생기는 모든 어두운 신앙을 이해한다. 진실이 정말 임할 때, 기쁨은 오래 머물지 않을 것이고, 슬픔도 느림보가 아닐 것이다. 이 머리가 내 가슴에 매달려 있는 것도 무리가 아닌 건 거기에는 너무 많은 게 담겨 있기 때문이다. 또한 내 심장이 내 갈빗대를 때리는 것도 무리가 아닌 건 죄수는 쇠창살을 못 견디는 법이기 때문이다. 아, 인간은 모두 형리들이고, 자기 자신의 형리들이고, 여론의 세계에서 그들의 가장 숭고한 부분을 가장 비열한 것에 붙들린 포로로, 변장한 찰스 왕이 농부들에게 붙들렸을 때처럼, 무식하게 붙잡고 있다. 가슴이여! 가슴이여! 그것이 구세주다. 가슴을 따르게 해다오!

II

그러나 피에르가 품은 숭고한 계획에 고집불통으로 적개심을 품으리라 여겨지는 어머니의 오만에 대한 예감이, 그 느낌이 그에게 그토록 비참하게 다가왔다면, 그녀의 더 정신적인 부분에서 기인하는 또 하나의 더 깊은 적개심에 대한 생각은 훨씬 더 그러했다. 왜냐하면 그녀의 오만은 그녀의 결혼의 기억들이 이사벨의 존재라는 단순한 사실에 내포된 언급할 수 없는 오명을 소름 끼치게 질색하며 거부하는 것만큼, 그토록 경멸에 차 있지는 않을 것이기 때문이다. 무슨 억측의 전시장에서, 무슨 끔찍한 잊히지 않는 흉물들 가운데로, 이러한 누설이 그녀를 인도할 것인가? 이러한 점에 생각이 미쳤을 때, 피에르는 비밀을 어머니에게 조금이라도 누설할 발상을, 그녀의 오만의 성채에 대한 우유부단한 공격이라 여기고 절망적으로 떨쳐버리게 되었다. 그뿐만 아니라 그는 그 발상을 그녀의 가장 민감한 추억으로 그녀를 고문하고, 그녀의 성역에서 순백의 제단의 신성을 더럽히는 것으로, 극도로 잔인한 것이라 여기게 되었다.

그가 어머니에게 비밀을 절대로 털어놓아서는 안 된다고 확신한 것은 본래 계획되지 않은, 말하자면 암시를 받은 것이었지만, 그럼에도 지금 그는 무엇도 간과하지 않도록, 그 문제의 모든 정황을 세밀히 조사하는 데 거의 노고를 아끼지 않고 있었다. 그것은 어머니와 관련하여, 이 일의 은폐, 또는 폭로 여하에, 그의 모든 미래의 행동 방향, 모든 세속적 행복, 그리고 이사벨의 모든 것이 달려 있기 때문이었다. 그러나 그가 그것에 대해 숙고하면 할수록, 더욱더 본래의 확신이 확고해졌다. 폭로의 경우에, 모든 인간적 개연성은 글렌디닝가의 명예로운 대저택 안으로 이사벨의 명예로운 입장을 허락해달라고 탄원하는 그의 청원에 대한 어머니의 경멸에 찬 거부를 가리킨다고 그는 생각했다. 그러면 그 경우에, 나는 어느 누구한테도 득이 됨 없이, 그리고 모두에게 명확히 해를 끼치며, 어머니에게 치사한 진실의 진한 독약을 주어버리게 될 것이라고 피에르는 자기도 모르는 사이에 생각했다. 그리고 그때, 불길한 생각이 피에르의 마음을 꿰뚫고 지나갔다. 진실이 반드시 드러나야만 하는 것은 아니지 않은가, 때로는 거짓말이 천국이고 진실은 지옥이지 않던가. 내가 한 번의 비열한 진실을 발언함으로써, 어머니의 가슴속에서 아버지에 대한 신성한 기억을 망쳐버리고, 어머니의 영혼에 가장 예리한 슬픔의 단검을 꽂는다면, 정말로 자식으로서 극악무도한 짓이다. 나는 그 짓을 하지 않겠다!

그러나 이러한 결심은 그의 눈앞에 너무 어둡고 비참한 배경을 열어놓았으므로, 그는 지금 더 이상 그것에 대해 생각하지 않고, 이사벨과의 만남이 어떤 면에서 그 결심을 더 명확하게 구체화할 때까지 미루어놓으려고 애썼다. 왜냐하면 자기 인생의 모든 측면에 틀림없이 급격한 변화를 가져올 것이라고 느끼는, 새롭고 결정적인 뜻밖의 사실이 폭로된 충격에 갑자기 부닥칠 때, 인간은 현재의 불행을 정확하게 보여주고, 그 때문에 미래의 길을 설계하게 될 윤곽이, 오로지 자기의 폐부를 찌르고 들어오는 뾰족한 막대기에 의해서만 뚜렷해질 수 있다고 확신하므로, 자기의 생각과 결심을 의식적으로 명확히 하는 것을 피하려고 노력하는 법이기 때문이다.

III

지상의 모든 시간 중에서 가장 우울한 시간은 등불로 밤샘하는 사람에게 밤과 낮 사이에 끼어드는 어떤 길고 어스레한 시간이다. 그때 등불과 밤샘하는 사람 둘 다는 혹사당한 나머지 창백한 빛 속에서 활기를 잃어버리고, 밤샘하는 사람은 새벽에 즐거움을 좇고 있지 않으므로 야한 망상만 거기에 보이고, 그는 외로운 인고의 밤을 침범하게 될 공적인 낮에 거의 저주를 기원한다.

그의 작은 방의 작은 창문 하나는 목장을 마주 보았고, 강 건너 훨씬 더 멀리 글렌디닝가의 위대한 공적들로 점철된, 먼 고지들을 향하고 있었다. 피에르는 여러 번 해가 뜨기 전에 이 창가로 가서, 저 자줏빛 언덕들을 깃발로 감싸듯 하는, 돌진해 나오는 선혈처럼 붉은 서광을 바라보았다. 그러나 지금 안개와 비 속에서 날이 새고, 이슬비 내리듯 그의 가슴에 아침이 다가왔다. 하지만 낮이 지나가며, 바로 이 순간까지 오직 기쁘게도 결코 그를 비춘 적이 없는 저 천연의 빛이 그의 방의 평소 특징들을 다시 한 번 보여줌에 따라, 밤이 아니라 낮이 그의 비애의 목격자가 되었다. 그러자 이제 처음으로 그 두려운 현실이 소름 끼치게 다가왔다. 끔찍하게 쓸쓸하고, 허약하고, 무력하며, 무한하고 영원한 처량함이 그를 사로잡았다. 그 느낌은 정신적일 뿐만 아니라 육체적이기도 했다. 그는 서 있을 수가 없었고, 앉으려고 했을 때, 두 팔이 납추에 매인 것처럼 방바닥으로 늘어졌다. 족쇄를 끌듯이 하면서 다가가, 그는 침대 위에 엎어졌다. 왜냐하면 마음이 낙담했을 때, 아늑하게 엎드린 자세로만 육체는 휴식할 수 있고, 그러므로 침대는 흔히 슬픔의 첫 번째 피난처이기 때문이다. 아편을 먹은 것처럼 얼마간 멍해져서, 그는 아주 깊은 잠에 빠졌다.

한 시간이 지난 뒤 그는 깨어나서, 즉시 전날 밤 있었던 모든 일을 상기하고, 이제 자신이 약간 기운을 차렸고, 거의 육체적 자각 없이 다만 영혼만이 조심성 있게 경계하며, 거기에 아주 조용히 말없이 누워 있는 것을 깨달았다. 그는 팔을 조금이라도 움직이거나, 머리를 조금이라도 돌림으로써 그 마법을 깨지 않으려고 조심했다. 그러면서 피에르는 슬픔에 단호하게 맞섰고, 그 핵심을 깊이 들여다보았다. 그리하여 철저하게, 침착하게, 간략하게 그것을 이해했고 — 적어도 그는 그렇게 생각했다 — 그것이 그에게 무엇을 요구하는지, 더욱 당면한 순서로 그가 신속하게 무엇을 해야 할지, 그리고 다음의 피할 수 없는 어머니와의 아침 식사 회동에서 그가 따라야 할 행동 방침은 무엇인지, 그리고 당분간 루시에 관한 그의 계획이 무엇이어야 하는지를 파악했다. 숙고의 시간은 잠깐이었다. 침대에서 일어나, 그는 잠시 몸을 꼿꼿이 고정시킨 다음 책상으로 가서 처음에는 몇 번 머뭇거렸지만, 마침내 꾸물거리지 않고 일필로 다음과 같은 짧은 편지를 써나갔다.

어젯밤 몹시 이상하게도 나타나지 않은 것에 대해, 루시, 당신에게 용서를 구해야 하겠지. 하지만 내가 중대한 이유 없이 그러지 않았으리라는 것을 확신할 만큼 당신은 나를 잘 알고 있어. 당신 집으로 걸어가고 있을 때인데, 갑자기 전갈이 도착해 나를 다급하게 호출했어. 아마도 이삼일은 내 모든 시간과 주의를 끌게 될 일이야. 당신이 마음의 준비를 할 수 있도록 미리 말해두는 거야. 그리고 이 일이 아무리 달갑지 않다 하더라도 당신은 나를 위해 참아주리라는 것을 알아. 왜냐하면, 참으로, 참으로, 사랑스러운 루시, 내가 불가항력적으로 강요받지 않으면 그렇게 오랫동안 당신에게서 떨어져 있는 것은 꿈도 꾸지 못할 테니까. 내가 당신한테 갈 때까지 저택에는 오지 말고, 혹시 그사이에 다른 곳에서 내 어머니를 우연히 만나게 되더라도 나에 관한 어떤 호기심이나 걱정도 내색하지 말아주어. 내가 줄곧 당신 곁에 있는 것처럼 계속 명랑함을 유지해주었으면 해. 방금 말한 대로 해주기를, 이제, 당신에게 간청해. 그러면 안녕!

그는 편지를 접고 막 봉하려다가 잠시 주저했고, 그것을 다시 펴서 속으로 읽었다. 그러나 자신의 글을 충분히 이해할 수가 없었는데, 갑작스럽게 검은 구름이 그를 덮쳤기 때문이다. 이 상태가 지나가자 그는 황급히 펜을 다시 들고 다음과 같은 말을 추가했다.

루시, 이 편지가 수수께끼 같아 보일지 모르겠지만, 설령 그렇다 하더라도 내가 일부러 그렇게 한 것은 아니고, 그냥 어쩔 수 없이 그렇게 된 것임을 알아줘. 하지만 유일한 이유는 다음과 같은 것 때문이야. 루시, 내가 넌지시 언급한 문제는, 그것에 직접적으로 관련된 사람 말고는 어느 누구에게도 당분간 누설하지 않겠다고 내가 거의 맹세한 것이나 다름없기 때문에 그래. 누구도 그 일 자체를 누설할 수 없는데, 그런 식으로 그 일에 대해 쓰는 것은 그만큼 일을 더 이상하게 만들 뿐이니까. 그러니 나 자신은 전혀 위험에 처해 있지도 않고, 내가 당신에게 영원히 충실할 거라는 것만 알아주기 바라. 그리고 부디 내가 당신을 만날 때까지 안심하고 있기를.

그는 편지를 봉하고 벨을 울렸다. 하인에게 편지를 단단히 맡기며, 될 수 있으면 가장 빠르게 그것을 전달하고 답장을 기다리지 말라는 지시를 덧붙였다. 그러나 심부름꾼이 방을 떠나려 하자 그를 다시 불러, 봉해진 편지를 다시 가져가 손에 들고 속에 든 것을 꺼내 그 안쪽에 연필로 다음과 같은 말을 갈겨썼다. "나에게 편지를 쓰지 말고, 나에 대해 묻지 말아줘." 그러고는 그것을 그 사내에게 돌려주었고, 사내는 깊은 생각에 빠진 피에르를 방 가운데 남겨둔 채 그의 곁을 떠났다.

　　그러나 그는 곧 정신을 차리고 대저택을 나왔다. 목장을 관류하는 서늘하고 상쾌한 개울로 가서, 깊고 그늘진 웅덩이가 형성된 곳에서 목욕을 했다. 그러고는 기력을 회복하여 방으로 돌아와, 몸을 단장하는 하찮고 사소한 관심사들을 통해 영혼을 짓누르는 저 무거운 생각을 완전히 떨쳐버리려고 노력하면서 옷을 모두 갈아입었다. 이렇게 많은 효과를 노려 옷을 차려입은 적은 일찍이 없었다. 그의 옷장에 걸린 경장 의상에 향수를 뿌리는 것은 그의 정다운 어머니의 기발한 생각들 중 하나였고, 모든 기분 좋은 향수를 유달리 좋아하는 것은 ― 예를 들면 무함마드*처럼 대단히 강건한 육체와 위대한 영혼을 가진 남자들에게서 묘하게도 때때로 관찰할 수 있는 것으로 ― 그의 작은 여성적 성향 가운데 하나였다. 그래서 그가 뺨의 혈색을 다시 새롭게 하여 ― 자못 창백해질 수 있는 그의 안색의 비밀을 고해바칠 수 없도록 ― 어머니의 예리한 시선을 충족시킬 목적으로 다시 대저택을 나왔을 때, 피에르는 온통 좋은 냄새를 풍기고 있었다. 그렇지만 아! 그의 육체는 죽어 매장된 그의 마음을 방부 보존하는 수의일 뿐이었다.

*이슬람교의 창시자. 이 세상에서 그를 즐겁게 해주는 것은 오직 여자와 향수뿐이었다고 한다.

206

IV

산책은 작정했던 것보다 더 오래 걸렸다. 그리고 그가 거실로 통하는 참피나무 길을 끼고 돌아와 베란다 계단을 오르고, 거기서 넓은 창문 안을 흘긋 들여다보았을 때, 어머니가 식탁에서 멀지 않은 자리에 앉아 그의 얼굴을 향해 고개를 돌리는 것이 보였다. 그리고 어머니가 명랑한 목소리와 별나게 가볍고 경쾌한 웃음으로 그녀가 아닌 그가 지금 그날 아침의 느림보인 것을 책망하는 소리를 들었다. 데이츠는 식기대에 있는 몇 개의 스푼과 냅킨들 사이에서 분주하게 움직이고 있었다.

얼굴에 한껏 쾌활한 표정을 지으면서, 피에르는 방에 들어왔다. 목욕과 몸단장에 쏟은 용의주도함을 기억하고, 축축하게 젖어 신선하고 서늘하고 안개 긴 아침의 공기만큼 볼에 홍조를 띠게 하는 데 적합한 것은 없다는 것을 인식하면서, 피에르는 긴 밤을 지새운 흔적을 이제 자신에게서 거의 발견하지 못할 것임을 확신했다.

"잘 주무셨어요, 누님? 참 좋은 산책이었어요! 먼 길을 무릅쓰고 다녀왔어요."

"어딜? 이런! 어딘데? 그런 얼굴로! 어머, 피에르, 피에르? 너 어디 아프니? 데이츠, 내 좀 있다 벨을 누르겠네."

착한 하인은 자기의 평소의 임무를 중지하고 그렇게 그 자리에서 물러날 마음이 내키지 않는 듯했다. 그래서 그는 가족의 관심사에서 완전히 배제되는 것에 대해, 오랫동안 잘 부려

온 노복의 약간 막연한, 간간이 중단되는 투덜거림과 함께, 냅킨들을 잠시 만지작거리고 있었다. 그러는 동안 글렌디닝 부인은 피에르를 계속 뚫어지게 바라보았다. 그는 아침 식사가 아직 완전히 준비되지는 않은 것을 개의치 않고 식탁에 앉아 — 다만 상당히 신경질적이었지만 — 크림과 설탕을 마음대로 집어 먹기 시작했다. 데이츠가 나가고 문이 닫히자마자 어머니는 벌떡 일어나더니 아들을 두 팔로 얼싸안았다. 그러나 그 포옹 속에서 피에르는 그들의 두 심장이 전처럼 일치하여 함께 뛰지 않는 것을 비참하게 느꼈다.

"왜 이렇게 초췌한 몰골이 되었니, 아들아? 말해라, 이건 이해할 수가 없구나! 루시…… 이런! 루시 때문이 아닌 거지? 사랑싸움도 아니고. 말해, 말해라, 애야!"

"누님." 피에르가 입을 열었다.

"나한테 누님이라고 하지 마라. 지금, 피에르, 나는 네 어머니다."

"어, 그러면, 어머니, 당신께서 저를 이해하지 못하는 것만큼이나 저도 어머니를 이해할 수가 없어요."

"어서 말해라, 피에르. 이 침착함은 내 간담을 서늘케 하는구나. 말해다오, 맹세코, 뭔가 아주 놀라운 일이 너에게 일어난 게 틀림없으니까. 너는 내 아들이니, 나는 너에게 명령한다. 루시는 상관없고, 어떤 다른 일이구나. 말해다오."

"친애하는 어머니." 피에르가 충동적으로 의자를 식탁에서 뒤로 물리면서 말했다. "어머니께서 제 말을 믿어만 주신다면,

정말로 제겐 드릴 말씀이 아무것도 없어요. 때때로 제가 마침 아주 엉뚱하게 학구적이고 철학적이라고 생각할 때 방에서 늦게까지 자지 않고 있다가 시간에 관계없이 바보같이 밖으로 달려 나가 목장을 가로질러 긴 산책을 하러 가는 것을 어머니도 아시지요. 저는 지난밤에 이런 산책을 했고, 나중에 잠잘 시간을 조금밖에 남겨두지 못해서, 잠깐이나마 눈을 붙였음에도 불구하고 조금도 나아지지 않았어요. 하지만 앞으로, 다시 그렇게 바보 같은 짓은 하지 않겠어요. 제발, 어머니, 저를 그렇게 쳐다보지 마시고, 아침 식사 하십시다. 데이츠! 거기 벨을 누르세요, 누님."

"기다려, 피에르! 지금 중압감에 사로잡혀 있구나. 네가 날 속이고 있다는 느낌이 들어, 그래…… 어쩌면 내가 너한테서 비밀을 캐내려고 애쓴 것이 잘못이었을지도 모르지. 하지만, 정말로, 아들아, 루시에 대한 첫사랑 말고는 네가 나한테 그 무엇도 비밀로 간직한 적이 없다고 생각했는데…… 그건 용서할 수 있고 옳은 일이었다고 나의 여성스러움이 말해주는구나. 그러나 지금, 그게 무엇일까? 피에르, 피에르! 네가 나에게 비밀을 털어놓지 않기로 결정하기 전에 잘 생각해라. 나는 네 어머니야. 그건 치명적인 일이라는 것이 드러날지도 몰라. 어머니가 아는 걸 겁내는 일이 착하고 덕 있는 것일 리 있느냐? 이렇게 서로 손을 놓지 말자, 피에르, 너의 신뢰가 내게서 멀어지고, 나의 신뢰가 네게서 멀어지는구나. 자, 벨을 누를까?"

여태까지 잔과 숟가락을 챙기느라 공연히 애쓰던 피에르는 이제 잠시 손을 멈추고 슬픔에 잠긴 눈으로 말없이 어머니를 응시했다. 다시 그는 어머니의 새로 드러난 성격에 대한 예감을 느꼈다. 어머니가 오만한 긍지에 상처를 입고 터뜨릴 분노를 상상을 통해 그려보고 그는 그녀의 애정이 점차 소원해지리라는 것을 예견했다. 그는 또한 양도할 수 없는 아들의 도리에 대해 그녀가 얼마나 확고하고 과장된 관념들을 갖고 있는지 알고 있었다. 이제 정말 무거운 시련이 시작되는 순간이 다가왔다고 생각하니 그는 몹시 걱정이 되었다. 그러나 어머니가 한 손을 벨에 얹은 채 그를 예의 주시하면서 그 앞에 서 있을 때, 그는 어머니의 태도에서 묻어나는 의미심장함을 잘 알고 있었고, 지금 데이츠를 들어오도록 문을 여는 바로 그 행위가 그와 어머니 사이의 모든 신뢰를 영원히 끝장내리라는 것도 느끼고 있었다. 또한 이것이 어머니의 숨은 의도라는 것 역시 느꼈지만, 그럼에도 그는 심사숙고해서 결심한 일에 각오를 단단히 하고 있었다.

"피에르, 피에르! 벨을 누를까?"

"어머니, 기다려요! 아니, 누르세요, 누님."

벨이 울렸고, 부름을 받은 데이츠가 들어왔다. 그는 얼마간 의미심장하게 글렌디닝 부인을 바라보다가 말했다. "목사님께서 오셨습니다, 마님. 지금 서쪽 응접실에 계십니다."

"폴즈그레이브 씨를 즉시 이곳으로 모셔 오고, 커피를 가져오게. 오늘 아침 그분이 식사하러 오실 거라고 자네한테 말하지 않았나?"

"네, 마님, 하지만 전 생각했었지요. 저…… 저…… 마침 그때." 그는 불안해하면서 두 모자를 번갈아 흘긋거렸다.

"오, 착한 데이츠, 아무 일도 아냐." 글렌디닝 부인이 부드럽게, 그러나 씁쓸한 미소와 함께 아들 쪽을 보면서 큰 소리로 말했다. "폴즈그레이브 씨를 모셔 오게. 피에르, 너를 보지 못해서 어젯밤에 말해주지 못했지만 폴즈그레이브 씨를 아침 식사에 초대했단다. 어제 목사관에 가서 저 가증스러운 델리 사건과 관련해 그분을 만났는데, 우린 오늘 아침 어떻게 할 것인지 최종 결론을 내리기로 했단다. 하지만 네드에 대해서는 결심이 섰어. 절대로 그런 방탕한 자가 이곳을 오염시키게 놔두지 않을 거야. 수치스러운 델리 또한 마찬가지고."

그 순간 다행히 목사가 갑작스럽게 들어오는 바람에, 이 시점에서 돌연히 창백해진 피에르의 얼굴에 아무도 주의를 쏟지 않았으므로, 피에르는 남몰래 원기를 회복할 수 있었다.

"안녕하십니까, 부인, 안녕하세요, 도련님." 폴즈그레이브 씨가 글렌디닝 부인과 그녀의 아들을 향하면서, 부드럽고 피리 소리 같은 특이한 목소리로 말했다. 부인은 진심으로 응대하며 그를 맞이했지만, 피에르는 순간 너무 당황한 나머지 예의 바르게 처신할 수 없었다. 데이츠가 권한 의자에 앉기 전 잠시 동안 두 사람 앞에 서 있는 폴즈그레이브 씨의 모습은 대단히 매력적이었다.

대부분의 사람들 인생에서 항상 고이 간직해야 하는 어떤 순간들이 있다. 다양하게 앞서 일어난 사소한 상황들이 모두 연합하여 그 사람의 인생에서 힘들고 씁쓸할지도 모르는 무슨 일이든 일시적으로 잊게 하고, 또한 그로 하여금 대단히 상냥하고 건강한 감정을 품게 하고, 그 앞에 있는 현장과 친구들이 아주 마음에 드는, 그런 순간이 말이다. 만일 그런 때에 그가 우연히도 극적으로 알맞은 몸의 자세로 무의식적으로 자신을 변화시키면, 그러면 그 자세에서 아무리 눈 깜짝할 사이라 할지라도, 당신은 그의 '더 훌륭한 천사 같은 면모'의 고상한 수준을 파악하고, 인간의 잠재적 거룩함을 절묘하게 어렴풋이 간파하게 될 것이다. 폴즈그레이브의 경우가 지금 그러했다. 주변 50마일 일대에서 그가 새들 메도우스보다 더 먼저 들어가고 싶어 하는 집은 하나도 없고, 그가 그날 아침 처리하고자 온 용무는 결코 재미있는 것은 아니었지만, 그 문제는 그때 그의 기억 속에 없었다. 그의 앞에 그 지방 전체에서 가장 고상한 부인과 가장 전설적인 미인이 한 인물 속에 통합되어 서 있었고, 그가 아는 가장 세련되고 가장 지적이고 가장 마음이 맞는 청년이 서 있었다. 그의 앞에는 또한, 덕망 있는 주교님이 봉헌한 지 4년이 채 안 된, 아름다운 작은 대리석 교회의 관대한 설립자이며 지칠 줄 모르는 후원자가 서 있었다. 또한, 명목상으로는 신도 좌석의 임대료에서 나오는 그의 봉급 대부분이 실은 그녀의 지갑에서 나오는 것이라고 그가 짐작하지 않을 수 없는, 바로 그 지칠 줄 모르는 기부자가 — 예의 바른 척 위장하고 — 그의 앞에 서 있었다. 그는 아침 식사, 즉 잘 갖춰진 시골 가정에서 일상의 가장 즐거운 일이 되는 식사에 초대를 받았다. 그는 은제 커피포트에서 풍겨 나오는 향기에서 자바의 모든 풍미를 맡았고, 거기서 곧 어떤 액체의 진미가 나올지 잘 알고 있었다. 이 모든 것과 그런 종류의 더 많은 상세한 것들 외에도, 그는 글렌디닝 부인이 (대단히 쓰디쓴 경험을 통해 그가 여러 번 인식했듯이, 그와 결혼할 정도는 아니었지만) 그를 각별히 아끼고, 피에르도 그를 존중하는 마음에서는 뒤지지 않는다는 것을 의식하고 있었다.

그리고 목사는 충분히 그럴 만했다. 자연은 그의 풍채와 관련하여 아주 아낌없이 베풀었다. 지금처럼 그가 행복한 때면, 얼굴은 기품 있으면서도 온화한 자비심으로 빛났고, 풍채는 당당히 건장하고 위엄이 있었다. 반면에 두드러지게 작은 발과 거의 어린애같이 곱고 선명하게 하얗고 맑은 손은, 그의 건강한 허리둘레와 신장과 눈에 띄게 대조가 되었다. 왜냐하면 경주마와 영주들이 왕국에 있듯 인위적으로 영속되는 신분을 지닌 뚜렷한 세습적 신사 계급이 없는 미국 같은 나라들에서, 그리고 특히 대통령직을 위해 한 표를 던지는 백 개의 손 가운데 아흔아홉 개가 가장 많이 볕에 타고 가장 억센 사람들의 것일 저 농촌 지역들에서, 손가락들의 이 섬세함은 전반적으로 사내다운 외관과 결합되었을 때, 유럽 국가들에서는 알려지지 않은 비범함을 나타내기 때문이다.

목사의 더없이 호감을 주는 이 모습은, 세련되고 조심성이 있으면서도 조금도 간교하거나 뽐내는 체하지 않고 특이하게 둘러서 말하는, 그의 예의 바른 성격으로 인해 아무것도 잃는 것이 없었다. 하늘은 플루트 대신 이 세상에서 연주할 우아한, 맑은 음조의 신체를 그에게 주었고, 그는 그것을 다루는 데 거의 완벽한 대가였다. 그의 우아한 동작은 선율적인 음향의 음파처럼 작용했다. 그를 보는 것이 아니라 그의 소리를 듣는다고 사람들은 대부분 생각했다. 그만큼 그는 놀랄 만하면서도 자연스러운 신사처럼 보였기 때문에, 글렌디닝 부인은 지성과 예절의 품위를 높이고 신사답게 만드는 기독교의 영향력의 뛰어난 귀감으로서 피에르에게 그를 여러 번 치켜세우며, 터무니없어 보일지 모르지만, 그녀는 — 어떤 남자도 교회의 성찬을 같이 먹지 않으면 완전한 신사가 될 수 없고 위엄을 갖추고 자신의 식탁의 주인 노릇을 할 수 없다고 한 — 그의 아버지의 생각과 늘 같았다고 단언했다. 그리고 폴즈그레이브 씨의 경우에도 이 좌우명은 전적으로 불합리한 것은 아니었다. 예쁜 재봉사와 결혼한 북부의 가난한 농부의 아들인 목사는 자신의 잘생긴 풍채와 점잖은 예절을 보증하고 설명할 만한, 이렇다 할 선조의 문장을 계승하는 가계를 갖지 못했다. 그의 잘생긴 풍채는 자연의 제멋대로의 편애의 산물이었고, 점잖은 예절은 그가 항상 삶의 최고의 재미로 간주해온, 규모가 아무리 작다 해도 정선된 여성들로 이루어진 사교계를 애호하는 취향으로 인해 완화된, 현학적인 생활의 결과였다. 만일 지금 그의 예의범절이 이렇게 그의 풍채와 잘 어울린다면, 그의 마음이 그것들 둘 다와 부합하고, 그것들을 가장 잘 설명하는 것이기 때문이리라. 설교단에서 보여준 웅변적인 설득력 외에도, 자연, 예술,

그리고 문학적 주제들에 대해 그때그때 쓴 여러 논문들은, 보이든 보이지 않든, 모든 아름다운 것들에 대한 그의 세련된 공감뿐만 아니라 그가 이러한 것들을 찬미할 재능이 있다는 것 또한 입증했다. 재능을 발휘하는 데 덜 나태하고 더 야심적이었더라면 그는 훨씬 전에 전도유망한 시인이 되어 명성을 얻었을 것이 분명했다. 이에 대해 폴즈그레이브 씨는 전성기, 즉 이런 사람에게는 가장 즐거운 시기이고, 성숙한 여인에게는 남자의 인생에서 가장 매력적으로 보이는 시기를 맴돌고 있을 뿐이었다. 청춘은 그 아름다움, 우아함, 그리고 힘과 함께 아직 완전히 가버리지는 않았고, 노년이 그 노쇠한 상태와 함께 조금도 오지 않았지만, 찌꺼기가 없는 가장 정제된 부분들―그 온화함과 그 지혜로움―은 단정한 의전관들이 어느 목발에 의지한 왕의 가마에 앞서가듯이, 앞질러 지나가버렸다.

이러한 폴즈그레이브 씨가, 글렌디닝 부인의 널따란 냅킨한 귀퉁이를 눈처럼 하얀 셔츠 품에 꽂고 있었다. 그 냅킨이 식탁 가장자리까지 아래로 내려와 그를 거의 덮다시피 한 모습으로 그는 부인의 아침 식탁에 지금 앉아 있었는데, 실로 목사의 예복인 소백의를 입고 아침 식사를 하는 신성한 성직자처럼 보였다.

"제발, 폴즈그레이브 씨." 글렌디닝 부인이 말했다. "저한테 저 롤빵 조금만 떼어주세요."

성직자로서의 경력이 빵을 나누는 것처럼 단순한 과정을 이상하게 정화하고 거기에 영성을 부여했든 말든, 또는 그것이 그의 손의 흠 없는 모습 때문이었든지 간에, 폴즈그레이브 씨가 옛날 레오나르도 다빈치가 보았다면 성화(聖畵)에 관해서 무시할 수 없는 요령을 그 화가에게 전수했을 법한 수법으로 이 사소한 일을 수행한 것은 확실하다. 피에르가, 목사가 흰 이마와 하얀 손을 한, 그리고 냅킨을 두른 정결한 이미지로, 매우 맑고 온화한 모습으로 거기에 앉아 있는 것을 눈여겨보는 동안, 그리고 목사의 사내답고 세련된 아름다움에서 생기는 부드러운 인간적인 관계들을 느끼면서, 그리고 그가 아는 이 남자의 모든 미덕과 그가 들어온 목사의 모든 미덕을 기억하고, 목사의 성격에서 아무 흠결도 생각해내지 못하는 동안, 그리고 자신의 은폐된 불행과 절망 속에서, 폴즈그레이브 씨의 관대한 자비심과 밝고 고운 마음씨를 곰곰이 생각하는 동안, 어떤 살아 있는 존재가 곤경에 빠진 그에게 가치 있는 조언을 해줄 수 있다면, 그리고 어느 누구에게든 그가 기독교인의 예절과 약간의 작은 희망을 지니고 찾아갈 수 있다면, 그 인물은 바로 자기 앞에 앉아 있는 사람이라는 생각이 피에르의 마음을 쏜살같이 꿰뚫고 지나갔다.

"글렌디닝 도련님." 피에르가 말없이 그에게 혓바닥 살을 약간 집어주려고 하자 목사가 유쾌하게 말했다. "도련님 것을 빼앗게 하지는 마십시오. 실례지만, 오늘 아침에 도련님은 정작 별로 드시지 않는 것 같군요. 형편없는 재담을 하나 알지요, 하지만." 글렌디닝 부인 쪽으로 향하면서 덧붙였다. "사람이 대단히 행복하다고 느낄 때, 어쩐지 매우 어리석은 것들을 말하기 쉽습니다. 행복과 우둔. 아, 그건 수상쩍은 부합입니다."

"폴즈그레이브 씨." 안주인이 말했다. "찻잔이 비었네요. 데이츠! 찻잔을 채워드리게. 우린 어제, 폴즈그레이브 씨, 저 비열한 녀석, 네드에 대해 얘기하다 말았지요."

"그래요, 부인." 목사가 약간 불안하게 대답했다.

"내 땅 어디에도 발붙이지 못하게 하겠어요. 나는 결단을 내렸어요, 목사님. 파렴치한 인간 같으니! 그자는 내가 당신의 제단에서 맨 처음 그녀를 신랑에게 인도했을 때와 마찬가지로, 지금도 정숙하고 아름다운 아내가 있지 않아요? 그건 가장 완전하고 까닭 없는 방탕이었어요."

목사는 애처롭게 동의하듯이 머리를 끄덕였다.

"이런 자들은," 부인은 아주 진지하게 분개하여 얼굴을 붉히며 계속해서 말했다. "내 사고방식으로는 살인자들보다 더 혐오스러워요."

"그건 좀 가혹하군요, 부인." 폴즈그레이브 씨가 조심스럽게 말했다.

"너도 그렇게 생각하니, 피에르?" 이제 부인이 진지하게 아들을 향해 말했다. "저 네드란 놈과 같은 죄를 지은 사람은 살인자보다 더 나쁘지 않니? 그자는 한 여자를 완전히 희생시켰고, 또 한 여자에게 오명을 주었어. 그들 모두에게. 그들의 몫으로. 그의 적자가 설령 그를 증오한다 해도, 나는 도저히 그를 나무랄 수 없을 거다."

"부인." 사제가 말했다. 그리고 그의 두 눈은 글렌디닝 부인의 얼굴을 따라 그녀의 아들의 얼굴에 이르렀는데, 감정을 억제하지 못하고 있는 피에르의 이상한 불안을 주목하고는 진지하게 유심히 지켜보았다. "부인." 그가 당당한 감독교회파 사제다운 풍채를 약간 앞으로 숙이면서 말했다. "부인은 아마 미덕의 가장 열렬한 옹호자이실 겁니다. 너무 흥분하고 계시는군요. 하지만 여기 글렌디닝 도련님은 냉정해진 것 같습니다. 바라건대, 당신의 견해를 말씀해주시지요, 글렌디닝 도련님."

"저는 지금 그 남자에 대해서는 생각하지 않겠습니다." 피에르가 천천히 두 사람 모두에게서 눈길을 돌리며 말했다. "델리와 그녀의 아기에 관해서 말합시다. 그녀에게 아기가 하나 있거나 있었다고 대충 들었어요. 그들의 처지가 정말 비참해요."

"그 어미는 자업자득이다." 부인이 완고하게 말했다. "그리고 그 아이는…… 목사님, 성경에선 무어라고 쓰여 있나요?"

"'아비의 죄는 반드시 삼대에까지 그 자식에게 미치리라.'" 폴즈그레이브 씨가 약간 마지못해하는 어조로 말했다. "하지만 부인, 그것은 사회가 어떻게든지 해서, 하느님의 헤아릴 수 없는 섭리를 위임받은 지각 있는 집사들로서, 자식들의 불명예를 그들의 자발적인 손 안에 넘겨주어야 한다는 것을 의미하진 않습니다. 수치스러운 죄의 업보가 대물림되리라고 선언되었다고 해서, 죄에 대한 우리의 개인적이고 현실적인 혐오가 죄 많은 죄인에게서 그의 죄 없는 자식에게 전해져야 한다는 것은 아닙니다."

"알겠습니다, 목사님." 글렌디닝 부인이 약간 얼굴을 붉히며 말했다. "내가 너무 비판적이라고 생각하시는군요. 하지만 우리가 아이의 태생을 완전히 잊어버리고, 그 아이를 모든 면에서 다른 아이를 받아들이듯이 하고, 모든 점에서 똑같이 그 아이를 동정하고, 그 아이에게 아무런 불명예의 표시도 부여하지 않으면, 그러면 어떻게 성경의 섭리가 실현될 수 있나요? 그러면 우리 자신이 섭리의 실현을 방해하는 것이 아닌가요? 그리고 그건 완전히 불경한 행위가 아닌가요?"

여기서 약간 얼굴이 붉어지는 것은 목사의 차례였고, 아랫입술이 떨리는 것을 바로 감지할 수 있었다.

"죄송해요." 부인이 정중하게 계속했다. "하지만 폴즈그레이브 목사님의 성격에 한 가지 결점이 있다면, 그것은 자비심으로 인해 우리 교회의 교리의 신성한 엄격함을 지나치게 왜곡해서 적용하는 것이에요. 나는 그 남자가 몹시 싫듯이 그 여자도 싫고 그 아이도 결코 보고 싶지 않아요."

잠시 침묵이 뒤를 이었다. 그러는 동안 지금과 같은 경우에 펼쳐지는 사교적 마법에 의해, 세 사람 모두의 시선이 식탁에 집중된 것은 피에르에게는 다행이었다. 세 사람은 모두 우선, 토론의 주제에 대한 자신들의 괴로운 숙고의 굴레를 풀었고, 폴즈그레이브 씨는 그 자리가 약간 당혹스러워지고 있다고 부아가 나서 생각하고 있었다.

맨 먼저 말문을 연 사람은 피에르였는데, 좀 전과 마찬가지로 그는 대화 상대 두 사람에게서 확고하게 시선을 피하고 있었다. 그가 꼭 짚어 어머니를 지적하지는 않았지만, 그의 어조 가운데 무언가가 더 각별하게 그녀에게 초점이 맞추어져 있음을 보여주었다.

"이 우울한 문제의 윤리적 국면으로 이상하게 이끌려 들어온 것 같군요." 그가 말했다. "그러니까 우리가 그 문제에서 더나아가본다면, 묻고 싶은데, 적자와 사생아, 한 아버지의 자식들인 그들이 유년기를 지났을 때 그들의 사이는 어떻게 될까요?"

이때 목사가 민감하게 두 눈을 치켜뜨면서, 그의 정중함이 허용하는 만큼 놀라며 날카롭게 피에르를 쳐다보았다.

"이거 참." 글렌디닝 부인도 못지않게 놀라고, 전혀 그걸 감추려 하지도 않으면서 말했다. "이건 묘한 질문인데, 너는 내가 상상했던 것보다 그 문제에 더 관심이 있었구나. 하지만 무슨 뜻이니, 피에르? 무슨 말인지 완전히 알아듣진 못했다."

"한 아버지가 두 사람 모두의 아버지인데, 적자는 사생아를 피해야 합니까?" 피에르가 접시에 한층 더 머리를 숙이면서 대꾸했다.

목사는 다시 약간 눈을 내리깔며 침묵했지만, 마치 안주인에게서 피에르에 대한 어떤 응답이 나오기를 기다리는 듯이, 여전히 머리를 그녀 쪽으로 약간 비스듬히 돌리고 있었다.

"세상 사람들에게 물어보렴, 피에르." 글렌디닝 부인이 다정하게 말했다. "그리고 네 가슴에 물어보렴." "제 가슴에요? 그러지요, 부인." 피에르가 이제 확고하게 쳐다보면서 말했다.

"하지만 폴즈그레이브 씨께서는 어떻게 생각하십니까?" 그러고는 시선을 다시 떨구면서 덧붙였다. "적자는 사생아를 기피해야 하나요? 특히 사생아가 나머지 모든 세상 사람들한테 버림받는다면, 적자는 사생아에게 숭고한 동정과 절대적인 사랑을 주지 말아야 합니까? 이러한 문제에 대한 우리의 신성한 구세주의 생각은 무엇이었습니까? 그리고 그분이 간통한 여인에게 아주 관대하게 해준 말은 무엇이었습니까?"

목사의 얼굴이 달아오르면서 홍조가 빠르게 넓은 이마로, 얼굴 전체로 퍼져나갔고, 그는 의자에서 약간 몸을 움직이면서 불안하게 피에르와 그의 어머니를 번갈아 바라보았다. 그는 상반된 의견들—단순히 의견일 뿐인—사이에 끼여 있는, 영리하고 인자한 마음씨를 가진 남자처럼 보였다. 그는 속으로는 완전한 확신에 차 곱절로 의견을 달리하면서도, 자기가 사회적으로나 도덕적으로나 두루 존중하는 사람의 가장 정직한 확신에 절대적 이의를 표명하는 것을 견딜 수 없이 혐오하기 때문에, 그런 것을 말하기를 자제하는 남자였다.

"그래요, 내 아들한테 무어라고 대답하시렵니까?" 마침내 글렌디닝 부인이 말했다.

"부인, 그리고 도련님." 목사가 이제 냉정을 완전히 되찾고 말했다. "성직자인 우리가 다른 사람들보다 인간의 도덕적 의무에 대해 더 많이 알고 있어야 하는 것은 우리의 불리한 사회적 조건 중 하나입니다. 그리고 가장 복잡한 윤리적 문제들에 대한 우리의 가볍고 스스럼없는 의견이, 교회 자체로부터 간접적으로 발생하는, 권위 있는 의견으로 간주되기 너무 쉽다는 것 역시 세상에 대해 우리가 처한 한층 더 심각한 불리한 조건이고요. 지금, 그 무엇도 이러한 인식들보다 더 틀린 것일 수 없습니다. 그 무엇도 저를 이렇게 난처하게 하지 않으며, 이런 종류의 돌연한 질문들이 남 앞에서 주어질 때보다 더, 도덕적 문제들에 대한 조심스러운 견해의 선포에 없어서는 안 되는, 바로 그 완전한 평정을 제게서 박탈하는 것은 아무것도 없습니다. 이 긴 서론을 용서하십시오, 더 할 말은 거의 없으니까요. 아무리 직접적인 것이라도, 글렌디닝 부인, 모든 질문에 양심적으로 네 또는 아니요로 대답할 수는 없습니다. 무수한 정황들이 모든 도덕적 문제들을 수정합니다. 그래서 이미 널리 알려진 특별한 사건에 대해서나, 양심은 어떻게든 자유롭게 구술할 따름이지요. 하나의 보편적 금언으로 모든 도덕적 우발 사건들을 망라하는 것은 불가능할 뿐만 아니라 그 시도도 저에게는 어리석어 보입니다."

이 순간에 소백의처럼 걸친 냅킨이 목사의 품에서 떨어지며, 뱀과 비둘기의 우의적 결합을 표현하는, 작지만 정교하게 깎아 다듬은 카메오 브로치를 보여주었다. 그것은 어느 안목 높은 친구의 선물이었는데, 지금과 같은 세속적인 기회에 때때로 착용했다.

"동의합니다, 목사님." 피에르가 고개를 숙이며 말했다. "전적으로 동의합니다. 그리고 이제, 부인, 화제를 바꾸시죠."

"자넨 오늘 아침 아주 격식을 차려 나에게 부인 부인 하는구나, 글렌디닝 군." 어머니가 얼마간 씁쓸하게 미소 지으며 기분 상한 것을 약간은 숨기지 않았지만, 피에르의 무뚝뚝한 거동에 한층 더 놀라며 말했다.

"'네 부모를 공경하라.'" 피에르가 말했다. "두 분 부모 모두." 그는 무의식적으로 덧붙였다. "그런데 이 계명이 문득 생각나서 하는 말입니다만, 폴즈그레이브 씨. 그리고 오늘 아침 우리가 아주 이상하게 논쟁적이 되었으니 하는 소립니다만, 이를테면, 이 계명은 약속이 딸린 첫째 계명*이라고들 당연히 말하는 것처럼, 그 적용에 아무런 부대 조항도 없는 것 같다는 말입니다. 그건 가장 기만적이고 위선적인 아버지라 할지라도 가장 순수한 아버지와 마찬가지로 아들한테 동등하게 공경받아야 한다는 것처럼 보입니다. 그렇죠, 목사님?"

"정말 십계명의 엄격한 자구에 따르면, 확실히 그런 생각이 들 겁니다. 확실히."

"그런데 목사님, 그것이 실제 생활에서 그렇게 받들어지고, 그렇게 적용되어야 한다고 생각하십니까? 예를 들면, 만일 아버지가 호색한이라는 걸 알고 있다 할지라도 아버지를 공경해야 합니까?"

"피에르! 피에르!" 어머니가 크게 얼굴을 붉히고, 거의 일어서면서 말했다. "이런 논쟁적인 가설들은 필요 없다. 너는 오늘

---

*"'네 부모를 공경하여라' 하신 계명은 약속이 붙어 있는 첫째 계명입니다." 〈에페소인들에게 보낸 편지〉 6장 2절.

아침 아주 굉장히 너 자신을 망각하고 있구나."

"그건 단지 일반적인 의문에서 비롯된 흥미일 뿐입니다, 부인." 피에르가 냉담하게 대꾸했다. "미안합니다만 목사님이 앞서 밝힌 반대 이유가 여기에 적용되지 않는다면, 폴즈그레이브 씨, 제 질문에 대답을 해주시지 않겠습니까?"

"거봐요, 또 그렇다니까요, 글렌디닝 도련님." 피에르가 준암시에 고마워하며 목사가 말했다. "그건 보편적으로 적용할 수 있는 명확한 답이 절대로 불가능한 또 하나의 도덕상의 문제입니다." 다시 소백의처럼 걸친 냅킨이 우연히 또 떨어졌다.

"그러면 저를 또 암묵적으로 나무라셨네요, 목사님." 피에르가 천천히 말했다. "하지만 목사님이 또 옳을지도 모른다는 것을 인정합니다. 그리고 이제, 부인, 폴즈그레이브 씨와 부인께는 함께 해야 할 작은 업무가 있고, 거기에 제가 있는 건 불필요하고 어쩌면 없는 게 더 나은 일일지 모르니 제가 자리를 비우는 것을 허락하십시오. 저는 멀리 산책을 나가려 합니다. 그러니 저 때문에 식사를 늦추실 필요는 없습니다. 안녕히 계십시오, 폴즈그레이브 씨, 안녕히 계세요, 부인." 그는 말을 마치며 어머니를 쳐다보았다.

그가 나가고 문이 닫히자 폴즈그레이브 씨가 말했다. "글렌디닝 도련님이 오늘 약간 창백해 보입니다. 어디 아팠나요?"

"모르겠어요." 부인이 무관심하게 대답했다. "하지만 젊은이들이 저 애만큼 당당한 거 보신 적 있어요? 놀랄 일이야!" 그녀가 중얼거렸다. "부인, 부인, 하는 것은 대체 무슨 뜻일까요?

224

한데 찻잔이 또 비었네요, 목사님." 그녀가 손을 앞으로 뻗으며 말했다.

"이제 그만, 이제 그만요, 부인." 목사가 말했다.

"부인? 제발 더 이상 나한테 부인이라고 하지 마세요, 폴즈그레이브 씨, 그 경칭이 갑자기 몹시 싫어졌어요."

"그러면 폐하라고 할까요?" 목사가 정중하게 말했다. "5월의 여왕은 너무 격식화되었고, 10월의 여왕도 마땅히 그럴 것입니다."

이때 부인이 웃었다. "자." 그녀가 말했다. "다른 방으로 가서 저 수치스러운 네드와 저 파렴치한 델리의 사건을 해결합시다."

V

그 첫 번째 충격과 함께, 아주 크게 피에르를 압도해버린 빠르고 막을 수 없는 큰 물결이, 완전히 새로운 격정적인 이미지와 감정을 그의 영혼 속에 쏟아부었다. 그뿐만 아니라 그것은 당분간, 그에게서 이전의 모든 것을 거의 완전히 몰아내었다. 아무튼 이사벨이라는 의미심장한 사실과 직접적으로 관계가 있는 일들, 바로 이 일들이 모두 활기 있고 생생하게 그의 마음에 떠올랐지만, 이제 영원히 누이의 처지와 떼어놓을 수 없는, 그의 개인적 조건과 더 많이 관련이 있는 일들, 이 일들은 그에게 그렇게 활기 있게 마음에 떠오르지도 않았다. 어림짐작한 이사벨의 과거가 불가사의하게 그의 아버지를 붙잡았다. 그 결과 아버지에 대한 생각이 그의 상상력을 억압했다. 또한 이사벨의 미래는 영원히 달라졌다. 왜냐하면 그녀의 미래는 이제부터 이사벨을 통해서만큼이나 그의 어머니가 그에 대해서 앞으로 알게 모르게 추구할지도 모르는 행동 방향에 따라 간접적이지만 본질적으로 위태로워질 수 있기 때문이다. 그리고 이러한 고려 사항들은 불을 보듯 선명하게 어머니의 면목을 그 앞에 보여주었다.

하늘은 아무튼 불행한 사람에게 약간 자비로웠고, 운명의 가장 무서운 질풍조차 인간의 본성을 향해 전혀 누그러지지 않는 것은 아니다. 그 최종적인 결말이 공포 속에 가려져 보이지 않는, 재난에 대한 예상들로 사방에서 맹공을 받을 때, 인간의 영혼은—모든 무리와 동시에 싸울 수 없다는 것을 본능적으로 확신했든, 아니면 그것을 위협적으로 에워싸는 원주의 더 큰 호 쪽에 호의적으로 눈감았든—어느 쪽이 진실이든 간에, 이렇게 포위된 채 그 총체적 불행에 결코 이성적으로 맞설 수 없고 맞서지 않는다. 쓴 약은 그에게 개별적인 1회 복용량으로 나뉘어 있다. 오늘 그는 비애의 한 부분을 마시고, 내일 더 많이 마시고, 그러다가 마침내 마지막 한 방울을 마신다.

지금 모든 어려움을 무릅쓰고 대부분 이사벨에게 바쳐진, 그의 미래를 위협하는 불확실성 때문에, 루시에 대한 생각과 그녀가 머지않아 빠져들게 될지도 모르는 가늠할 수 없는 고통이, 다른 생각들이 압도하는 와중에 지금까지 그에게서 멀리 밀려나 있었던 것은 아니었다. 얼음이나 뱀같이 차갑게, 그 생각은 그의 몸서리치는 다른 상상들에 덧칠하듯 살금살금 다가왔지만, 그 다른 상상들이 종종 다시 밀고 올라와 그것을 흡수함으로써 그것은 곧 그 당시의 그의 걱정에서 사라지곤 했다. 이사벨과 관련된 일반적인 생각들에 그는 이제 준비된 열린 눈으로 맞설 수 있었다. 그렇지만 이따금 루시에 대한 생각, 바로 그 생각이 그 앞에 갑자기 떠오를 때면 그는 당황한 두 손으로 당황한 눈을 가릴 수 있을 뿐이었다. 그리고 그것은 이기적인 비겁함이 아니라, 그의 영혼의 무한한 민감함 때문이었다. 그는 이사벨을 돕고 한 동료 인간의 슬픔을 달래주기로 즉각 결심했기 때문에 이사벨에 대한 고통스러운 생각을 견딜 수 있었다. 그러나 이사벨에게 위안을 주기로 약속한 바로 그 결심이 루시의 영원한 평화에 어두운 그림자를 드리웠고, 그 결과 점점 더 심각하게 동료 인간의 행복보다 훨씬 더 크게 그녀의 평화를 위협했기 때문에, 아직까지 그는 루시에 대한 생각을 견딜 수가 없었다.

　　루시에 대해 피에르의 마음이 그리는 예감들이, 괴로운 이미지들을 그리는 대로 재빨리 지우는 것은, 그에게는 다행이었다. 그는 운명의 산 위에 다소 짙은 안개에 싸여 서 있었다. 넓은 전경의 모든 부분은 그를 마주하고 구름에 가려 있었지만, 이내 구름들이 옆으로 미끄러지면서, 좀 더 정확히 말하면 빠르게 움직이며 거기에 갈라진 틈을 만들어냈다. 그리하여 멀리 저 아래에 낮은 안개로 다소 가려진 채, 루시의 이전의 행복한 인생의 꾸불꾸불한 조용한 계곡과 시내가 드러났다. 빠르게 지나가는 구름 사이의 틈을 통해 그는 그녀의 시골집의 인동덩굴로 덮인 창문에서 내다보는 그녀의 기대에 찬 천사 같은 얼굴을 한번 흘끗 보았다. 그러자 다음 순간 폭풍우를 가져오는 새털구름 같은 구름들이 다시 그 위에서 서로 엉겨붙었고, 모든 것이 전처럼 감춰졌고, 모든 것이 전처럼 소용돌이치는 조각구름과 운무에 둘러싸여 혼란스러워졌다. 인간에게 보이지 않는 작용에서 감지된, 무의식적 영감을 통해서만, 그는 루시에게 애매한 내용의 첫 번째 짧은 편지를 쓸 수 있었다. 그러는 가운데 침착함과 온화함과 냉정함은, 연달아 일어나 귀를 먹먹하게 하는 천둥번개에 앞서 오는 음흉하지만 자연적인 선봉대일 뿐이었다.

그러나 이렇게 대부분 그의 의식과 시야에서 가려져 있는 동안, 그래도 그의 루시는, 이제 아주 깊은 영향을 받은 듯이, 그것 가까이 있는 안개로부터, 그리고 그 위를 넓게 덮고 있는 안개 밑에서조차 차츰 빠져나오며 한층 더 뚜렷해지고 있었다. 깊이를 헤아릴 수 없이 휘저어놓았을 때, 인간의 더 미묘한 요소들은 그것들을 엮어내는 행위 속에서 반드시 모습을 드러내지는 않지만, 다른 모든 잠재적인 것들과 함께, 그 궁극적 결정과 결과들에서 모습을 나타내기 때문이다. 이상한 그리고 대단히 대칭적이고 상호적인 무모한 작업이, 지금 저렇게 피에르의 자명하게 혼란한 가슴속에서 진행되고 있었다. 그가 의식적으로 내린 결정들 속에서, 슬픔에 잠긴 이사벨이 온 세상으로부터 유기된 포로 신세에서 간신히 구출되는 사이, 그의 의심하지 않는 영혼의 더 은밀한 방들의 더 깊은 곳에서 미소 짓던 루시는 이제 기진맥진하고 핏기를 잃은 채 창백하게, 이사벨의 구원을 위한 몸값으로 결박당하고 있었다. 눈에는 눈, 이에는 이였다. 인간의 기쁨과 비애의 무정한 거래자일 뿐인 운명은 영원히 냉혹하고 무관심하다.

그리고 그의 사랑의 가장 중요한 모든 이해관계에 대한 전반적이고 자발적인 자기 은폐가, 이사벨과 그녀에 대한 그의 결심에 돌이킬 수 없이 연루된 것은 아니었다. 또한 그 중심 사건 자체가 절대적으로 압도하는 가운데 그의 의식적인 판단에 좀처럼 드문 어떤 대처 방법이 허용되었을 때, 그 판단의 촉진이 그 마음속의 이 자발적인 일을 지원하지 못한 것도 아니었다. 그는 루시에 대한 모든 심사숙고가 이제 백해무익하다는 것을 알아채지 않을 수 없었다. 모든 것이 그림같이 부서지는 파도와 함께 아직 안개가 자욱한 때에, 어떻게 그가 지금 그와 그녀의 젊은 인생 항로를 그려낼 수 있겠는가? 더군다나, 시간과 우연이 빚어낸 상상할 수 있는 모든 우발적 사건들 속에서도, 이사벨을 돕고 옹호할 신성한 명령을 떠안은 채, 그는 자신이 거룩하게 일신을 바친 것을 느꼈다. 그렇지만 마음을 산란케 하는 루시에 대한 생각이 그의 영혼에 고루 미치는 소유권을 놓고 이사벨에 대한 생각과 겨루도록 일단 허용한다면, 어떻게 그가 이기심의 교활한 침투에서 자기 자신을 지키고 모든 이타적 아량을 그대로 간직할 수 있을 것인가?

그리고 ─ 아직까지는 무의식적으로일 뿐이지만 ─ 그는 자신에게 가장 소중한 모든 것을 거의 초인적으로 희생하고, 보편적 행복에 대한 마지막 희망들마저, 그것들이 자신의 웅대한 열광적 결의를 가로막는다면 스스로 포기할 각오가 되어 있었다. 그의 각오가 이러했다면 그는 사회 일반의 모든 인습적 관계들, 즉 어머니에 대한 세습의 의무, 서명 날인한 약혼 서약에 대한 세속적 신의와 명예를 얼마나 말할 수 없이 가볍게, 거즈천의 가볍기 짝이 없는 실보다 얼마나 더 가늘고 미세하게 여긴 것인가?

아직은 이 모든 것이 피에르에게 모습을 드러낸 것은 아니지만, 이것들은 그의 내면에서 태아 상태로 형체를 이루고 있었다. 고도의 열광으로 그는 수태했고 영혼 속에서 이러한 고통스럽고 막연한 설렘과 함께 움직이기 시작한, 지금 막 생겨난 태아 상태의 것이 원숙하게 성장해서 마침내 활발한 행위들로 나타날 때, 바로 그것이 피에르의 모든 개인적 관계를 경멸하고 그의 마음의 가장 소중한 관심사들을 무가치한 것으로 여길 것이다.

이리하여, 의무에 열광적인 사람에게서 하늘이 낳은 구세주가 탄생하고, 인간인 어버이를 인정하길 거부하고, 모든 인간의 인연을 일축하고 단절한다.

VI

이사벨과의 중요한 만남을 준비하는 데 하루 밤, 하루 낮, 그리고 이어진 하루 저녁의 일부가 피에르에게 주어졌다.

자, 하느님 감사합니다. 피에르는 생각했다. 밤은 지나갔습니다. 혼돈과 운명의 밤은, 단지 하루 낮과 저녁의 한 자락만을 이제 남겨두고 있습니다. 하늘이여, 나의 영혼을 새로이 끈으로 묶고, 내가 맨 처음 느꼈던 그리스도처럼 희생하고자 하는 마음을 흔들림 없이 지키도록 하소서. 신성한 정의의 변치 않는 규칙으로 내가 나의 보잘것없는 모든 형태의 생각들을 책임지게 해주소서. 사내답지 못한 비열한 유혹이 오늘 내 길을 가로막지 못하게 하소서. 오늘 나는 인간의 계산을 버리고, 지금 내게는 인간보다 더 고상한 종족처럼 보이는, 신 같은 나무들에게 동의를 구합니다. 그들의 고매한 잎들이 나에게 천복을 내리고, 내 발은 그들의 거대한 뿌리들과 접촉하며, 불멸의 힘이 그렇게 나에게 살며시 들어올지어다. 나를 인도하고 나를 보호하고 나를 지켜주소서, 오늘, 그대들 최고의 신들이여! 내가 끊을 수 없는 족쇄로 나를 포박하고, 내게서 모든 불길한 유혹을 제거하고, 오늘 이 세상에 잠복해 있는 도덕 체계의 모든 편리한 거짓말과 본분이라는 구실의 혐오스럽고 비뚤어진 관념들을 내게서 영원히 제거하소서. 그것들을 태워버리는 불로 나를 가득 채우고, 내가 평생 비밀을 발설하지 않도록 당신의 의지를 가득 채워 넣으소서. 어떤 현세의 세이렌*도 오늘 내게

와서 노래해. 나의 담대함을 감언이설로 빼앗지 못하게 하소서. 그대들 신들이여, 나는 오늘 나의 영원한 주사위를 던지나이다. 그대들 보이지 않는 신들에 대한 나의 강한 믿음에, 오늘 모든 행복과 온 생애를 겁니다. 그대들이 지금 나를 버린다면, 신념이여 안녕히, 진실이여 안녕히, 신이여 안녕히 가시라. 신과 인간에게서 영원히 추방되어, 나는 신과 인간 모두와 동등한 권력자로 자처하고, 낮과 밤, 그리고 상하계가 장악하는 정신과 물질의 모든 사상과 사물을 마음대로 공격하리라!

VII

그러나 피에르는 매우 신성한 불길로 가득 채워져 있었지만, 그를 담은 그릇은 진흙으로 만들어진 것이었다.

주여, 지금 내가 그러하듯이 진실에 묶여 있지 않게 하소서. 어떻게 하면 피에르의 마음속으로 한층 더 깊이 숨어 들어가, 이 신성한 불길이 단순히 예기치 못했던 일들과 그가 알지 못했던 일들의 도움을 받아 그의 마음속에 담기게 된 경위를 보여줄 수 있을까. 하지만 나는 내가 어디로 인도되든, 어디에 이르게 되든 개의치 않고, 그 끝없는 꾸불꾸불한 길을, 인간이라

---

*그리스 신화에 나오는 바다의 요정으로, 아름다운 노랫소리로 뱃사람들을 홀려 죽게 했다.

는 동굴 속에서 흐르는 강을 따라갈 것이다.

　그 얼굴은—말없이 슬픔에 잠겨 있었지만—매혹적으로 아름답지 않았던가? 초자연적인 빛을 담은 가장 불가사의한 그 눈들은 얼마나 심오했던가! 저 매혹된 심연 속에, 슬픔과 아름다움이 함께 뛰어들어 잠영했다. 그토록 아름답고, 그토록 신비롭고, 그토록 어리둥절하게 매혹적이고, 대단히 명랑하다기보다는 오히려 한없이 더 감미롭고 매력적인 애처로움을 말하는, 장려한 고통을 지닌 그 얼굴, 그 얼굴은 피에르의 누이의 얼굴이었고, 그 얼굴은 이사벨의 얼굴이었다. 피에르는 그 얼굴을 뚜렷하게 보았고, 바로 그 초자연적인 눈을 우리의 피에르는 들여다보았던 것이다. 이리하여 제의된 만남 이전에 이미 그는 유별날 정도로, 여성의 추함이 아니라 여성의 아름다움이 그에게 정의를 옹호할 것을 권유하고 있음을 의심치 않았다. 이 신성한 진실의 책 속에서 아무것도 숨겨지지 않을지어다. 곱사등에 절름발이인 흉측한 아가씨가 어느 누추한 골목에서 접근한다면, "구해줘요, 피에르. 날 사랑하고, 나의 존재를 인정해줘요, 난 당신의 누이예요!"라고 말하며, 그의 옷자락을 움켜잡았더라면 어떠했을까? 아, 인간이 오롯이 천국에서 만들어진다면, 왜 우리는 지옥의 희미한 빛을 어렴풋이 감지하는가? 모든 것을 덮어 가리는 둥근 천장 밑에 서 있는 가장 고상한 대리석 기둥에서, 도대체 왜 우리는 그 불길한 결을 발견해야 하나? 본질적으로 우리는 하느님에게 대단히 가까이 있다. 비록 시냇물이 멀리 흘러가면 그것이 지나는 제방들로부터 오염되기도 하지만, 원천이 되는 샘의 테두리 안에서는, 인간들이 서 있는 그곳에서는, 확연하게 그 샘의 모습을 드러내는 것이다.

그러니 여기에서는 인간 피에르에 대해 어떤 비판적 말도 내비치지 말자. 음흉하게 이런 것들을 감추고, 언제나 그를 눈앞에 흠 없을 만큼 완전하고, 보통 인간의 부득이한 천성과 운명에 둔감한 채로 두는 것은 내게는 쉬운 일이다. 나는 유력자들이 자기 자신들한테 솔직한 것 이상으로 피에르에게 솔직하다. 나는 피에르에 대해 완전히 솔직하고 관대하다. 그러므로 여러분은 그의 약점을 보고, 그리고 그 결과가 있을 뿐이다. 인간은 과대한 표현을 삼가는 가운데 인상적인 인물들을 만들어내는 것이지, 폭로 가운데서가 아니다. 이선 앨런*보다 더 숭고하지만 오로지 정직하기만 한 자, 그런 사람은 심술궂기 짝이 없는 인간의 멸시를 받을 위험에 처하기 마련이다.

*미국 독립전쟁의 영웅이며 저술가.

6부
이사벨,
그리고 그녀의
첫 번째 이야기

I

피에르는 그 시간이 오기를 간절히 바라고 있었다. 그러면서도 한편으로는 매 순간 그 시간이 계속해서 점점 더 가까이 다가오고 있다는 생각에 전율하고 있었다. 냉정한 상태였지만, 그는 그 음울한 날 내리는 비에 젖은 채 저녁 무렵 새들 메도우스 목장의 원시림 속을 오랫동안 배회하다 빠져나와 잠시 동안 숲의 비탈진 가장자리에서 꼼짝하지 않고 서 있었다.

그가 서 있는 곳은 눈이 쌓였을 때 썰매로만 지나는 조잡한 숲길이었다. 길 맨 앞에 줄지어 서 있는 나무들은 좁은 아치를 이루어, 호수를 향해 넓게 퍼져 내려가는 광활한 목초지로 통하는 상상의 관문을 형성했다. 그 축축하고 안개 낀 저녁, 목초지 여기저기 흩어져 흔들거리는 느릅나무들은 살기에 적합하지 않은 세계에 서 있지만, 불가사의한 의무감으로 그 자리에 뿌리박혀 있는 것처럼 보였다. 멀리 저편에, 호수가 미풍이나 산들바람에도 미동도 하지 않은 채, 한 가득 퍼진 공허와 침묵 속에 놓여 있었고, 가장 작은 관목이나 나뭇가지가 반영할 만한 생기도 없이, 그곳에 단단히 묶여 있었다. 그럼에도 상공에 있는 것과 똑같은, 조용한 하늘이 그 호수 속에서 보였다. 맑은 날씨에서만 그 호수는 찬란한 초록빛 영상들을 받고, 이것들은 특색 없는 창공의 영상화된 침묵을 대체할 뿐이었다.

그곳에서 더 멀리 떨어진 곳 양쪽에, 또한 온화한 호수의 더 먼 호반 너머 멀리에, 신비한 산들이 길게 중첩하여 솟아 있었다. 그 산들은 소나무와 솔송나무들로 무성하고, 자욱한 안개에 둘러싸여 형언할 수 없이 신비로웠으며, 그 어스레한 대기는 공포와 침울함으로 암담하게 물들어 있었다. 그 산들의 기슭에 아주 깊은 숲들이 무아경 속에 빠져 있었다. 동굴과 썩은 낙엽들과, 사용하지 않고 버려둔 숲 안쪽 땅에 무성하게 우거진 썩어가는 삼림이 널려 있는, 올빼미가 출몰하는 멀고 깊은 오지에서, 대단히 깊은 그 숲들의 한없이 몰인정한 행위들로부터 신음하고, 낮게 울리고, 포효하는, 변화무쌍한 음향이 단속적으로 울려 나왔다. 그것은 마비 상태의 나무들이 비를 맞으며 흔들리는 소리, 지반을 침식당한 바위들이 미끄러져 굴러떨어지는 소리, 꺾인 긴 나뭇가지들이 마침내 추락하는 소리, 그리고 숲의 유령들이 내뱉는 악마 같은 횡설수설이었다.

그러나 더 가까이, 그 온화한 호수의 이쪽 기슭에, 호수가 긴 반원형으로 도려낸 듯이 경사진 옥수수 밭이 있는 그곳에 작고 낮은 붉은색 농가가 있었다. 그 집의 오래된 지붕엔 선명한 이끼들이 끼어 있었고, 그 북쪽 면에도(북쪽에서 이끼 바람이 불어온다), 작은 숲에 있는 거대한 단풍나무의 북쪽 면처럼, 역시 이끼가 끼어 있었다. 박공벽 하나가 거기에 덩굴을 감고 있는 나무를 받치고 있었는데, 넓게 뻗친 푸른 잎이라는 후한 선물로 보답하며, 그 나무의 한 덩굴진 줄기가, 마치 흔들리는 피뢰침처럼 굴뚝 벽돌에 기대어 수직으로 곧추서 있었다. 다른 하나의 박공을 배경으로 한, 초라한 낙농 창고가 보였고, 그 벽면들은 뻗어 올라간 마데이라 담쟁이로 촘촘히 덮여 있었다. 충분히 가까이 있었다면, 저 감옥 같은 창의 장식 격자와 창문의 작은 창구멍을 막는 미늘창살을 통해 들여다보며, 그 부드럽고 만족스러운 포로들, 즉 우유가 담긴 냄비들과 한 줄로 놓인 눈처럼 하얀 네덜란드 치즈들과 황금빛 버터 덩이들과 새하얀 크림이 든 단지들을 보았을지도 모른다. 앞에는 수직의 거대한 보리수 세 그루가 이 녹색의 현장의 수호자들로 서 있었다. 한참 위로, 거의 그 집의 지붕 마룻대까지 솟은 그 나무들은 나뭇잎이 거의 나 있지 않지만, 이윽고 갑자기 세 개의 커다란 녹색 풍선들처럼 공중에 세 개의 거대한, 거꾸로 선, 푸른 잎으로 된 원뿔을 이룰 것이다.

시선이 그곳에 머물자마자, 피에르는 전율로 몸을 떨었다. 지금 그 집이 숨겨주고 있는 이사벨 때문만이 아니라, 그날 하루 그가 경험한, 너무도 기이하게 동시에 일어난 종속된 두 가지 사건 때문이었다. 그는 어머니와 아침 식사를 하러 갔고, 그는 그녀의 모성애가 요구되는, 이사벨과 같은 존재에 대해 그

239

녀의 오만한 기질이 보이리라 여겨지는 반응에 대한 예감으로 지나치게 흥분해 있었다. 그런데 자! 폴즈그레이브 목사가 들어오고, 네드와 델리가 논의되고, 피에르가 그 일에 관한 어머니의 생각을 완전히 알고, 그렇게 해서 자신의 추측을 시험할 요량으로, 그것이 갖는 모든 윤리적 관계에서 어머니 앞에 끄집어내려 했다가 단념한, 그 모든 동정적인 문제, 그 모든 문제는 충분히 논의되었다. 그래서, 우연히 같이 일어난 그 우연한 사건을 통해, 그는 이제 완전히 어머니의 마음을 알았고, 마치 하늘의 계시인 것처럼, 그녀에게 현재 어떠한 폭로도 하지 말라는 사전 경고를 받았다. 그것이 오전에 있었던 일이었다. 그런데 이제 저녁에 이사벨이 보호를 받고 있는 그 집을 어렴풋이 시야에 포착하자마자, 그는 그것이 네드의 잔인한 술책으로 인해 영원히 타락한, 바로 그 델리의 아버지인 월터 얼버 노인의 임차 농가인 것을 생각해냈다.

거의 초자연적인, 아주 이상한 느낌이 지금 피에르에게 슬그머니 들었다. 별로 다정다감하지도 사려 깊지도 시적이지도 못한 존재들의 영혼을 외경심으로 감동시킬 힘이 별로 없다 해도, 이처럼 우연히 같이 일어난 사건들은, 아무리 빈번하게 다시 일어난다 할지라도, 섬세한 모든 표현을 능가하는 감동을 더 세련된 생명체들에게 한 상 가득 채워 넣는다. 그것들은 인생의 가장 미묘한 문제들을 조종한다. 섬광과 함께, 의문이 자연 발생적으로 제기된다. 우연인가 아니면 신의 뜻인가? 또한, 이렇게 영향을 받은 마음이 마찬가지로 어떤 뿌리 깊은 슬픔에라도 사로잡히면, 그러면 사방에서 그 의문이 확대되고, 마침내 모든 것을 포괄하는 사물의 순환을 받아들이게 된다. 왜냐하면 고통 받는 진지한 영혼들이, 그때 최종적 원인들을 심사숙고하는 것이 언제나 보이기 때문이다. 마음은 깊이 감동을 받아, 마찬가지로 깊이 감동을 받은 머릿속에서 서로 이어져 있는 공감을 찾는다. 불행한 사람들 앞에서, 그들이 지성적일 때, 세계의 모든 시대는 수갑 찬 행렬로 지나가고, 그 모든 시대의 무수한 사슬 고리들이 애처로운 신비 속에서 덜걱덜걱 소리 낸다.

높이 솟은 숲을 길게 둘러싼 저녁의 어둠 밑에서 왔다 갔다 하며 약속한 시간이 오기를 기다리면서 피에르는 뒤이어 일어날 운명적인 장면을 이상하게 혼자서 상상하려고 노력했다. 그러나 상상력은 여기서 완전히 그를 저버렸으며, 현실은 그에게 너무나 실제적이었다. 그리하여 오직 그 얼굴, 그 얼굴만이 이제 그를 찾아왔다. 최근에 그는 그 얼굴을 허공의 환영과 혼동하는 데 너무나 익숙해져 있었기에, 곧 그 얼굴과 마주 보고 만나게 되리라는 것을 생각하자 몸이 약간 떨렸다.

자, 이제 더 짙은 어둠이 내리기 시작하며, 그 집은 그에게 보이지 않게 되고, 단지 세 그루의 어스레한, 키 큰 보리수만이 그 집 위로 솟아 있으면서, 그가 언덕을 내려가는 동안 그를 안내한다. 그는 의식하지 못하고 있지만, 마치 그 순간 그의 생각의 흐름이, 그 열광적 결심이 궁극적으로 공리적 타당성을 지니고 있는지 여부에 대한 불안이 교묘히 스며든 탓에 측면에서 가로막혀 꾸불꾸불 구부러지던 것과 마찬가지로, 그의 숙고의 노정은 복잡하다. 그의 발걸음은 그가 더 가까이 다가감에 따라 속도가 줄어들고, 한 희미한 등불이 조잡한 이중창문에서 고투하는 것이 보인다. 그의 자발적인 발걸음이 새들 메도우스 저택의 눈부신 샹들리에들로부터 가난과 비애의 비참한 희미한 불빛과 친해지도록, 영원히 그를 데려가고 있는 것을 그는 분명 확실하게 알고 있다. 그러나 그의 숭고한 직관력은 또한 그에게 신적인 진실과 미덕의 태양 같은 영광들을 그려주는데, 그 영광들은 지상의 짙은 안개에 늘 가려져 있지만, 하느님의 청옥빛 왕좌에 예증의 빛을 비추며 결국 밝은 광휘로 여전히 빛나리라.

II

그는 문 앞에 서 있고, 그 집은 침묵에 잠겨 있다. 그가 문을 똑똑 두드린다. 그러자 창문의 등불이 잠시 깜박이더니 옮겨가고, 안에서 문이 돌쩌귀 위에서 삐걱거리는 소리가 들린다. 그런 다음 바깥쪽 빗장이 벗겨지는 동안, 그의 온 가슴이 거칠게 두근거리고, 이사벨이 신비로운 머리 위로 등불을 쳐들고 그 앞에 서 있다. 바로 그녀 자신이다. 한마디 말도 없고, 다른 사람은 아무도 보이지 않는다. 그들은 이중창이 난 방으로 들어가고, 피에르는 육체적 무력감과 정신적 두려움으로 압도되어 자리에 앉는다. 그는 눈을 들어 순결과 고독이 담긴 이사벨의 시선과 마주한다. 그러고 나자 신비로운 음악 같은 낮고 감미롭고 약간 흐느끼는 듯한 목소리가 들린다.

"그러니까 당신이 나의 동생이로군요. 내가 당신을 피에르라고 불러도 될까요?"

확고하게, 그 신비로운 아가씨 본인에 대해 처음이자 마지막으로 한 번의 심문을 해볼 요량으로, 피에르는 지금 잠시 그녀를 눈여겨본다. 그 한순간에 그는 그 애원하는 듯한 얼굴에서, 그 바느질하는 아가씨의 얼굴에 서린 형언할 수 없는 측은함뿐만 아니라, 젊은 시절의 아버지의 더욱 미묘한 표정이 이상하게 변형되고, 다른 혈족과의 혼인을 통해 전에 모르던 이국풍의 여성다움과 혼합된 것을 본다. 단숨에 기억과 계시와 직관이 그에게 말한다. '피에르, 마음을 터놓아도 돼. 조금도 의문의 여지가 없어. 이 존재는 네 누이야. 너는 네 아버지의 혈육을 보고 있어.'

"그러니까 당신이 나의 동생이로군요. 내가 당신을 피에르라고 불러도 될까요?"

그는 벌떡 일어나 확신에 찬 두 팔로 그녀를 껴안았다.

"그래요! 그래!"

그는 두 팔에 안긴 이에게서 무기력한 몸부림을 느꼈다. 그녀의 머리가 그에게 기대어 숙여졌고, 그의 온몸이 그녀의 풀어헤친 긴 머리의 흐르는 듯한 광택 속에 뒤덮여 있었다. 그는 그 머리채를 한쪽으로 쓸어 넘기고, 이제 그 얼굴의 죽음 같은 아름다움을 응시했으며, 거기서 불멸의 슬픔을 목격했다. 그녀는 죽은 것처럼 보였고, 질식한 것처럼 보였다. 그러나 그 죽음은 그녀의 얼굴에 숨어 있는 평정과 사랑스러움을 조금도 손상시키지 않는 듯했다.

큰 소리로 도와달라고 외쳤어야 했을 테지만, 천천히 그 두 눈이 그를 향해 열렸고, 차츰 그 아가씨에게서 무기력증이 사라지는 것을 느꼈다. 이제 그녀는 약간 원기를 되찾았다. 다시금 그는 마치 그녀가 어쩐지 부끄러워졌고, 그녀를 그렇게 포옹하는 이의 권리를 의심하는 것처럼 그녀가 그의 두 팔 안에서 미약하게 몸부림치는 것을 느낀다. 이제 피에르는 자신이 지나치게 열렬하고 부주의하게 흥분한 것을 후회하고, 그녀에 대해 크게 존중하는 마음을 느낀다. 부드럽게 그는 그녀를 이중 여닫이 창 안쪽에 있는 벤치로 인도하고 옆에 앉아서, 이 만남이 준 최초의 충격이 가시어 그녀가 더 침착해지고 그와 다정하게 이야기를 나눌 마음의 준비가 될 때까지 침묵 속에서 기다린다.

"이제 기분이 좀 어때요, 누이?"

"고마워요! 고마워요!"

다시금 그 목소리의 음악적인 감미롭고 야성적인 힘과 그 억양에 섞인 부드럽고 낯선 이국적인 특성이, 정말 피에르에게는 비현실적으로 그의 영혼을 꿰뚫고 전율하는 것처럼 보였다. 그는 허리를 굽히고 그녀의 이마에 키스했고, 그다음엔 그녀의 손이 그의 손을 더듬어 찾다가 한마디 말도 없이 꼭 쥐는 것을 느낀다.

그의 모든 존재가 지금 그 꼭 쥔 손에서 느껴지는 하나의 감각 속에 응축된다. 그는 그 손이 아주 작고 부드럽지만 이상하게 거칠다고 느낀다. 그때 그는 아버지의 딸이, 그녀와 형제인 그는 스스로 그토록 하는 일 없이 살아온 바로 그 세상에서 손의 고독한 노동으로 생계를 유지해왔다는 것을 알았다. 한 번더 그는 경건하게 그녀의 이마에 키스했고, 거기에 대고 따뜻한 숨결로 하늘에 바치는 기도를 속삭였다.

"나는 할 말이 없어요, 피에르, 내 동생. 내 모든 존재, 내 모든 인생의 생각과 동경은 당신에게 끝없이 뒤져 있는데, 그런데 어떻게 내가 당신에게 말할 수 있나요? 그것이 신의 뜻이라면, 피에르, 지금 나에게 최대의 축복은 그대로 여기 누워 죽는거예요. 그러면 나는 평화로워질 거예요. 나를 관대히 보아줘요, 피에르."

"영원히 그럴 거예요, 사랑하는 이사벨! 잠시 동안은 나에게 아무 말도 하지 마요. 그게 누이에게 제일 좋은 것 같으면, 그것만이 가능하다면 말이에요. 이 꼭 쥔 손, 누이, 이것이 지금 내게는 누이의 말입니다."

"어디서부터 말을 시작해야 할지 모르겠어요, 피에르. 그런데도 속에서 내 영혼은 넘치고 있어요."

"내 마음 깊은 곳에서 나는 누이를 사랑하고 존중하며, 앞으로 영원하도록 누이를 동정합니다!"

"아, 피에르, 내가 느끼는 이 꿈꾸는 듯한 느낌, 이 어리둥절함을 치료해줄 수 없는지요? 머리는 빙빙 도는 것 같고 멈추려 들지를 않아요. 이래서는 나는 오래 살 수 없어요. 숨도 쉴 수 없을 정도로 가슴이 너무 벅차요. 내게 마법을 걸어 눈물이 나오게 해줘요, 피에르. 내 가슴이 지금 느끼는 감정으로 터지지 않도록 말예요. 내게는 이 감정이 지나간 내 모든 슬픔보다 더 죽음 같아요!"

"너 갈증을 푸는 저녁 하늘아, 너 언덕의 이슬과 안개여, 여기에 너의 습기를 방울방울 떨어뜨려라! 천둥번개는 지나갔는데, 어째서 그다음의 소나기는 오지 않느냐. 그녀를 울게 만들어다오!"

그때 그녀가 그에게 머리를 기댔고, 큰 눈물방울들이 그에게로 떨어졌다. 그리고 이내 이사벨은 조용히 머리를 살짝 떼고 그의 옆에 약간 침착하게 앉았다.

"만일 누이가 나보다 생각이 많이 뒤져 있다고 느낀다면, 나도 누이에 대해 그렇게 느꼈어요. 나 역시 누이에게 무슨 말을 해야 할지 거의 모르고 있어요. 하지만 누이가 나를 바라볼 때, 누이는 모든 점에서 그리고 가능한 한 최대로 누이를 보호하고, 모든 것이 사실임을 인정하는 형제가 되어주겠다는 변치 않는 맹세를 마음속 깊이 새겨놓은 사람을 보는 겁니다!"

"평범한 낱말들의 단순한 음향이 아니라, 내 마음속 가장 깊은 선율들의 음조가 지금 당신에게 들려야 해요. 당신은 한 인간에게 말하지만, 당신에겐 뭔가 천상의 것이 답해야 해요. 공중에서 들리는 어떤 피리 소리가 당신에게 답해야 해요. 틀림없이 전혀 꿈에도 생각지 않은 당신의 억양들은, 피에르, 틀림없이 그것들은 하늘에 들렸을 거예요. 인간이 상상해보지도 못한 축복을 당신은 이 일로 해서 받게 될 거예요."

"누이의 축복은, 그 말을 한 이의 가슴으로 되돌아가서 축복할 따름입니다. 누이가 내가 한 하찮은 일을 축복하면서 자신을 축복하듯이 나는 누이를 축복할 수 없어요. 하지만, 이사벨, 우리의 만남이 안겨준 최초의 놀라움을 여전히 마음속에 잊지 않고 간직해둠으로써, 우리는 우리의 마음을 대단히 무력하게 만들게 될 겁니다. 그러니 누이에게 피에르가 누구이고, 지금까지 어떤 인생을 살아왔는지, 그리고 앞으로 어떻게 살아가게 될 건지를 말해줄게요. 마음의 준비를 하세요."

"아니, 피에르, 그건 내가 해야 할 일이에요. 당신은 먼저 내 얘기를 들을 권리가 있어요. 그러고 나서 괜찮다면, 당신의 이야기를, 자격은 없지만 내게 선물로 얘기해줘요. 자, 내 얘길 들어봐요. 눈에 보이지 않는 것들이 내게 힘을 줄 거예요. 대단한 건 아니에요, 피에르. 그리고 대단히 놀라운 얘기도 아니에요. 그러면 들어봐요. 이제 말할 수 있을 정도로 진정이 된 것 같아요."

지금까지 그들이 나누던 이야기를 멈추고 중간에 다소 짧은 휴식을 취하는 동안, 피에르는 위층에서 부드럽고 느린, 앞뒤로 움직이는, 명상에 잠긴 슬픈 발소리를 들었다. 다음 장에서 그 이상한 이야기를 잠시 멈추고 중간에 빈번한 휴식을 취할 때마다, 그는 바로 그 똑같은 부드럽고, 느리고, 슬프고, 앞뒤

로 움직이고, 명상적이고, 대단히 우울한 발소리를 그 조용한
방 안에서 몇 번이고 들을 수 있었다.

III

"나는 어머니란 존재를 전혀 몰라요. 내 인생의 기억을 아무리
멀리 잡아 늘여보아도 어머니 얼굴의 단 한 부분도 기억할 수
없어요. 정말로 내 어머니가 존재했었다 할지라도 돌아가신 지
오래고, 그분이 밟았던 땅에 전혀 그림자를 짓지 못했어요. 피
에르, 당신에게 말하는 입술은 여인의 가슴에 닿아본 적이 없
어요. 나는 여자에게서 태어나지 않은 것 같아요. 내 최초의 어
렴풋한 삶의 기억들은 어떤 지역에 있던 낡고 반은 무너진 집
주위로 모아지는데, 지금 내게는 그곳을 찾아낼 수 있는 지도
도 없어요. 이런 곳이 실제로 존재했다면 그곳 역시 지상의 나
머지 모든 지역에서 멀리 떨어진 궁벽한 곳이었겠지요. 그건
깊고 빈약한 소나무 숲 한가운데에 조성된, 둥그렇게 개간된
비탈진 장소 중앙에 세워진 황폐하고 어두운 집이었어요. 언제
나 나는 그 귀신 같은 소나무들이 몰래 다가와 험상궂은 나뭇
가지들을 뻗치고 나를 잡아채어 무서운 어둠 속으로 끌고 들어
가지나 않을까 겁이 나서 저녁에 창문 밖을 내다보지도 못했어
요. 여름이면 그 숲은 미지의 새와 짐승들이 내는 어림짐작도
할 수 없는 울음소리로 웅성거렸지요. 겨울에는 태양의 눈에

도 뜨지 않고 인간의 눈에도 띄는 법이 없는, 네발 달린 짐승들이 밤에 남긴 발자국들이, 깊이 쌓인 눈 위에 무슨 지도처럼 점점이 나 있었고요. 둥그렇고 널따란 장소에 그 음울한 집이, 보호해줄 푸른 나뭇가지나 나뭇잎 하나 없이, 그늘과 은신처 한가운데에 그늘도 은신처도 없이 서 있었어요. 몇몇 창틀에는 널빤지들을 같은 높이로 위와 아래에 못 박아 조잡하게 판자를 붙여놓았는데, 그런 방들은 완전히 비어 있고 문도 없었지만 거기엔 결코 들어가지 않았어요. 하지만 종종, 소리가 울려퍼지는 복도에서, 나는 무서워하며 안을 들여다보았지요. 거기엔 큰 벽난로가 완전히 부서져 있었어요. 안쪽에 축조된 석축의 아래쪽 단은 불기운에 바스러져 하얗고, 흔해빠진 한 무더기의 부서진 파편 더미로 변해 있는 데다, 위쪽의 검은 벽돌들은 바닥에 떨어져, 꺼진 지 오래된 화덕불의 검댕과 함께 여기저기 쌓여 있었지요. 그 집 안에 있는 모든 마룻돌에는 갈라진 금이 길게 죽 나 있었고, 모든 마루는 구석구석 꺼져 있었어요. 그리고 바깥에 초록빛을 띤 돌로 된 낮은 초석들 위에 받쳐져 있는 그 집의 기반 부분은, 썩어가는 문지방들의 무디고 노란 잔재들로 온통 뒤덮여 있었어요. 그 집 안에는 어떤 이름도, 어떤 낙서나 문서도, 어떤 책도 없었고, 전에 그 집에 거주하던 사람들을 언급하는 기념물 하나도 없었어요. 그곳은 죽은 듯이 침묵에 쌓여 있었어요. 집 주변에는 과거 어른이나 아이를 매장했다는 걸 알려주는 어떤 묘석이나 흙무더기나 작은 흙무덤도 없었어요. 그 집의 과거사를 알 수 있는 아무런 실마리가 없었던 거지요. 그 집이 어느 지역, 어느 곳에 그렇게 서 있었는지에 대한 나의 하찮기 짝이 없는 지식은 이제 이렇게 완전히 증발되고 사라졌어요. 하지만 전에 나는 그 어렴풋한 이미지, 특히 뒤집힌 깔때기 모양 지붕에서 돌출된 두 줄의 작은 지붕 창들을 강력히 상기시키는 프랑스 성들의 외관을 그린 판화들을 본 적이 있었어요. 그러나 그 집은 목재였고, 이 성들은 석재였어요. 아직도, 때때로 나는 그 집이 이 나라가 아니라 유럽 어느 곳에 아마도 프랑스에 있었을 거라고 생각해요. 하지만 그런 생각은 모두 나를 당혹스럽게 하는 것이에요. 그러니 당신은 나한테 놀라서는 안 돼요. 왜냐하면 나는 그렇게 터무니없는 화제를 놓고서 엉뚱하게 얘기하지 않을 수 없기 때문이에요.

이 집에서 한 노인과 노파 말고는 살아 있는 사람이라곤 보지 못했어요. 노인의 얼굴은 늙어서 거무스름하고, 주름투성이였고, 흰 턱수염은 먼지와 흙 부스러기로 얼룩진 채 늘 헝클어져 있었어요. 여름에 그 노인은 그 집 한쪽 편에 있는 채소밭, 아니면 그 비슷한 장소에서 힘겹게 일했던 것 같아요. 나의 모든 생각은 여기서 불확실하고 혼란에 빠져 있어요. 하지만 그 노인과 노파는 내 기억에 지울 수 없이 단단히 들러붙어 있어요. 그들이 그 당시에 내 주위에 있는 유일한 인간이었다는 것, 그 때문에 그들이 나를 장악하는 힘을 갖게 되었다고 짐작해요. 그들은 나에게 좀처럼 말을 걸지 않았지만, 때때로 어둡고 바람이 심하게 부는 밤 같은 때에, 화덕 불 옆에 앉아 나를 뚫어지게 보고, 그런 다음 서로 중얼거리고, 그런 다음 다시 나를 뚫어지게 보곤 했어요. 그들은 나에게 오롯이 불친절하지는 않았지만, 거듭 말하건대, 좀처럼 아니 결코 나에게 말을 걸지 않았어요. 그들이 무슨 말 또는 무슨 언어를 서로 사용했는지는 기억이 안 나요. 자주 기억이 나길 바랐는데, 그러면 그 집이 이 나라에 있었는지 아니면 바다 건너 어딘가에 있었는지 적어도 실마리를 가질 수 있을지 모르기 때문이었어요. 그리고 여기서 짚고 넘어가야 하는 것은, 때때로 내가 무엇인지는 모르지만, 한때 ─ 지금 내가 언급하는 시기 바로 후에 ─ 두 가지의 서로 다른 유치한 언어들을 재잘거렸던 얼마간 막연한 기억이 있다는 것인데, 그중 하나는 다른 하나 즉 후자가 발달하면서 감퇴했어요. 하지만 이내 후자를 더 많이 쓰게 됐지요. 식사를 주는 것은 노파였는데, 그것은 내가 그들과 같이 식사를 하지 않았기 때문이었어요. 한번은 그들이 빵 한 덩어리와 어떤 묽은 종류의 불그스름한 포도주 한 병을 가운데 두고 화덕 불 옆에 앉았는데, 내가 그들에게 다가가서 같이 먹게 해달라고 청하며 그 빵에 손을 댄 적이 있었어요. 그러자 즉시 노인은 마치 나를 때릴 것 같은 행동을 했지만 그러진 않았고, 노파는 나를 노려보면서 그 빵을 잡아채 그들 앞에 있는 화덕 속에 던졌어요. 나는 깜짝 놀라서 그 방에서 뛰어나왔지요. 난 내가 자주 구슬려 다소 친해지려 애썼던 고양이를 찾았지만 어쩐 일인지 찾지 못했어요. 그러나 겁먹고 외로웠던 나는 다시 한 번 더 그 고양이를 찾다가, 고양이가 위층에서 폐기된 벽난로 잡동사니 사이에 숨겨진 뭔가를 부드럽게 파헤쳐 찾고 있는 것을 발견했어요. 나는 그 귀신 붙은 방에 들어갈 용기가 없어서 고양이를 큰 소리로 불렀지요. 하지만 고양이는 나를 비스듬히 우둔하게 응시할 뿐이었고 조용한 수색을 계속했어요. 다시 부르자 고양이는 돌아다보고 나를 향해 쉿 하는 소리를 냈어요. 나는 거기서도 쫓겨났다는 생각으로 여전히 마음이 상한 채, 아래층으로 뛰어 내려왔어요. 외로움을 없애기 위해 어디로 가야 할지 몰랐어요. 마침내 집 밖으로 나가서 돌 위에 앉았지만 그 냉기가 심장까지 올라와서 나는 일어섰어요. 그러나 현기증이 나서 서 있을 수가 없었어요. 난 쓰러졌고, 그 이상은 모르겠어요. 그러나 이튿날 아침 나는 기분 좋을 리 없는 내 방 침대에 누워 있는 나 자신과, 내 옆에 놓인 검은 빵 약간과 물 한 잔을 발견했어요.

내가 그 집에서 보낸 어릴 적의 이 특별한 기억을 당신에게 얘기해준 것은 단지 우연이었어요. 그와 같은 건 더 많이 말해줄 수 있을 테지만, 이걸로도 그 시기에 내가 어떤 식으로 생활을 했는지 보여주기에 충분해요. 그 후로 날마다, 눈에 보이는 모든 광경과 귀에 들리는 모든 소리가 점점 더 이상해져갔고, 나는 점점 더 두려워하게 되었어요. 내게는 그 노인과 노파가 그 고양이와 똑같았어요. 그들 중 아무도 나에게 말을 걸려고 하지 않았고, 그들 중 아무도 나는 이해할 수가 없었지요. 그리고 그 노인과 노파와 그 고양이는 내게는 그 집의 녹색 주춧돌과 똑같았고, 그들이 어디서 왔는지 또는 무슨 이유로 거기에 있는지를 나는 몰랐어요. 다시 말하는데, 그 노인과 노파 외에 살아 있는 사람이라고는 아무도 그 집에 오지 않았어요. 하지만 때때로 노인은 숲 속으로 나 있는 길로 아침 일찍 터벅터벅 걸어서 출타했다가 저녁 늦게야 돌아오곤 했는데, 그는 검은 빵과 묽고 불그스름한 포도주를 가지고 돌아왔지요. 숲 입구가 문에서 그렇게 멀리 떨어져 있지 않았지만, 그럼에도 그 작은 짐을 지고 너무나 느리고 허약하게 터벅터벅 걸어왔기 때문에, 나무들 사이에서 그의 모습이 비친 때부터 그가 부서진 문지방을 넘을 때까지 지루하게 무수한 시간이 걸리는 것 같았어요.

이제 어린 시절의 삶에 대한 아득하고 공허한 기억들이 마음속에서 점점 흐릿해져가요. 모든 것이 이제 완전히 기억에서 사라져가요. 그때쯤에 내가 어떤 열병에 걸려, 그 와중에 오랫동안 기억을 잃었던 건지도 몰라요. 아니면 내가 들은 대로, 우리의 매우 어릴 적 기억의 시기가 지난 뒤에, 그다음에는 완전한 무지로 이루어진 공백이 사이에 끼고, 다시 그 공백 기간까지 우리의 모든 과거를 다소 분명하게 아우르는, 계속되는 기억을 최초로 어렴풋이 감지하는 것이 이어진다는 게 사실일지도 몰라요.

어떻든 간에, 그 넓은 공터에 있던 집에 대해 더 이상 아무것도, 마침내 어떻게 내가 그곳을 떠나게 되었는지에 대해서도 전혀 기억할 수 없어요. 그렇지만 나는 그때 여전히 아주 어렸던 게 틀림없어요. 하지만 나는 마침내 또 하나의 둥그스름하고 널따란 공간, 그러나 먼젓번 장소보다 훨씬 더 크고, 숲으로

띠처럼 둘러싸이지도 않은 곳에서 살았던 것에 대한 불확실한, 확고하지 않은 기억이 있어요. 그럼에도 때때로 나에게 가까운 그곳 어딘가에 높고 똑바로 선 소나무 비슷한 것들이 세 개 있었던 것 같고, 산간의 폭풍 속에서 고목들이 늘 그러하듯이 그것들이 무섭게 흔들리고 딱 하고 꺾였던 것 같아요. 그리고 마루들은 낡은 마루들이 그랬던 것보다 한층 더 가파르게 귀퉁이가 간혹 처졌던 것 같고, 또한 불안정하게 처져 있어서, 나는 그것들이 밑으로 처지는 것을 느꼈던 것 같기도 해요.

한데, 또 간혹 떠오르는 건, 내가 대체적으로 조금 전에 말한 두 가지 유치한 언어로 재잘거렸다는 거예요. 내 주변에 몇몇은 둘 중 한 언어로 대화하고, 몇몇은 다른 한 언어로 대화하는 사람들이 있었던 것 같아요. 나는 두 언어를 다 말했지만, 하나는 다른 하나만큼 쉽게 말하진 못했어요. 말하자면 초보적인 수준이었을 뿐인데, 이 다른 하나가 점차적으로 전자를 대신하여 쓰게 된 언어였어요. 때때로 어렴풋이 생각나곤 하는, 그 세 개의 이상한 나무 비슷한 것들에 자주 올라가곤 하던 사람들, 그들은 대화를 했어요. 그러니까 난 이 생각을 안 할 수가 없는데, 만일 정말 내가 이것처럼 실체 없는 환영에 대해 진짜 기억을 갖고 있는 게 맞는다면, 그들은 내가 이 무렵 점차 내게서 감퇴하고 있었다고 언급한 언어로 대화를 했어요. 그건 유쾌한 언어였고, 아, 나에겐 너무나 명쾌하고 밝은 것 같고, 나 같은 아이에게, 만일 그 아이가 늘 그렇게 슬프지 않았다면, 꼭 맞는 언어처럼 여겨져요. 그건 순수한 어린이들의 언어였어요, 피에르, 그렇게 지저귀듯 지껄이는 새된 소리 말예요.

당신은 나의 이 어렴풋한 기억 중 대부분이 항해 중인 배를 막연히 암시한다는 것을 이제 알아차려야 해요. 내가 당신에게 실제로 있었던 일들을 말하는 건지 아니면 지어낸 꿈들을 말하는 건지 잘 모르겠어요. 내게서는 언제나, 가장 견실한 것들조차 점점 몽상으로 변하고, 몽상은 실질적인 것들로 변해요. 나는 결코 내 이상한 어린 시절의 생활이 미친 영향에서 완전히 회복되지는 못했어요. 바로 이것이 지금도— 이 순간에도— 피에르, 당신의 명백한 모습을 신비한 짙은 안개로 에워싸고 있어요. 그리하여 당신의 두 번째 얼굴이, 그리고 세 번째 얼굴이, 그리고 네 번째 얼굴이 당신의 내면으로부터 나를 엿봅니다. 당신과 내가 어떻게 만나게 되었는지에 대한 모든 기억이 지금 희미해지고, 더 희미해져요. 나는 내게서 떨어져 나가는 모든 종류의 형체들의 한복판에서 다시 더듬으며 가고, 그래서 나는 그 형체들을 뚫고 나아가는 것 같고, 게다가 그 형체들은 나를 바라보는 눈을 가지고 있어요. 내가 돌아다보고, 그들은 나를 바라보고, 내가 한 발 앞으로 나아가고, 그들은 나를 바라봅니다. 이제 나를 조용히 있게 해줘요. 나한테 말을 건네지 마요."

IV

피에르는 이 이상한 존재를 보고 무어라 말할 수 없는 의문들로 가득 차, 이사벨의 반쯤 돌려진 옆모습을 긴장한 채 바라보면서 말없이 앉아 있었다. 숱이 많은 부드럽고 새까만 머리칼이 마치 사당에 안치된 어떤 성인 앞에 커튼이 반쯤 쳐진 것처럼 비스듬히 그녀를 덮고 있었다. 피에르에게, 그녀는 거의 이 세상 사람 같지 않아 보였지만, 이 초자연성은 혐오스럽거나 위협적인 것이 아니라 단지 그녀가 지닌 신비로움으로 다가왔다. 게다가, 그녀의 내면 아주 깊숙한 곳에서 울려 나오는 그 낮은 목소리의 선율은 그 방 안에서 감미로운 메아리로 맴돌았고, 위층에서 꾸준히 나는 눈에 보이지 않는 발소리에 짓밟히며 포도의 원액을 짜내는 것처럼 압착되었다.

그녀는 이제 약간 몸을 움직였고, 이상하게 약간 두리번거리고 나서는 더 조리 있게 얘기를 계속했다.

"어느 정도 믿을 수 있지 싶은 그다음 기억은, 다시 또 하나의 집인데, 완전히 조용하지는 않은 시골 한가운데에, 역시 사람이 사는 곳에서 멀리 떨어져 있었어요. 그 집 옆에는 이 시골을 가로지르는 녹색의 흐린 강이 굽이져 흘렀어요. 틀림없이 어떤 저지대에 있던 집 같아요. 왜냐하면 내가 말한 첫 번째 집은 산간 어딘가에, 아니면 산 가까이에 있었던 모양인지 멀리 폭포수 소리가 지금도 들리는 것 같고, 해 질 녘 하늘에 그 집 뒤로 위로 향해 솟구쳐 있는 한결같은 구름의 형상들이…… 지금도 보이는 것 같거든요. 하지만 이 다른 집, 이 두 번째 집, 아니면 세 번째 집, 몇 번째인지는 모르겠는데, 다시 말해서 그 집은 어떤 저지대에 있었어요. 그 집 주위에는 소나무는 물론

나무라곤 거의 없었고, 첫 번째 집 주변만큼 가파르게 비탈진 곳에 있지도 않았어요. 근처에 경작된 밭들이 있었고, 멀리 농가와 헛간과 가축과 가금과 그런 흔히 있는 종류의 것들이 많이 있었어요. 이 집은 이 나라에, 바다 건너 이쪽에 있었다고 확신해요. 무척 큰 집이었고 사람들이 많았지만 대부분 그들은 따로따로 살았어요. 몇몇 노인들이 있었고, 젊은 남자들과 젊은 여자들이 있었는데 몇몇은 아주 잘생겼고, 애들도 있었어요. 그 집은 이 사람들 중 몇몇에게는 행복한 곳이었고, 그들 대부분은 늘 웃고 있었지만, 나한테는 행복한 곳이 아니었어요.

하지만 이 점에 대해서는 내가 틀린 걸지도 몰라요. 왜냐하면 나는—앞서 말한 내 모든 인생의 기억에 대해—내가 아는 것들이 진짜인지 아닌지 분간할 수 없기 때문이에요. 그러니까, 저, 행복이라고들 말하는 그것, 웃음이나 미소, 또는 입술 위에 번지는 조용한 평온함이 표시하는 그것이 진짜인지 아닌지 분간할 수 없어요. 어쩌면 행복했을지도 모르지만, 그건 지금 나의 의식적인 기억 속에는 없어요. 그리고 마치 나는 행복이라곤 누려본 적이 없는 것처럼, 행복에 대한 갈망을 느끼지 못하고, 내 영혼은 행복과는 다른 양식을 추구해요. 아마도 내가 행복이 무엇인지에 대해 미심쩍은 생각을 가지고 있기 때문일 거예요. 나는 불행을 겪었지만, 그건 행복의 결핍 때문도 아니고, 행복을 기원하지 않았기 때문도 아니었어요. 나는, 생명을 추구함이 없이 생명을 흡수하고, 개별적 감각 기능 없이 존재하는 어떤 식물 같은 평화를, 평안을, 나 자신에 대한 감각을 원해요. 개체로서의 존재에는 완전한 평화가 있을 수 없다고 느끼니까요. 그러므로 나는 어느 날 모든 만물에 생명을 불어넣으며 침투하는 영혼 속으로 나 자신이 흡수되는 것을 느끼고 싶어요. 나는 아직도 길을 잃고 헤매고 있어요. 그래요, 말하면서 당신은 미소 지어요. 하지만 나를 다시 조용히 있게 해줘요. 나에게 대꾸하지 마세요. 다시 얘기를 시작할 때엔 많이 빗나가지 않고 짧게 끝낼 거예요."

그녀가 자세히 말해주는 신기한 이야기를 조금도 방해하지 않고 그 숨 돌림이 아무리 길다 할지라도, 피에르는 수동적으로 앉아서 그 이야기에서 방울져 떨어지는 신비한 물방울들을 자신의 영혼 속에 받아들이기로 결심한 채, 덜 신비한 사항들에 관해서는 그것들을 통해 이사벨의 내력에 대한 보다 명료하고 완전한 설명을 이끌어낼 수 있으리라고 기대하고 있었다. 그러면서 투명한 진주조개처럼 새까만 머리카락 속에 파묻혀 있다가 풍성한 머리칼 사이로 우연히 드러난, 그 아가씨의 놀랄 만큼 아름다운 귀에 두 눈을 고정한 채 피에르는 여전히 다시 그녀가 이야기를 시작하기를 기다리며 앉아 있었다.

그녀는 이제 약간 몸을 움직였고, 이상하게 조금 두리번거리고 나서는 더 조리 있게 얘기를 계속했다. 한편 위층에서 나던 발소리는 멎은 것 같았다.

"나는 과거의 기억 속에서 처음 떠오른 그대로, 두 번째 아니 오히려 세 번째 장소에 대해 말했어요. 그러니까 내가 그것들에 대해 기억해낼 수 있는 가장 이른 시기의 느낌에 기대어 그 집에 있던 사람들에 대해 말했어요. 하지만 나는 여러해—5년, 6년, 어쩌면 7년—동안 그 집에 머물었고, 그 기간동안, 언제나처럼 어렴풋한 기억이긴 하지만, 더 많은 것을 배웠기 때문에, 내게는 모든 것이 변했어요. 그곳 거주자 중 몇몇은 떠났고, 몇몇은 웃는 낯에서 비탄의 얼굴로 변했고, 몇몇은 온종일 침울해했어요. 또 몇몇은 야만인처럼 난폭해져 무지막지해 보이는 사람들에게 깊숙한 장소로 끌려 내려갔는데, 그곳에 대해 나는 아무것도 몰랐지만, 아래층을 통해 침울한 소리들, 신음소리와 밀짚에 쇠뭉치 떨어지듯 절거덕거리는 소리들이 들려왔어요. 이따금, 낮에 조용히 관들이 집 안으로 운반되어 들어와, 5분쯤 지나 겉으로 보기에 들어올 때보다 더 무거워져서 다시 나타나는 것을 보았지만 관 속에 누가 있는지는 보지 못했어요. 한번은 거대한 크기의 관을 말없는 세 사람이 아래층 창문을 통해 세로로 밀어 넣는 것을 보았는데, 주의 깊게 보고 있자니 그 관이 다시 밀려 나왔고, 그들은 그것을 마차에 싣고 가버렸어요. 하지만 이렇게 그 집에서 떠나는 보이지 않는 사람들의 수는, 밀폐된 마차에 실려 도착하는 다른 보이지 않는 사람들로 보충되었어요. 몇몇은 누더기를 걸치고 걸어서 왔거나, 아니 오히려 떼로 몰려 걸어왔어요. 한번은 끔찍한 비명 소리가 들려서 창문에서 엿보니까, 건장하지만 누추하고 뒤틀린, 겉보기에 농부처럼 보이는 사내가 네 가닥으로 된 긴 밧줄에 묶여 있었어요. 그 밧줄의 끄트머리를 같은 수의 무식해 보이는 사내들이 뒤에서 붙잡고, 채찍으로 그 거칠고 지저분한 사내를 그 집 방향으로 몰아댔어요. 그때 나는 응수하는 박수 소리, 비명 소리, 악쓰는 소리, 웃음소리, 비난하는 소리, 기도, 욕설, 성가, 그리고 귀에 들리는 모든 혼란한 소리가 그 집의 모든 방에서 쏟아져 나오는 것을 들었어요.

때때로, 단지 잠깐 머무르다 바로 떠나긴 했지만, 당시 내 눈에는 비범해 보인 사람들이 그 집에 왔어요. 그들은 표정이 대단히 부드러웠고, 웃지 않고, 신음하지 않고, 울지 않고, 이상한 표정을 짓지 않고, 한없이 피로해 보이지 않고, 이상하고 별난 옷을 입지 않았어요. 간단히 말해, 그 집에 있던 사람 중에서 다른 사람들에 대해 권위가 있는 것처럼 보이는, 몇 안 되는 극소수를 제외하고는, 일찍이 전에 본 어떤 사람들과도 전혀 닮지 않았어요. 내 눈에 비범하게 보인 이 사람들을 나는, 이상하게 미친 사람들, 표정은 부드럽지만 마음은 방황하는, 영혼은 침착하지만 육체는 방황하는, 그런 사람들이라고 생각했어요.

이윽고, 그 집은 다시 변하는 것처럼 보였어요. 아니면 내 마음이 더 많은 것을 이해했거나, 그곳에 대한 최초의 인상들을 수정한 거겠지요. 나는 위층 작은 방에서 숙박을 했는데, 방에는 가구가 거의 없었어요. 가끔 방에서 나가고 싶었지만 문에 자물쇠가 채워져 있었어요. 간혹 사람들이 와서 나를 그 방에서 훨씬 더 크고 아주 기다란 방으로 데리고 갔고, 여기서 나는 그 집에 사는 많은 다른 사람들을 집단적으로 만나곤 했는데, 그 사람들도 마찬가지로 개별적으로 떨어져 있는 방에서 데려온 것 같았어요. 이 기다란 방에서 그들은 멍하니 주변을 배회하고, 서로 멍청한 대화를 했어요. 몇몇은 몇 시간이고 계속해서 끊임없이 방바닥을 응시하며 방 가운데 서서 꼼짝도 하지 않고 단지 숨만 쉬며 방바닥을 응시했어요. 몇몇은 구석에 웅크리고 앉아 있곤 했는데, 그저 거기에 웅크리고 앉아 숨 쉬고 있을 뿐이었어요. 몇몇은 손을 가슴에 꼭 대고 혼자 신음하면서 이리저리 천천히 거닐었어요. 한 사람이 다른 사람에게 '이걸 만져보세요, 여기, 당신 손을 갈라진 틈에 대보세요' 하고 말하곤 했고, 또 한 사람은 '터졌어, 터졌어, 터졌어' 하고 중얼거렸는데, '터졌어'라는 오직 그 한마디 말만 반복했어요. 하지만 그들 대부분은 말이 없었어요. 말할 수 없었거나, 말하고자 하지 않았거나, 아니면 말하는 법을 잊어버린 거겠지요. 거의 모두가 창백했어요. 몇몇은 머리가 눈처럼 하얗게 새었는데도, 아주 젊었지요. 몇몇은 언제나 '지옥, 영원, 그리고 하느님'에 대해 말했고, 몇몇은 모든 것이 확고하게 정해져 있다고 말했고, 몇몇은 그 말을 부인했어요. 그리고 그들은 논쟁을 벌이곤 했지만, 어느 쪽으로나 별로 확신은 없었어요. 그러나 한번은 참석한 거의 모든 사람이 — 말없는 침울한 사람들과 구석에 웅크린 활발하지 못한 사람들조차 — 웃었는데, 그건 산책하며 논쟁하는 적수인 두 사람이 온종일 실없이 지껄인 후에 서로에게 '당신은 나를 확신시켰어요, 친구. 하지만 우린 피장파장이오. 왜냐하면 나 또한 다른 방법으로 당신을 확신시켰기 때문이지요. 이제 그러니 처음부터 다시 논의합시다. 왜냐하면 서로 마음을 바꿨지만 우리는 아직도 반목하고 있기 때문이오'라고 말했을 때였어요. 몇몇은 벽에다 장광설을 늘어놓았고, 몇몇은 허공에다 큰 소리로 외쳤고, 몇몇은 공중에다 불만의 소리를 내뱉었어요. 또 몇몇은 공중에다 혀를 죽 늘어뜨렸고, 몇몇은 허공에 주먹질을 했고, 몇몇은 허공과 씨름을 하는 듯한 동작을 하더니 그 허공과의 씨름에서 숨을 헐떡이며 나가떨어졌어요.

이제, 지난번 경우처럼, 지금보다 앞서, 내가 당시에 살았던 이 두 번째 아니면 세 번째 집이 어떤 종류의 장소인지 틀림없이 짐작했을 거예요. 하지만 나한테 그 말은 하지 마세요. 나는 그 말을 입 밖에 내본 적이 없고, 지금도 그 말을 들을 때면 그 말에서 달아나고, 책 속에 쓰여 있는 것을 볼 때면 그 책에서 도망쳐요. 내게는 정말로 견딜 수 없는 말이에요. 누가 나를 그 집에 데려왔는지, 내가 어떻게 거기에 왔는지는 몰라요. 내가 그 집에 오랫동안 살았다는 것, 그것만 알 뿐이에요. 그리고 안다고 말은 하지만, 여전히 확신은 서지 않아요. 지금까지도 피에르, 지금까지도 그…… 오, 그 환상, 그 혼란…… 그것은 내게서 완전히 떠나지 않아요. 다시 가만히 있게 해주세요."

그녀는 그에게서 상체를 멀리 젖히고 작고 단단한 손을 이마에 갖다 댄 다음 그 손을 아래로 아주 천천히 옮겼지만, 아직 눈을 가리지는 않은 채, 다른 어떤 몸짓도 하지 않고 쥐 죽은 듯 조용히 손을 거기에 두었다. 그러고 나서 그녀는 몸을 움직

·였고 소름 끼치는 모호한 이야기를 계속했다.

"나는 더 줄여 말해야 해요. 이야기의 본줄기에서 벗어나 여기저기서 곁가지들로 빠져들 생각은 없었어요. 그렇지만 내가 앞에서 말한 그 환상들이 때때로 나를 이끌고, 그러면 나는 무력해진 나머지 그 꿈같은 부추김을 따르게 돼요. 좀 참아주세요. 이제 더 간단히 말하겠어요.

그 집에서 마침내 나에 관한 논쟁이 발생했는데, 그건 그 당시가 아니라 나중에 소문으로만 들었어요. 낯선 사람 몇 명이 도착했고, 또는 그 집으로 오라는 기별을 받고 급히 왔어요. 이튿날 그들은 새롭고 예쁘지만 평범한 옷을 입히고 나를 데리고 아래층으로, 그리고 집 밖으로 나와서 처음 보는 쾌활해 보이는 여자와 함께 사륜마차에 태웠어요. 나는 마차로 꽤 멀리 실려 갔고, 거의 이틀 동안 마차를 타고 가다 도중에 어딘가에서 멈추어 하룻밤 묵었어요. 두 번째 날 저녁에 우리는 또 다른 집에 이르러 거기서 머물렀어요.

이번 집은 저번 집보다 훨씬 더 작은 집이었고, 저번 집에 비하면 기분 좋고 조용한 것 같았어요. 그 집에는 예쁜 갓난아기가 있었어요. 이 예쁜 아기가 나한테 늘 장난스럽고 순진하게 웃고, 나에게 와서 같이 놀자고 했어요. 함께 즐거워하고, 함께 근심 없이 신나 하고 기뻐하자고 이상하게 손짓하면서 예쁜 아기가 처음으로, 말하자면 처음으로 내 존재를 자각하게 했어요. 또 처음으로 내가 돌멩이, 나무, 고양이와는 다른 어떤 중요한 존재라는 것을 깨닫게 했고, 모든 사람들이 돌멩이, 나무, 고양이 같다는 공상을 처음으로 없애주었어요. 또 처음으로 내 마음을 인간적인 기분 좋은 생각으로 충만하게 했고, 처음으로 나로 하여금 인간성의 무한한 자비와 친절과 아름다움을 깨닫게 했어요. 그 예쁜 아기가 처음으로 나를 아름다움에 대한 어렴풋한 생각과, 동시에 슬픔의 느낌, 슬픔의 영속성과 보편성에 대한 생각으로 꽉 차게 했어요. 나는 모든 것을 그 예쁜 아기의 덕택으로 알고 있어요. 아, 행복한 어머니의 품에 안겨 그 하얗고 흰한 품에서 생명과 기쁨과 끊임없이 방실거리는 모든 웃음을 끌어내는 그 아기를 나는 참 부러워했어요. 그 아기는 나를 구원했지만, 더욱 막연한 욕망을 갖게도 했어요. 이제 나는 처음으로 마음속으로 곰곰이 생각하고, 과거의 일들을 떠올리려고 노력하기 시작했지만, 아무리 애를 써도 혼란 말고는 무감각과 마비 상태와 공백과 어둠과 혼란의 공허한 연속 외에는, 거의 아무것도 생각해낼 수 없었어요. 다시 마음을 가라앉혀야겠어요."

그리고 그때 위층에서 발소리가 다시 들리기 시작했다.

V

"그 쾌활해 보이는 여자가 그 커다란 집에서 나를 데려갔을 때, 나는 틀림없이 아홉 살 아니면 열 살 아니면 열한 살이었어요. 그녀는 농부의 아내였고, 그곳, 그 농가가 내 거처였어요. 사람들은 바느질과 양털 다루는 법과 털실 잣는 법을 가르쳐주었고, 이제 나는 거의 늘 바빴어요. 바쁘다는 것이, 바로 그것이 또한, 인간의 모습을 한 존재로서 나 자신을 깨닫는 힘을 어느 정도는 준 게 틀림없어요. 나는 이제 이상한 차이들을 느끼기 시작했어요. 뱀이 풀밭을 기어가고 그 입에서 불꽃 같은 혓바닥을 널름거리는 것을 볼 때면 '저것은 인간이 아니지만, 나는 인간이다'라고 혼잣말을 했어요. 번개가 번쩍하고 어떤 아름다운 나무를 때리고 쪼개어 그 나무가 그 모든 푸른빛을 잃고 썩어가게 해놓을 때면 '저 번개는 인간이 아니지만, 나는 인간이다'라고 말했지요. 그리고 다른 모든 것들의 경우도 그랬어요. 여기서 조리 있게 말할 수 없지만, 모든 착하고 순진한 남녀들은 뱀과 번개의 세상에서, 끔찍하고 뜻 모를 비정한 행위들이 판치는 세상에서, 서로 어긋난 위치에 처한 인간들이라고 왠지 나는 느꼈어요. 나는 아무 교육도 받지 못했어요. 내 모든 생각은 내게서 솟아 나와요. 그것들이 내 해묵은, 갈피를 못 잡는 생각들에 속하는지 아닌지는 모르겠어요. 그렇지만 그것들은 있는 그대로 존재하고, 나는 그것들을 바꿀 수 없어요. 왜냐하면 나는 그것들을 도무지 마음속에 간직해두지 못하고, 어떤 생각들도 결코 가장하지 못하고, 어떤 생각들도 섞음질하지 못하지만, 내가 말할 때 혀에서 생각이 나오고 말은 때때로 생각에 앞서 나오는 탓에, 흔히 내 혀가 내게 새로운 것들을 가르쳐 주기 때문이에요.

한데 아직까지 나는 그 여자나 그녀의 남편이나 그들의 아이들인 어린 소녀들에게 왜 그 집에 나를 데려왔는지, 또는 얼마나 오랫동안 내가 그 집에 머물게 될 건지 전혀 물어본 적이 없었어요. 그저 그곳에 내가 있었어요. 내가 이 세상에 존재하는 것과 마찬가지로 거기에 내가 있었어요. 무슨 이유로 내가 이 세상에 태어났는지가 나에게 이상한 질문이 아닌 것은, 무슨 이유로 나를 그 집에 데려왔는지가 이상한 질문이 아닌 것이나 마찬가지였을 거예요. 나는 나 자신이나 나 자신과 관련된 그 무엇에 대해서 아무것도 몰랐어요. 나는 내 맥박, 내 생각을 느꼈지만, 다른 것들에 대해서는, 무정한 것들 가운데서 내가 인간이라는 막연한 느낌 말고는 전혀 모르고 있었어요. 그러나 나이가 들어가면서 내 마음이 넓어졌어요. 나는 나의 범위 밖에 있는 것들을 습득하기 시작했고, 한층 더 이상하고 더 미세한 차이들을 알기 시작했어요. 나는 그 여자를 어머니라고 불렀고 다른 소녀들도 그랬는데, 그녀는 자주 그들에게 키스했지만 나한테는 좀처럼 하지 않았어요. 그녀는 언제나 식탁에서 맨 먼저 그 애들에게 음식을 집어주었지요. 농부는 좀처럼 나한테 말을 하지 않았어요. 이제 여러 달, 여러 해가 흘러갔고, 그 어린 소녀들은 나를 노려보기 시작했어요. 동시에 그 황량하고 둥그런 공터에 있던 그 적막하고 오래된 집의 바닥돌이 깨진 화롯가에서 외로운 노인과 노파가 뻔질나게 노려보아서 얼떨떨했던 증상, 즉 그들이 그렇게 뻔질나게 노려본 덕분에 생긴, 어리둥절해져 헤매던 증상이 다시 재발했어요. 또 그 붙임성 없는 고양이가 푸른 눈동자로 노려보는 시선과 뱀처럼 쉿쉿 하던 소리가 다시 떠올랐고, 내 인생이 한없이 쓸쓸하다는 느낌이 덮쳐왔어요. 하지만 그 여자는 친절했고, 그녀는 딸들한테 나에게 무정하게 굴지 말라고 타일렀고, 나를 가까이 불러 명랑하게 말을 걸었어요. 나는 감사드렸는데, 하느님에 대해 아무도 가르쳐주지 않았기 때문에 하느님한테가 아니라, 그 화창한 인정 어린 여름과 하늘에 있는 그 기쁨에 찬 인정 어린 태양에게 감사드렸어요. 또한 나한테 그 여자를 보내준 것에 대해서도 그 인정 어린 여름과 태양에게 감사드렸지요. 때때로 아름다운 풀밭으로 몰래 빠져나가 온화한 여름과 태양을 숭배하고, 그 부드러운 낱말, 여름과 태양을 자주 혼자서 되뇌이곤 했어요.

그래도 세월은 계속 흘렀고, 내 머리카락은 숱이 많아지고 길어져서 나를 베일처럼 가리기 시작했어요. 이제 나는 내 머리카락이 예쁘고, 내가 예쁘다는 말을 자주 들었어요. 사람들은 그 말을 나한테 대놓고 말하진 않았지만, 그들이 소곤거리는 것을 우연히 듣고는 했어요. 그 말은 거기에 담긴 인간적인 느낌으로 나를 기쁘게 했어요. 사람들이 그 말을 나에게 대놓고 말하지 않은 것은 나빴어요. 나에게 예쁘다는 말을 솔직히 말했다면 내 기쁨은 그만큼 더 보장되었을 테고, 그로 인해 모든 사람들을 향한 상상할 수 있는 모든 친절로 내 마음은 가득 찼을 테니까요. 한데 그 예쁘다는 말을 소곤거리는 것을 이따금 들으며 몇 달이 지났을 때 새로운 존재가 그 집에 왔는데, 사람들이 그분을 신사라 부르더군요. 그분의 얼굴은 굉장히 멋져 보였어요. 이상하게 그분의 얼굴과 닮았으면서도 또 어찌 보면 닮지 않은 뭔가를 전에 본 적이 있었지만 어디에서 봤는지는 알 수 없었지요. 하지만 어느 날 집 뒤에 있는 잔잔한 물속을 들여다보다가 거기서 나는 그 닮은 것, 그러니까 그분의 얼굴과 이상하게 닮았으면서도 닮지 않은 것 같은 얼굴을 보았던 거예요. 그 일은 나를 너무나 혼란스럽게 했어요. 그 새로운 존재, 그 신사, 그분은 나에게 아주 친절했고, 나를 보고 놀라고 당황한 것 같았어요. 그분은 나를 본 다음에 아주 작고 둥근 사진 같은 것을 보았는데, 그것을 주머니에서 꺼냈으면서도 나한테는 감추었어요. 그러고 나서 그분은 나에게 키스하고, 다정하고 슬픈 눈으로 나를 보았어요. 나는 그분의 눈물 한 방울이 나에게로 떨어지는 것을 느꼈어요. 그러고 나서 그분은 내 귀에 대고 낱말 하나를 소곤거렸지요. '아빠.' 그분이 속삭인 말이었고, 그 어린 소녀들이 농부를 불렀던 바로 그 말이었어요. 그때 나는 그것이 친절한 그리고 키스를 해달라는 말인 것을 알았어요. 나는 그 신사에게 키스했어요.

그분이 그 집을 떠날 때 나는 그분에게 다시 오라면서 눈물을 흘렸어요. 그리고 그분은 다시 왔어요. 모두가 이제 그분을 나의 아버지라고 불렀어요. 그분은 매달 한두 번 나를 만나러 오다가 마침내 전혀 오지 않게 되었어요. 내가 울면서 그분을 만나고 싶다고 하자 사람들이 '죽었다'는 말을 하더군요. 그때 그 크고 사람들이 많았던 집에서 관들이 오가던 어리둥절한 일들, 그 당혹스러운 생각들이 나를 덮쳤어요. 죽는 것이 무엇인가? 살아 있는 것이 무엇인가? '죽음'과 '삶'이라는 낱말 사이에는 무슨 차이가 있는가? 나는 죽었던 것인가? 나는 살아 있었나? 다시 마음을 가라앉혀야겠어요. 나한테 말 건네지 마세요."

그리고 위층에서 발소리, 다시 그 소리가 들리기 시작했다.

"여러 달이 지나갔고, 이제 나는 아무튼 아버지가 나를 데리고 있는 여자에게 때때로 돈을 부쳐주었다는 것과 아버지가 죽은 후론 더 이상 돈이 오지 않았고, 그전에 보내준 돈이 마지막 한 푼까지 이제는 바닥났다는 것을 알게 되었어요. 이제 농부의 아내는 불안하고 괴롭게 나를 바라보았고, 농부는 불쾌하고 조바심하며 나를 바라보았어요. 나는 뭔가 비참하게 잘못되었다는 것을 느꼈어요. 나는 쓸데없는 존재라고 혼잣말을 했고, 그 즐거운 집에서 떠나가야 했지요. 그때 나의 쓸쓸하고 외로운 인생의 모든 외롭고 쓸쓸하고 황당한 일들이 나를 덮쳐 넘어뜨렸어요. 나는 집 밖으로 나와 주저앉았지만 흐느껴 울 수도 없었지요.

하지만 나는 강했고, 이제 성장한 소녀였어요. 나는 그 여자에게 말했지요. 저한테 뭐든지 일을 시켜주세요. 언제나 제게 일을 시키시고, 그저 제가 당신과 함께 있게만 해주세요. 하지만 모든 일들은 그 집 딸들이 하기에 충분했기에, 그들은 나를 원하지 않았어요. 농부는 나를 노려보았고, 그의 노려보는 눈은 나에게 명백하게, 우리는 너를 원하지 않는다, 우리한테서 떠나라, 너는 쓸모없는 존재다, 하고 말했지요. 그래서 나는 그 여자에게, 누군가를 위해 삯일을 하도록 해주세요. 누군가를 위해 일하게 해주세요, 하고 말했어요. 그런데 하찮은 이런 이야기를 너무 너절하게 늘어놓았네요. 결말을 내야겠어요.

그 여자는 내 말을 들어주었어요. 그녀의 주선으로 나는 다른 집에서 살게 되었고 거기서 노임을 벌었어요. 내가 하는 일은 소 젖 짜는 것과 버터 만드는 것과 털실 잣는 것과 얇은 천 조각들로 카펫을 만드는 것이었어요. 어느 날 이 집에 행상인 하나가 왔어요. 그의 짐마차에 기타가 실려 있었는데, 낡은 기타인데도 아주 예쁜 것이었지만 줄이 끊어져 있었어요. 좀 멀리 떨어져 있는 큰 집의 하인들한테서 약삭빠르게 물물교환으로 손에 넣었다고 하더군요. 줄이 여럿 끊어졌는데도 그 물건은 내게 대단히 우아하고 아름다워 보였어요. 전에 기타를 본 적도 없었고 그에 대해 들어본 적도 없었지만, 그 물건에는 음악적 선율이 잠복해 있는 것을 알 수 있었지요. 내 가슴속에는 그 기타의 음률을 예언하는 것 같은 이상한 음률이 있었어요. 직관적으로 나는 그 줄들이 온전치 않다는 것을 알았어요. 나는 그 남자에게 '당신이 기타라고 말하는 물건을 내가 살게요. 하지만 줄은 모두 새것으로 갈아주어야 해요'라고 말했지요. 그러자 그는 그것들을 구하러 갔고, 새 줄을 가져와서 갈아 끼우고 나를 위해 조율을 해주었어요. 그래서 난 내가 번 돈의 일부를 주고 그 기타를 샀어요. 나는 즉시 박공 안에 있는 내 방으로 기타를 가져가 침대 위에 살며시 놓았어요. 그러고 나서 그 기타에게 아주 낮고 부드럽게 속삭이고, 노래하고 속삭였어요. 그렇지만 내게는 거의 아무 소리도 들려오지 않았어요. 그러고 나서 나는 내 노래와 내 속삭임의 선율을 바꾸었지만 여전히 낮고 부드럽게 ― 점점 더 ― 노래하고 속삭였어요. 이윽고 예기치 않게 감미로운 소리가 들려왔는데, 별안간 들려온 그 소리는 말할 수 없이 감미롭고 낮았어요. 나는 손뼉을 쳤어요. 기타가 나에게 말을 하고 있었어요. 그 소중한 기타는 노래하고 있었고, 그 기타는 속삭이고 노래하고 있었어요. 그때 나는 한층 다른 선율로 기타에게 노래하고 속삭였지요. 그러자 한 번 더 다른 현으로 응답했고, 또 한 번 다른 현으로 응답했으며, 한 번 더 내게 속삭이며 다른 현으로 응답했어요. 그 기타는 인간과 같았어요. 그 기타는 내게 기타의 비밀을 알려주었고, 나에게 기타 연주법을 가르쳐주었어요. 나는 그 기타 말고는 음악 선생님을 둔 적이 없었어요. 나는 그것을 사랑하는 벗으로, 내 마음을 알아주는 벗으로 삼았어요. 그것은 내가 그것에게 하듯이 나에게 노래해요. 내 기타와 관련해서, 사랑은 완전히 일방적은 아니에요. 상상할 수 없고 말할 수 없는 모든 경이적인 것들, 이 모든 경탄할 만한 것들이 기타의 신비로운 선율로 옮겨져요. 그 기타는 나의 모든 과거를 알고 있어요. 때때로 그것은 내가 이름을, 결코 이름을 대지 못하는 그 혼란스러운 큰 집의 신비로운 환상을 연주해줘요. 그것은 내게 하늘의 새가 지저귀는 소리를 들려주기도 하고, 내가 한 번도 경험해 본 적 없고 결코 알지 못하는 전설 같은 기쁨이 갖는 열광적인 박동들을 내 안에서 연주하기 시작해요. 나에게 기타를 가져다주세요."

VI

춤추는 듯한 무수한 불빛 사이에서 현혹되고 놀라서 헤매는 사람처럼 정신이 팔려 넋을 잃은 채 피에르는 꼼짝도 하지 않고 이 풍성한 머리카락과 커다란 눈을 가진 신비로운 아가씨에게 귀를 기울였다.

"기타를 가져다주세요!"

마법에서 깜짝 놀라 깨어나면서 피에르가 방 안을 둘러보니 그 악기가 한 구석에 기대어 있는 것이 보였다. 묵묵히 그는 그것을 아가씨에게 가져다주고 조용히 다시 앉았다.

"자 기타에 귀를 기울이면, 기타가 당신에게 내 이야기의 속편을 노래해줄 거예요. 말로는 그 이야기를 할 수가 없거든요. 그러니 기타에 귀를 기울이세요."

즉시 방 안은 선율적이고 애처롭고 불가사의한 음향들로 붐볐고, 이해할 수 없지만 향기로운 소리들로 가득 찼다. 그 음향들은 방 안에서 왈츠를 추는 것 같았는데, 방 구석구석에 반짝이는 고드름처럼 매달려 있다가 은방울을 굴리는 듯한 소리와 함께 그에게로 떨어졌다. 그리고 천장으로 다시 끌어올려져 매달려 있다가 은방울을 굴리는 듯한 소리와 함께 그에게로 떨어져 내렸다. 반딧불들이 그 음향들 속에서 윙윙거리는 것 같았고, 여름 번개 치는 소리들이 그 음향들 속에서 생생하면서도 부드럽게 들리는 것 같았다.

그리고 여전히 그 흥분한 아가씨는 기타를 연주했고, 소낙비의 빗줄기 같은 길고 검은 머리칼이 그 위로 쏟아져 그 기타를 베일처럼 가렸는데, 여전히 떼 지어 몰려드는 듯한 기타 음의 감미로움과 더없이 난해하지만 무한한 의미들이 그 베일 안에서 울려 나왔다.

"오롯이 수수께끼 그 자체인 신비한 아가씨여!" 피에르가 소리쳤다. "말해줘요. 누이가 정말로 인간이라면 말해줘요, 당신이 이사벨이라면!"

신비! 신비!
이사벨의 신비!
신비! 신비!
이사벨과 신비!

빠르고 경쾌하고 방울져 떨어지며 떼 지어 몰려오는 듯한 음향들 가운데서, 피에르는 이제 높은 음조가 무수한 뱀이 구불구불 기어가는 듯한 다른 선율 사이에 재치 있게 끼어들어 휘감기는 화음을 들었다. 그것은 악기의 음향에 맞추어 교묘히 몰래 들어와 휘감기지만, 그 자체는 놀랄 만큼 자유분방하게 자유롭고 대담했다. 서로 화답하는 무수한 벽들에서처럼 반향하고 다시 반향하는 한편, 머리칼로 뒤덮인 모습의 이사벨은 매 음절과 함께 똑같이 자유분방하고, 돌연하고, 방종하게 이리저리 몸을 흔들었다. 그러자 그것은 어떤 노래와도 비슷하지 않은 것 같았고, 어느 누구의 입에서도 나오지 않는 것 같았지만, 기타를 가리고 있는 바로 그 베일 밑에서 울려 나왔다.

그런데 이상하고 화끈한 열기가 이마에서 타올랐다. 그는 거기에 손을 얹었다. 즉시 그 음악이 변했고, 처지며 변했고, 변하고 또 변하고, 변하면서 망설이듯이 되풀이되고, 마침내 완전히 사라졌다. 피에르가 먼저 침묵을 깼다.

"이사벨, 당신이 이토록 경이로운 것들로 나를 가득 채워주어 나는 정신이 너무나 혼란해졌어요. 그래서 내가 여기 올 때 당신에게 특별히 말해줘야 했던 것들을 지금은 말해주고 싶어도 생각해낼 수가 없어요. 당신은 아직도 뭔가 말하지 못한 게 있는 듯한데, 언젠가 그 얘기를 해줘요. 하지만 지금은 더 이상 곁에 머물 수가 없어요. 나를 영원히 당신이 사랑하고 존경하고 감탄하는, 결코 당신을 저버리지 않을 형제로 여겨주세요, 이사벨. 이제 키스하고 떠나게 해줘요. 내일 밤까지, 그때 나는 당신에게 나의 모든 마음과, 나와 당신에 관해 세운 모든 계획을 털어놓을 겁니다. 작별 키스를 하게 해줘요. 그러면 안녕!"

피에르에 대한 의심하지 않고 흔들리지 않는 믿음으로 가득 찬 채, 그 아가씨는 꼼짝도 하지 않고 앉아 그의 이야기를 끝까지 들었다. 그러고 나서 묵묵히 일어나 무한한 신뢰가 담긴 이마를 그에게로 돌렸다. 그는 거기에 세 번 키스를 하고 한마디도 더 말하지 않고 그곳을 떠났다.

7부
피에르가 농가에서 이사벨과 가진 두 번의 만남 사이에 생긴 일

I

피에르는 방금 떠나온 장면을, 그 당시에는 물론이고 오랫동안, 충분히는커녕 개략적으로도 실감할 수가 없었다. 그러나 모든 세계가, 그리고 그 안에서 자못 평범하고 단조로운 것으로 오해된 모든 것이, 전혀 풀 길 없는 신비함 속에 백만 길이나 깊이 잠겨 있다는 것을 지금 그는 막연히 느꼈다. 처음 그 아가씨가 들려준 이야기는 수수께끼 같았다. 그것은 심각하고 진지하며, 언제나 애매하고 불명료하고 동시에 일어난 거의 기적적인 일들로 가득 차 있었다. 그리하여 그 아가씨가 들려준 이 놀라운 이야기는, 먼저 그의 영혼에서 평범하고 단조로운 것을 모두 밀어냈다. 그다음에는 기타의 형언할 수 없는 마력과 이사벨이 그 가락을 끝맺으며 노래한 몇 마디 간략한 노랫말의 미묘한 선율적 호소력, 이 모든 것이 그를 홀리고 매혹시켰다. 마침내 그는 어떤 마법사의 정원에 붙잡혀 단단히 묶여 나무로 변형된 신비에 싸인 방문객처럼, 허리를 굽힌 채 꼼짝도 하지 않고 앉아 있었다.

그러나 이 마법들로부터 폭발하듯 풀려나 널따란 길을 따라 급히 걸어가면서 그는 당분간 그 신비한 감정을 없애거나 아니면 적어도 잠시 동안이나마 뒤로 밀어두려고 애썼다. 마침내 그는 그날 하루 온종일 먹지 못하고 방황한 것과 그날 밤 일어난 결코 잊을 수 없는 일에서 받은 직접적인 여파로부터 몸과 마음 모두를 회복할 시간을 가져야 했다. 그는 이제 현재의 육체적 욕구 외에는 모든 생각을 말끔히 떨어 없애려고 노력했다.

조용한 마을을 지나는데 시계가 자정을 알리는 소리가 들렸다. 그는 부랴부랴 바깥쪽 은밀한 곳에 열쇠를 걸어두었던 부엌문으로 해서 대저택에 들어갔다. 그는 옷을 갈아입지도 않고 침대에 몸을 던졌다. 하지만 다시 자신의 잘못을 깨닫고 일어나서 자명종이 틀림없이 5시에 다시 울리도록 맞춰놓았다. 그런 다음 다시 침대에 누워 침입해 들어오는 모든 깊은 생각을 몰아내고 단호하게 잠에 몰두하면서, 이윽고 처음에는 못마땅해했다가 마침내 환영하는 따뜻한 잠의 품속에 떨어졌다. 5시에 그는 일어났고, 동쪽에서 그날의 전위부대의 창살 같은 첫 번째 햇살을 보았다.

그 이른 시간에 나감으로써 대저택 식구와의 우연한 접촉을 모두 피하고, 그가 새로이 찾은 누이 이사벨만큼 들꽃 같은 존재와의 교제에 적절한 유일한 준비 행위의 하나로 또 한 번 숲 속을 배회하는 데 온 하루를 보내는 것이 그의 목적이었다. 그러나 눈에 익은 그의 방 안 모습이 이상하게 그의 감정을 움직였다. 잠시 동안, 그는 이사벨이 마치 미끄러져 움직이듯이 빠져나온 그 불가사의한 세계로 그녀를 돌려보내달라고 기도를 올릴 뻔했다. 잠시 동안, 루시의 다정하고 모든 것을 이해해주는 푸른 눈이, 못지않게 다정하지만 애처롭고 헤아릴 수 없는 이사벨의 검은 눈을 밀어냈다. 그는 둘 중 하나를 선택하도록 그들 사이에 놓여 있는 것 같더니 잠시 후에는 둘 다 그의 것인 것처럼 보였다. 그렇지만 이사벨의 눈에 서린 애처로운 빛이 줄어들지도 않은 채 그 애처로운 빛의 절반이 루시의 눈으로 살며시 옮아갔다.

다시금 약한 마음과 긴 인생의 권태가 그를 무감각하게 했다. 그는 대저택에서 나와 맨 이마로 심신을 회복시키는 시원한 바람을 맞았다. 그러고는 대저택에 다시 들어가서 정확히 7시에 다시 울리도록 시계를 맞춘 다음 침대에 누웠다. 하지만 이제 그는 잠들 수가 없었다. 7시에 옷을 갈아입고, 8시 반에 조금 전 계단에서 어머니의 발소리가 나는 것을 엿듣고서 아침 식탁에서 그녀를 만나기 위해 아래층으로 내려갔다.

II

그는 어머니에게 인사했지만, 어머니는 심각하고 깜짝 놀란 표정을 짓더니, 그다음엔 갑자기 억제되지 않은 공포에 싸여 그를 쳐다보았다. 그때 그는 자신이 틀림없이 놀랄 만큼 변해 있다는 것을 알았다. 하지만 어머니는 그에게 말은 하지 않고, 다만 그의 아침인사에 답례할 뿐이었다. 그는 어머니가 여러 가지 이유로 그에게 심히 감정이 상해 있고, 더욱이 그에 대해 막연히 놀라고 있으며, 끝으로 이 모든 것에도 불구하고 상한 자존심으로 인해 마음속의 모든 우려를 억누르고 있는 것을 보았다. 그가 지금 어머니 앞에 마법사 면허장을 펼쳐놓는다 할지라도 어머니는 말로는 아무런 관심도 표현하지 않고 그에게 아무런 설명도 요구하지 않을 것임을 그는 잘 알고 있었다. 그럼에도 그는 어머니가 보이는 서먹서먹함의 정도를 시험해보는 것을 완전히 그만둘 수는 없었다.

"제가 식사에 많이 불참했어요, 메리 누님." 그가 억지로 쾌활함을 가장하며 말했다.

"그래, 피에르. 오늘 아침 커피가 네 입맛에 맞니? 상당히 새로운 커피란다."

"맛이 아주 좋아요. 대단히 진하고 향기로워요, 메리 누님."

"네가 그렇다니 기쁘구나, 피에르."

"왜 피에르 동생이라고 부르지 않으세요?"

"내가 그렇게 부르지 않았나? 좋아, 그러면, 피에르 동생, 그게 더 좋으니?"

"왜 저를 그렇게 무관심하고 쌀쌀하게 대하세요, 메리 누님?"

"내가 무관심하고 쌀쌀하게 대하고 있니? 그렇다면 그렇게 보이지 않도록 노력하마. 거기 토스트 좀 다오, 피에르."

"저한테 아주 심하게 마음이 상하셨군요, 어머니."

"조금도 그렇지 않단다. 피에르. 최근에 루시를 만난 적이 있니?"

"아니요, 어머니."

"아! 연어 한 조각만 다오, 피에르."

"어머니는 자존심이 너무 강해서 이 순간 느끼고 계신 감정을 저에게 보여주지 않으시는군요, 어머니."

글렌디닝 부인은 천천히 일어나 여성미와 위엄을 갖춘 당당한 키를 자랑하며 위압적으로 그를 굽어보며 섰다.

"더 이상 나를 시험하지 마라, 피에르. 나는 네게서 아무 비밀도 캐내려 하지 않을 거야. 아주 최근까지 늘 그랬던 것처럼 우리 사이에서는 모든 것이 자발적이어야 해. 그렇지 않으면 우리 사이에 있는 모든 것이 무가치해질 테지. 나를 경계해라, 피에르. 나 말고 네가 더 많이 경계해야 할 사람은 당연히 이 세상에 없으니, 나에게 이런 행동을 계속하는 것은 삼가도록 해."

그녀는 다시 자리에 앉았고, 더 이상 말하지 않았다. 피에르는 침묵을 지켰고, 자기가 뭘 먹는지도 모르는 채 음식을 몇 입 가득 서둘러 먹은 후 조용히 식탁과 방과 대저택을 떠났다.

III

피에르가 나가고 조찬실의 문이 닫히자 글렌디닝 부인은 무의식적으로 포크를 손에 쥔 채 일어섰다. 얼마 안 있어 그녀는 깊고 빠르게 오가는 생각에 잠겨 방 안을 왔다 갔다 하다가, 손아귀에 쥔 이상한 것을 의식하게 되었다. 그러고는 그게 무엇인지 확인하지도 않고 본능적으로 팽개쳤다. 세차게 부딪히는 소리가 들렸고, 그다음에 진동음이 들렸다. 글렌디닝 부인이 돌아서자, 피에르의 초상화 옆에 걸린 자신의 초상화가 꿰뚫리고, 그 가슴팍에 은제 포크가 꽂혀 진동하며 상처 난 부위에 박혀 있는 것이 보였다.

그녀는 재빨리 그림으로 다가가서 대담하게 그 앞에 섰다.

"그래, 너는 찔렸구나! 그러나 부정한 손이 널 찔렀어. 이것은 '그대의' 은제 포크의 일격이었어야 했는데." 그러고는 피에르의 초상화의 얼굴을 향해 돌아서면서 말했다. "피에르, 피에르, 너는 나를 독약 바른 칼끝으로 찔렀어. 피가 몸 안에서 변하는 게 느껴지는구나. 나, 글렌디닝이라는 성을 가진 외아들의 어머니인 나는 지금 마치 얼마 지나지 않아 단절될 혈통의 마지막 자손을 낳아놓은 것 같은 느낌이야. 유일한 상속자가 수치스러운 행위를 저지르기라도 하면, 그 일족은 곧 대가 끊어질 것이기 때문이지. 그리고 어떤 수치스러운 행위가, 아니면 대단히 수상쩍고 대단히 어두운 어떤 일이 네 영혼 속에 들어 있거나, 그렇지 않으면 평판이 안 좋은, 치욕스러운 얼굴을 한, 어떤 사악한 악령이 정말로 지금 저 자리에 앉아 있는 거겠지. 그게 무엇일까? 피에르, 속을 털어놓아라. 나의 힘겨운 슬픔을 보고 그렇게 가볍게 미소 짓지 마라. 대답해라. 그게 뭐냐, 애야? 그럴 리가? 그럴 리가? 아냐…… 그래…… 정말로…… 그럴 리가? 그럴 리가 없어! 하지만 그 애는 어제 루시의 집에 없었고, 루시도 여기에 오지 않았어. 내가 불렀는데도 루시는 나를 만나려 하지 않았어. 이게 무슨 징조일까? 그러나 단순한 결별, 즉 연인들이 때때로 갈라섰다가 이내 다시 기쁨에 찬 눈물로 그 끊겼던 관계를 보수하려고 하듯이, 잠시 관계가 깨진 그런 단순한 결별이 내 도도한 마음을 그렇게 꺾을 리없어. 그것이 일부 사실이라 할지라도, 전부는 아니야. 하지만 아냐, 아냐, 아냐, 그럴 리 없어, 없어. 그 애가 그렇게 미친, 그렇게 불손한 짓을 하지도 않을 것이고, 할 리도 없을 거야. 그건 대단히 놀라운 얼굴이었어, 내가 그 애에게 실토하지 않았고, 그 얼굴을 본 걸 내비치지도 않았지만. 그러나 아냐, 아냐, 아냐, 그럴 리가 없어. 그런 비천한 존재가 젊고 비할 데 없다해도 그 근본이 순수할 리 없어. 백합은 오염되어 때때로 잡초들 사이에 끼여 있을 수 있지만 잡초를 줄기로 갖지 않아. 그 여자는 가난하고 비천한 것이 틀림없고, 전염력을 가진 운명의 두 부분, 즉 비천함과 아름다움을 둘 다 물려받게 되어 있는, 뜻밖에 피어난 화려하지만 가치 없는 탕녀임이 틀림없어. 아냐, 그 애에 대해 그런 생각은 하지 않겠어. 하지만 그러면 어떻게 되지? 때때로 나는 어쩌면 완전히 누그러져 애원하는 기분이 되어야 하는 자리에서 자존심 때문에 입을 꼭 다물고 속을 전혀 드러내지 않음으로써 치유할 수 없는 모든 비애를 일으킬 것 같아 걱정이었어. 하지만 누가 자신의 마음을 확인하고, 그걸 고칠 수 있겠어? 자신의 자아를 또 하나의 자아와 정면으로 마주 세우는 것, 누구나 그것을 가끔은 할 수 있을지 모르지만, 그 다른 것이 자신의 자아일 때, 나는 용납이 안 돼. 그렇다면 나는 내 천성대로 살겠어. 자존심을 굳게 지킬 거야. 양보하지 않겠어. 무슨 일이 닥쳐와도 생각을 바꾸지 않고 그것을 물리칠 거야. 어미가 풋내기 아들 앞에 고개를 숙일까? 그 애가 나한테 자발적으로 실토하라고 해, 아니면 녀석 한번 미끄럼 타보라지."

IV

피에르는 돌진하여 숲 속으로 깊이 들어갔고, 몇 마일을 갈 동안 잠시도 멈추지 않았다. 그는 진기한 돌, 더 정확하게 말하자면 완전히 옆으로 누워 고립되어 있으며, 너도밤나무와 밤나무들이 쓸어내리듯이 위에 아치를 이루고 있는, 헛간만큼 거대하고 반질반질한 바윗덩어리에 도달할 때까지 도중에 숨 한 번 돌리지 않았다.

그 바위는 길게 늘인 달걀 모양과 비슷한 형태를 하고 있었지만, 그보다는 더 평평하고 양쪽 끝이 더 뾰족했다. 그렇지만 정말로 뾰족하진 않았고, 불규칙한 쐐기 모양을 하고 있었다. 그 바윗덩어리 아랫면 한가운데 가까이 어딘가에, 옆으로 이어진 융기가 있었다. 그리고 이 융기선의 눈에 띄지 않는 한 점이, 땅에서 약간 비어져 나온 또 하나의 세로로 뾰족하게 솟은 바위에 얹혀 있었다. 그 눈에 띄지 않는 하나의 미세한 접촉점 말고는, 그 거대하고 육중한 바윗덩어리 전체가 그 넓은 육지와 물의 세계에서 다른 물체와 닿지 않았다. 그 바위는 보기에 숨 막힐 듯한 것이었다. 넓은 둔부 모양을 한 바윗덩어리가, 널을 받치고 있는 것 같은 접촉점까지 내내, 땅바닥에서 1인치 이내의 간격으로 공중에 떠 있었지만, 그럼에도 땅에 닿지 않았다. 거기서 여러 피트 이어진 — 온통 갈라지고 반은 쪼개져 있는, 반대편 바위의 한 부분 밑에 있는 — 틈은 사람이 기어 들어갈 수 있을 뿐만 아니라, 편리하게도 상당히 넓었는데도 거기에 기어 들어갈 대담한 심장을 가진 사람은 알려진 바로는 아무도 없었다.

그것은 그 지방 일대에서 하나의 불가사의라 해도 무리가 아니었다. 하지만 이상한 말이지만, 기나긴 겨울 밤 같은 때에 노인들은 파이프 담배를 피우고 젊은이들은 옥수수의 알을 떼는, 수백 개의 시골집 벽난로 재받이 돌들이 그다지 멀지 않은 거리에 널려 있는데도, 청년 피에르가 이 바위를 처음 공표한 것으로 알려진 최초의 발견자였다. 그래서 그는 즉시 기발하게 그것에 '멤논 바위'라는 이름을 붙였다. 아마도 이 특이한 물체가 그렇게 오랫동안 세상에 공표되지 않은 채로 남아 있었던 이유는, 참으로 깊고 울창한 원시림으로 둘러싸이고 뒤덮인 채 허드슨 강 산악 지방의 협곡에 키드 선장*의 침몰한 선체처럼 놓여 있는 데다, 바위의 꼭대기 부분은 나뭇잎이 돋아나는 봄철 동안 높은 가지의 무성한 나뭇잎 아래 온통 여덟 길이나 가려져 있어 우연히 눈에 띈 적이 없었고, 그 밖에도 시골집에 사는 사람들은 목재와 연료를 더 접근하기 쉬운 삼림 지대에서 얻었으므로 그 바위 근처를 찾아갈 특별한 동기가 없었기 때문이라기보다는 그 순진한 사람들 중 누구든 설령 그것을 우연히 보았다 할지라도, 눈뜬장님 같은 부족한 감상력으로는 하등 놀라운 광경이라고 생각하지 못했을 것이고, 그리하여 그것을 널리 공표할 만한 가치가 있는 것으로 생각하지 못했을 것이기 때문이었다. 그래서 실제로 그들이 그것을 보았다 할지라도 그렇게 중요치 않은 것이라 나중에 잊어버렸을지도 모른다. 간단히 말해서, 이 놀라운 '멤논 바위'는 그들에겐 전혀 '멤논 바위'일 리가 없고, 장원의 황량한 지역을 손쉬운 작은 샛길로 달리는 것을 방해하는 잠재적인 커다란 장애물로 심히 유감스러운, 거대한 방해물일 뿐이었다.

어느 날 피에르는 그 바위의 측면에 가까이 기대고 그것에 시선을 집중하면서, 그토록 사람이 산 지 오래된 고장에서 자

---

*스코틀랜드 출신의 유명한 해적이자 바다의 유랑자 윌리엄 키드. 영불전쟁과 해적 진압에 큰 공을 세웠으나 후일 자신이 해적 혐의로 체포되어 교수형을 당했다. 체포당하기 직전에 많은 보물을 은닉한 것으로 알려졌는데, 이는 하나의 전설이 되어 에드거 앨런 포의 《황금 풍뎅이》를 비롯한 다수의 문학 작품에 영향을 주었다.

신이 이처럼 거대한 천연의 진기한 보물을 우연히 발견한 최초의 식별력과 감식력을 갖춘 사람이었다는 것이 얼마나 놀라운 일인지를 생각했다. 그러면서 오랫동안 켜켜이 쌓인, 짧게 깎은 잔디 같기도 하고 솜털 같기도 한 해묵은 이끼를 손으로 연신 털어내다가, 우연히 그 밑에서 적잖이 놀랍게도 바위에 반은 지워진 이름의 머리글자 'S. ye W.'가 조잡하게 망치로 새겨져 있는 것을 보았다. 그때 그는, 이 지역 일대의 순진한 사람들이 모두 태곳적부터 그 바위를 몰랐을지라도, 자신이 그 믿기 어려운 장관을 발견한 유일한 인간이 아니라는 것을 깨달았다. 즉 아주 오래전 다른 시대에, 지금 살아 있다면 어쩌면 수세기 동안 자란 가장 유서 깊은 떡갈나무처럼 늙은 턱수염을 연방 움직일지도 모르는 과거의 어떤 사람이—그 공들여 새긴 이름의 머리글자가 증명하는 것처럼—그 바위를 보았고, 그 바위의 경탄할 만한 점을 완전히 올바르게 인식했다는 것을 알았다. 하지만 누가, 도대체 누가 이 'S. ye W.'였을까? 피에르는 오랫동안 곰곰이 생각했지만 도저히 짐작조차 할 수가 없었다. 그 글자들은 고서체로 쓰여 있어 마치 콜럼버스가 신대륙을 발견한 시대 이전의 어느 시기를 가리키는 것 같았다. 그러다가 우연히 피에르는 긴 세월에 걸친 무척 다양하지만 불행한 인생을 산 후에 마침내 《구약성경》에서 커다란 위안을 찾았고 계속 늘어나기만 하는 감탄과 함께 그것을 연구하고 있는, 도시에 사는 친척인 백발의 노신사에게 이 이상한 머리글자의 문제를 이야기하게 되었다. 그러자 이 백발의 늙은 친척은 그 바위에 관한 자세한 모든 사항, 즉 크기, 높이, 그 아슬아슬한 기울기의 정확한 각도와 다른 모든 것을 파악했다. 그러고는 그것에 대해 훨씬 오랫동안 숙고하고, 여러 번 길게 이어지는 한숨들을 쉬고, 의미심장한 백발노인의 표정들을 지어 보인 후, 〈전도서〉에서 몇 구절을 읽었다. 이 모든 지겨운 예비 행위들을 거친 후에, 조금도 재촉할 수 없는 백발의 이 늙은 친척은 피에르의 단단한 젊은 어깨에 떨리는 손을 얹더니 천천히 속삭였다. "이보게, 그건 솔로몬 현왕일세." 피에르는 이 말을 듣고 유쾌한 웃음을 억누를 수 없었고, 매우 기이하고 외고집에서 비롯된 것으로 보이는 기발한 생각에 놀랄 만큼 기분 전환이 되었다. 그리고 그는 그것을, 《구약성경》에 나오는 오빌*이 미국의 북부 해안 어딘가에 있다고 한때 주장했던 것을 잘 알고 있는, 공경할 만한 친척의 이른바 노망기 탓으로 돌렸다. 그러니 솔로몬 왕이 두로나 시돈**의 어떤 황금 수송선을 타고 일종의 아마추어 화물 관리인 자격으로 바다를 건너 여행하고, 활과 화살 통을 메고 자고새를 사냥하며 소요하다가, 우연히 '멤논 바위'를 보았을지도 모른다고 그 노신사가 상상한 것은 놀라운 일도 아니었다.

하지만 피에르가 이 바위를 생각할 때면 늘 기분이 명랑한 것은 아니었다. 하물며 숲 속에 앉아 의미심장한 그 깊은 숲의

---

*솔로몬 왕이 금을 얻었다는 지방.
**두로와 시돈 모두 고대 페니키아의 항구 도시이다.

정적 속에서 그 바위의 기묘한 절벽을 바라볼 때에는 더욱 아니었다. 묘석으로 바로 이 당당한 바윗덩어리보다 더 좋은 게 없을 것이라는 생각이 자주 스쳐 지나갔고, 때때로 주변의 나뭇잎들이 부드럽게 흔들리는 동안, 오래전 태곳적에 세상을 떠난 어떤 꽃다운 소년을 기리는 것처럼 슬퍼하고 애도하는 비탄이 그 바위 속에 숨어 있는 것 같았다.

이 바위는 그 순진한 고장 일대의 불가사의였음은 물론이고 그 고장의 공포라고 해도 무방할 것이다. 이따금 피에르는 그 육중한 불가사의를 곰곰이 생각함으로써 신비로운 기분에 젖으면 그것을 '공포의 바위'라고 불렀다. 돈을 준다고 해도, 그 아찔한 높이를 올라가, 더 높이 솟아 있는 꼭대기 위를 기어오르겠다는 사람은 없었을 것이다. 날아가는 아주 작은 새의 부리에서 한 톨의 씨가 떨어져도 그 거대한 바윗덩어리를 넘어뜨려 나무들과 충돌하게 할 것 같았다.

피에르에게는 익숙한 일이었다. 그는 긴 장대를 거기에 기대어놓고서, 아니면 인접한 너도밤나무를 타고 높이 기어오른 다음에 탄력이 있는 나뭇가지들을 타고 이마처럼 생긴 정상에 내려앉음으로써 자주 그 바위에 올랐었다. 그러나 그 '공포의 바위'가 혹시 실제로 무너진다면 그로 인해 맨 먼저 위협받는 바로 그 지점, 즉 더 높은 꼭대기의 틈 밑으로 기어 들어갈 만큼 겁내지 않은 적은 — 더 정확히 말하자면 — 무모해진 적은 아마도 결코 없었으리라.

V

하지만 지금 그는 흔들리지 않고, 마치 어떤 내밀한 예정에 따라 움직이는 것처럼 앞으로 나아가 그 바위를 단호하게 눈여겨보고 나서, 숲에 쌓인 지난해의 낙엽 위에 엎드려 그 소름 끼치는 틈 속으로 미끄러지듯 기어 들어가 죽은 것처럼 거기에 누웠다. 그는 입을 다물고 있었는데, 그것은 이루 말할 수 없는 생각들이 마음속에 있었기 때문이다. 이 생각들은 결국 차츰 말로 표현할 수 있는 것들에 자리를 양보했고, 마침내 '공포의 바위'의 불쑥 튀어나온 위협적인 벼랑 밑에서 피에르의 말들이 들려 나왔다.

"내 안에 있는 비밀에 부쳐진 것들로 인한 고통이 언젠가 사내다운 자리에서 나를 떨어뜨리게 된다면, 나 스스로 오로지 미덕의 편이고 오로지 진실의 편이라고 맹세하는 것이 그저 나를 벌벌 떨고 불신당하는 노예로 만드는 것뿐이라면 말이다. 만일 인생이 비열하게 굽실거리지 않고는 감당할 수 없는 짐으로 판명될 거라면, 정말 우리의 행동이 모두 미리 정해져 있고, 우리는 운명에 대해 러시아 농노 같은 존재들이라면 말이다. 우리가 아주 숭고하게 투쟁할 때 보이지 않는 악령들이 우리를 보고 정말 킥킥 웃는다면, 인생이 기만적인 꿈이고 미덕은 야밤의 희희낙락하는 술판이나 마찬가지로 무의미하고 아무런 축복도 받지 못하는 것이라면 말이다. 또한 의무를 위해 나 자신을 희생하는 것 때문에 어머니가 나를 다시 희생시킨다면 말

이다, 의무 그 자체는 마귀일 뿐이고, 모든 일이 인간에게 허용
되고 벌줄 수 없다면 말이다. 그렇다면 그대, 무언의 바윗덩어
리여, 나에게 무너져라! 오랫동안 그대는 기다려왔고, 만일 이
일들이 이 모양이라면, 그렇다면 더 이상 기다리지 마라. 지금
여기에 누워 그대에게 기원하고 있는 자보다 그대가 누구를 더
잘 뭉개버릴 수 있단 말인가?"

쏜살같이 날아가던 새 한 마리가 한껏 노래하며, 요지부동
이고 영원히 움직이지 않는 균형을 이룬 '공포의 바위' 위에 빠
르게 내려앉아 피에르에게 명랑하게 지저귀었다. 나뭇가지들
이 갑자기 불어온 훈풍의 쇄도에 휘어지고 흔들렸다. 피에르는
천천히 기어 나와서, 어느 누구에게도 감사할 일이 없다는 듯
이 도도하게 두 발로 일어서서, 그의 침울한 길을 갔다.

VI

청소년기의 풍부한 상상력으로 곰곰이 생각해서 피에르가 멤
논이라는 널리 알려진 오래된 이름을 그 경이로운 바위에 붙
였을 때, 그는 단지 동방 여행자들이 모두 말하는, 그 이집트의
불가사의한 일을 연상하기 쉬운 어떤 기억들로 인해 그렇게 했
을 뿐이었다. 그리고 그가 죽으면 묘석으로 그 바위를 희망하
는 덧없는 생각이 오래전에 떠올랐을 때, 그때는 그저 시적인
소년의 마음에 자주 떠오르는, 아픔 없는 꿈같은 애수로 물든

그 무수한 공상적인 생각 중 하나를 따른 것뿐이었다. 하지만 시간이 흐른 후 새들 메도우스에서의 환경과는 너무도 다른 환경에 처한 피에르가 그 바위와 그것에 관한 자신의 미숙한 생각들과 나중에 그 바위 밑에 기어 들어간 무모한 행위를 곰곰이 생각했을 때, 당시 치기 어린 마음에서 했던 무의식적인 과거의 행동이 지금 그에게는 예언적이고, 그 후의 사건들을 통해 우의적으로 증명되는 것처럼 보였다.

위협적으로 돌출한 '공포의 바위'로 간주되는, 이 바위의 거대한 둔부 뒤에 웅크리고 있는 ― 순진한 마을 사람들에게는 숨겨져 있지만 피에르에게는 밝혀진 ― 그 밖의 더 미묘한 의미들은 말할 것도 없이 '멤논 바위'로서의 그 바위의 모습을 잘 생각하라. 왜냐하면 멤논은 열광적인 무모함으로 남을 위해 정당한 싸움에 몸을 던져 자기보다 강한 적과 맞서 싸우다, 트로이 성벽 밑에서 천진난만하고 비통하기 짝이 없는 죽음을 맞은 여명의 여신 아우로라의 아들이며 이집트의 왕위 계승자인 이슬 같은 왕자였기 때문이다. 애통해하던 신하들은 요절한 그를 추모하기 위해 이집트에 기념비를 세웠다. 매일 동틀 녘에, 아들을 잃은 아우로라 여신의 숨결이 닿으면, 그 석상은 몹시도 심한 부상을 당한 듯이, 갑자기 끊긴 하프 줄에서 나는 소리처럼, 비탄에 잠긴 애처로운 소리를 냈다.

헤아릴 수 없는 슬픔의 세계가 여기에 존재한다. 왜냐하면 이 구슬픈 전설에서 우리는 고대 세계의 햄릿주의, 즉 "극히 드문 불운으로 꺾인 미덕의 꽃"이라는 3천 년 전의 햄릿주의가 구현된 것을 발견하기 때문이다. 그리고 그 영국의 비극은 몽테뉴*화되고 현대화된 이집트의 멤논일 뿐인데, 왜냐하면 그저 필멸의 인간이기에 셰익스피어도 조상들을 가졌기 때문이다.

지금 멤논의 석상이 오늘날까지 남아 있듯이, 몇몇 왕족 청년들(멤논과 햄릿은 둘 다 왕자였다) 가운데 숭고하게 분투하지만 언제나 파괴된 인물도 또한 그러하고, 그 석상은 그런 인물의 우울한 원형이다. 하지만 멤논의 조각된 비애는 과거에 음악적으로 울려 퍼졌는데, 지금은 모든 것이 무언이다. 옛날에 시는 모든 불운한 형태의 인생에 바치는 축성과 장례 의식이었지만, 경박하고 메마르고 무미건조하고 무정한 시대에, 아우로라 여신의 음악적 신음 소리는 그 기념비와 만가를 다 같이 삼켜버리는 우리 시대의 표류하는 사막 가운데서 사라져버린다.

VII

피에르가 숲 속을 걸어가는 동안, 이제 이사벨을 둘러싼 것들을 제외하고는 모든 생각이 사라졌다. 그는 그녀를 덮고 있는 불가사의한 안개를 응축시켜 명확하고 이해할 수 있는 형태로

---

*프랑스의 사상가. "좋은 것도 없고 나쁜 것도 없지만, 생각하는 것이 그것을 그렇게 만들 뿐이다"(2막 2장)라는 《햄릿》의 대사에 대해 "《햄릿》의 심원한 몽테뉴주의가 여기서 강하게 드러난다"는 멜빌의 논평이 있다.

만들려고 노력했다. 그는 그들이 이야기를 나눌 때 그녀가 매우 자주 암시했던 그 어리둥절한 느낌이, 진술의 똑바른 방향에서 지속적으로 그녀를 옆길로 새게 하고, 결국 맥락 없이 수수께끼같이 불명료하게 얘기를 끝내게 했던 것을 유추하지 않을 수 없었다. 하지만 그는 또한 이것이 전혀 고의가 아니고, 지금 틀림없이 그녀 스스로도 유감으로 생각할 것이므로, 다가오는 그들의 두 번째 만남이 이 수수께끼의 대부분을 푸는 데 도움이 될 것이라고 확신했다. 그 막간의 시간이 그녀의 마음을 안정시키고 회복시켜 그에게 이상한 생각을 덜 갖게 하는 데 많은 도움이 될 것이었으므로, 뒤로 미루는 시간을 정할 때 그가 경솔했던 것을 그다지 자책하지 않았다. 왜냐하면, 정말 아침부터 그날 하루의 전망을 내다보면서, 그에게는 그것이 한계가 없고 지루하게 긴 것처럼 보였기 때문이다. 그는 아무래도 어떤 얼굴이나 집과도 마주 대할 마음이 나지 않았고, 갈아놓은 밭, 경작의 어떤 흔적, 오래전에 베어 넘어뜨린 소나무의 썩은 그루터기, 사람이 지나간 아주 가벼운 자국도 마음에 들지 않고 혐오스러웠다. 마찬가지로 그의 마음속에서도 일반적인 평범한 인간과 관련된 모든 기억과 상상들이, 당분간 아주 기이한 방식으로 불쾌해졌다. 더욱이, 두 개의 상이한 세계 — 외부와 내부 — 에서 공통적인 모든 것을 이렇게 혐오하는 한편, 본질적인 정신의 내면 깊숙한 가장 미묘한 영역에서조차 피에르는 지금 자신의 피곤한 영혼을 그 위에 앉힐 만한 단 하나의 쾌적한 사유의 나뭇가지도 발견할 수 없었다.

보통 사람들은 정신의 완전한 이런 빈곤 상태를 겪는 일이 드물다. 만일 하느님이 그들에게 치유할 수 없는 경박함을 주지 않았다 할지라도, 보통 사람들은 여전히 자만심이나 정숙한 만족이라는 어떤 은밀한 것을 가지고 있다. 보통 사람들은 어떤 다른 사람을 위해 작은 자기희생적 행위를 언제나 해왔다. 그래서, 다양하고 상이한 간격을 두고 거의 모든 교양 있는 인간을 틀림없이 덮치는, 때때로 순환하는 저 의기소침하고 권태로운 시간들 속에서, 이런 사람들은 즉시 하나 아니면 두 개 아니면 세 개의 작은 자기희생적 일들을 생각해내고, 그것에서 휴식과 위안과 다소 보상적인 즐거움을 얻는다. 하지만 하늘 자체가 선행이 전혀 의미가 없다는 가장 진실한 기독교적 교리를 원시적 신조에 따라 비교화적으로 그들의 선택된 영혼 속에 새겨둔, 자기 경멸적인 정신의 소유자들은, 잊히지 않고 남아 있는 과오와 비행을 회상한다 해도(상관적 성경 교리와 일치하여) 조금도 질책의 아픔이나 그림자를 느끼지 못하는 것과 마찬가지로 인자한 덕행의 기억을 우연히 떠올린다 해도 결코 한 방울의 위안도 얻지 못한다.

이사벨의 이야기가 가진 미궁을 헤매는 듯한 신비함이, 이 특별한 기분 속에서 한동안 우리의 피에르에게 불쾌감을 주는 양상을 띠었다. 그럼에도 무언가가 인간의 영혼을 점유해야 했고, 이사벨은 그때 그에게 가장 가까이 있었다. 그는 이사벨에 대해 처음에는 몹시 불안해하고 고통스럽게 생각했지만, (하늘은 단호하고 본분을 지키는 사상가에게 결국 상을 내리니까)

이내 혐오감은 줄어들고, 마침내 자발성과 친화성이 점차 증가했다. 이제 그는, 그녀가 파란만장한 인생사를 자세히 말하던 동안 여기저기에서 받았던 최초의 인상들을 떠올렸고, 자신의 마음과 기억 속에서 그녀의 이야기가 사실임을 증명하는 신비로운 사실들을 재빨리 떠올렸다. 그리고 그 사실들은 그녀의 이야기에 또 다른 번득이는 빛을 발산함으로써, 이야기의 신비함을 증가시키는 한편 동시에 주목할 만하게 구체화했다.

그녀가 떠올릴 수 있는 최초의 기억은 프랑스풍의 이상한 시골에 있는 사람이 살지 않는 낡은 성 같은 집에 대한 것이었는데, 그녀는 그곳을 바다 건너 어딘가로 막연히 짐작했다. 이것은 도러시아 고모가 들려준 젊은 프랑스 여인이 실종된 이야기에서 이끌어낸 어떤 자연스러운 추론과 놀랄 만큼 일치하지 않는가? 그렇다. 바다 이쪽 편에서 그 젊은 프랑스 여인이 실종된 일은 오직 다른 쪽에서 그녀가 다시 나타나는 것을 전제로 한다. 그래서 그는 그 뒤 그녀에게 일어났을 법한 일과 그녀에게서 아기를 강제로 빼앗아가는 광경과 황량한 산간 미개지에 그 아기가 유폐된 일을 어둡게 상상해보면서 몸서리를 쳤다.

그러나 이사벨 또한 자신이 바다를 건넜다는 막연한 느낌을 가지고 있었다. 피에르는 맨 처음에 그녀가 슬퍼하는 어머니의 품속에 숨겨진 채 아마도 자기도 모르는 사이에 밀항하여 바다를 건넜을지도 모른다는, 문득 떠오른 생각을 곰곰이 해보다가, '다시' 건넌 거라고, 단호하게 결론을 내렸다. 그러나 이사벨이 그렇게 어린 나이에 실제로 바다를 건넜다는 가정을 입증하는 증거나 설명을 찾기 위해, 자신이 일찍이 들은 얘기에서 어떤 추론이든 이끌어내려던 중에, 이 지점에서 피에르는 그녀의 인생 초년의 난해한 수수께끼를 푸는 데 자기 자신과 이사벨 두 사람의 통합된 지식이 모두 적절치 않음을 느꼈다. 이 움직일 수 없는 모호함의 확실성에 그는 굴복했고, 그것을 절망 이상의 것으로 여기고 마음에서 떨쳐내려고 노력했다. 그래서 이사벨이 그 쾌활한 여자의 손에 이끌려 마차에 실려 마지막으로 떠나게 된 — 그녀가 차마 이름을 댈 수 없었던 — 커다란 집에 대한 그녀의 기억을, 머릿속에서 지워버리기 위해 그는 또한 상당히 애썼다. 그녀의 인생에서 이 일화는, 무엇보다 피에르의 가장 깊은 영혼이 놀람과 혐오로 기절할 일에 어쩌면 그의 아버지를 사건의 당사자로 연루시키는 것으로, 그에게는 대단히 잔인하게 도발적인 것이었다. 여기서 더 이상의 폭로를 감당할 수 없다는 것, 아버지가 이 일에 대한 책임으로부터 무고함을 논리적으로 밝히는 것이 영원히 불가능하다는 것, 그가 마음속으로 혼자서 은근히 상상한 많은 다른 어둡기 짝이 없는 추측들, 이 모든 것이 악마의 억제되지 않은 악의에서만 나올 수 있을 정도의 극악무도하고 강렬한 힘으로 피에르를 압도했다. 그러나 이런 생각들이 민감하고 방자하게 피에르에게 떠올랐지만, 피에르는 못지않게 예민하게 그것들에 맞섰다. 그리하여 그는 분개한 영혼을 총동원해 뒤쫓는 고함 소리와 함께, 그것들이 출현한 넓은 지옥의 영역으로 다시 그것들을 추적해 들어갔다.

이제 이사벨의 이야기를 곰곰이 생각하면 할수록 그만큼 더 그는 그 이야기의 모호성이 다음 만남에서 대부분 해소될 것이라고 여겼던 원래 생각을 수정했다. 그에게 이러한 놀랄 만한 수수께끼로 이사벨을 에워싼 것은, 특유의 거친 표현법으로 자신이 겪은 과거의 이야기를 신비화한 이사벨이라기보다는, 그녀의 이야기 자체가 지닌 본질적이고 피할 수 없는 신비함이라는 것을 그는 알았거나, 아는 것 같았다.

VIII

이러한 재고의 성과는 이사벨의 인생이라는 주제에 대해 좀 더 밝혀내려는 시도에서, 그가 지금 그녀에게 이성적으로 기대할 수 있는 것은 단지, 그 주제를 현재의 순간으로 이어가고, 또한 그녀가 이미 그에게 밝힌 이야기의 후반부 여백을 될 수 있는 한 메우는 몇 가지 추가적인 세부 사항뿐이라는 확신이었다. 그리고 이 점에서 그는 그녀가 할 말이 많을 것이라고 확신할 수 없었다. 무슨 이상한 방법으로 그녀가 마침내 자신의 남동생을 찾아냈고, 어떻게 금전적으로 빈곤한 상황과 싸웠으며, 어떻게 고생스러운 양육원을 이곳저곳 전전하다가 마침내 그가 지금 농부 얼버의 집에서 비천한 노예 상태에 있는 그녀를 발견하게 되었는지 따위의 따분한 이야기 말고, 그녀에게 덧붙여 할 말이 무엇이 더 있겠는가? 그렇다면, 이력 전체가 단지 몇십 마디 말로 요약되면서도 그 빈약함 속에 깊이를 알 수 없는 끊임없이 솟아나는 신비의 샘을 구현할 수 있는 이력을 가진 인간이 이 평범한 일상 세계에 살아 있다는 것이 가능한 일인가 하고 피에르는 생각했다. 우리가 사는 이 세상은 믿음직하고 말끔한 얼굴을 하고 있음에도 불구하고 불가사의한 것들로 넘쳐난다. 그런데 나와 모든 인류가 우리가 걸친 평범한 의상 밑에, 별들도 그리고 어쩌면 가장 높은 천사들도 풀 수 없는 수수께끼들을 감추고 있는 게 결국 가능한 일인가?

이사벨이 그와 남매 관계라는 직관적으로는 확실하지만 정확히 입증되지 않은 사실은, 전에는 상상하지 못한 끝없는 호기심의 굴레에 자기를 동여매고 있다고 그가 지금 느끼는 고리였다. 바로 그의 피가 예사롭지 않을 만큼 미묘하게 모든 동맥을 통해 흐르고 있는 것 같았다. 그리고 그때 그는 똑같은 흐름이 이사벨의 신비한 혈관을 통해 흐른다고 생각했다. 모든 것을 지배하는 결정적인 문제 — 이사벨과 그가 정말로 남매인지 여부 — 에 대해 미심쩍어하며 그가 이따금 느끼는 모든 고통은 그것이 확실하다는 것과 해결할 수 없는 문제라는 것, 이 두 가지 생각을 추가로 안겨주며 그에게 되돌아올 뿐이었다.

그녀는 나의 누이, 나의 아버지의 딸이다. 글쎄, 내가 그것을 왜 믿는가? 예전에 나는 그녀의 존재에 대해 아주 먼 소문으로조차 듣지 못했는데, 그 후 무슨 일이 일어나 나를 변화시켰나? 새롭고 부정할 수 없는 무슨 증거 서류를 만져보기라도 했는가? 결코 아니다. 하지만 나는 그녀를 보았다. 그래, 그것을 인정하라. 나는 전에 만난 적이 없는 수많은 다른 아가씨들을 볼 테지만, 그것만으로는 그들 중에서 누구도 누이로 인정하지 못할 것이다. 하지만 피에르, 그 초상화, 그 의자에 앉은 모습의 초상화는? 그것을 생각해라. 그러나 그 초상화는 이사벨이 태어나기 전에 그린 것이었고, 그 초상화가 이사벨과 무슨 관계가 있을 수 있는가? 그것은 이사벨의 초상화가 아니라 아버지의 초상화이다. 게다가 어머니는 맹세코 그 초상화 속 인물은 그분이 아니라고 하신다.

그는 여전히 숲 속을 헤매고 다니며 눈으로 시시각각 변하는 그늘진 전망을 좇았다. 그러면서, 찰흙과 진흙의 더러운 거래에서 자기네 영혼의 타고난 거룩함을 박탈하려고 늘 애써대는, 저 이상하게 고집스러운 인간들의 눈에 보이는 모든 근거지와 자취로부터 멀리 떨어졌다. 도시의 성문 안에서는 결코 얻지 못하고, 본래 아담의 시선이 머물렀던 것들 중에서 영원한 대양을 제외하면 오늘날까지 남아 있는 유일하게 변하지 않은 일반적 물체인, 원시림의 분위기만이 주는 생각과 공상들이 피에르의 마음속에 떠올랐다. 정말로 지상의 모든 것 중에서 분명히 가장 불타기 쉽거나 증발하기 쉬운 나무와 물이, 이런 점에서 보면 가장 내구성이 있는 것이기 때문이다.

그러나 그의 모든 심사숙고는 아무리 산만했어도 이사벨을 중심으로 맴돌았으며, 매번 옆길로 벗어났다가 다시 그녀에게 돌아왔고, 불가사의한 것을 좇는 새로운, 작은 어떤 싹들을 다시 이끌어냈다.

시간적인 문제가 피에르에게 떠올랐다. 이사벨은 몇 살인 가? 추정된 그녀의 삶에서 끌어낸 모든 합리적인 추론에 따르면, 햇수는 분명치 않지만 확실히 그녀는 그보다 손위였음에도 전체적 용모는 아주 어린애 같았다. 그럼에도, 말하자면, 그는 그녀에 대한 윗사람의 보호 감정을 자연스럽게 갖게 하는, 그녀보다 강한 우위를 느꼈을 뿐만 아니라, 세상에 대한 보다 나은 식견과 전반적인 세련된 지식에 대한 판단들을 경험했다고 느꼈다. 더구나 그러한 이치 자체에도 불구하고, 모든 단순한 계산에 관계없이, 그는 자기가 시간의 관점에서 그녀보다 손위이고, 이사벨을 영원한 어린아이라고 자주적으로 선언하는 감정을 의식했다. 그의 불가사의한 확신에 대한 강력하지만 이상한 이 자부심은 의심할 여지없이 그녀 얼굴의 꾸밈없는 어린아이 모습에 대한 그의 성실한 고찰에서 생겨난 관념이었다. 이는 그의 마음속에 추적이 되지 않는 거의 뜻밖의 발단을 가지고 있었다. 진짜 어린아이의 얼굴이 흔히 어릴 적의 뚜렷함 가운데 깊고 한없이 슬픈 표정을 짓듯이, 그녀의 얼굴은 일반적인 표정에서 심히 애처로웠지만 그럼에도 결코, 오히려 그 때문에, 그 특이한 어린애 같은 모습을 조금도 잃지 않았다. 하지만 그녀 본래의 변함없는 젊은 느낌으로 그에게 그토록 특이하게 감명을 준 것은 이사벨 얼굴의 슬픔도 아니고, 엄밀히 말하자면 사실, 그 어린애 같은 얼굴도 아니었다. 그것은 어떤 다른 것이었고 게다가 그가 전혀 이해하지 못하는 어떤 것이었다.

모든 인간의 자발적 동의를 통해 상상 속에서 인간이 거주하는 곳보다 더 높고 더 순수한 영역으로 높이 올려진 아름다운 여성들은 — 적어도 그들 중에서 육체는 물론이고 영혼이 아름다운 사람들이 — 인생무상의 냉혹한 법칙에도 불구하고 꽤 오랫동안 노쇠의 주박에서 신비롭게 벗어나 있는 것처럼 보인다. 왜냐하면 외양의 아름다움이 조금씩 사라짐에 따라 내면의 아름다움이 지워지지 않는 별빛의 마력으로, 조금씩 사라져가는 그 싱그러운 아름다움을 대체하기 때문이다. 그렇지 않다면 어째서 예순의 나이에 사랑과 충성의 강력한 유대로 떠받들리는 몇몇 여성이 손자뻘인 젊은 남자들을 거느리는가? 그리고 왜 모든 남자를 유혹하는 니농*은 일흔의 나이에 본인의 의사와 관계없이 수십 명의 남자를 비탄에 빠뜨렸는가? 그것은 여성의 아름다움이란 영원하기 때문이다.

이사벨 얼굴의 어린아이 같으면서도, 우리의 구세주께서 영원한 애처로움으로부터 승천한 영혼들의 유일한 표정이라고 암시하는, 그 천사 같은 순진함이 피에르를 마주 바라보았다.

이사벨에 대한 새롭고 더 새로운, 점점 더 많아지는 생각들이, 과거 태곳적 세대들의 발을 적셨고 현재에도 계속해서 흐르며 죽어버린 모든 사람들의 무덤 옆을 지나고 지금 살아 있는 모든 사람들의 침상 옆을 지나 빠르게 흘러가는 놀라운 강물처럼, 끊임없이 피에르의 영혼을 통해 흘러갔다. 하지만 그

---

*본명은 안 랑클로로, 미모와 교양을 갖춘 그녀의 살롱에는 많은 저명인사들이 모여들었다.

의 사려 깊은 강물이 더 많이 흐르면 흐를수록 더욱더 많은 신비함 또한 그에게 흘러갔고, 게다가 그 신비함은 해명되지 않으리라는 더욱더 확고한 확실성마저 흘려보냈다. 그녀의 인생에는 풀리지 않은 플롯이 있었고, 그는 그것이 풀리지 않은 채로 영원히 남아 있을 것이라고 느꼈다. 그녀의 어둡고 애처로운 분위기가 언젠가 풀려 빛과 환희의 희망 찬 분위기로 변할 것이라는 소망이나 꿈을 그는 조금도 갖고 있지 않았다. 다른 모든 젊은이들과 마찬가지로 피에르는 소설 작법을 정독했고, 그 또래 대부분의 젊은이보다 더 많은 소설을 읽었다. 그렇지만 영원히 조직화할 수 없는 요소들을 조직화하려는 소설의 그릇되고 전도된 시도들, 얽히고설킨 인생의 망을 구성하는 섬세한 거미줄보다 더 가는 실들을 뻔뻔하고 주제넘게도 풀고 펼치고 분류하려고 시도하는 과정에서 드러나는 소설의 무력함, 이런 것들은 이제 피에르를 지배하지 못했다. 소설의 속수무책인 초라함을 그는 똑바로 간파했고, 그가 가진 하나의 감각적 진실이 소설의 모든 추론적 거짓말들을 딱정벌레처럼 못 박았다. 그는 인간의 삶은 진실로 모든 인간이 '신'이라는 이름으로 일컫기로 합의한 존재로부터 생긴다는 것과, 인생은 신의 해명할 수 없는 심원함을 함께한다는 것을 이해했다. 절대 틀리지 않는 예감을 통해 그는 인생 초기의 어둠은 반드시 기쁨으로 끝나지는 않는다는 것, 결혼식의 종이 결코 인생의 제5막의 마지막 장에서 울리지 않는다는 것, 무수한 부류의 통속 소설이 신비의 베일들을 공들여 만들지만 끝에 가서는 흐뭇해져서 그것들을 치우고, 무수한 통속 드라마들이 똑같은 일을 오직 되풀이한다는 것, 그리고 또한 인생에 대해 인간적 견지에서 알려질 수 있는 모든 것을 보여주려고 의도된, 인간의 마음의 더 심원한 발산들, 이것들이 그 자체의 얽힌 일들을 결코 풀지 못하고, 적절한 결말을 갖지 못하지만, (절단된 그루터기처럼) 불완전하고, 예상치 못하고, 기대에 어긋나는 결과로, 서둘러 시간과 운명의 영원한 조수와 뜻밖의 합류를 한다는 것을 깨달았다.

그래서 피에르는 이사벨의 어두운 등불을 언제나 그에게 비추게 하려는 생각을 모두 버렸다. 그녀의 빛은 덮개가 있었고, 그 덮개는 잠겨 있었다. 그리고 이것을 보고 그는 상심하지 않았다. 가족의 회고담 사이에서 여기저기 귀동냥하고, 아버지 쪽 친척들에게 교묘하게 물어봄으로써, 그는 어떻게든지 미덥지 않고 아주 불만족스러운 일들로 이루어진 몇 개의 작은 낱알을 긁어모을지도 모르지만, 그것들은, 만일 그가 그 방향으로 강하게 마음이 쏠려 있다면, 그의 실제적인 결의들에서 더욱 절망적으로 그를 무력하게 만드는 데 소용이 될 뿐이다. 그는 이 신성한 문제를 조금도 파고들지 않기로 결심했다. 그에게 이제 이사벨의 신비는, 바로 그 어둠이 마법을 일깨우는, 신비로운 밤하늘의 모든 매력을 가지고 있었다.

그 사려 깊은 강은 여전히 그의 마음속에서 계속 흘렀고, 이제 그 강물은 한층 다른 것을 그에게 떠내려 보냈다.

이사벨의 편지는 남동생을 포옹하려는 누이의 모든 신성한 갈망으로 점철되고, 가장 자유분방한 말로 그녀가 평생 동안 그로부터 소외된 고통을 그렸다. 요컨대, 그 편지는 그의 지속적인 사랑과 동정 없이는, 그녀에게 더 이상의 삶은 깊이를 알 수 없는 가장 가까운 연못이나 세차게 흐르는 강물에 투신하기에나 적합할 뿐이라는 것을 맹세했지만, 그럼에도 두 남매가 정해진 약속에 따라 만났을 때, 이 흥분된 행동들은 어느 것도 재연되지 않았다. 그녀는 여러 번 하느님에게 감사했고, 이제 그가 외로운 그녀에게 가까이 와준 데 진정으로 감사했지만, 보통의 통례적인 누이의 애정 표시는 없었다. 아니, 오히려 그에게 안겼을 때 팔 안에서 빠져나가려고 애쓰지 않았던가? 그리고 그에게 한 번도 키스하지 않았고, 오로지 인사로 하는 키스를 그가 요구했을 때 말고는, 그는 그녀에게 키스를 하지 못했다.

이제 피에르는 신비와 신비가 서로 엇갈리고 신비가 신비를 교묘히 벗어나는 것을 보기 시작했다. 그리고 그는 인간 연합의 가장 견고한 것으로 가정된 원리의 단순한 허구성을 깨닫기 시작한 듯했다. 운명이 그들에게 이 짓을 했다. 운명은 남매를 갈라놓았고, 마침내 그들은 서로에게 어쩐지 전혀 남매처럼 보이지 않았다. 누이들은 자기 남동생의 키스를 받으며 움츠리지 않는다. 그리고 피에르는 결코, 결단코 자기는 단순한 남동생의 포옹으로 이사벨을 껴안을 수 없을 것임을 느꼈다. 한편 가족에 대한 애착을 제어하는, 다른 어떤 애무에 대한 생각은 그의 오염되지 않은 영혼에서 완전히 비어 있었다. 그런 생각이 거기에 의식적으로 침범한 적은 없었기 때문이다.

　그러므로 운명의 일격으로 그에게는 영원히 누이가 되지 못하고, 루시에게 그를 이끌리게 했던 그런 사랑의 가장 희박한 가능성으로부터도 분명코 영원히, 또다시 영원히 멀어졌음에도, 여전히 그녀는 그의 영혼의 가장 열렬하고 가장 깊은 감동의 대상이었다. 따라서 이사벨은 인간의 영역 밖으로 완전히 비상했고, 타락하지 않은 사랑의 가장 높은 하늘에서 그를 위해 변형되었다.

8부
두 번째 만남,
이사벨의 두 번째
이야기 · 그것들이
피에르에게 미친
직접적이고
충동적인 영향

I

이사벨과 그의 두 번째 만남은 훨씬 만족스러웠다. 맨 처음 그는 적잖게 놀랐고 그것은 지난번보다 훨씬 더 이상하고 당혹스럽게 다가왔지만, 그래도 역시 첫 번째 만남 못지않게 감동적이고 신비적이었다.

지난번과 마찬가지로 이사벨 자신이 농가 안으로 그를 맞아들였고, 두 사람이 이중창이 난 방에 자리 잡고 앉을 때까지 그녀는 그에게 한마디 말도 건네지 않았다. 그가 먼저 그녀에게 말을 걸었다. 만일 피에르가 그 순간에 어떻게 처신할지 여하간 미리 결정을 했더라면, 그것은 외면적으로 누이에 대한 최대한의 애정을 표현하는 것이었으리라. 그러나 그녀의 꿈꾸는 듯한 침묵과 그녀가 지닌 그 초자연적 분위기가, 그를 그 자리에 얼어붙게 했다. 그 바람에 그의 두 팔은 벌려지지 않았고, 입술은 우애의 키스 속에 서로 닿으려 하지 않았다. 한편 그러는 동안 내내 그의 가슴은 가장 깊은 사랑으로 넘치고 있었다. 그가 와준 것을 그 아가씨가 말할 수 없이 고맙게 여기는 것을 그는 충분히 잘 알고 있었다. 사랑과 존경이 그렇게 친밀하게 반응하고 서로 융합된 적이 없었고, 연민이 경탄과 그렇게 합쳐져 몸의 움직임에 마법을 걸어 그를 꼼짝달싹 못하게 만든 적이 없었다.

피에르에게서 몇 마디 당혹스러운 말들과 짤막한 대답이 나간 후에 침묵이 이어졌다. 그러는 동안 느리고 가벼운 발소리가 전날 밤에 이따금 그랬듯이 꽤 똑똑히 들렸을 뿐만 아니라 집 안의 경미한 소음들도 서로 이웃한 방에서 들려왔다. 피에르의 얼굴에 무의식적으로 떠오른 의문을 알아채고, 이사벨은 이렇게 말했다.

"나는 당신이 내 삶과 나의 이상한 점과 신비한 점을 올바르게 인식하고 있다고 느껴요. 그래서 내가 하는 어떤 행동에 대해서든 당신이 오해할 가능성은 없을 거라고 안심하고 있고요. 잘못된 상상이 조장되고 마음을 아프게 만드는 것은, 오직 사람들이 몇몇 사람들의 특별함과 그 사람들을 둘러싸고 있는 상황을 인정하려고 하지 않을 때뿐이에요. 피에르, 혹시라도 내가 당신에게 서먹하게 굴고 환영하지 않는 것처럼 보이더라도, 당신은 언제나 이사벨의 마음을 믿고 거기에 어떤 의혹도 가지면 안 돼요. 방금 저쪽 방에서 들린 소리 때문에 당신은 나 자신과 관련된 흥미 있는 의문을 슬며시 품게 되었을 거예요. 말하지 마요. 나는 정말 당신을 이해해요. 내가 여기서 어떤 조건으로 살아오고 있는지, 고용된 사람인 내가 어떻게 이렇게 적당히 남의 눈을 피해 당신을 맞이할 수 있는지 말해주겠어요. 왜냐하면 당신이 아주 쉽게 상상할 수 있듯이, 이 방은 내 방이 아니기 때문이에요. 말이 난 김에 또 생각나서 하는 말인데, 결국 내가 이렇게 천사 같은 남동생을 얻게 된 정황과 관련해서 몇 가지 좀 더 말해줄 사소한 것들이 아직 남아 있어요."

"'천사 같은'이라는 말은 나에겐 해당되지 않아요." 피에르가 진심으로 자세를 낮추고 그녀에게 좀 더 가까이 다가앉으면서 말했다. "당연히 그 말은 누이에게나 어울릴 뿐이죠."

"피에르, 어젯밤에 어렴풋이 말한 것에 덧붙여, 당신이 알고 싶어 할 것이라고 생각되는 모든 것을 말해주겠어요. 3개월쯤 전에, 당시 내가 머물던 농가의 사람들이 식솔을 정리하고 서부의 어떤 고장으로 떠났어요. 내 일손이 필요한 곳이 즉시 나타나지 않았지만, 오래 알고 지낸 어느 이웃 가정에서 나를 따뜻하게 맞아주고, 어딘가에 고용이 될 때까지 그곳에 머물러 있으라는 아주 친절한 권유도 해주었지요. 하지만 나는 운이 나를 도와주기를 기다리지 않았어요. 수소문한 결과 델리 얼버의 슬픈 이야기와, 그녀에게 닥쳐온 운명으로 인해 늙은 부모가 가장 마음 아픈 슬픔에 빠졌을 뿐만 아니라, 외동딸의 가사 도움도 받지 못하게 된 상황을 확인했어요. 늘 하인들의 시중을 받아온 사람들은 그 심각한 곤란을 쉽게 이해하지 못하는 상황이지요. 정말로 나의 기분은, 더 나은 말이 없기 때문에 그렇게 말해도 좋다면요, 델리의 불행이 내 이익의 근원이 된다는 생각으로 묘하게 상했어요. 하지만 그럼에도 그런 생각이 나에게 실제로 영향을 미치지는 못했지요. 내 마음 가장 깊은 곳에 깔린 진실한 생각들도 별로 그렇지 않았고요. 그래서 나는 이곳으로 왔는데, 내가 여기 쓸모없이 오지 않았다는 것을 내 두 손이 증명할 거예요. 그런데 동생, 어제 헤어지고 나서 나는 적잖이 놀랐어요. 동생이 내가 언제 어떻게 글렌디닝이라는 이름이나 자신과 그렇게 밀접하게 관련된 것임을 알게 되었는지, 어떻게 내가 새들 메도우스가 그 가문의 토지인 것을 알게 되었는지, 어떻게 드디어 다름 아닌 피에르, 당신 앞으로 편지를 하기로 결심했는지, 페니즈 양의 집에서 열린 바느질 모임에서 있었던 바로 그 잊히지 않는 장면은 무엇 때문인지 하는 것들을 그때 나한테서 바로 알아내려고 하지 않았으니까."

"나 역시 그런 것들을 지금까지 한 번도 떠올리지 않았다는 게 나 스스로도 의아해요." 피에르가 대답했다. "그러나 정말이지, 누이의 풍성한 머리칼은 나로 하여금 모든 일상적인 고려 사항들을 제쳐놓게 하고, 오직 누이 눈 속에 서린 누비아* 사람 같은 까만 눈동자의 매력에만 반응하게 해요. 그러니 계속해서 모든 것을, 그리고 무엇이든 말해줘요. 나는 모든 것을 알고 싶긴 해도, 이사벨, 누이가 자발적으로 털어놓고 싶지 않은 것은 아무것도 알고 싶지 않아요. 나는 이미 모든 것의 핵심을 알고 있다고 느끼고, 이미 모든 것에 대해 최대한 당신에게

*아프리카 수단 북부 지방.

공감하고 있어요. 누이가 내게 해주려고 남겨둔 말이 무엇이든 간에, 나는 그저 그 말을 확증하고 확인할 뿐이라는 것을 느꼈어요. 그러니 계속해요, 친애하는…… 그래요, 단 하나뿐인 나의 누이."

이사벨은 감동한 시선으로 오랫동안 그를 뚫어지게 응시했다. 경탄할 만한 두 눈을 그에게 고정하고 그러더니 느닷없이 벌떡 일어나 재빨리 그를 향해 다가오다가 갑자기 멈추었다. 그러고는 조용히 다시 자리 잡고 앉아 그에게서 고개를 돌리고 말없이 손등에 기댄 채, 열린 창문 너머로 이따금 거기에 번쩍이는 약한 마른번개를 응시하며, 당분간 그렇게 계속 있었다.

그녀가 곧 다시 이야기를 시작했다.

II

"피에르, 내 얘기 중에서, 여기서 멀리 떨어진 곳에서 보낸 대부분의 어린 시절과 관련해서 그 신사분…… 나의…… 그래요, '우리'의 아버지를 처음 언급한 대목을 기억할 거예요. 그 당시 나는 때때로 그분을 아버지라 불렀고, 그 집 사람들도 이따금 나에게 그분에 대해 말할 때 그분을 그렇게 불렀어요. 그래도―한편으로, 내 짐작으로는, 이전에 겪었던 나의 특별한 격리 생활 때문에―나는 그때엔 마음속에서 아버지라는 말과 그 말이 보통 어린아이들에게 불어넣는 그 모든 독특한 연상들을 연결하지 못했어요. 말로 설명할 수는 없는데, 그것은 정말, 나 스스로 왜 그랬는지를 이해하지 못하기 때문이에요. 나한테 는 아버지라는 말이 일반적인 사랑과 애정 표시의 말일 뿐 그 이상은 아닌 것처럼 보였고, 어느 쪽이든, 어떤 종류의 그 어떤 요구도 관련시키지 않는 것처럼 보였어요. 나는 아버지의 이름 을 묻지 않았어요. 왜냐하면 나에게 각별히 친절한 그분을 개 별적으로 가리키기 위해서 말고는, 그분의 이름을 운운하는 걸 들을 기회가 있을 리 없었고, 보통 그분을 '신사분' 그리고 때 때로 '나의 아버지'라고 우리는 불렀으므로, 그런 식으로 그분 은 이미 개별적으로 취급되었던 거예요. 그때나 그 후에나, 세 상에서 아버지에게 통용되는 무슨 더 특별한 이름이 있냐고 그 집 사람들에게 물었다면, 그들이 적어도 나에게 그 이름을 밝 혀줬을 거라고 생각할 판단력이 나에겐 없었어요. 그리고 정 말 어떤 특이한 이유로, 그들이 그 점에 대해 비밀을 지킬 것 을 굳게 맹세했다고 나는 지금 확신하고 있기 때문에, 아주 단 순한 작은 사건이 없었더라면 나는 아버지의 이름을 결코 알 수 없었을 것이고, 당연히 피에르 당신이나 당신의 친족에 대 한 지식의 아주 작은 그늘이나 그림자도 결코 알지 못했을 거 예요. 그 당시 나는 그 지식의 가치를 몰랐지만, 그 사건이 그 것을 나에게 밝혀주었어요. 아버지가 마지막으로 그 집을 방문 했을 때, 우연히 손수건을 두고 갔어요. 그것을 맨 처음 발견한 것은 농부의 아내였어요. 그녀는 그것을 주워서, 그 귀퉁이들 을 재빨리 검사하듯이 잠시 만지작거리다가 나한테 던져주며

'자, 이사벨, 여기 친절한 신사 양반의 손수건이 있구나. 그분이 귀여운 '벨'을 다시 만나러 올 때까지, 그분을 위해 잘 간수해두어라'라고 말했어요. 기꺼이 나는 그 손수건을 받아 품속에 넣었어요. 하얀 손수건이었는데, 꼼꼼하게 살펴보니 그 한가운데에 빛바래고 노르스름한 정교한 글씨가 작게 행을 이루고 있었어요. 그 당시 나는 인쇄체도 필기체도 읽을 줄 몰랐어요. 그래서 그땐 조금도 지능이 향상되지 않았지만, 그럼에도 어떤 은밀한 본능이 만일 그 여자가 손수건에 어떤 글씨가 있다는 것을 알았더라면 그렇게 인심 후하게 손수건을 주지는 않았을 거라고 나에게 일러주었어요. 나는 그것에 관해 물어보는 것을 참았고, 아버지가 돌아올 때까지, 은밀히 그분에게 물어보기 위해 기다렸어요. 그 손수건은 양탄자를 깔지 않은 방바닥에 놓여 있어서 먼지투성이가 되어 있었지요. 나는 손수건을 개울로 가지고 가서 빨았고, 우연히라도 아무도 지나가지 않을 풀밭 위에 널어 말렸어요. 그리고 누군가 그 손수건에 흥미를 느끼고 다시 그것을 바라보는 일이 없도록 작은 앞치마로 덮고 다림질을 했고요. 하지만 아버지는 결코 다시 돌아오지 않았어요. 그래서 나의 슬픔 속에서 그 손수건은 더욱더 소중해졌고, 그것은 천진한 무지 속에서 내가 그때 '아버지'와 '신사님'이라고 똑같이 불렀던, 소중한 과거의 친구를 추억하며 남몰래 흘린 많은 눈물로 축축이 젖었어요. 하지만 그분이 죽었다는 느낌이 확고해졌을 때, 그때 다시 나는 그분의 귀중한 기념품을 빨아서 말리고 다림질해서 나 말고는 아무도 그것을 찾지 못할 곳에 감춰놓고 더 이상 절대로 내 눈물로 그것을 더럽히지 않기로 결심했어요. 그래서 그 이름이 손수건의 한가운데에 보이지 않게 가려지는 방식으로 그것을 접었어요. 나는 스스로 그 빛바랜 글자들의 의미를 알아내기 위해 글자를 배우고 읽기를 배우기로 결심했어요. 그때 읽기를 배우는 데엔, 그 유일한 목적 말고는 다른 어떤 목적도 없었지요. 나는 쉽사리 그 여자를 설득하여 나한테 글을 조금 가르쳐주게 했고, 매우 빨리 알아들었어요. 게다가 매우 열심히 배우려고 한 덕분에 곧 알파벳을 다 외웠고요. 그러고는 계속 철자법을 익히고, 이윽고 읽기로 들어가서, 마침내 '글렌디닝(Glendinning)'이라는 신비한 낱말을 완전히 해독하기에 이르렀어요. 그래도 나는 여전히 몹시 무식했어요. 글렌디닝, 저게 무엇일까, 하고 생각했어요. 그것은 뭔가 '신사(Gentleman)'와 비슷한 것으로 느껴지기도 했죠. 둘은 음절수가 똑같고, 둘 다 G라는 글자로 시작되잖아요. 그래요, 그것은 '나의 아버지'를 의미하는 게 틀림없어요. 이제 나는 '글렌디닝'이라는 말로 그분을 생각했고, 그 '신사님'이 아니라 '글렌디닝'을 생각했어요. 나는 마침내 그 집에서 나와 또다른 집으로, 그리고 또 다른 집으로 옮겨갔어요. 그리고 아직도 성장하며 나 자신에 대해 더 많이 생각하게 되면서, 그 말이 늘 머릿속에서 윙윙거렸어요. 그리고 나는 언젠가 그 말이 더 많은 것을 밝혀줄 열쇠임이 판명될 거라는 걸 알았어요. 하지만 나는 과도한 호기심 같은 것이 가슴에 가득 차면 언제든 그 모든 것을 억눌렀어요. 나는 글렌디닝이 누구였는지, 그가 어디에 살았는지, 일찍이 다른 어떤 소녀나 소년이 내가 그랬듯이 그분을 아버지라고 불렀는지를, 어느 누구에게도 물어보려고 하지 않았어요. 내가 아는 것이 최선이라고 운명이 생각하는 것은 그게 무엇이 됐든 간에, 적절한 때가 오면 운명이 스스로 결국 나에게 밝혀줄 거라고, 아무튼 불가사의할 정도로 확신했기 때문에 완벽히 인내하며 잠자코 있기로 결심했어요. 그러나 지금, 피에르, 잠시 얘기를 조금 접어야겠어요. 그 기타를 건네주겠어요?"

피에르는 전날 밤에 들은 불분명하고 믿기 어려운 뜻밖의 이야기와 비교하여, 예상치 않은 새로운 사실과 이사벨이 기분 좋은 명료함과 단순함이 담긴 방식으로 이야기를 하는 것에 지금까지 놀라고 기뻐하며, 그녀가 바로 그 명쾌한 방식으로 이야기를 계속하기를 간절히 바랐다. 그래서 지금 피에르는, 그녀의 기타 선율이 얼마나 산란하고 섬뜩한 기분 속에 그를 완전히 빠뜨렸던가를 되새기며 그 악기를 이사벨에게 건네주었고, 자못 어색하게 부드러운 미소를 약간 머금은 탓에 반쯤 서운한 기색을 완전히 숨기지는 못했다. 기타를 받으면서 그의 얼굴을 올려다본 누이는 그것을 놓치지 않았다.

"놀라지 마요, 동생. 그리고 나를 비웃지 마요. 나는 오늘 밤 동생에게 '이사벨의 신비'를 연주해주려는 게 아니니까요. 더 가까이 다가앉아요. 그 등불을 나에게 가까이 들고 있어줘요."

그렇게 말하면서 그녀는 그 기타의 내부를 세로로 들여다볼 수 있도록 기타의 상아 나사를 몇 개 풀었다.

"자 그것을 이렇게 들고, 피에르, 이렇게, 그리고 무엇이 보이나 봐요. 하지만 내가 등불을 들 때까지 잠깐 기다려요." 그렇게 말하면서, 피에르가 그녀의 지시대로 그 악기를 앞에 들고 있는 동안, 이사벨은 둥근 울림구멍을 통해 기타의 중심부 속에 그 빛을 비추려 등불을 받쳐 들었다.

"자, 피에르, 어서."

피에르는 열심히 시키는 대로 했지만, 어쩐지 실망을 느꼈으면서도 자신이 본 것에 깜짝 놀랐다. 그는 그 내부의 한쪽 편에서, 돌출한 곡선을 이룬 부분 위에 아주 읽기 쉽지만 그래도 빛깔이 바랜 금박으로 '이사벨'이라는 글자를 보았다.

"기타의 소유주임을 새겨두기 위해, 이사벨, 아주 묘한 곳을 골랐군요. 이렇게 깊숙한 곳에다 이름을 새겨넣을 수 있는 사람이 누군지 알고 싶은데요?"

그 아가씨는 잠시 놀란 듯이 그를 바라보았다. 그리고 그 악기를 그에게서 받아 들고 그 속을 들여다본 후 악기를 내려놓고 말했다.

"알겠어요, 피에르, 당신은 이해하지 못했군요. 우리가 어떤 대상에 대해 모든 것을 알고 있을 때, 우리는 아주 작은 암시만 줘도 다른 사람들이 그것에 대해 똑같이 알아차리기에 충분하다고 생각하기 십상이니까요. 거기에 그 이름을 금박으로 새겨놓은 건 '내'가 아니에요, 피에르."

"뭐라고요?" 피에르가 큰 소리로 말했다.

"내가 처음 이 기타를 샀을 때, 그때는 몰랐지만, 이미 그 이름이 금박으로 새겨져 있었어요. 오직 기타가 조립되기 전에만 거기에 글자를 새겨 넣을 수 있었을 테니, 이것은 특별히 이사벨이라는 이름의 누군가를 위해 만들어진 게 틀림없어요."

"계속해요. 빨리." 피에르가 말했다.

"그래요, 내가 이 기타를 가진 지 한참이 지난 어느 날, 잠시 이상한 생각이 떠올랐어요. 알다시피 어린아이들이 가장 좋아하는 장난감의 숨겨진 중심부에 무엇이 있는지를 알아내고 싶어서 그 호기심에 장난감을 부수는 건 조금도 드문 일이 아니지요. 정말로 아이들은 때때로 그래요. 그리고 피에르, 나는 언제나 어린아이였고, 설령 늙어서 일흔 살이 된다 해도, 나는 언제나 계속 어린아이여야 한다고 느껴요. 느닷없이 떠오른 이 변덕스러운 생각에 사로잡혀서 나는 당신에게 보여준 부분의 나사를 빼고 슬쩍 속을 들여다보다가 '이사벨'이라는 글자를 보았어요. 그런데 내가 기억할 수 있는 아주 어린 시절부터, 나는 거의 언제나 '벨'이라는 이름으로 통했다는 걸 아직 당신에게 말해주지 않았지요. 그리고 지금 내가 말하는 그 문제의 시기에, 일반적이고 사소한 일들에 대한 나의 지식은 '벨'이 흔히 이사벨라, 또는 이사벨의 약자라는 것을 익히 잘 알고 있을 정도가 되어 있었어요. 그러니 그 당시 내 나이와 그 밖의 관련된 상황을 고려하면, 그 기타에서 발견된 '이사벨'이라는 이름을, 나 자신의 축약된 이름과 본능적으로 관련지어 생각한 나머지 온갖 종류의 공상들에 이끌려 들어간 건 별로 이상한 일이 아니었어요. 그 공상들이 지금 되살아나요. 나를 책망하지 마요."

그녀는 전날 밤과 똑같은 식으로 이따금 마른번개가 번득이는 창문 쪽으로 상체를 젖히고, 잠시 동안 어떤 몹시 얼떨떨한 상태에서 빠져나오려고 발버둥치는 것 같았다. 하지만 이제 그녀는 갑자기 몸을 돌려, 더없이 놀라운 얼굴이 자아내는 경이로운 아름다움으로 피에르를 마주 보았다.

"나는 여자이고, 당신은 남자라고들 하지만, 피에르, 남자랄 것도 여자랄 것도 없어요. 내가 당신에게 거리낌 없이 말하지 못할 이유가 뭐 있어요? 우리의 순결함에는 성별이 없어요. 피에르, 그 기타 속 비밀의 이름은 지금도 나를 완전히 전율하게 해요. 피에르, 생각해봐요! 생각해보라고요! 아, 그걸 이해할 수 없어요? 그걸 몰라요, 내가 의미하는 것을? 그 기타 속 비밀의 이름은 나를 전율하게 하고, 또 전율하게 하고, 현기증 나게 하고, 계속 현기증 나게 해요. 그렇게 은밀하게, 완전히 감추어져 있으면서도, 그 속에 항상 실려 다니며, 눈에 보이지 않고, 생각지도 않게, 언제나 숨겨진 심금, 끊어진 심금에 진동하면서, 아, 나의 어머니, 어머니, 어머니!"

이사벨의 미친 듯한 비탄의 소리들은 그의 가슴속을 꿰뚫고 들어오면서, 지금까지 그녀가 두려워하며 전혀 이해할 수 없는 말로 매우 모호하게 넌지시 비친, 그 유별나게 기이한 생각을 읽어낼 수 있는 첫 번째 실마리를 함께 전했다.

그녀는 메마르고 불타는 듯한 눈을 들어 그를 바라보았다.

"피에르, 아주 작은 증거도 없지만 그 기타는 '그녀의 것'이었다는 것을 나는 알고 있고 그렇다는 것을 느껴요. 내가 한 번도 그 기타에 손을 대지 않았는데, 어떻게 그것이 침대 위에서 맨 처음 나에게 노래했고 나에게 응답했는지, 어젯밤 내가 당신에게 말해주지 않았나요? 그리고 어떻게 그 기타가 언제나 나에게 노래하고 나에게 응답하고 나를 위로하고 사랑했는지를? 지금 들어봐요. 내 어머니의 영혼의 소리가 들릴 거예요."

그녀는 조심스럽게 기타 줄을 살펴보고 주의 깊게 조율한 다음 기타를 창문 앞에 있는 벤치에 놓았다. 그리고 그 앞에 무릎을 꿇은 후 피에르가 몸을 앞으로 숙여서야 알아들었을 만큼 겨우 들리는, 낮고 감미롭고 변화무쌍하게 조절된 목소리로, "어머니, 어머니, 어머니!"란 말을 속삭였다. 잠시 동안 깊은 침묵이 흘렀다. 그러다 갑자기, 무엇보다 가장 낮고 거의 들리지 않는 목소리에, 그 손대지도 않은 마법의 기타가 빠른 섬광 같은 선율로 반응했다. 그 선율은 이어지는 침묵 속에서 온 방 안에 오래 진동했고 가라앉듯이 울려 퍼졌다. 한편, 더욱 놀랍게도 그는 지금, 언뜻 보기엔 그 악기가 이따금 번개가 번득이는 창문에 가까이 있었던 탓에 받게 된 듯한 약간의 미세한 섬광이 그 기타의 금속 현들을 따라 흔들리는 것을 발견했다.

아가씨는 여전히 무릎을 꿇고 있었지만, 갑자기 몹시 예사롭지 않은 표정이 그녀의 얼굴 전체에 어둡게 드리워졌다. 그녀는 재빨리 피에르를 한 번 흘긋 쳐다보고 나서, 손을 한 번만 들어 올려 풀어놓은 머리채를 어깨 너머로 쓸어 넘겼다. 그러자 그 머리채는 바닥에 가까이 무릎 꿇고 있는 그녀의 형체 전부를 베일처럼 덮고도 나머지 흐트러진 머리가 바닥에 살짝 끌렸다. 성 도미니크 대성당의 어둑한 미사에서 리마 아가씨가 두른 사야*처럼 그렇게 완전하게 사람의 형상을 덮은 적은 없었다. 피에르에게는, 이사벨이 그 앞에 무릎 꿇고 있는, 이중창이 달린 떡갈나무 재질의 깊은 벽감이 지금 침침하게 열린 창문을 통해 신비하게 드러난 어떤 무서운 성소의 정면 입구처럼 보였다. 그리고 그 창문 밖으로는 따뜻하고 아주 조용한 칠흑 같은 여름밤의 신비한 대기 속에서 경이로운 광경을 연출하는 가벼운 마른번개의 섬광이 더욱 부드럽게 이따금씩 번득였다.

어떤 억누를 수 없는 말이 피에르의 입술 위에서 맴돌았지만, 그녀의 머리카락 베일에서 새어 나온 갑작스러운 목소리가 그를 침묵하게 했다.

"어머니…… 어머니…… 어머니!"

다시 침묵이 흐른 후에 기타는 전만큼 신비하게 반응했고, 섬광들이 기타 줄을 따라서 떨리듯 흔들렸다. 다시 피에르는 직접 그 영혼이 눈앞에 있는 것처럼 느꼈다.

"해볼까요, 어머니? 준비되셨나요? 내게 말해주시겠어요? 지금? 지금요?"

이 말들은 변화무쌍한 억양으로 다채로워지면서, '어머니'라는 말과 똑같은 방식으로 낮고 상냥하게 속삭여졌고, 마침내 이제, 그 신비한 기타는 다시 반응했고, 아가씨는 재빨리 그것을 검은 머리카락 베일 밑에 가까이 끌어당겼다. 그러는 중에,

---

*스페인계 여성들이 입는, 폭넓은 긴 드레스 형식의 전통 의상.

긴 머리칼이 기타의 현들을 쓸어내렸고, 아직도 거기서 떨리듯 흔들리는 이상한 섬광들이 그 매력적인 머리칼에서도 일었다. 창문 전체가 갑자기 꾸며진 듯 밝아졌다가, 다시 이지러졌다. 한편 이제, 이어지는 어둠함 속에서 이사벨의 젖혀진 치렁치렁한 머리카락 아래로 굽이치는 모든 파도와 물결이 인광을 발하는 넓은 밤바다처럼 여기저기 번득였다. 그와 동시에 그 선율로 이루어진 세계의 사방에서 바람이 모두 풀려났다. 그리고 피에르는 다시 전날 밤 그랬던 것처럼, 단지 한층 더 미묘하고 결코 말로 표현할 수 없는 방식으로 자신이 무수한 요정과 도깨비들로 둘러싸여 있음을 느꼈다. 그의 온 영혼이 초자연적인 물결에 흔들리고 동요했고, 다시 불가사의한 노랫말이 울려 퍼지며 들려왔다.

신비! 신비!
이사벨의 신비!
신비! 신비!
이사벨과 신비!
신비!

III

그 신비로운 아가씨가 건 마법으로 인해 의식을 거의 빼앗긴 채 피에르는 저도 모르게 허공을 응시하듯 그녀에게서 시선을 돌렸다. 마침내 정적이 ─ 그 발소리를 제외하곤 온통 ─ 다시 한 번 그 방에 깃들고, 그가 냉정을 되찾아 자기가 지금 어디 있는지 살피려고 돌아보았을 때, 그는 이사벨이 외면한 채이지만 침착하게 벤치에 앉아 있는 것을 보고 깜짝 놀랐다. 지금은 빛을 반사하지 않는 그녀의 더 길고 더 풍성한 머리채는 뒤로 젖혀져 있었고, 기타는 귀퉁이에 조용히 기대어 놓여 있었다.

그는 그녀에게 무심코 어떤 질문을 하려고 했지만, 그녀는 얼마간 그것을 예상하고는 낮지만 그럼에도 거의 위압적인 어조로 그에게 방금 본 장면에 대해 아무런 언급도 하지 말라고 당부했다.

그는 혼자만의 깊은 생각에 빠진 채 그녀의 이야기가 다시 시작되기를 기다리고 있었다. 그리고 그는 이제, 기타의 음악적 기원(祈願)에서 처음 시작된 그 장면 전체가 그녀 내부의 갑작스러운 ─ 앞에서 나눈 대화로 인해 만들어진 특별한 분위기와 특히 이런 상황 속에서 그 기타에 손을 댄 것이 참을 수 없이 그녀를 몰아넣은 ─ 충동에서 즉흥적으로 이어진 게 틀림없다는 것을 확실히 느꼈다.

하지만 그 장면 가운데는 그가 마음속에서 지워버릴 수 없는 초자연적인 어떤 것이 있었다. 그 기타의, 말하자면, 자유의지를 가진 듯한 거의 총명하기까지 한 반응 ─ 이상하게 번쩍이는 기타의 현들 ─ 과 그렇게 갑자기 실제 이상으로 미화된 이사벨의 머리카락, 요컨대 이러한 것들이 그때 오롯이 통례적이거나 자연적인 원인들에 의해 연출된 것 같지는 않았다. 피에르의 확장된 의식에는, 이사벨은 전기의 유동체 속에서 유영하는 것 같았고, 그녀의 이마의 선명한 보호대는 자석 판처럼 보였다. 그런데 오늘 밤 맨 먼저 피에르는, 미신에 사로잡힌 것처럼 넋을 빼앗긴 열정 속에서, 이사벨 내부의 특별한 육체적 전기 작용이라고 그가 믿지 않을 수 없는 무엇인가를 깨닫게 되었다. 그리고, 말하자면 이렇게 그녀에게 있다고 여겨지는 이 신기한 특성에서 비롯된, 그 자신과 그의 깊은 내면의 생각과 활동들을 지배하는 그 아가씨에게 내재된 한층 더 신비로운 어떤 힘을, 보이지 않는 세계의 영역 위를 맴돌고 있기 때문에 이쪽으로보다는 오히려 저쪽으로 기울어져 있는 것 같은 힘을, 그를 이사벨 쪽으로 억제할 수 없이 끌어당기는 것처럼 보일 뿐만 아니라 제멋대로이면서도 아주 무례하지만 고의성은 없고, 게다가 분명히 마음속의 어느 것도 고려하지 않으면서, 오직 그를 그녀에게 끌어들이는 구실로 또 다른 방향으로부터 그를 뒤로 빼내는 것 같은 힘을, 그는 이제 처음으로 막연히 깨닫게 되었다. 슬며시 다가오며 짙어지는 안개와 같은 모호함이 이 모든 것을 덮고 있었고, 그녀가 그 속에서 유영하고 있는 것 같은 불꽃을 튀기는 전류와 혼합되고 있었다. 시간이 흐른 후에 그는 그녀와 함께 자주 이 최초의 자성을 띤 밤을 떠올리곤 했다. 그리고 그는, 그 밤부터 이미 그가 박차고 나오는 것이 불가능해졌지만 그 지배력에 익숙해진 지 오래된 다음에야 비로소 그 완전한 잠재력을 인식한, 특별한 분위기의 마력 ─ 육체적이고도 정신적인 — 으로 그녀가 그때 그를 자기 몸에 묶어놓은 것을 깨달은 것처럼 보였다. 이 마력은 신비와 침묵 속에서 보편적 자아 세계를 영원히 가두어놓는 범신론의 지배적 마력과 일체인 것 같았고, 이사벨의 육체적 전기 작용은 그것이 맨 처음 피에르에게 드러났던 곳의 인근에서 생긴 마른번개 현상과 서로 영향을 주고받는 것 같았다. 그녀는 불과 공기로 형성되었으며, 해 질 녘을 배경으로 퇴적된 8월 뇌운을 통해 약간의 전기적 활력을 받는 것 같았다.

이따금 드러나는 그녀 이야기의 매혹적인 단순함과 순진함과 소박함. 자주 그녀가 보여주는 침착하고 개방적인 모습. 그녀 안에 깊이 자리 잡고 있지만 가장 조용하고 조심성 있는 슬픔과, 예사로운 어조와 태도가 자아내는 그 측은함. 이러한 것들은 그만큼 더 그녀의 심오하고, 더 미묘하고, 더 신비한 부분을 두드러지게 하고 대조적으로 강조할 뿐이었다. 특히 피에르가 이것을 느낀 것은, 또 한 번 조용한 휴식 시간을 가진 뒤였다. 그때 그녀는 이제 농부처럼 단순하게 조금도 꾸밈이라곤 없이 너무나 상냥하게 속내를 말해주며 몇몇 세부 사항을 무척이나 솔직하게 순화되지 않은 방식으로 이야기하기 시작했기 때문에, 이 겸손한 아가씨가 방금 그토록 오만한 어조로 피에르에게 조용히 하라고 명령하고, 불가사의한 관자놀이 둘레에서 이상한 전기의 후광이 번쩍였던 바로 그 검은 머리의 당당한 존재이기는 거의 불가능해 보였다. 하지만 그녀는 이렇게 순진한 방식으로 그다지 오랫동안 이야기를 계속하지는 않았다. 그리하여 때때로 그녀가 일으키는 전기 작용으로부터 좀 더 약한 섬광이 조금씩 발생했지만, 피에르로 하여금 부드러우면서도 격정적인 눈물을 동정적이면서도 냉정을 유지하는 눈에 고이게 한 것과 같은, 부드럽고 인간적이며 가장 여성적인 특성을 띠었을 뿐이었다.

IV

"당신은 기억할 거예요. 내가 어젯밤에 말한, 어떻게 그…… 그…… 내가 무엇을 뜻하는지 알 거예요. 저기, 저것." 그녀가 외면하듯 기타를 가리키면서 말했다. "저것이 어떻게 내 손에 들어왔는지 기억할 거예요. 하지만 아마 나는, 그 행상인이 당시 내가 살던 곳에서 좀 떨어진 어느 큰 저택의 하인들로부터 저것을 물물교환으로 입수했다고 말한 것을 얘기해주지 않았을지도 몰라요."

피에르는 잠자코 동의하는 뜻을 나타냈고, 이사벨은 말을 계속했다.

"그런데, 정기적이지만 긴 간격을 두고, 그 남자는 작은 읍들과 마을들 사이를 순회하는 장삿길에 그 농가를 지나갔어요. 내가 그 기타에서 금박으로 새긴 글자를 발견한 이후로 나는 자나 깨나 그가 오기만을 기다렸어요. 왜냐하면 운명은 적당한 때를 골라 자신의 비밀들을 알려준다는 것을 나는 진실로 확신했지만, 그럼에도 몇몇 경우에 운명은 남겨둔 커다란 비밀이 갑자기 우리 마음에 저절로 떠오르도록 작은 암시를 줘서 우리로 하여금 마음속으로 계속 그것을 추적하게 만든다는 것 또한 확신했기 때문이에요. 그래서 나는 그 행상인이 오나 안 오나 부지런히 지켜보았어요. 마침내 다음번에 그가 들렀을 때, 나는 그 사람이 내 의도를 조금도 짐작조차 하지 못하게 하면서 용케 그 기타가 어느 대저택에서 나왔는지 교묘하게 알아냈지요. 그런데, 피에르 동생, 그것은 새들 메도우스 대저택이었어요."

피에르는 깜짝 놀랐고, 아가씨는 계속해서 말했다.

"그래요, 피에르, 새들 메도우스였어요. '옛적 글렌디닝 장군의 저택입니다.' 그 행상인이 말했지요. '그러나 그 노영웅은 이제 돌아가신 지 오래되었어요. 더욱 유감스러운 것은 그분의 아들인 젊은 장군도 또한 저세상 사람이 되었다는 겁니다. 하지만 한층 더 젊은 손자 장군이 남아 있고, 그 가문은 언제나 그 칭호와 이름을 계속 간직한답니다. 그래요, 심지어 피에르라는 통칭까지. 피에르 글렌디닝은 옛 프랑스 인디언 전쟁에서 싸운 백발 노장군의 이름인데, 피에르 글렌디닝은 그분의 젊은 증손자의 이름이기도 합니다'라고요. 피에르, 당신은 나를 그렇게 쳐다봐도 무방해요. 그래요, 그는 당신, '당신'을 뜻한 것이었어요. 피에르."

"하지만 그 기타…… 그 기타는!" 피에르가 소리쳤다. "어떻게 그 기타가 새들 메도우스에서 공공연하게 나왔고, 어떻게 하

328

인들의 손을 통해 팔리게 되었나요? 그 얘길 해줘요, 이사벨!"

"그런 성급한 질문은 던지지 마세요, 피에르, 그렇지 않으면 당신이 옛 일을 상기할지도 모르고, 어쩌면 그것이 나를 묶는 사악한 주문일지도 몰라요. 나는 정확하고 영악하게 대답할 수 없어요. 추측할 수는 있겠지만, 추측이 대체 무슨 가치가 있나요? 오, 피에르, 추측보다 신비가 백배 낫고, 훨씬 더 기분 좋은 거예요. 신비는 깊이를 헤아릴 수 없지만, 그래도 그것은 충만한 심오함이에요. 하지만 추측, 그것은 오직 피상적이고 무의미한 공허함일 뿐이에요."

"하지만 이 일은 무엇보다 가장 불가사의한 점이에요. 말해 줘요, 이사벨, 틀림없이 이 일에 대해 좀 생각했을 테니까요."

"많이, 피에르, 아주 많이요. 하지만 그 일의 신비에 대해서일 뿐 그 이상은 아니에요. 그 기타가 어떻게 새들 메도우스에 있게 되었고 그곳 하인들의 손을 통해 팔리게 되었는지, 나는 이제 충분히 들을 수도 없고, 듣지도 못할 거예요. 그것이 나를 찾아냈고, 나에게 왔고, 나에게 말하고 노래했고, 나를 위로했고, 나에게 모든 것이었다는 것만으로 충분해요."

그녀는 잠시 이야기를 멈추었다. 그러는 동안 피에르는 혼자서 막연하고 은밀하게 이 이상한 폭로들에 대해 곰곰이 생각했지만, 이제 이사벨이 이야기를 다시 시작하자 주의 깊게 경청했다.

"나는 이제 내 마음 안에 실마리를 쥐고 있었어요. 하지만 곧바로 그것에 대해 더 이상 추적해나가려고 하지는 않았지요.

외로웠던 내게는 아버지의 가족을 찾을 수 있는 곳을 알았다는 것만으로도 충분히 위로가 되었거든요. 지금까지는 결코 내 존재를 그들에게 털어놓을 생각을 한 적은 한 번도 없었어요. 그리고 확실한 이유에서 아버지의 살아 있는 친척들 중에서 나를 아는 이가 있을 리 없고, 설령 그들이 나를 본다 해도 내가 누구인지 알 리가 없다는 걸 확신했기 때문에, 나는 우연히 그들 중 누구를 만나는 경우에도 완전히 안심했어요. 하지만 이 집에서 저 집으로 피할 수 없는 이동과 이사를 되풀이하면서 마침내 나는 새들 메도우스에서 12마일 거리 이내로 오게 되었어요. 내 안에서 점점 갈망이 증가하기 시작했지만, 그것과 나란히 나는 새로 생긴 우쭐한 긍지를, 그래요, 긍지를 느끼기 시작했어요, 피에르. 내 눈이 번득여요? 그렇지 않다면, 내 눈들은 거짓을 말하는 거예요. 하지만 그건 평범한 긍지가 아니에요, 피에르. 왜냐하면 이사벨이 이 세상에서 자랑해야 할 게 뭐가 있어요? 그건 너무, 너무나 갈망하는, 사랑하는 마음의 긍지예요, 피에르. 영원한 고통과 슬픔의 긍지예요, 동생! 그래요, 나는 그 큰 갈망을 한층 더 강력한 긍지로 억눌렀어요, 피에르. 그래서 새들 메도우스 대저택에서 불과 3마일 떨어진 월터 얼버의 집에서 가엾은 벨이 노동의 대가로 노임을 줄 만큼 친절한 사람들을 찾게 될 거라는 소문을 듣지 못했더라면, 내가 지금 이 방 안에 있지는 못했을 거예요. 그리고 당신은 나한테 어떤 편지도 결코 받지 못했을 것이고, 틀림없이 이사벨 밴포드라는 이름의 여자에 대해 들어보지도 못했을 거예요. 내 손을 만져봐요, 피에르."

"사랑스럽고 성스러운 아가씨, 나의 고귀한 이사벨!" 억누를 수 없는 감정에 휩싸여 피에르는 그 내민 손을 잡으며 소리쳤다. "이 이상한 단단함과 한층 더 이상한 이 자그마함이, 누구든 인간의 손에 합쳐져 있다는 건 얼마나 부적합한가. 그러나 단단하면서 자그마하다는 것, 그것은 뒤집어서 생각해보면, 더없이 부당하고 박해당한 그대의 운명에 거룩하게 순종하여 손을 그렇게 단단하게 만든 널찍한 마음을 암시해요. 이사벨, 그 손에 해주는 나의 키스가 그 마음에 해주는 것이고, 거기에 영원한 기쁨과 위안의 씨앗을 심는다면 좋을 텐데."

그는 벌떡 일어나 사랑과 다정함에서 비롯된 너무나 따뜻한, 신 같은 위엄으로 그녀 앞에 섰으므로, 아가씨는 마치 그가 그녀의 전반적인 모든 밤에 빛나는 하나의 인자한 별인 것처럼 그를 쳐다보았다.

"이사벨." 피에르가 소리쳤다. "나는 내 아버지 대신에, 당신은 당신 어머니 대신에 기분 좋은 고해성사를 하는 것이에요. 우리의 이승의 행위들을 통해 우리는 그 두 분 모두의 영원한 운명을 벌충하듯이 축복할 것이고, 우리는 천사와 천사의 순수하고 완전한 사랑으로 사랑을 할 것입니다. 언제든 내가 당신을 배반하면, 친애하는 이사벨, 피에르는 아마 자기 자신을 배반하고, 영원히 공허한 공간과 깜깜한 밤으로 떨어질 거예요!"

"동생, 피에르 동생, 그렇게 말하지 마요. 그건 도저히 감당할 수 없는 거예요. 어떤 사랑도 받아본 적이 없어 익숙하지 않은 나는 당신의 너무나 신성하고 무량한 사랑에 압도당해요! 이런 사랑은 미움처럼 거의 감당하기 힘들어요. 가만히 있어요. 말하지 마요."

둘 다 잠시 동안 침묵을 지켰고, 그녀가 말을 이었다.

"그래요, 피에르, 운명이 나를 당신에게 3마일 거리 안에 데려왔어요. 하지만 내가 기탄없이 계속해서 모든 것을 말할까요? 모두 다? 모든 것을? 당신은 내가 나의 모든 생각 속에서 그것들이 어디로 흘러가든지, 또는 그것들이 나에게 무슨 일들을 가져오든지 상관치 않고, 기탄없이 말해도 좋을 만큼 거룩한 분인가요?"

"사실 그대로, 두려워 말고." 피에르가 말했다.

"우연히 당신 어머니를 보았어요, 피에르. 그분이 당신 어머니라는 것을 내가 알 수 있었던 상황에서였는데, 그리고⋯⋯ 하지만 계속할까요?"

"기탄없이 말해요, 이사벨, 정말 우리 어머니를 보았어요? 그래서?"

"그분을 보았을 때, 나는 그분에게 말하지 않았고, 그분도 나에게 말하지 않았지만, 그럼에도 즉각적으로 내 마음은 그분이 나를 사랑하지 않을 거라는 것을 알았어요."

'그대의 마음은 진실을 말했어.' 피에르가 혼잣말을 했다. "계속해요."

"나는 당신 어머니에게 내 존재를 결코 밝히지 않겠다는 맹세를 재차 했어요."

'잘한 맹세로군.' 그가 다시 중얼거렸다. "계속해요."

"하지만 나는 당신을 보았고, 피에르, 당신 아버지를 향해 일찍이 내 어머니의 마음을 가득 채웠던 것 이상의 것이, 그때 내 마음속에 솟아올랐어요. 즉시 나는 언제든 내 존재가 당신에게 알려지게 된다 할지라도, 그때 당신의 관대한 사랑은 나에게 활짝 열릴 거라는 것을 알았어요."

'다시 그대의 마음은 진실을 말했어.' 그는 중얼거렸다. "계속해요. 그리고 다시 거듭 맹세했나요?"

"아뇨, 피에르. 그런데, 맞아요, 그랬어요. 나는 당신이 내 남동생이라는 것을 단언했어요. 사랑과 긍지를 가지고 나는 단언했어요. 젊고 고상한 피에르 글렌디닝이 내 남동생이라는 것을!"

"단지 그것만?"

"그것뿐이었어요, 피에르. 당신에게조차 나는 내 존재를 결코 밝히지 않겠다고 생각했어요."

"그런데 어떻게? 당신의 존재는 나에게 밝혀졌어요."

"그래요. 하지만 위대하신 하느님이 그랬어요, 피에르. 가엾은 벨이 한 게 아니에요. 들어봐요.

나는 이곳에서 몹시 적적했고, 가엾은 친구 델리, 그녀의 이야기를 틀림없이 조금은 들었을 거예요. 대단히 슬픔에 젖은 집 말예요, 피에르. 들어봐요! 위층에서 들려오는 좀처럼 멈추지 않는 저 발소리의 주인공이 바로 델리예요. 정말 델리는 줄곧 계속해서 왔다 갔다 하고 있고, 방 양탄자는 그녀가 밟아 다

져진 자국으로 완전히 너덜너덜해졌어요. 델리의 아버지는 그녀를 쳐다보려고도 하지 않고, 어머니는 대놓고 그녀에게 욕을 했어요. 저쪽 방에서, 피에르, 델리는 지금 4주가 넘도록 한 발짝도 나오지 않았고, 한 번도 자기 침대에 결코 누운 적이 없어요. 그 침대는 마지막으로 5주 전에 정돈한 것이지만 말이에요. 밤늦도록, 12가 지나서까지, 왔다 갔다, 왔다 갔다, 왔다 갔다만 하다가, 그런 다음 델리는 의자에 얼빠진 사람처럼 앉아요. 내가 자주 가서 위로하지만, 델리는 문틈으로, '아냐, 아냐, 아냐'라고, 3주 전에 걸쇠를 지른 문틈으로 말할 뿐이에요. 그때 나는 교묘한 술책을 써서 델리에게서 죽은 아기를 살며시 빼앗아, 혼자서 밤에 이 손가락들로 땅을 파서 구덩이를 만들고 하늘의 자비로운 마무리를 지지하며, 델리의 용서받지 못하지 않을 수치의 예쁘고 작은 상징을 인간의 냉혹한 발길에서 멀리 떨어진 곳에 묻었는데…… 그래요, 3주 전에 걸쇠를 지르고 그 후로 한 번도 걸쇠를 풀지 않았어요. 델리가 먹을 음식을 그 작은 방의 조그만 창문을 통해 밀어 넣어주어야 해요. 피에르, 일주일 동안 이 두 주먹만큼도 그녀는 먹지 않았어요."

"네드 그 악한에게 저주가 말벌처럼 들러붙어 독침으로 그를 쏘아 죽여버려라!" 피에르가 이 애처로운 이야기에 충격을 받고 소리쳤다. "그녀를 위해 무엇을 할 수 있을까, 이사벨, 피에르가 어떤 일을 할 수 있을까요?"

"당신이나 내가 하지 않으면, 그땐 영원히 쾌적한 무덤이 델리의 빠른 피난처로 판명될 거예요, 피에르. 부모는 둘 다, 델리에게는 없는 것보다 못해요. 내 생각으론 그분들은 델리를 내쫓았을 거예요. 델리를 위해 끊임없이 내가 간청하지 않았더라면 말예요."

깊은 관심을 갖고 고민하던 피에르의 눈에 이제 인자한 지성에서 비롯된 의미 있는 눈빛이 반짝였다.

"이사벨, 델리에게 도움이 될 만한 생각이 방금 떠올랐지만, 그 생각을 좇아 어떻게 최선의 행동을 할 수 있을지는 아직 확신이 없어요. 그래도 나는 그녀를 구조할 결심을 했어요. 나의 계획이 한층 더 성숙될 때까지, 누이가 부드럽게 간해서 여기에 아직은 그녀를 붙들고 있어요. 이제 누이의 이야기를 계속해줘요. 저 왔다 갔다 하는 발소리에서 내 주의를 돌려줘요. 그녀의 발걸음이 모두 내 영혼을 딛고 들어오는 것 같군요."

"당신의 숭고한 마음은 대단히 너그러워요. 피에르. 당신의 복리의 기록은 이사벨의 빈약한 한 권의 책 속에 엮지 못한다는 것을 알아요. 피에르, 당신은 우리가 더욱 불운한 때에 때때로 불신하는, 보이지 않는 천사의 성품에 대한 명백한 증거예요. 당신 행동의 복음은 대단히 멀리 퍼져요. 피에르. 모든 인간이 당신을 닮는다면, 그러면 인간은 전혀 존재하지 않게 될 거예요. 인류는 천사들 속에서 멸종할 테니까요!"

"칭찬은 천한 사람들한테나 쓰는 거예요. 누이. 우리가 그들의 악함을 모르는 체하고, 그들에게 없는 선을 있다고 생각함으로써 그들을 부추겨 흠 없는 미덕으로 이끌려는 거지요. 그러니 나로 하여금 고개를 못 들게 만들지 마요. 마음씨 고운 이사벨. 나를 칭찬하지 마요. 누이의 이야기를 이제 계속해요."

"내가 이곳을 처음부터 얼마나 적적하게 생각했는지를 말한 바 있지요, 피에르. 평생 동안 슬픔에—그게 이런 거라면—익숙해져 있었음에도 이 집에는 불쌍한 벨조차 이 집과 대조되는 곳으로 가서 조금이라도 바람을 쐬지 않고서는 여기서 계속 살 수 없을 만큼 예리한 아픔으로 그득한 슬픔이 자욱하게 깔려 있어요. 그 슬픔은 치료될 가망이라곤 조금도 없이 그저 한없이 절망적이었어요. 그래서 나는 오로지 이 비애의 소굴에서 봉사할 마음을 다잡고 돌아올 수 있도록 하기 위해, 즐거운 곳들을 찾아 외출을 했어요. 왜냐하면 이 집에서 아무런 변화도 주지 않은 채 계속해서 거주하는 건, 비애의 혼수상태를 초래하고 사람을 산송장이나 마찬가지로 만들 뿐이기 때문이에요. 그래서 나는 때마침 외출을 했고, 수다스럽게 지껄이는 아이들이 있고, 즐거운 식탁에 빈자리가 하나도 없는 시골집들을 방문했어요. 이리하여 마침내 나는 우연히 페니즈 양의 집에서 열리는 '바느질 모임' 소식을 들었고, 사람들이 그 지방 일대의 모든 처녀들을 졸라 친절한 자선 행위에 끌어들이고 싶어 한다는 것을 알게 되었어요. 여러 시골집에서 나는 참가해달라는 요청을 받았고 그들은 마침내 나를 설득했는데, 내가 천성적으로 그 일을 싫어해서 이러한 간청이 필요했던 건 아니에요. 처음에는 그저 이런 장소에서 글렌디닝 가문의 사람들과 가까이서 마주치면 안 되니까 크게 두려움을 느꼈던 거예요. 하지만 은밀히 탐문해보고 나는, 장원 저택의 부인이 참석하지 않을 거라는 것을 알았어요. 결국 믿을 수 없는 정보라는 게 판명되었지만 말이에요. 나는 갔고, 그 나머지 이야기는 모두 당신이 아는 그대로예요."

"알아요, 사랑스러운 이사벨. 하지만 누이는 그 이야기를 몇 번이고 내게 말해주고, 그곳에서 누이가 느낀 것들도 모두 말해줘야 해요."

V

"우리가 평생 처음으로 만난 지, 피에르, 단 하루가 지났을 뿐이에요. 그럼에도 내 영혼의 내면을 모두 당신에게로 끌어들이는, 저 천국의 자석을 당신은 몸에 지니고 있어요. 그럼 계속 이야기할게요. 이웃 사람의 마차를 기다려야 했기 때문에, 나는 그 바느질 모임에 늦게 도착했어요. 내가 들어갔을 때 연결된 두 개의 방은 꽉 차 있었지요. 우리 이웃인 농부의 딸들과 함께, 나는 당신이 나를 본, 한층 더 구석진 자리로 갔어요. 내가 지날 때 몇 사람이 고개를 돌렸고, 이렇게 소곤거리는 말들이 들렸어요. '가엾은 월터 얼버의 집에 온 새 도우미래. 이상한 아가씨를 구했어. 제 딴엔 엄청 예쁘다고 생각하는 게 틀림없어. 하지만 저 애를 아는 사람이 아무도 없어. 오, 얼마나 새침데기인지! 하지만 내 짐작에 과히 착하지는 않아 보여. 나는 저렇게 되지 않겠어, 절대로. 아마도 또 하나의 타락한 델리 같은 아가씨일 거야, 가출 소녀, 건방진 것!' 가엾은 벨은 이렇게 혼잡한 가운데 일반 동석자들 속에 섞인 것은 처음이었고, 이런 일들은 거의 아무것도 몰랐던 탓에 그 모임은 자선을 위한 것이니까 불친절은 거기에 숨어 있을 리 없다고 생각했었지요. 그렇지만 그건 틀림없이 단순한 경솔함에서 비롯된 것이지 그들이 악의를 품었던 건 아니었어요. 그럼에도 그것은 나를 몹시 아프게 했지요. 왜냐하면 그때 내가, 마치 슬픔 그 자체로도 충분치 않고 순결도 우리에겐 아무런 보호막이 되지 못하고, 또한 경멸이 뒤따르고 냉담한 오명이 씌워져야 하는 것처럼, 보통 사람들이 보기에 이상하고 고독한 슬픔이 제 스스로를 감싸는, 두려운 의혹을 아주 날카롭게 느꼈기 때문이었어요. 그때 나는 밝은 꽃봉오리 같은 아가씨들과 활짝 핀 여자들 가운데 있었음에도, 내가 유년의 이야기에서 언급했던 느낌, 몰인정한 행위들로 인해 어리둥절해진 느낌이 비참하게 되살아났어요. 하지만 피에르, 행복한 피에르, 나를 그렇게 슬프게 책망하듯이 바라보지 마요. 내가 외로운 미아였지만, 나는 나와 같은 사람들을 사랑하고, 불친절하고 무지하게 나를 경멸하는 그들을 관대하고 이성적으로 동정해요. 그리고 당신, '당신', 행복한 내 동생은, 내 영혼 속에 있는 많은 우울한 구석들을 찬양했고, 나 같은 사람이 천사들 안에서 영광스러워질 일을 할 능력이 있다는 것을 내가 단번에 이해하도록 가르쳐주었어요. 친애하는 피에르, 당신의 눈에 더욱 익숙한 시선을 가르쳐놓을 때까지 내게서 그렇게 시선을 돌리고 있어요."

"그러면 그것들은 졸렬하게 나의 뜻을 왜곡해서 전달하는 것이에요, 마음씨 고운 이사벨. 내 눈빛이 어떠했는지 나는 알 수 없지만, 내 가슴은 누이처럼 순결하고 때 묻지 않은 사람이 그토록 심하게 고통을 겪는 것을 무자비하게 구경하듯 볼 수 있는 하늘에 대한 비난을 자제하지 못하고 어두워졌을 뿐이지요. 너무나 감동적인 누이의 이야기를 계속해요."

"얼굴을 쳐들 만한 용기라고는 조금도 없이 조용히 거기에 앉아 바느질을 하면서, 나는 다른 사람들 뒤에 그렇게 숨겨진 구석 자리로 나를 인도해준 행운의 별에게 감사를 드렸어요. 조용히 거기에 앉아 플란넬 속옷을 한 땀 한 땀 꿰매면서, 그 플란넬이 누구의 가슴을 감쌀지라도 그것이 그 가슴을 진실로 따뜻하게 껴안아주고, 그때 내가 느끼던, 어떤 플란넬이나 두꺼운 모피나 혹은 어떤 불도 막아줄 수 없었던, 드넓은 세계의 추위를 막아줄 수 있기를 하느님에게 기도했어요. 조용히 거기에 앉아 바느질하고 있을 때, 큰 소리로—오, 그 말들은 지울 수도 없이 얼마나 깊이 새겨져 있는지! '아, 여러분, 여러분, 글렌디닝 부인, 피에르 글렌디닝 도련님입니다'라고 알리는 말이 들렸어요. 즉시, 나의 날카로운 바늘이 내 옆구리를 꿰뚫고 내 심장을 꿰매는 것 같았어요. 그 플란넬은 내 손에서 떨어지고, 사람들은 나의 비명을 들었어요. 하지만 착한 사람들이 나를 바로 가까이에 있는 창가로 더 바짝 옮기고, 창문을 활짝 열어젖힘으로써 하느님의 숨결이 나에게 입김을 불어 넣게 했어요. 나는 원기를 회복했어요. 그래서 나는 그건 단순한 일시적 발작이었을 뿐이고 이제 완전히 지나갔으며, 나한테는 익숙한 일이라고 말했어요. 그러고는 그분들에게 진심에서 우러난 감사를 드리고서 이제 그냥 혼자 있도록 내버려둬주시면 감사하겠다고, 그게 나한테는 최선이라고, 그러니 바느질을 계속할 거라고 말했어요. 이렇게 해서 그 일이 일어났다 지나갔지요. 다시 나는 앉아서 바느질을 하면서, 그 예상치 않았던 사람들이 곧 떠나거나 아니면 어떤 정령이 그곳에서 나를 잡아채 가기를 희망했어요. 피에르! 피에르! 그렇게 죽 나는 쳐다보지도 못하면서 계속 바느질을 하고 있었지요. 왜냐하면 그날 저녁 나는 어느 때고 감히 그러질 못했으니까요. 단 한 번을 제외하고는 그렇게 쳐다보지도 못한 채, 무릎 위에 놓인 플란넬과 내 가슴에 꽂힌 것 같은 바늘 외에는 무엇도 알지 못한 채, 나는 느꼈어요. 나를 얼핏 보는 자성을 띤 의미를 지닌 시선을…… 피에르, 난 느꼈어요. 오랫동안 나는 움츠리면서 그 시선과 마주치려고 비스듬히 몸을 돌렸지만 허사였어요. 그러다 마침내 어떤 구원의 정령이 나를 사로잡았고, 나의 모든 영혼은 앞을 향한 나의 얼굴 전체로 당신을 쳐다보았어요. 그것으로 충분했어요. 운명은 그 순간에 있었어요. 내 인생의 모든 외로움, 내 영혼의 숨 막히는 모든 갈망이 이제 나에게 쏟아졌어요. 나는 그것들을 멀리할 수 없었어요. 그때 처음으로 나는 내가 얼마나 비참한 처지에 있는지 뼈저리게 느꼈어요. 내 동생, 당신에겐 어머니와 수많은 숙모와 사촌이 있고 또 도시와 시골에 많은 친구들이 있는 반면에, 당신 아버지의 딸인 나, 나, 이사벨은 모든 사람의 마음의 문 밖으로 내쳐져 한겨울 길바닥에서 떨고 있는 것처럼 느껴졌어요. 가엾은 벨은 가엾은 벨의 모든 감정이나, 맨 먼저 무슨 감정들을 느꼈는지 당신에게 말해줄 수 없어요. 그것은 맹렬한 광기로 뒤섞이고 편향된, 해묵은 혼란들과 새로운 혼란들로 이루어진 소용돌이일 뿐이었어요. 하지만 그것은 대부분 당신 얼굴—내가 처음으로 사랑한 유일한 존재인 당신 아버지의 얼굴과 역시 너무나 이상하게 닮은—에서 느껴지는 상냥하고, 호기심 많고, 친절하게 관심을 가져주는 모습으로 가득 차 있었어요. 그것은 내 안에 미칠 것 같은 폭풍을 한없이 일으키고, 나를 알고 나를 인정해줄 혈육—단 한 번 있었다가 사라졌지만—에 대한 한없는 갈망으로 나를 더없이 가득 채웠어요. 오, 내 동생, 피에르! 피에르! 내 심장을 꺼내 당신 손에 들고 바라볼 수 있다면, 그러면 당신은 내 심장이 온통 끝을 찾지 못하다가 갑자기 당신을 부르는 것으로 끝나는 계속적인 갈망의 글들로 이리저리 거듭 교차되며 덮여 있는 것을 발견할 거예요. 그를 불러! 그를 불러! 그는 올 거야! 하고 내 가슴은 소리쳤고, 그날 밤 집으로 돌아가는 동안, 나뭇잎들과 별들도 그렇게 소리쳤어요. 하지만 자존심이 생겼어요. 내 갈망 속에 자리 잡고 있는 바로 그 자존심이 말이에요. 그래서 한쪽 팔은 끌어당기고 있을 때 다른 쪽 팔은 막았어요. 그래서 나는 가만히 서 있으면서, 당신을 부르지 않았지요. 그러나 운명은 운명인 법이고, 그것은 운명 지워져 있었어요. 한번 내게 고정된 당신의 사려 깊은 눈길과 마주치고 한번 당신에게서 충만한 천사 같은 고결함을 보게 되자, 나의 모든 영혼은 당신으로 인해 파멸했고, 나의 모든 자존심은 뿌리에서 잘려 곧 그 싹에 마름병을 내비쳤고, 그 병은 내 온몸으로 깊이 퍼졌어요. 마침내, 자존심이 나를 놓아주지 않고, 내가 작은 트럼펫 같은 펜으로 내 가슴속에서 가장 높고 강하게 부는 소리를 짜내어 피에르 님을 불러내지 않으면, 틀림없이 완전히 쇠해서 시들어 죽으리라는 것을 알았어요. 내 영혼은 벅찼고, 나의 탄원하는 잉크가 종이 위에 글씨를 써나갈 때, 나의 눈물이 적으나마 정성 어린 기여를 하여 이상한 혼합물을 만들었어요. 그렇게 씁쓸하게 나의 눈물이 섞인 잉크가 — 내 비통함이 얼마나 깊은지 보여주는 것이지요 — 당신에게 결코 역력히 알려지지 않겠지만, 그 눈물은 종이 위에서 말라버리고, 그렇게 눈물에 젖은 채 발송된 편지가 당신의 시선과 만나기 전에 모든 것이 다시 깨끗해질 것이라는 생각에 나는 너무 기뻤어요."

"아, 그 대목에서 누이는 잘못 생각했어요, 가엾은 이사벨." 피에르가 감정에 끌려 소리쳤다. "당신의 눈물은 깨끗이 마르지 않고, 거의 핏빛처럼 빨갛게 말랐어요. 그 비극적 광경만큼 내 마음 깊은 곳의 영혼을 감동시킨 건 아무것도 없어요."

"어떻게? 어떻게요? 피에르 동생? 말라서 빨갛게 되었다고요? 오, 끔찍해! 마법이 부려진 거야! 전혀 상상도 못 했는데!"

"아뇨, 그 잉크, 그 잉크 말입니다! 그 안에 담긴 어떤 화학적 성분이 누이의 눈물을 겉보기에 피 모양으로 변화시킨 거예요. 그것뿐이에요, 누이."

"오 피에르! 이렇게 이상하게도…… 우리의 가슴은 감당할 수 없는 고통의 한계를 결코 모르는 것 같고, 때때로 우리는 피를 흘리면서 그것을 단지 물일 뿐이라고 생각해요. 우리의 재능에 대해서처럼, 우리의 고통에 대해서도, 타인들이 때때로 더 좋은 심판관들이에요. 하지만 나를 막아줘요. 내 이야기로 되돌아가게 해줘요! 이제 당신이 모든 것을 안다고 생각되지만…… 아니에요, 완전히 모두 다는 아니에요. 내가 당신에게 편지를 써 보낼 때 계획되고 분석 검토된 무슨 동기가 있었는지 당신은 모르고, 가엾은 벨도 그건 몰라요. 왜냐하면 가엾은 벨은 너무나 정신없이 흥분한 나머지 그때 동기들을 계획하고 분석 검토할 수 없었기 때문이에요. 내 가슴속의 충동이 당신을 불렀지, 가엾은 벨이 한 것이 아니에요. 하느님이 당신을 불렀지, 피에르, 가엾은 벨이 아니에요. 내가 당신을 만나고, 당신의 넉넉한 모든 사랑과 친절한 말을 경청한 후 하룻밤이 지난 지금도, 지금 이 순간에도 나는 놀란 사람처럼 선 채, 그렇게 무모하게 당신을 내 동생이라고 주장한 데서, 무엇이 나에게 다가오고 있는지, 또는 무엇이 이제 나에게 들이닥칠 것인지 못 느껴요. 피에르, 이제, '이제', 이 순간 막연한 번민이 나를 가득 채워요. 말해줘요, 나를 사랑함으로써, 공개적으로 또는 은밀히 나를 인정함으로써, 말해줘요, 그것이 당신에게 어떤 치명적 타격을 끌어들이나요? 솔직하게 말해요. 정직하게 말해요. 내가 당신에게 하듯이! 지금 말해요, 피에르, 전부 말해줘요!"

"사랑이 해악인가? 진실이 고통을 등질 수 있나? 사랑하는 이사벨, 하느님께 가는 길에 어떻게 고통이 생길 수 있는가요? 누이의 모든 것을 안 지금, 이제 만일 내가 누이를 잊고, 철면피한 넓은 세상 앞에 누이의 존재를 인정하지 못하고 누이를 사랑하지 못한다면 말입니다. 내가 그럴 수 있다면, 그러면 누이는 '말해줘요, 피에르, 가엾은 벨의 신성한 주장을 속에 억누르는 것, 그것은 당신을 한없이 고통스럽게 하지 않나요?'라고 분별 있게 질문하고 말할 수 있을 거예요. 그리고 나의 진실한 영혼에는 끝없는 고통이 메아리칠 거예요. 아냐, 아냐, 아냐. 당신은 내 누이이고 나는 당신의 남동생이고, 이 세상에서 나를 아는 고장에서는, 당신의 존재를 인정하게 할 겁니다. 그렇지 않으면, 맹세코, 나는 거드름 부리는 세상을 눌러 부숴서 당신에게 무릎 꿇릴 것이오, 사랑스러운 이사벨!"

"당신 두 눈 속에 서린 위협들은 나에게는 소중한 기쁨이며, 나는 당신의 빛나는 위업과 함께 성장하고, 당신에게서, 나는 하느님이 나에게 보낸 분노한 사절이, '일어서라, 일어서라, 이사벨. 그리고 통속적인 세상과 타협하지 말고, 네가 세상에 대해 조건을 내세우고, 너의 거센 권리를 거기서 갈고 다듬어라!'라고 말하는 것을 보아요. 당신의 매력적인 당당함은 나를 남성화하고, 가장 의기양양한 순간에, 그때 여자는 쌍으로 태어난 자기 가슴의 부드러움을 더 이상 느끼지 못하고 사슬 갑옷이 거기서 고동치는 것을 느끼는 것을, 이제 나는 알아요!"

아름다운 무모함으로 인해 변화된 그녀의 태도, 헝클어진

344

깃발을 길게 나부끼는 것 같은 냉소적인 긴 머리, 유성들이 그 안에서 장난치는 것처럼 보이게끔 변한 신비로운 두 눈, 이 모든 것이 지금 피에르에게는 보이지 않는 요술쟁이의 작용처럼 보였다. 변형된 모습으로 그녀는 그 앞에 서 있었고, 피에르는 그녀에게 머리를 낮게 조아리면서, 남자에게처럼 여자에게도 당당하고 위협적일 수 있는, 구애받지 않고 돌진하는 인간의 위엄을 인정했다.

그러나 여성적 상냥함이 마침내 이사벨에게 되돌아왔고, 그녀는 전기를 일으키는 여름밤의 부드러운 마른번개를 내다보면서 창문의 벽감에 조용히 앉아 있었다.

VI

슬픈 미소를 지으면서 피에르가 침묵을 깼다.

"누이, 누이는 무척 부자이니 나한테 보시해야 합니다. 나는 대단히 배가 고파요. 아침 식사를 한 후로 먹는 걸 잊고 있었어요. 이제 내가 떠나기 전에, 이사벨, 빵과 물 한 잔을 가져다줘요. 어젯밤 나는 빵집에 들어온 강도처럼 식료품 저장실을 뒤졌지만, 오늘 밤 누이와 나는 함께 저녁밥을 먹어야 해요. 우리는 앞으로 함께 살지도 모르니까, 즉시 같이 식사를 시작합시다."

이사벨은 갑자기 깊이 감격하여 그를 쳐다보더니, 순종적으로 대단히 상냥하게 조용히 방에서 나갔다.

그녀가 돌아오자 피에르는 시선을 천장 쪽으로 향하며 말했다. "이제 조용해졌어요. 왔다 갔다 하는 소리가 완전히 멈췄어요."

"심장의 고동은 멈추지 않았어요. 발길은 멈추었지만, 그녀의 쉴 새 없는 심장은 아니에요. 피에르, 그녀는 지금 편안하지 않고, 마음의 평화는 사라지고 없어요. 그러므로 오늘 밤 그녀가 왔다 갔다 하던 발걸음을 멈추고 고요히 있다 해도 그녀는 여전히 떠들썩한 광란 상태에 머물러 있을 뿐이에요."

"펜이나 연필, 종이를 좀 줘요, 이사벨."

그녀는 들고 온 덩이 빵과 접시와 칼을 내려놓고, 펜과 잉크와 종이를 가져다주었다.

피에르가 그 펜을 쥐었다.

"이게 그 펜이었나요, 이사벨?"

"그래요. 다른 것은 이 가난한 시골집에 없어요."

그는 골똘하게 그것을 응시했다. 그러고 나서 식탁으로 돌아 앉아 다음과 같은 편지를 거침없이 써 내려갔다.

델리 얼버에게, 피에르 글렌디닝이 깊고 진실한 염려와 동정을 전하며.

당신의 슬픈 이야기는—전에 일부 알려졌지만—당신을 정말로 동정하고, 나에게 진심으로 당신을 걱정하는 마음을 나누어 준 사람에게 들어서 이제 자세하게 알게 되었소. 당신은 이 지방을 떠나 어딘가에서 평화롭게 지내면서, 당신의 성별과 나이에 알맞은 어느 외딴 곳의 일자리를 얻기를 바라고 있다고 들었소. 이 문제와 관련해서 나는 기꺼이 책임을 지고, 내 모든 능력을 다해 최대한으로 당신에게 그것을 보장하겠소. 그러므로—당신의 커다란 슬픔이 위로를 완전히 일축하지는 않는다면, 그런 경우가 너무 잦고, 그렇게 느끼는 것은 오직 슬픔이 저지르는 커다란 바보짓이지만—당신의 진실한 두 친구는 당신이 마음을 다잡고, 당신은 아직 인생을 다 살지 않았다는 것과 시간은 그 끊임없는 방향제 속에 가장 확실한 치료제를 가지고 있다는 것을 잘 생각하기를 여기서 간청하는 바요. 우리의 최선의 도움을 통해 당신의 미래의 운명이 당신을 위해 배치될 때까지 잠시 동안만 참고 있으시오. 그리하여 또한 나와 이사벨을 당신의 진정한 친구들이며 진실한 마음을 지닌 사람들로 알기를 바라오.

그는 그 편지를 이사벨에게 건네주었다. 그녀는 그것을 조용히 읽고 나서 내려놓았다. 그러고는 그의 위로 두 손을 벌리면서 하나의 몸짓으로 델리와 하느님이 있는 쪽을 올려다보았다.

"이 편지를 받고 델리가 마음 아파할 거라고 생각하지 않나요, 이사벨? 누이가 제일 잘 알 거예요. 우리의 도움이 실제로 그녀에게 미치기 전에, 그것에 대한 어떤 약속이 지금 그녀에게 가벼운 위안이 될지도 모른다고 생각했어요. 하지만 이 편지를 간수하고 누이가 최선이라고 생각하는 대로 해요."

"그렇다면 즉시 이 편지를 델리에게 주겠어요, 피에르." 이 사벨이 그에게서 물러가며 말했다.

고착된 고요가, 이제 긴 대갈못을 그 밤에 꿰찌르고, 그 지역에 단단히 못질을 하여 고정시켰다. 그리고 이런 시간에 다시 홀로 피에르는 귀를 기울이지 않을 수 없었다. 계단에서 이사벨의 발소리가 들렸고, 그다음에 그 소리는 위층에서 그가 있는 쪽으로 다가왔다. 그러고 나서 조용한 노크 소리가 들렸고, 문 밑으로 문지방 너머로 종이를 살짝 밀어 넣었을 때 종이가 스치면서 내는 것 같은 소리가 들린다고 그는 생각했다. 그다음에 반대편에서 다가오는 또 하나의 발걸음이 떨리듯이 이사벨의 발걸음과 만났다. 그러고 나서 두 사람의 발걸음은 서로 떨어져 나갔고, 잠시 후 이사벨이 돌아왔다.

"누이가 노크하고 문 밑으로 편지를 살짝 밀어 넣었어요?"

"네, 그리고 델리가 지금 그것을 갖고 있어요. 들어봐요! 흐느껴 울고 있어요! 하느님 감사합니다, 기나긴 메마른 슬픔이 마침내 눈물을 흘릴 수 있게 되었어요. 연민, 동정이 이것을 해냈어요. 피에르, 당신의 간절한 행위로 인해 당신은 죽기도 전에 이미 성인이 되었어요."

"성인들은 굵고 사나요, 이사벨?" 그녀에게서 이런 생각을 날려버리려고 노력하면서 피에르가 말했다. "이봐요, 그 덩이 빵을 이리 줘요. 하지만 아냐, 좀 도와줘요, 누이. 고마워요. 이건 두 곱절 부드러운 빵이군요. 누이가 손수 만든 건가요, 이사벨?"

"내가 직접 만든 거예요, 피에르 동생."

"그 컵을 이리 줘요. 누이의 손으로 건네줘요. 그래서 이사벨, 내 가슴과 영혼은 지금 가장 깊은 경외하는 마음으로 가득 차 있고, 그것에 더하여 나는 감히 이것을 진짜 저녁 성찬이라고 부른답니다. 나와 함께 먹어요."

그들은 한마디 말도 없이 같이 식사를 했고, 피에르는 한마디 말도 없이 일어나서 그녀의 순수하고 티 없는 이마에 키스하고, 한마디 말도 없이 그곳에서 떠났다.

VII

피에르 글렌디닝이 마을에 당도하여 그곳을 흔히 감싸는 나무들 밑을 지나며 인간에게서 나오는 어떠한 불빛도 보지 못하고 인간에게서 나오는 어떤 소리도 듣지 못하고, 다만 이따금 발 밑에 가벼운 마른번개가 뱀처럼 풀잎 사이에서 들락날락 번쩍이는 것을 보고, 나무들 사이로 하늘에서 반짝이는 먼 희미한 빛을 목격하고, 잠들어 있지만 여전히 숨 쉬고 있는 대지에서 멀리 넓게 들려오는 일반적인 잡음을 듣고 하는 동안 그에게 스친 생각을 우리는 모른다.

그는 무성한 관목 숲이 둘러싼 쾌적한 단독 주택 앞에서 걸음을 멈추었다. 그러고는 현관을 올라가서 바로 마을 시계가 밤 1시를 칠 때 뚜렷하게 노크를 했다. 노크를 했지만 아무런 응답이 없었다. 다시 노크를 하자 얼마 안 있어 2층에서 내리닫

이 창을 위로 올리는 소리가 들렸고, 놀란 목소리가 거기 누가 왔냐고 물었다.

"피에르 글렌디닝인데, 폴즈그레이브 목사님과 당장 이야기를 나누고 싶습니다."

"내가 들은 게 맞나? 도대체 무슨 일입니까, 젊은 도련님?"

"모든 게 문젭니다. 온 세상이 문젭니다. 좀 들여보내주시겠어요, 목사님?"

"물론이죠. 하지만 제발, 아냐, 가만히 계세요, 들어오게 해 드리겠습니다."

예상보다 더 빨리, 촛불을 들고 잘 어울리는 스코틀랜드풍 격자무늬의 학생용 실내복을 걸친 채 폴즈그레이브 씨가 몸소 문을 열어주었다.

"제발, 무슨 일이에요, 글렌디닝 도련님?"

"온 천지가 문젭니다, 목사님! 서재로 올라갈까요?"

"그럼요, 하지만…… 하지만…….."

"자, 올라갑시다, 그럼."

그들은 2층으로 올라가서 잠시 후 목사의 밀실에 들어가 앉았다. 놀란 주인은 여전히 손에 촛불을 든 채 근심스러운 모습으로 그저 피에르를 주의 깊게 보았다.

"목사님은 하느님의 대리인이라고 저는 믿습니다."

"나요? 나요? 나요? 이거 참, 글렌디닝 도련님."

"네, 목사님, 세상 사람들은 당신을 하느님의 대리인이라고 합니다. 그렇다면 하느님의 대리인인 당신은 내 어머니와 함께 델리 얼버와 관련하여 무엇을 결정했습니까?"

"델리 얼버라! 아니, 이런…… 이 무모한 짓이 무엇을 의미합니까?"

"그건, 목사님, 당신과 어머니가 델리 얼버를 어떻게 하기로 결정했냐는 뜻입니다."

"그 여자요? 델리 얼버? 그 여자는 이 인근에서 떠나기로 돼 있어요. 뭐, 그녀의 양친이 그녀를 원치 않아요."

"'어떻게' 그 여자가 떠날 건가요? '누가' 그 여자를 데려갈 건가요? '당신이' 그 여자를 데려갈 건가요? '어디로' 그 여자는 갈 건가요? '누가' 그 여자에게 먹을 것을 주나요? 그 여자와 같은 여인들이 세상의 혐오할 만한 냉담과 무정함으로 인해, 매일 빠져들 처지에 몰리게 되는 타락의 길에서 '무엇이' 그 여자를 막아줄 건가요?"

"글렌디닝 도련님." 이제 얼마간 침착하게 촛불을 내려놓고 목사는 가운으로 위엄 있게 몸을 감싸면서 말했다. "글렌디닝 도련님, 별나기 그지없는 이 방문으로 인해, 그리고 더없이 이례적인 방문 시간으로 인해 받은 당연한 충격에 대해 나는 지금 아무런 언급을 하지 않겠습니다. 도련님은 어떤 사항에 대한 정보를 요구했고 나는 내가 아는 한에서는 그것을 주었습니다. 그다음에 물은 부수적인 모든 질문에 대해서는, 대답하지 않기로 결정했습니다. 다른 시간에 도련님을 만나면 대단히 기쁘겠습니다만, 지금은 나를 물러가게 해주셔야 하겠습니다. 안녕히 가십시오, 도련님."

그러나 피에르는 꼼짝도 않고 가만히 앉아 있었고, 목사는 가만히 서 있지 않을 수 없었다.

"모든 것을 완전히 이해했습니다, 목사님. 델리 얼버는, 그러면, 쫓겨나 굶어 죽거나 타락하도록 되어 있습니다. 이번에도 하느님의 대리인의 묵인 아래 말입니다. 폴즈그레이브 씨, 델리의 문제는 진심으로 흥미롭지만, 한층 더 흥미로운 또 다른 문제, 즉 그것에 대해 당신이 기독교인의 자격으로 진지하고 정직하게 조언해줄 수 있을 것이라는 작은 희망을 내가 한때 얼마간 품었던 또 다른 문제와 관련되어 있을 뿐이지요. 하지만 하늘이 준 암시를 통해 당신은 나에게 아무런 진지하고 탈속적인 조언을 해주지 못하리라고 지금 나는 확신합니다. 나는 하느님에게 직접 조언을 구해야 하고, 그분은 그분의 가장 신성한 충고를 결코 위임하지 않는다는 것을, 나는 지금 알겠습니다. 하지만 나는 당신을 비난하지 않으며, 당신의 직업이 모든 세속적 제휴에 불가피하게 뒤얽혀 있고, 성직록을 받는 성직의 세계에서 믿음이 신의 뜻에 순종하여 자유롭게 움직일 수 없다는 것을 이해하기 시작했습니다. 화가 난다기보다는 오히려 유감스럽군요. 나의 심히 무례한 방문을 용서하시고, 나를 당신의 적으로 알지 마십시오. 안녕히 계십시오, 목사님."

9부
더 많은 빛과
그 빛의 어둠,
더 많은 어둠과
그 어둠의 빛

I

열광적 진실과 진심과 자립정신이, 두려움 없는 심오한 생각에 적응된 지성의 소유자를 변함없이 인도해가곤 하는, 그 몹시 추운 지역에서 모든 사물은 모호하고 불확실하고 굴절시키는 빛 속에서 시야에 들어온다. 그 심원한 분위기를 통해 보면 저 태곳적부터 공인된 인간의 격언들이 미끄러지고 흔들리고 마지막으로 완전히 반전된다. 이 놀랄 만한 신기루는 대부분 하늘에서 나타나기 때문에, 하늘 또한 이처럼 사람을 혼란에 빠뜨리는 광경을 연출하는 죄가 없지 않다.

하지만 그 믿을 수 없는 위험한 영역의 한복판에서, 찾아낼 수 없는 북극의 탐험가들처럼, 영원히 실종된 많은 사람들의 예가 우리에게 그러한 곳들을 완전히 멀리하라고 경고하고, 진실의 오솔길을 따라감으로써 인간은 자신의 마음을 지배하는 나침반을 완전히 상실한다. 그리하여 그 길을 너무 멀리 따라가는 것은 인간이 할 짓이 아니라는 것을 우리는 배우는데, 그 까닭은 나침반이 사방으로 황야만을 가리키는 극지에 도달하면 거기서 바늘은 지평선의 모든 지점을 차별 없이 공평하게 가리키기 때문이다.

하지만 비교적 멀지 않은 사고의 영역들에도 그 특이한 내향성이 없지 않다. 보통의 사려 깊은 사고력을 가진, 그리고 조금이라도 그 사고력을 행사하는 데 익숙한 진지한 사람이라 해도, 세상 사람들에 대한 가톨릭의 가장 큰 축복으로 대단히 진지하게 간구되는 근본적인 것으로 희망적인 사람들이 간주해온—과오에 대한 진실의 침략을 의미하는—마음의 행군으로 결국 무엇이 그토록 열광적으로 박수갈채를 받는가 하는 생각을 자주적으로 마음에 거의 떠올리지 못했음이 틀림없다. 그리하여 거의 모든 생각하는 사람들은, 모든 세계가 모두 결코 집단적으로 진실을 향해 전진하는 것이 아니라 단지 여기저기서 몇몇 개인들이 행하고 전진함으로써, 나머지 사람들을 뒤에 남겨두고 가게 된 바람에 자신들을 단절시켜, 그들의 동정으로부터 영원히 멀어지게 하고, 늘 자칫하면 불신, 혐오, 그리고—종종 은폐되긴 하지만—흔히 노골적인 두려움과 증오의 대상이 되는 탓에, 어떤 면에서는 엄청난 잘못이 여기에 잠재되어 있을 수 있다는 생각으로 언젠가 강한 충격을 받았음이 틀림없다. 그렇다면 진보적임에도 불구하고 여전히 한동안 계속 가혹하게 규제받는 저 진보적 지성들이, 종종 자극을 받아 이제 그들의 뒤에 영원히 뒤처진 감정과 견해를 향해 방자한 공격적 행위로 태도를 일변한다고 해서 무엇이 이상하랴. 진보의 초기 단계에서 특히 젊은 지성들이, 피할 수 없고 늘 일어나는 일로 세상에 오랫동안 길들여져 안정되기 전에, 이러한 공격성을 거의 예외 없이 드러내고 나중에는 예외 없이 개탄하게 되는 것이 확실하다.

단 며칠과 몇 시간의 범위 안에서, 피에르의 젊은 지성을 앞서 나아가게 했다기보다는 오히려 모든 공동의 인식 범위를 훨씬 넘어 신비하게 이식시킨, 실제적 진실이 안겨준 그 놀라운 충격, 그것에 우리가 위에서 묘사하려고 노력한 유감스러운 배후를 향한 공격성이 전혀 따르지 않은 것은 아니었다. 저 정당성을 인정하기 어려운 기분에 굴복하여, 그는 폴즈그레이브 목사의 한밤중의 깊은 잠을 침범했고, 정말로 그 붙임성 있고 존경할 만한 사람을 대단히 무례하게 공격했다. 하지만 이상한 상황의 힘을 통해 그의 통찰력이 몹시 놀라울 정도로 빠르게 향상된 것처럼, 지금 모종의 지혜, 즉 그의 자비심 또한 그처럼 빨리 향상되었다. 그리하여 그가 폴즈그레이브 씨에게 마지막으로 한 말들에, 그 신사의 서재를 떠나기 전에 그가 그처럼 어떤 사명을 갖고 그곳에 간 것을 후회하기 시작한 기색이 이미 충분히 드러나 있었다.

그리고 그가 지금 한밤이 유발한 깊은 명상 속에서 계속 걷는 동안, 그리고 그의 내부에 있는 모든 것이 열렬하고 진심 어린 늘 창조적인 불길에 강렬하게 동요되어 이리저리 발동하기 시작하면서, 그는 고통을 일시적으로 완화하는 많은 생각들에 완전히 민감해졌는데, 그러한 생각들이 이전에 떠올랐더라면, 그 존경할 만한 목사에 대한 충동적인 사생활 침해를 절대적으로 금했을 것이다.

하지만 인간이 어리석은 행동을 저지름으로써만 많은 경우 분별력의 자각에 도달하는 것은, 이 지상의 공기에 배어 있는 악의 때문이다. 어리석은 행동이 우리의 스승이지만, 분별력은 그 스승이 가르치는 교훈이므로, 그리고 어리석은 행동이 완전히 우리에게서 떠난다면, 한층 더한 분별력이 그 도피에서 그 행동의 길동무가 될 것이고, 우리는 중간쯤에 지혜 속에 남겨져 있을 것이다. 그러므로 간격을 두고 언제나 되풀이하여 발생하는 우리의 어리석은 행동에 대해 성급하게 저주하는 행위에서 우리를 마땅히 영원히 벗어나게 해야 한다고 생각하는 바이다. 그 까닭은 더없이 타고난 재능이 풍부한 지성의 소유자에 대해서조차 '나는 궁극적인 인간의 사변적 지식에 이르렀다. 앞으로 나는 현재의 이 상태에 머물겠다'라고 자신에게 진실로 말할 수 있는 세속적 시기가 언젠가 온다고 언제나 인간을 설득하는 것은 오직 놀랄 만한 허영심뿐이기 때문이다. 타타르족이 중국에 대해 그랬듯이, 새로운 진실의 갑작스러운 징후가 그를 맹공하고 그를 넘어뜨릴 것이다. 얼어붙었지만 비옥한 북쪽 나라에서 진실이 항상 키우고 있는 저 야만적 무리의 침입을 영원히 막아줄 만리장성을 인간은 자신의 영혼 속에 세울 수 없기에, 인간 지식의 제국은 진실이 계속해서 새로운 황제들을 그 영토에 내보내는 탓에 결코 어느 한 왕조로 영속할 수 없기 때문이다.

그러나 여기서 우리가 피에르의 생각들로 묘사하는 것들을 우리가 그에 관해서 묘사하는 것들과 아주 주의 깊게 구별해야 한다. 이 무렵 지성의 정신적 도덕적 성장에 기여하는, 어리석은 행동과 분별력의 상호 작용과 협력에 관한 개념에 무지했던 탓에 피에르는 이렇게 자신을 재촉하여 심하게 버릇없는 행위와 바보짓을 하게 한, 자신의 전반적인 감정의 급진적인 변화를 불신하면서, 무엇보다 가장 비참하게 자기 자신을 불신하면서, 예민하게 자신의 경솔함을 신랄하게 비판했고 정신적으로 동요하기 시작했다. 하지만 이 마지막 불신은 마음에 대한 것은 아니었다. 하늘이 축복과 함께 그의 마음을 정당화했다고 느꼈음에도, 그 마음의 사내다운 열광적 대의를 무질서하게 지지하는 것에서, 그 대의 자체에 질책을 가하는 것처럼 보인 것은, 바로 그가 자신의 지성을 불신했기 때문이다.

그러나 진지한 마음은 머리가 저지르는 가장 한탄스러운 과오에 대한 최후의 진통제를 항상 가지고 있지만, 그럼에도 그 사이에 작은 긴장 완화는 있어야 하고, 순수한 사람은 약해져서 무어라 말할 수 없는 우울증에 빠진다. 그러고 나면 가장 관대하고 고결한 결의들조차 그것들을 실행하려고 시도하는 과정에서 우리는 우리 자신이 실수하는 불쌍한 사람임을 입증하여 결국 수치스러운 치욕을 스스로 떠안았으므로, 가장 관대하고 고결한 결의들이 그것들을 몸소 행동으로 옮기는 것에 대한 단순한 서곡으로서가 아니라 오직 섬세한 정신적 감동을 위해 의도된 것처럼 보인다. 또한 결코 완전히 밀어내지 못한 평범함과 관례와 세속적인 신중한 마음의 주창자들이 다시 공격을 시작하고, 비틀거리는 영혼을 추궁하고, 잔인한 야유로 그 모든 숭고함을, 그 이상의 지혜와 경험이 틀림없이 치료할, 단순한 기행으로 조롱한다. 저 사내는 팔과 다리가 붙잡히고, 우유부단함과 회의에 의해 양쪽으로 발작적으로 잡아당겨지는 것 같다. 암흑이 이 잔인한 격론을 지배하여 그 깃발을 전진시키고, 그는 그 깃발 밑에서 힘을 잃고 졸도한다.

피에르가 새벽 2시경에 고개를 떨구고 이제 새들 메도우스 대저택의 부엌문 문턱을 넘은 것은 정확히 이런 마음 상태에서였다.

II

많은 하인과 하녀들이 잠들어 있는 저택의 심원한 정적 가운데 피에르는 방 안에서, 사흘 전에 돌연히 엄습한 더 마음을 빼앗는 문제 때문에, 불쑥 두고 떠난 책과 서류들이 여전히 내던져진 채 있는, 그가 평소에 쓰는 둥근 테이블 앞에 지금 앉아 있었다. 책들 가운데서 맨 위에 가장 눈에 띄는 것이 단테의 《신곡》〈지옥편〉과 셰익스피어의 《햄릿》이었다.

그의 마음은 종잡을 수 없이 막연했고, 그의 팔도 종잡을 수 없었고 막연했다. 곧 그는 손에 〈지옥편〉을 펼쳐 들고 있었고,

그의 시선은 인간 생명을 잉태하는 출발의 아치 안에 우의적으로 베껴 써놓은, 다음과 같은 시구와 마주쳤다.

> 나를 거쳐 그대들은 비애의 도시로 들어가고,
> 나를 거쳐 그대들은 영원한 고통 속으로 들어가고,
> 나를 거쳐 영원히 길을 잃은 무리 속에 들어가노라.
> 여기에 들어오는 그대들은 모든 희망을 버릴지어다.

그는 그 운명의 책을 손에서 떨어뜨렸고, 운명이 정해진 자신의 머리를 가슴 위로 떨어뜨렸다.

그의 마음은 종잡을 수 없이 막연했고, 그의 팔도 종잡을 수 없었고 막연했다. 약간의 순간들이 지나갔고, 그는 손 안에 《햄릿》을 펼쳐 들고 있었고, 두 눈은 다음과 같은 구절과 마주쳤다.

> 시간은 혼란에 빠졌고―오 가증스러운 원한이여,
> 일찍이 나는 그것을 바로잡으러 태어났도다!

그는 너무나 진실한 그 책을 손에서 떨어뜨렸고, 그의 망연자실한 마음은 캐리브룩* 우물 아래로 떨어지는 조약돌처럼, 그의 내부에서 공허하게 떨어졌다.

---

*남잉글랜드 와이트 섬 뉴포트 근처의 마을로, 찰스 1세가 투옥되었던 성으로 유명하며, 이 성의 우물은 깊이가 500미터에 달한다.

III

사나이 단테 알리기에리는 세상으로부터 용서할 수 없는 모욕과 무례한 언동을 당했고, 시인 단테 알리기에리는 〈지옥편〉이라는 탁월한 악담으로 세상에 불멸의 저주를 남겼다. 그로 하여금 이 세상의 위안을 상실하게 한 정치적 풍자의 불을 뿜는 듯한 언어는, 앞으로 올 세상에서 모든 위안으로부터 많은 인류를 영원히 제외시키게 될, 불같은 시상에서 악의적인 상대역을 발견했다. 다행히도 문학 애호가의 더없는 기쁨을 위해, 〈지옥편〉의 끔찍한 우의적 의미들은 표면에 드러나 있지 않다. 불행히도 진실과 실재를 꿰뚫어 보는 젊고 진지한 사람들을 위해, 저 끔찍한 의미들은 처음 발견될 때, 오직 가장 앞서고 가장 속 깊은 사람들의 소유물인, 완강한 안전감이라는 저 탁월한 해독제가 미리 마련되어 있지 않은 자리에 그 독을 주입한다.

그러면, 그대들, 현명한 그대들, 단테의 그 한 구절이 피에르와 중대한 관계가 있는 한은, 그의 심기를 판단하라.

가장 뛰어난 정통한 사람들을 제외한 모든 사람들로부터 약삭빠르게 감추어진, 한없이 고루 미치는 더 깊은 그 의미들 중에서, 《햄릿》의 의미심장한 비극이 인간의 보통의 관행에 적어도 꼭 맞게 만들어진 특별한 교훈을 전달한다면, 그것은 다음과 같은 것이다. 즉 심사숙고된 모든 생각은 당장 행동하지 않으면 무가치하다는 것과, 상충하는 충동들이 에워싸며 쇄도하는 한복판에서 인간은 망설이고 서 있어서는 안 된다는 것과,

가장 빠른 확신의 순간에 각성한 사람은 가능하다면 번갯불의 정확성과 힘으로 공격해야 한다는 것이다.

피에르는 언제나 《햄릿》을 찬양하는 독자였지만, 지금까지 그의 나이도 그의 정신적 경험도, 그가 그 속에 내포된 절망적 어둠의 비밀을 가르쳐주는 희미한 빛을 포착하거나, 노고를 아끼지 않는 도덕주의자가 거기서 그토록 마음에 흡족하게 상세히 설명하는, 저 피상적이고 순전히 부차적인 교훈들을 전반적인 이야기에서 이끌어내기에는 충분하지 않았다.

이성과 계시가 결합된 가장 강렬한 빛은, 인간 내면의 더 깊은 진실에, 그 자신의 가장 깊은 어둠에서 때때로 나오곤 하는 것과 같은 광휘를 비춰줄 수 없다. 칠흑 같은 어둠이 그때에 그의 빛이고, 고양이처럼 그는 보통의 시각에는 단지 맹목에 불과한 수단을 통해 모든 물체들을 똑똑히 본다. 무엇 때문에 어둠과 슬픔은 옛적부터 지식에 대한 가장 정선한 시종으로 찬양받아왔는가? 무엇 때문에 어둠과 슬픔을 모르는 것은 영웅적 인간이 배워야 하는 무언가에 대해 모르는 것이나 마찬가지란 말인가?

그 어둠의 빛을 통해 피에르는 지금 손에 든 《햄릿》의 핵심을 곰곰이 생각했다. 《햄릿》은 인생의 사건이지만, 결국 창조적인 손의 방자한 마법을 통해 선명하게 재현되고, 마침내 지옥과 밤의 끝이 없는 방들 속으로 못지않게 방자하게 내쫓긴, 생명의 사건이라는 것을 그는 알지 못했다. 적어도, 느끼지 못했다. 같은 순간에 더욱 결정적인 통찰력이 그 깊이를 드러내고, 때때로—결코 그렇게 분명하게는 아니지만—어떤 상응하는 높이를 또한 드러내는 것은, 그 통찰력에 불공평하게 주어진 특권이다. 하지만 깊이 갈라진 틈 아래로 중간쯤에 있을 때, 그 울퉁불퉁한 바위들이 위에 있는 창공을 감추고, 나그네는 그 모든 것을 아래로 향한 하나의 어두운 깊은 구멍으로 생각한다.

그러면, 그대들, 현명한 그대들, 《햄릿》의 그 한 구절이 피에르와 중대한 관계가 있는 한, 그의 심기를 판단하라.

IV

《햄릿》과 〈지옥편〉의 인쇄된 지면들이 무수한 조각들로 찢기어 발밑에 흩어져 있었고, 그가 발로 그것들을 짓밟는 동안, 그책들의 공허한 표지들은 무의미한 책 이름으로 그를 조롱했다. 단테는 그를 사납게 만들었고, 《햄릿》은 때려줄 아무도 없다는 것을 넌지시 비쳤다. 단테는 그가 받아들이기 어려운 싸움의 이유를 가지고 있다는 것을 가르쳐주었고, 《햄릿》은 그 싸움에서 머뭇거리고 있다고 그를 놀렸다. 이제 그는 새로이 자신의 운명을 저주하기 시작했다. 왜냐하면 결국 그가 자신을 멋지게 속이고, 스스로 미루고, 감상에 젖어 숙고하며 즉시 행동에 나서도록 주어진 시간을 낭비해왔다는 것을 깨달았기 때문이다.

48시간이 넘게 지났다. 이사벨의 존재는 인정받았나? 그녀는 이제 공공연히 그의 팔에 매달렸는가? 피에르 말고 누가 벌써 이사벨에 대해 듣고 알고 있나? 숨어 다니는 겁쟁이처럼 그는 낮에는 숲 속으로 가서 배회했고, 밤에는 숨어 다니는 겁쟁이처럼 자기가 사는 곳으로 몰래 들어갔다! 도둑처럼 그는 어머니 앞에 앉아 말을 더듬고 얼굴이 창백해졌고, '거룩한 권리'를 위해, 여자가 거창해져 그에게 허세를 부리는 것을 방임했다! 아! 사람이 영웅처럼 생각하는 것은 쉽지만, 영웅처럼 행동하는 것은 어렵다. 상상할 수 있는 모든 대담한 짓들이 서슴없이 영혼 속으로 들어오지만, 거기서 대담하게 나오는 것은 거의 없다.

그는 정말로 이 일을 할 작정인가 아니면 그렇지 않은가? 이 일을 할 배짱이 그에게 있나, 없나? 왜 미적거리는가? 왜 기다리게 하는가? 미적거리고 기다리게 함으로써 무엇을 얻었는가? 결심은 했는데 왜 그것을 실행하지 않았나? 이사벨의 첫 번째 편지를 그가 처음 본 후에, 그녀의 존재를 공공연하게 인정하는 데 필수적인, 알아야 할 무엇이 더 남아 있었나? 그녀의 신원에 대한 의심이 생겨 그를 멈추게 했나? 전혀 아니다. 이사벨이 지닌 신비의 짙은 암흑의 벽을 배경으로, 이사벨이 그의 누이라는 초미의 사실이, 인을 함유한 어떤 손가락이 기록한 것처럼 쓰여 있다. 그러면 왜? 그러면 어떻게? 그러면 어찌하여 이렇게 완전히 행동이라곤 하지 않았는가? 이사벨에 관하여 어머니에게 알리는 최초의 말과, 그녀의 존재를 대담하고 정답게 인정하려는 그의 결심을 듣고 오만한 어머니가 아버지에 대한 재고를 일축하면서, 마찬가지로 피에르와 이사벨을 일축하고, 그와 그녀를 둘 다 비난하고, 가장 순수한 남편이자 아버지라는 명성을 부인하는 괴이한 공범자들로서 그들을 둘 다 똑같이 증오할 것이라는 생각에 마음이 흔들렸는가? 전혀 아니다. 그에게 그런 생각은 없었다. 어머니가 이사벨에 대한 사실을 아무것도 알게 해서는 안 된다고 그는 이미 결심하지 않았는가? 하지만 이제 어떻게 해야 하나? 그다음에 무엇을 해야 하나? 어머니가 그 인지에 대해 아무것도 몰라야 한다면, 이사벨의 존재를 어떻게 세상에 인정받게 할 수 있을까? 근시 안적이고, 비참하고 불성실한 떠돌이 장사꾼 같은, 그대는 자기 자신과 대단히 어리석은 게임을 하고 있었구나! 바보에 비겁자! 비겁자에 바보 같으니! 네 자신을 활짝 개봉하고, 거기서 너의 맹목적이고 바보 같은 황당한 이야기를 읽어라! 두 가지 커다란 결심, 즉 이사벨을 공공연하게 인정하는 것과, 그대의 모친에게 그녀의 존재를 관대하게 알리지 않는 것, 이것들은 불가능한 부가적인 일들이다. 마찬가지로 그대의 아버지의 명예로운 추억을 비난으로부터 비호하려는 매우 관대한 목적과, 그대가 이사벨과 남매임을 공개적으로 입증하는 것, 이 또한 불가능한 부가적인 일들이다. 이러한 네 가지 결심이 일단 한데 모이면 그것들이 모두 서로 충돌하여 소멸한다는 것을 인식하지 못하고, 그 결심들을 개인적으로 가슴에 품은 것, 이것, 이 지울 수 없는 바보짓은, 피에르, 설명할 수 없는 얼빠진 사람으로 그대의 이마에 낙인을 찍는다.

그대는 자신을 불신하고 자신을 저주하고, 그대의 《햄릿》과 그대의 〈지옥편〉을 찢어버릴지어다! 오! 바보, 눈먼 바보, 그리고 백만 곱절의 바보! 가라, 가라, 그대 가엾고 허약한 자! 숭고한 행위는 그대와 같은 눈먼 굼벵이들이 할 일이 아니다! 이사벨에게서 떠나 루시에게 가라! 겸허하게 네 어머니의 용서를 구하고 앞으로 더 순종하는 착한 아들이 되어라, 피에르, 피에르, 피에르, 이 얼빠진 녀석아!

위에서 말한 마음속의 부조리가 맨 처음 결집력 있는 그의 의식에 드러나자마자, 피에르의 영혼 속에 일어난 혼란과 혼동을 지금 모두 말하는 것은 불가능할 것이다. 온전한 정신이 들자마자 그는 이러한 이루 헤아릴 수 없는 치욕을 초래한 바로 그 기억과 그 마음을 기꺼이 자기와 관계없는 것이라고 말할 것이다. 이제 정말 〈지옥편〉에서 솟구치는 모든 불길의 쇄도와, 《햄릿》에서 뭉게뭉게 피어오르는 모든 어둠이 당장 화염과 연기 속에 그를 질식게 했다. 그의 영혼의 건방진 태도는 그의 내부에서 무너졌고, 그는 맹목적 분노와 순간적 광란 상태에서 벽에 몸을 내던졌다. 그리하여 그는 몹시 혐오스러워진 자신의 정체에 메스꺼움을 느끼고 피를 튀기며 쓰러졌다.

10부
전례 없는,
피에르의
최종 결심

I

먼동이 트기 직전이 가장 어둡다고 맨 처음 말한 이의 고마운 유산은 찬양받을지어다. 이 격언이 더없는 진실임이 판명될 것인지 아닌지는 개의치 말자. 세속적 유한성의 한계 안에서 이 격언이 때때로 효력이 있다는 것으로 충분하다.

이튿날 아침, 지난밤에 겪은 철저한 비참함 때문에 육체적으로 초췌하고 갈가리 찢겼지만, 그때 그는 냉정하게 침착하고 조화된 영혼을 되찾은 상태로 그에게는 잘 계획되고 완벽한 미래처럼 보이는 것을 예지하면서 방바닥에서 일어났다. 그에게 그토록 무섭게 엄습한 조금도 예상치 못한 폭풍우가, 벌써 예전부터 그에게 도움이 되도록 침투해 있었다는 것을 이제 그는 깨달은 것 같았다. 왜냐하면 그 폭풍우가 들통나지 않은 초기에 그의 영혼 속에서 애매하게 차지했던 자리가 그에게는 지금 맑은 하늘처럼 선명하게 보였고, 그의 모든 지평선이 똑똑히 내려다보이는 것 같았기 때문이다.

그의 결심은 이상하고 놀랄 만한 것이었지만, 그렇기에 그것은 이 이상하고 놀라운 비상사태에 더 적합하게 대처하는 것이기도 했다. 하지만 그 결심은 단순히 겉으로 드러나는 괴이함만 봐도 충분히 이상하고 비범했을 뿐만 아니라 유례없는 자기희생을 전제로 한다는 점에서도 놀라웠다.

처음부터 그는 이사벨을 보호하고 형제로서 더없는 헌신과 사랑을 베풀기 위해 그가 해야 하는 어떠한 일에서도, 온갖 어려움을 무릅쓰는 한이 있다 해도 아버지의 명성을 더럽히지 않으리라고 결심했다. 또한 달갑지 않은 사실들을 쓸데없이 폭로함으로써 어머니의 영원한 평화를 흔들어놓지 않기로 결심하고, 어떻게든 세상 사람들 앞에서 이사벨을 감싸 안고 그녀에게 변함없는 위안과 우애를 베풀기로 맹세하고, 그 자신이 당당한 헌신의 희생자가 될 작정이었다. 그렇지만 그는 온 하늘이 그를 정당하다고 인정하리라고 여기는, 지극히 기이하고 갸륵한 사기 행위 없이는, 이 모든 목적을 통합적으로 달성할 수 있는 방법을 찾지 못했다. 그리하여 이제 그가 세운 확고한 목적은 다음과 같았다. 즉 극비로 치른 의식을 통해 피에르 글렌디닝은 이미 이사벨 밴포드의 남편이 되었다고 세상 사람들 앞에서 거짓으로 꾸미는 것이었다. 그것은 그가 계속해서 그녀와 함께 사는 것과, 동등한 조건에서, 세상이 그를 받아들이는 어느 곳에나 그녀를 데리고 가는 것을 완전히 보장하고, 동시에 작고한 선친의 추억에 영향을 미치거나 결코 끊을 수 없이 그것과 연관되는, 어머니의 영원한 평화를 어떻게든 침해하는, 모든 불길한 질문을 따돌릴 거짓 꾸밈이었다. 진실로 이 계획을 준비하면서 그는 자신이 하기로 결심한 그 비범한 일이, 또 다른 측면에서 불가피하지만 간접적으로 어머니의 가슴에 대단히 격렬한 마음의 고통을 안겨주리라는 것을 미리 알았다. 그렇지만 그것은 그때 그에게는 열광적 미덕이 발휘되었을 때 따라오는 피할 수 없는 커다란 대가의 일부처럼 보였다. 그리하여 일단 이렇게 마음을 정하자, 그는 고인이 된 아버지에게 온 세상에 알려지는 돌이킬 수 없는 불명예를 ― 그에게는 그런 것 같았는데 ― 안겨드리기보다는, 개인적으로는 차라리 치료할 수 있는 상처로 어머니의 마음을 아프게 하고 싶었다.

아마도 이사벨 외의 다른 어떤 존재도 피에르로 하여금 위에서 말한 미증유의 최종적 결심을 결국 세우게 할 정도로 충분히 강력한 인상을 그에게 줄 수는 없었을 것이다. 그러나 그녀의 슬픔에서 비롯된 놀라우리만큼 아름다운 가락은, 기타의 현을 움직여 그녀의 우울한 비탄의 심금에 감응하게 한 것과 똑같은 마법을 부려 그의 가슴속에 있는 은밀한 일현금을 연주했다. 이사벨이라는 존재의 깊은 목소리가 하늘과 대기의 광활한 공간에서 그를 불렀고, 대지에게는 그녀의 타고난 권리를 용납하지 않을 수 있는 거부권은 없는 것처럼 보였다.

그가 그녀를 직접 알게 되고 그리하여 자석에 끌리듯 그녀와 접촉하게 된 사흘 동안에, 그녀의 당혹스러운 눈동자와 신비한 이야기에 깊이 관련된, 직접적인 설득과 영향력과는 다른 것들이 무의식적으로 그에게 지울 수 없는 인상들을 남겼고, 그리하여 어쩌면 부지불식중에 그가 결심을 내리는 데 가장 큰 영향을 미쳤을지도 몰랐다. 그녀는 자존심과 슬픔의 총아로 그에게 깊은 인상을 주었고, 그녀의 용모에서 양친의 비범한 생김새를 추적할 수 있었다. 자존심은 이루 말할 수 없는 고상함을 그녀에게 부여했고, 슬픔은 그 고상함에 천사의 부드러움을 더했다. 또한 그 부드러움에는 무엇보다 그녀의 가장 고상한 미덕의 기초인, 대단히 관대한 겸손이 스며들어 있었다.

말로나 편지로나 이사벨은 그녀와 같은 상황에 처한 보통 사람이 보여주리라고 무리 없이 예상할 수 있는 품위 없는 감정과 욕망의 기미를 조금도 드러낸 적이 없었다. 거의 무일푼이었지만, 그녀는 금전상의 도움을 호소하지 않았다. 그 문제에 대해 그녀는 완전히 침묵했지만, 그럼에도 피에르는 형제가 주는 단순한 보조금일지라도 자청해서 달라고 손을 내미는 것을 떳떳하지 않게 여기는 무언가가 그녀의 마음속에 있다는 이상한 느낌을 받지 않을 수 없었다. 그리고 여러 가지 말로 표현할 수 없는 경로를 통해, 마음에 맞지 않는 열등한 사람들에게 둘러싸여 있는데도 그녀는 자신이 고귀한 가문 출신이고, 넓은 세상이 줄 수 있는 가장 세련된 교우관계를 개인적으로 마땅히 가질 만하다는 의식을 표명하지 않았다. 또한 그녀는 피에르에게 자신을 무늬 있는 직물로 차려입혀 그 지방의 훌륭하고 부유한 귀부인들 가운데로 인도해달라고 요구하지도 않았다. 하지만 온갖 야비한 동기들에서 벗어나 완전히 자유롭게 그녀의 직관력 있는, 진실한 여성다움과 고상함을 나타내면서, 그녀는 그렇게 갑자기 찾은 형제를 향한 누이의 애정이 갖는 어떤 병적인 감상적 생각 속에 자기의 모든 감정을 융합시키지도 않았다. 그러한 애정은, 그녀와 같은 상황에 처한 태생적으로 매력이 없는 여자의 경우에는, 전혀 피에르의 마음을 끌지 못했을 것이다. 그렇다. 그녀의 편지가 대단히 지리멸렬한 글들로 가장 잘 구체화했던, 그 열렬한 형언할 수 없는 갈망은, 조금도 천하고 헛되거나 평범한 동기에서 생긴 것이 아니었고, 그녀의 영혼을 통한 신격의 억제할 수 없는 명백한 외침은 그녀에게 달려가서, 이 세상에서 가장 숭고하고 가장 영광스러운 의무를 수행하라고 피에르에게 명령하고 있었다.

그리고 지금, 피에르에게 변화되어 보이듯이, 그 의무는 과거에 정면으로 완강하게 대들고, 이사벨이 아버지의 적법한 자식이 누리는 모든 특권을 결코 완벽하게 물려받을 수 없다고 선언한 판결을 파기하려고 노력하는 것에 있지 않았다. 그리고 그러한 노력은 지금과 같은 경우에 본질적으로 도리에 맞지 않고, 살아 있는 자와 죽은 자 모두에게 잔인한 일이 되리라는 것을 그는 철저하게 느꼈다. 마찬가지로 한때 순간적으로 폭발한 의욕적 열의에 굴복했을지라도, 평소 애처롭고 부드러운 심기에서는 결코 이렇게 무지막지하게 우왕좌왕하지 않는 이사벨이 그것을 전혀 바라지 않는다는 것을 지금 그는 철저하게 느꼈다. 혈육 중 누군가에게 끊임없는 사랑과 동정을 받고 가족으로 가까이 접촉하고 싶어 하는 깊은 갈망을 이사벨이 여하간 충족시킬 수 있는 한, 그녀는 자기 부친의 신원을 밝히지 않고 사는 것에 만족한다고, 그는 지금 철저하게 느꼈다. 그래서 피에르는 이사벨이 그의 계획의 성격을 알자마자, 그것을 그녀의 당연한 기대에 못 미치는 것으로 생각할 것이라는 염려를 조금도 하지 않았다. 한편 그 계획의 분명한 생소함, 도덕적으로 까다롭고 평범한 여자들에게는 어쩌면 극복할 수 없을지도 모르는 생소함에 관한 한, 지금 피에르는 이사벨이 어떠한 반대도 하지 않으리라고 예상했는데, 그 까닭은 그녀의 모든 과거가 이상했고, 생소함이야말로 그녀의 미래에 가장 잘 어울리는 것처럼 보였기 때문이다.

하지만 피에르가, 그에게 보낸 그녀의 편지 첫머리를 지금 다시 읽었더라면 그의 누이로부터 예상되는 강력한 반대를 재빨리 추리할 수 있었을 테지만, 그 자신의 편견 없는 태도가 그것을 그 스스로에게 내색하지 않았던 것이다. 외딴 곳에서의 초라한 생활 때문에 이사벨은 피에르와 루시 타탄의 정확한 관계에 대해 완전히 모르고 있다고 믿을 만했고, 그 사실에 대해 모른다는 것을 이사벨이 맨 처음 간접적이고 무의식적으로 표명한 것은 그에게는 말할 수 없이 반가운 일이었다. 그리고 당연히 그는 현명하고도 호의적으로 그 점에 대해 그녀에게 설명해주기를 피했다. 그럼에도 불구하고, 이사벨 같은 진실한 마음을 가진 고결한 아가씨가, 자신의 이익을 위해, 피에르만큼 젊고 관대한 사람에게서 결혼으로 이어질 사랑의 축복된 혜택

을 앞으로 영원히 차단하고, 실제로는 공기의 망에 불과하면서
도 사실상 철벽으로 판명될 허구적 혼인에 그를 영원히 끌어넣
게 될 행위에 기꺼이 참여하는 일이 가능했다. 왜냐하면 이러
한 혼인을 구상할 생각을 일으킨 바로 그 강력한 동기가 이후
로는 언제나, 사람들과의 단절로 인해 그 결혼의 허구성이 무
언중에 드러나는 것을, 또한 이사벨이 살아 있는 동안 피에르
가 다른 여자와 실제적 혼례를 올리는 것을 용납하지 않을 것
이기 때문이었다.

하지만 그것에 대해 당신이 어떤 관점을 취하느냐에 따라
서, 완전히 새롭고 중대한 어떤 헌신적 사업의 시초에, 그것이
틀림없이 발생시키게 될 앞날의 무수한 복잡하고 위태로운 일
들은 인간에 대한 위대한 신들의 자비로운 선물, 혹은 악의적
인 선물이다. 이런 일들은 처음에는 대부분 시야에 들어오지
않는다. 그러므로 행운의 기사는 그 태고의 황야를 건너, 그 한
가운데에 궁궐이 있는지 함정이 있는지도 모르는 채 계속 달
리는 것이다. 때때로 독특하거나 극단적인 결심에 대한 열광
적 심사숙고가 젊고 지나치게 열렬한 사람들로 하여금 저지르
게 하는 저 이상한 실수와 모순들은 놀랍고도 도저히 믿기 어
려운 것들이다. 진지한 철학적 지성이 그 숙고의 대상들을 총
괄적으로 온전하게 자신에게로 끌어들여 취하는 수단인, 모든
것을 이해하는 통일성, 그 차분한 대표성, 그것은 젊은 열광자
에게는 어울리지 않는다. 그의 진지함으로 인해 모든 대상은
기만적으로 축소되고, 그의 전념으로 인해 개개의 대상은 고립

된 것으로 간주된다. 그로 인해 본질적으로 그리고 상대적으로 그는 모든 것을 잘못 본다. 우리가 표현하려고 노력한, 앞서 말한 이유 때문에 그로 하여금 당분간 네 가지가 결합된 불가능한 계획을 가슴 깊이 간직하게 한, 피에르의 그 일시적 자가당착을 우리는 이미 드러냈다. 그리고 일단 그가 자신과 이사벨을 뒤얽히게 만드는 매듭들을 묶으면, 세 명의 솜씨 좋은 아가씨*들도 그를 빠져나오게 할 수 없을 정도로 풀리지 않는 운명의 엉킴 속에 말려들고자 환장한 이 불운한 청년을 이제 우리는 본다.

아, 그대 경솔한 자! 이 위험한 것들에 접근하지 않도록 그대에게 경고해주고, 그대의 생명줄에 의해 그대가 이끌려 다가가는, 크레타의 미로**를 그대에게 가리켜주는 안내원이 하늘에 없는가? 숭고한 선행들은 지금 어디에 있는가? 인간의 수호자로 알려진 친절한 천사들은 어디로 달아났는가?

충동적인 피에르가, 만일 지금 그의 가장 희귀한 결심을 실행에 옮긴다면, 장차 그에게 위협이 될 모든 것을 완전히 간과해서가 아닐 것이다. 그러한 위협은 심하게 축소되어 그 크기가 온전히 드러나지 않았고, 정말로 이제 그는 자신의 결심을 강하게 굳힌 터라 그것들을 그의 얼굴에 가까이 들이민다 해도 그 때문에 자신을 희생할 결심을 단념하지는 않을 것이다. 한

---

*그리스 신화에 나오는, 인간의 운명을 지배하는 세 명의 여신들을 가리킨다.
**다이달로스가 크레타 왕 미노스의 명령을 받아 만든 미노타우로스(사람의 몸에 소의 머리를 가진 괴물)를 감금하기 위한 미로.

편 그의 중대한 결정에 즉시 뒤따르는 모든 것과 관련하여, 이러한 문제들을 틀림없이 그는 어느 정도 예견하고 이해했을 것이다. 즉 그는 루시 타탄을 원하는 지금의 마음을 떨쳐버려야 하고, 이것이 그녀에게 끔찍한 고통을 안겨주고, 그리 되면 그 당연한 반동으로 자신의 고통은 그만큼 배가되리라는 것을 예견했을 것이다. 또한 그의 모든 대담한 행동은 세상 사람들이 보기에는 전혀 예상치 못한 것인 데다 이유를 알 수 없는 것이기에, 사람들이 그를 약혼자에게 불성실한 파렴치한 자, 가장 구속력 있는 인간의 맹세들을 내팽개치고 정체 모를 미지의 아가씨에게 은밀히 구애하여 결혼한 자, 자애로운 어머니의 현명한 모든 충고를 일축한 자, 명예로운 이름에 영원히 씻을 수 없는 치욕을 가져온 자, 대단히 번영하는 집안과 윤택한 재산을 제 손으로 내팽개친 얼빠진 자라고 비난할 것임을 예견했을 것이다. 마지막으로 이제 자신의 모든 인생이, 광범한 인간들의 눈에는, 어쩌면 죽음으로 끝맺는 시간에도 제거할 수 없는, 구제 불능의 널리 퍼지는 재앙의 안개로 덮일 거라는 것을, 적어도 그는 완벽하게 예견하고 이해한 것처럼 보였다.

아, 그대 인간의 아들아! 아무리 속되고 비열하다 할지라도, 통속적인 세상이 그대의 세속적 행복을 위해 그대를 에워싸는, 독단적인 행동 방침에서 그대가 탈선할 때, 그대가 자신에게 불러들이는 위험과 불행은 그러한 것이다.

흔히 가장 희귀하고 의미심장한 것들을 추적하여, 지극히 진부하거나 사소한 것에서 그러한 것들의 거의 확실한 기원을 발견하는 것은 대단히 경이로운 일이다. 그럼에도 인간의 영혼은 너무 이상하고 복잡하고, 너무나 많은 것이 그 자체로부터 혼란스럽게 서서히 전개되고 너무나 방대하고 다양한 접근이 외부로부터 그것에 이른다. 이 두 가지 것들을 구별하는 것은 언제나 불가능하므로, 아무리 현명한 사람이라 할지라도 자신의 최종적 생각과 행동의 정확한 시작 지점을 명확하게 지적하려 한다면 경솔한 일일 것이다. 눈먼 두더지 같은 우리가 볼 수 있는 한에서는, 인생은 신비로운 암시를 따라 행동하는 것처럼 보이고, 이러이러하게 하라는 것이, 아무튼 우리에게 암시된다. 왜냐하면 확실히 조금이라도 자신의 내면을 깊숙이 들여다본 사람이라면 하찮기 짝이 없는 생각이나 행동이라 할지라도 오로지 자신의 한정된 주체에서 비롯되었다고 결코 주장하지 못하기 때문이다. 이 서론은, 어쩌면 피에르가 특별한 결심을 수행하고자 택한 특별한 방법—누이를 아내로 바꾸는 명목상의 전환—의 잠재적 근원을, 전에 어머니를 누이로 바꾸어 부른 대화상에서의 전환에서 발견할 수 있을지도 모른다는, 이상한 상상의 길잡이로서 완전히 불필요하지는 않은 것 같다. 왜냐하면 그 일이 인생의 가장 가까운 하나의 가족 관계에서 그의 목소리와 태도를 어떤 허구에 길들여지게 했고, 인간의 도덕적 본질은 삼투성이 강하고, 그 표면 위에 꾸며진 것들은 마침내 스며드니까, 따라서 위에서 말한 허구성에 이 외면상의 길들이기는 서서히, 다만 아직까지는 순진하고 즐겁게, 그의 마음에 말하자면 그 허구의 경향을 갖게 해놓았기 때문이다. 만일 이 전반적 상상이 정말이라면, 피에르에겐 농담의 시간이 진지한 시간으로 충만했고, 농담 속에서 그는 비애라는 말을 배웠다.

II

이사벨에 대한 영원한 우애적 구원에 관련된 그 결심 다음으로, 현재 피에르에게 절대적으로 확고하고, 가장 엄숙한 맹세의 신성함과 영구성을 동시에 공유하는 어떤 결심이 있었다면, 그것은 아버지의 기억을 손상되지 않은 채로 보존하고 이 세상 누구에게도 이사벨의 부계 혈통을 밝히지 않겠다는, 열렬하지만 완전히 불필요한 것이 분명한 결의였다. 불귀의 객이 되어 이 세상을 떠났지만 속세에 관한 한 완전히 속수무책으로 다시 돌아와, 초췌해진 아버지가 피에르의 효심과 자비심에 호소하는 것 같았다. 피에르의 죄 때문이 아니라 아버지의 죄 때문에, 그 아비의 명성이 지금 아들의 처분에 달려 있고, 지상의 모든 행복을 아들이 자유롭게 희생함으로써만 모독되지 않게 보존할 수 있다 하더라도, 어쨌단 말인가? 그게 정말이라 한들 무슨 상관인가? 그것은 아들의 가슴속에 한층 더 고원한 심금을 울렸을 뿐이고, 그에게 무한한 관대함을 가득 충전시켰을 따름이었다. 관대한 피에르는, 일반 세상에서조차, 죄악은 독선적 미덕에 의해 가장 잔인한 고문대 위에서 잡아 늘여 마땅한 대상이고, 독선적 미덕은 창백한 죄악의 고통에서 두려워하는 마음을 키울 수 있다는 이교도적 독단을 마음속에 품어본 적이 없었다. 완벽한 미덕은, 뉘우친 죄가 우리에게 지극한 친절과 관심을 요구하지 않듯이, 요란하게 우리의 칭찬을 요구하는 법이 없기 때문이었다. 미덕이 크면 클수록 우리의 칭찬도 더욱 커져야 하고 죄가 크면 클수록 우리의 동정은 더욱 무한해지기 마련이다. 어떤 면에서는 죄악 또한 신성함 못지않게 자신만의 성스러움을 가지고 있다. 큰 죄악은 작은 미덕보다 더 많은 아량을 이끌어낸다. 인간이라면 누구나 그저 전적으로 공정한 거래에서 사소한 잘못을 저지른 자보다 죄악의 위대한 신인 사탄에게 더 강렬하고 관대한 마음을 가지지 않겠는가?

이사벨의 거친 이야기가 아버지의 젊은 시절을 둘러싸고 조성한, 이해할 수 없으면서도 어둡게 의미심장한 불명료함에 피에르는 심히 몸서리쳤지만, 그러면서도 아버지가 죽음의 자리에서 들어 올린 창백한 빈손의 기원에 담긴 무언의 고통을 떠올렸다. 그리하여 그는 아버지의 죄가 미지의 어떤 드러나지 않은 상태의 것이라 할지라도, 아버지가 마지막 죽음의 시간에 대단히 참담하게, 오직 더욱더 완전한 비참함으로 가득 찬 참회로 죄를 뉘우쳤다는 것과, 그것이 아버지에게 절실한 비밀이었다는 것을 대단히 예민하게 느꼈다. 가족들이 그 문제를 아무리 완곡하게 말했다 할지라도, 아버지는 실성한 사람으로 죽지 않았던가? 그토록 부유한 인생을 산 다음에, 어찌하여 그러한 광란이 온 것인가? 가장 비참한 양심의 가책이 아니라면,

어디에서?

이렇게 충격을 받고, 아버지의 기억을 손상되지 않게 유지하는 데 모든 근육과 신경을 긴장시키며, 피에르는 루시 타탄을 향해 대담하고 겁 없는 얼굴을 돌리고, 그녀조차 모든 것을, 아니, 조금도 알게 해서는 안 된다고 조용히 맹세했다.

더 고결한 영웅적 행위에 피할 수 없는 통렬한 잔인함이 있다. 고통의 시간에 스스로가 위축되지 않은 채 버티는 것만이 용기 있는 행위는 아니다. 우리 자신과 우리의 연인 둘 다의 통합된 고통, 즉 우리 자신이 피를 흘리고, 우리의 진정한 연인이 피를 흘리며 받드는 것을 보는 영광스러운 목적을 우리가 포기하기만 하면, 우리가 즉시 끝낼 수 있는, 그 통합된 고통 앞에서 위축되지 않고 버티는 것이 영웅적 행동이다. 자신에 대한 세상의 호의적인 평판을 피에르는 지금 무시하지만, 아버지의 수치를 그가 일반 세상에 누설하려 들지 않는다면, 어떻게 그것을 그가 연모하는 여인에게 드러낸단 말인가? 다른 누구도 아닌 그녀에게, 지금 아버지의 무덤 덮개를 벗기고 자신이 어떤 비열한 오명에서 생겨났는지를 보일 수 있겠는가? 그래서 피에르는 태도를 바꾸어 자기 자신을 지탱해야 하는 바로 그 기둥에 루시를 묶었다. 아버지의 일을 드러낼 수는 없고, 그들의 가슴이 둘 다 불타버려야 한다는 것을 분명히 알았기 때문이다.

그렇다. 아버지의 추억을 손상시키지 않도록 지키고자 하는 결심으로 인해 그는 루시에게까지 이사벨과의 결혼을 가장

해야 했다. 이 점에서 그는 그녀에게조차 자신의 입장을 변명할 수 없었다. 이것은 루시로 하여금 마음속으로 그에 대한 생각을 비참할 정도로 더럽히는 전혀 근거 없는 지레짐작을 하게 하여 이별의 극심한 고통을 악화시킬 것이다. 하지만 이 점에 대해 자식으로서의 인연을 조금도 훼손하지 않고, 그가 어떤 의미심장한 암시를 줌으로써 루시의 마음속에서 거기에 들어올 입구를 찾을지도 모를 더욱 어두운 저 환상들을 저지할 수 있고, 그가 그녀를 완전히 바로잡을 수 있다면, 그녀가 무턱대고 잘못된 길로 들어서는 것을 막을 수 있을 거라고 그는 어리석게도 여전히 믿고 있었다.

어머니에 대해서는 더욱 각오가 단단히 되어 있었다. 그는 이해할 수 없는 섭리가 그의 마음속 가장 깊은 곳에 있는 영혼을 몹시 압박하는 것을 느꼈다. 그리하여 그것을 따돌리거나 피하거나 그 존재를 부인하려고 애쓰는 것은 어리석은 짓일 따름인 그 섭리에 따라, 글렌디닝가는 비애의 신들에게 제물을, 적어도 하나의 커다란 제물을 바치도록 다급하게 요구받았고, 그 큰 제물은 어머니 아니면 자신임이 틀림없다고 그는 생각했다. 만일 그가 세상 사람들에게 비밀을 폭로하면 어머니가 제물이 될 터였고, 모든 위험을 무릅쓰고 그가 혼자서 비밀을 간직하면 그 자신이 제물이 될 터였다. 그 경우의 특유한 상황하에서, 비밀을 공개하지 않는 것은 자신에 대한 오명을 낳는 완전한 오해를 수반하기 때문에, 그의 어머니와 관련하여서는 자신이 제물이 된다는 것이다. 그러나 이것에 그는 순종하여 굴복했다.

　다른 한 가지 것. 즉 피에르의 이성적인 생각 가운데 바로 중요성이 가장 작은, 한 가지 다른 일이 남아 확실한 불길함으로 그를 위협했다. 이 일은 아직까지는 단지 어렴풋이 암시될 뿐이었지만, 여전히 우려 속에서 그를 최악의 상황에 대비시키는 가운데, 피에르에게 강한 영향력을 행사했음이 틀림없다.

　그의 아버지의 마지막 치명적인 병은 갑작스러운 것이었다. 좋지 않은 때에 피에르의 기억에 되살아난 대로, 아버지의 젊은 시절과 관련하여 거의 확실한 숨겨진 정신착란과, 결과적인 그의 정신적 방황, 이러한 것들과 다른 이유들로 인해 그는 결혼 직후 피에르가 태어나기 전에 만들어진 유언장을 대체할 새로운 유언장을 만들 수 없었다. 아직까지 그 유언장을 법원에 제출한 적이 없었고, 자신과 아들의 정답고 의기투합하는 미래에 대해 마음 든든한 생각에서, 글렌디닝 부인은 그 유언이 작성된 시기에 존재하지 않은 상황에 맞도록 생각들을 더 잘 그리고 더 적절하게 정리할 목적으로, 단 한 번도 그리고 요령부득하게 그 유언장에 대해 논의를 제안한 적이 없었다. 그런데 바로 그 유언장에 따라 글렌디닝가의 모든 재산은 그의 어머니의 것으로 선언되어 있었다.

　마음속에 떠오른 예언적 암시를 예민하게 감지하면서, 그는 마음이 상한 어머니가 그 오만한 기질로 내보일 반응을 미리 그려보았다. 가장 자랑스러운 기쁨의 대상이었던 아들이 이제는 오직 반항적이기만 할 뿐 아니라 세상 사람들 앞에 역력하게 수치스러운 존재로 뿌리 깊은 치욕이 된 이상, 어머니는 이사벨이 진실한 자격으로 어머니의 문지방을 넘는 일을 결코 용납하지 않을 것이며 마찬가지로 이사벨 밴포드가 다른 어떤 위장된 자격으로 그 문지방을 건너는 것도 결코 허락하지 않을 것이다. 무엇보다 어떤 간악한 술책을 부려 외아들을 유혹하여 명예로운 위치에서 불명예의 나락으로 떨어지게 한 미지의 음흉한 아가씨로서는 절대 그 문지방을 건널 수 없으리라는 것을 피에르는 뚜렷하게 예견했다. 하지만, 정말 피에르에 대한 분노라는 유일한 이유로 이사벨을 들이지 않는 것은, 비록 어머니가 그를 내쫓으려 하지 않는다 할지라도, 이제 피에르를 몰아내는 것이나 마찬가지였다. 그리고 어머니의 반응을 미리 그려보게 한 것과 똑같은 마음속 암시를 통해 그는 어머니가 그와 그의 가짜 아내 둘 다에 대해 문을 닫고 있는 동안, 그토록 견딜 수 없이 싫은 그 가짜 부부를 부양하기 위해 동전 한 닢도 기꺼이 보태주지 않을 정도로 가차 없이 반대하는 입장을 세우고도 남을 만큼 오만한 마음의 소유자라는 것을 알아냈다. 그리고 피에르는 아버지의 유언장 조항에 관해 법에 호소하여 조상의 재산을 어머니와 공유할 아들의 권리를 주장한다면 법은 무어라고 판결할지 확실히 알 만큼 법률 지식에 정통하지 못했다. 그럼에도 그는 장차 선친이 서명 날인한 문서를 공개 법정으로 끌고 가서 천박한 금전상의 동기로, 어머니를 맞상대하여 그것들을 놓고 싸우는 것에 대해 극복할 수 없는 혐오감을 느꼈다. 결코 틀리지 않을 예감을 통해 어머니의 성격을 — 지금까지는 단지 우연하게도 행복한 상황으로 인해 숨 죽이고 있다가 — 외부의 자극을 받아 드러난 더욱 거센 특성 그대로 너무나 철저히 파악한 탓에, 그는 자신에게 격분한 어머니는 글렌디닝가의 재산에 대한 공개적인 법적 분쟁을 둘러싼 시련에도 잘 대처할 것이라는 것 또한 확신했기 때문이다. 정말로 어머니의 성격에는 예비된 힘과 용맹함이 있었고, 그로 인해 모든 점에서 피에르는 매사가 다 두려웠다. 더욱이 자기가 어떻게 한다 할지라도, 피에르는 앞으로 거의 만 2년 동안 법률적으로는 개인적으로 어떠한 법적 권리 주장도 할 수 없는 어린아이인 미성년자로 남아 있을 터였고, 그가 가장 가까운 친구를 통해 소송을 제기한다 할지라도, 그가 그 커다란 결심을 실행하고 나면 온 세상에서 그의 친구란 친구는 모두 사라져버릴 텐데 누가 자발적으로 그의 가까운 친구가 되어줄 것인가?

지금 이 모든 것과 더 많은 것들에 대해, 이 얼빠진 젊은 열광자의 영혼은 마음을 다그쳐 바로잡는 것 같았다.

III

몇몇 인간의 마음에는, 찬탈자 기분에 젖어 무도한 행위들을 하는 중에, 때때로 찬탈자 기분이 몹시 횡포하게 제안하는 어떤 초월적 목적의 달성에 대한 방해물로서, 가장 강렬하고 소중한 인연을 벗어 던지고 싶어서 못 견디게 만드는, 어둡고 무분별한 미스터리가 있다. 그때 그 소중한 인연은 아무런 본질적 이익도 없이 우리를 붙잡는 것 같고, 높은 언덕에 올려진 우리는 현세를 모두 무시할 수 있고, 애정의 표시들을 일축하고, 키스는 입술에 물집을 생기게 하는 것이고, 가슴 뛰는 형태의 인간적 사랑을 저버리면서, 공허하게 무한한 무형의 대기를 포옹한다. 우리는 인간이 아니라고 생각하고, 우리는 불멸의 독신 남자이며 신처럼 되지만, 또 한편 그리스의 신들처럼 우리는 머리를 수그리고 땅으로 내려와 다시 한 번 기꺼이 아내 앞에서 사족을 못 쓰고, 너무 유혹적인 흙으로 만들어진 유방 속에 우리의 거룩한 머리를 기꺼이 숨긴다.

변화 없는 육지에 싫증이 나서, 들떠 있는 선원은 그를 포옹하는 모든 팔들과 관계를 끊고, 난바다에서 부는 폭풍우가 한창일 때 바다로 출범한다. 그러나 대척지의 긴 야간 경계 중에 대양의 어둠은 갑판 위의 거대한 짐짝들에 무겁게 내려앉는다. 바로 그 순간 그가 버리고 떠나온 고향 마을에서는 따뜻한 태양이 하늘 높이 솟아 있고, 태양 같은 눈을 한 많은 처녀들이 태양처럼 인생의 절정기에 있을 거라는 생각이 엄습한다. 그러면 그는 운명을 저주하고, 자신을 저주하고, 자신이 저지른 지각없는 무모한 짓을 저주하지만, 그것은 자기 자신이다. 왜냐하면 한때 이 달콤한 지식을 알고 있다가 그 지식을 저버린 사람에게는, 그 지식이 없는 사이에, 보복의 꿈이 찾아오기 때문이다.

피에르는 지금 그 상처 입기 쉬운 신이고, 자신을 나무라는 그 선원이고, 복수의 꿈을 꾸는 그 몽상가였다. 일부의 것들에서는 그는 자신에게서 마술을 풀고, 자기 자신으로 하여금 있는 그대로 앞날을 전망하게 했지만, 그럼에도, 루시에 관한 한, 그는 근본적으로 아직도 마술사였다. 진실로, 그의 특별한 계획에서, 루시는 너무나 친밀하게 섞여 있기 때문에 그는 어떻게 해서든지 그 마음의 연인을 보이는 곳에 두지 않고는 미래를 조금도 미리 계획할 수가 없었다. 그러나 아직까지 그 정도를 모르고, 또는 그것을 확인하기 두려워한 나머지, 수학자처럼 그는, 실제의 루시를 그가 계획하는 생각 속에서 단지 하나의 기호, 즉 미지수 X로 대체했고, 문제의 궁극적 해결에서도 실제의 루시가 아니라 그 미지수 X가 여전히 나타났다.

하지만 지금 방바닥에 쓰러져 있다가 일어나 영혼의 한층 더 심한 피로에서 소생했을 때, 피에르는 자신의 어두운 운명의 모든 지평선이 내다보이고, 자신의 모든 결심이 명백히 뚜렷해지고 확고하게 정해졌다고 생각했다. 그리고 이제 마지막으로, 결국은, 그의 가장 깊은 가슴속으로 갑자기 살아 숨 쉬는 모습의 루시가 살며시 들어왔다. 그의 허파는 기운을 잃고, 동공은 번득였다. 왜냐하면 마음속에 그려진 그 고운 모습이, 그토록 오랫동안 그의 마음속에 산 채로 묻혀 있다가, 이제 무덤에서 미끄러지듯 그에게 다가오는 것처럼 보였고, 그녀의 금빛 머리는 수의를 따라 아래로 늘어져 있었기 때문이다.

그리고 나서 당분간 모든 사소한 것들, 즉 어머니, 이사벨,

모든 넓은 세상이 수면 아래로 잠기고, 단 한 가지 것, 즉 루시냐 신이냐라는 이 모든 것을 포괄하는 질문만이 남았다.

하지만 여기서 우리는 베일을 친다. 영혼의 말로 표현할 수 없는 어떤 갈등들은 그릴 수가 없고, 어떤 슬픔들은 표현하지 못하는 법이다. 사건들의 애매모호한 진전이 그 자체의 애매모호함을 밝혀보라지.

〈2권에서 계속〉

옮긴이 이용학

서울대학교 사범대학 사회교육과를 졸업하고, 동 대학 대학원 영문과와 단국대학교 대학원 영문과에서 멜빌 연구로 박사학위를 받았다. 청주교육대학과 한국방송통신대학교 영문과에서 교수로 재직했고, 미국 펜실베이니아 대학 방문교수를 거쳐, 현재는 방송대 명예교수로 있다. 지은 책으로《멜빌 연구: 비극의 형식과 비전》이 있고, 옮긴 책으로 서머싯 몸의《인간의 굴레》등이 있다.

세계문학의 숲 044

피에르, 혹은 모호함 1

2015년 6월 24일 초판 1쇄 인쇄
2015년 6월 30일 초판 1쇄 발행

지은이 | 허먼 멜빌
옮긴이 | 이용학
발행인 | 이원주

발행처 | (주)시공사
출판등록 | 1989년 5월 10일(제3-248호)

주소 | 서울특별시 서초구 사임당로 82(우편번호 137-879)
전화 | 편집 (02)2046-2851 · 영업 (02)2046-2800
팩스 | 편집 (02)585-1755 · 영업 (02)588-0835
홈페이지 | www.sigongsa.com
세계문학의 숲 홈페이지 | www.sigongclassic.com

ISBN 978-89-527-7426-2(04840)
       978-89-527-5961-0(set)